# 那些花儿

夏炜 著

海峡出版发行集团　鹭江出版社

2015年·厦门

# 目录

## 第一部　白鹭

**一、朝来夕去** /1

——两千五百年前的孔子可以周游列国，如今的我却不能周游世界。虽然每个人都应有自己的领地，但这个世界本不该有边界的存在。

**二、南国鹭岛** /3

——这让我想起小时候常见常闻也常喊的一句口号。人人都喊万岁，但没一个正常的人会相信人能活到一万岁。所以人人异口同声的东西，我都不太信。

**三、论美思艳** /22

——老子是王，儿子可封侯，老子讨饭，儿子就继续讨饭……如果人生仅仅是这样，贫穷的人活着，就没有意义。

**四、香茗与咖啡** /35

——慢慢地品工夫茶，和打开书本阅读，有种异曲同工之妙，吃麦当劳喝可乐，就没有那种感觉。

**五、画家马尾** /54

——每当夜幕降临，我抱着画夹在人声嘈杂的三里屯游荡时，我都觉得自己是个"三陪女郎"，寻找着会付钱的对象，交易、拿钱、走人。我还是个画家吗？

**六、温柔陷阱** /77

——跳陷阱有两种情况：一种是不知道有陷阱而跳，另一种是知道有陷阱还跳。不知道这世上有陷阱的，只有动物，而且是单纯的动物。人都该明白什么

是陷阱。

**七、午夜旋律** /85

——温馨如教会我跳舞，却让自己的手永远地离开了我的肩膀。

**八、艰难时光** /95

——"《鲁迅全集》对我有卵用。卖废纸能卖到三百六十块吗？"纪水火翻了翻眼睛，"我看对你也没卵用，也没让你拿出三百六来。"

**九、别墅主人** /112

——如果多年后才知道的启示能在当年明白，我想，人类也许就找到了和宇宙直接对话的神秘之门。人类，就会真正明白自身的渺小和卑微，而那么多的荒芜之旅，就不会再来。

# 第二部 乌鸦与麻雀

**一、再次分别** /123

——过去的生活就像一个烙印，总在每个人身体上的某个部位烙上一个印迹，并在你需要或不需要的时候显现。

**二、缘木求鱼** /131

——许多人总有自己的世界与秘密，不管是快乐还是忧伤，不想与他人分享或分担。

**三、浮光魅影** /141

——我们这些撒在地里就是草的人，在车水马龙的城市，不是白天的麻雀，就是夜的乌鸦。

**四、秋日恋情** /153

——由于读过《妻妾成群》，我觉得电影拍摄得并不算好，有创意的地方是"敲脚"。人的悲喜全在一双"脚"上，简单，也另有一点意思。

## 五、酒美夜寒 /160

——好的红酒就像好女人，你得仔细品味，才能发现它们各自不同的美。

## 六、仲夏裸奔 /173

——漂亮女人，是个男人都喜欢。可有些漂亮女人，一定是只可远观不可近赏的，比如鞋厂老板的女人。

## 七、喧嚣落寞 /190

——据说，是女人驯养了羊、猪、马、狗、牛之后，人类才渐渐建立了有房子的家。从这种表象看，也许，女人也有驯养男人的原欲。

## 八、夜宴观诗 /198

——都说爱情是盲目的，可盲目的是那帮男生。纪毓佳足足享受了三年多免费的美食与礼物……毕业之后，挥一挥素手，就嫁给了所在公司的老板。

## 九、觥筹交错 /210

——应酬的宴席上，那些喧嚣笑闹、恣意欢谑的脸孔，大都是假面舞会上的面具。

## 十、中秋夜雨 /227

——我一直希望如《诗经》里所说：执子之手，与子偕老。我不知道在未来长久岁月里，这份爱是否依然如初绽的鲜花般永久保鲜与美丽。但我读过的所有经典爱情故事的结局，都是凄楚的悲剧。

## 第三部　凤凰

**一、一封回信** /250

——凤凰，是浴火而重生的，智慧和信仰，应该与生命一起飞翔。

**二、海滨礁岩** /259

——我们两个人的生活轨迹只是两条相交线。在那一点之后，我们会在不同的路上越走越远。

**三、疏影暗香** /269

——她们当然也很有品位地爱诗意。诗意和诗不同，诗，还不如凤凰树下咖啡桌上一杯卡布奇诺有诗意。

**四、午夜来客** /288

——沙漠本姓吴，兄弟三个，大哥吴卫东二哥吴卫泽。保卫毛泽东，是沙漠父母那代人的愿望，老三沙漠出生，就叫吴卫毛。

**五、花开花落** /305

——与茶的淡雅相比，咖啡要浓郁热烈得多，但不知为什么，在中国许多茶馆里，人声嘈杂，咖啡馆里，却都是窃窃私语的幽灵在活动。

**六、最后晚餐** /317

——岁月的残酷在于，凡尘里，鲜花和烛光是如此短暂，刹那的永恒也总是以悲剧落幕，平常人的爱，必须是年年岁岁对着同一张脸看了又看。

**七、冬海** /329

——曾经我以为，就是在千万拥挤的人群中，我

也能一眼找到雨微。但在这个辽阔空旷的海滩上，人并不多，可我却看不到她的身影。

## 八、新年 /334

——为了一个"回家过年"，一多半的人口离开鹭岛，带着红包、带着礼物、带着春运中的种种麻烦和疲累回家去继续麻烦与疲累。

## 九、飓风 /346

——七月，"恐怖大王"没有从天而降。有人又说八月"九星连珠"，九月"星撞地球"。但所有的"世界末日"都成传说。

## 十、飘逝 /366

——那时，我希望带着自己的爱人到处流浪，走遍山村、走遍都市，看遍世界各地……许多年了，不论是温馨如还是陶艳，没有一个和我说一起浪迹天涯。

## 十一、牧羊 /379

——蓝天之下，银色山上，他牧群羊。

# 第一部　白鹭

## 一、朝来夕去

**1**

我的孤独来自他人。

两千五百年前的孔子可以周游列国，如今的我却不能周游世界。虽然每个人都应有自己的领地，但这个世界本不该有边界的存在。

**2**

午睡后，我躺在摇椅里，回忆起那个声音：

"应当在寂静中看太阳升起……"

从离开大海的那天起，载着我生命印记的老皇历，一页一页被揭去。时光如水，一逝八年。我的梦，和心爱之人构筑美妙未来的梦，却从未再来。

三十而立的时候，我告别鹭岛，开始旅行。曾经有一个漫长的季节，我生命的脚步是在路上的。除了自然界的更替嬗变，我不看来自人类的一切消息。我发现我离开它们，依然能活，并且活得毫不焦虑、自在健康。有一段时间，我似乎能在寂寥的天穹下，和飞鸟对话。我行走了许多地方。有很多地区人烟稀少，它们苍茫而荒凉；有很多都市繁华喧闹，它们拥挤而繁忙。也许远古之时，它们都并非如此。在拥挤的人群中我感到孤

独，在苍凉的土地上我感到悲凉。

后来，在成都重遇马尾，和他一起来到西南。选择这样一处安宁的地方，我的心似乎宁静下来，像午后阳光照耀下的绿叶。

这些都不重要。

十二年前，谢加豪初次环顾我的住所时说：你这里什么都没有。

是的，我穷得只剩书了。我回答。

什么也没有。

但谢雨微，喜欢那间小小的房子。

"应当在寂静中看太阳升起……"她说。

窗前，她的身影如一个天使，全部被金黄色的阳光笼罩，周围射出一片白亮的光芒。房间里，飘荡着那首伤感的曲子……

窗外一片金黄。街上人声渐杂。

在这个时间出现的行人，都是游客。木府、古城、纳西族、玉龙雪山、湛蓝天空与满天星斗，还有那些令人着迷的古老传说，对先富起来的中国人来说，无疑是世外桃源。古镇的宁静被他们打破，听纳西古乐、买东巴木雕，相互感染地掏出钞票，购买蜡染的风情蓝布。有些美女们，则马上将这到手的蓝花布披在肩上或是围在腰间。回到她们该回去的地方，她们还会披着围着它吗？纳西族，就是《华阳国志》里称为"摩沙夷"的民族。他们的出名，全在于都市人对纳西古乐和东巴文化的猎奇。我不想开店，起身走到墙边看日历。

六月十六日，宜沐浴、会友、出行，朱雀南行。

和煦的阳光，唱着温暖的小调扑在"朝来夕去"门匾上。我把"今日不迎客"的木牌挂在门上，抬头看天。有些眩晕的金色光芒中，那个声音伴着乐曲，如微风一般，又在我耳边响起，淡淡的，有些痛，有些远。

是的，当两鬓斑白，当孤独与悲寂沁入心中时，每个人，都有很多说不出的故事。那一刻，我决定去风情岛上的石屋子。我决定：从今天晚上

开始,把那些事写下来。

在风情岛上我一夜未眠。当曙光洒向洱海的时候,我默默地想:

雨微就在我身边,一同看太阳升起。

## 二、南国鹭岛

### 1

回忆过去的生活,无异于再活一次。马提亚尔这样说。

我喜欢这句话。

许多年前,我就开始如烙饼一样在黑暗中翻来覆去了。在床上烙饼的坏处很多,至少证明你神经衰弱。好处便是再活一次,随着回忆旅行。

那些刚刚步入社会的青春岁月,在黑夜中如飘飞发黄的纸片,伴着隆隆的火车声,一阵风般落在我的枕边。我知道,许多记忆也许永远无法被唤醒,而唤醒的记忆或许并不重要,却总因有新的感知而有另外的喜悦。

火车隆隆而行……

一九九二年的夏天,火车载着我,去一个陌生的滨海城市。

大学毕业,一个副市长,一张小白条,轻易地敲碎了我用四年时间填满整个"德、智、体"俱佳的档案袋后所该得的一只漂亮饭碗。

据说,美国宪法第一句是:"人生而平等。"我当时觉得,这是一句美丽无比、硕大无比的谎言!从有社会、国家开始,人的种种行为似乎都在为不平等而努力,尧真的是把位置禅让给了舜吗?周武王伐灭纣,百姓就不缺衣少食了吗?如今,一个副市长爹,就比一个工程师爸要高级——尽管他们脱光了在澡堂子里同样遛鸟逛荡。这使我感到人比飞鸟走兽还卑贱。我和父亲争吵了许多天后,看着地图,选择了鹭岛这个陌生的滨海城市。

天渐亮时，列车驶入站台，车厢内骚动起来。

"啊，终于到了!"

对面坐着的女孩子一边伸展双臂，一边冲我笑。

她从杭州上车，一直同我坐到终点。一路上，女孩活泼开朗，嘻嘻哈哈和旅行的客人谈天说地、请吃请喝。一有空，又向我讲起她在杭州、嘉兴等地的所见所闻：知道吗？共产党的一大，是在南湖上一条很漂亮的船里开的！多浪漫呀！还有绍兴，鲁镇！真有孔乙己的"咸亨酒店"呢！茴香豆，好吃……这小丫头！看年纪应该是个中学生。如果说是暑假旅游，没有同行的小姐妹，也该有家长陪着。但她是一个人！而且还买吃买喝请大家，似乎挺有钱。

相比之下，我的话语则很少。首先，如果周树人不把笔名定为鲁迅而叫周迅，是否还会有鲁镇，有"咸亨酒店"？我知道：距绍兴不远，另一个笔名茅盾的人所生活的乌镇，还有个"林家铺子"。我不知道：如果卡夫卡生在中国，会不会有一个"城堡"？

在中国，总有些死去的人，用一种墓志铭的形式抓住活人。而我们却不能真正探入他们的内心世界。

其次，我没有一点谈兴。我的思绪完全在另一条道路上飞驰。

列车轰鸣，我沉默。我不说话，引起了她的好奇。她会悄悄地观察我，并忍不住探问：瞧你，一脸忧郁，喂，你是流浪诗人吗？歌手？艺术家？

我摇头。

## 2

《圣经》上说：二人若不同心，岂能同行？

快毕业了，温馨如才对我说：我们之间的爱情是个错误。

错误就错误呗。可谈了两年恋爱之后才说是错误，明摆着两个人中有

第一部 白鹭

一个是弱智。庄伟先知道了这件事说，瞧瞧，傻了吧？

其实没有庄伟先，也就没有温馨如。

有些人天生就有一种气质，有极善于捕捉对方眼神的才能。庄伟先就是这样的人。一米七八的身高，长相英俊，他熟知萨特、卢梭、叔本华，能把《查拉图斯特拉》倒背如流，还会拉小提琴。这在二十世纪八十年代末的大学校园里，足够成为偶像！他一入校，就被班主任曹朔望任命为班长。但半年后，当系里准备推荐他为学生会副主席人选时，他却突然厌倦了过去的一切。他辞去班长一职，并表态：不再担当任何学生干部。

作为系里的培养对象，他让曹朔望大为惋惜，也让我觉得有点可惜。后来，他一个人到校外租房并租个店面，开了一间名叫"黑格"的音乐吧，卖啤酒和泡沫红茶以及烛光套餐。同时，又打出一元钱的收费广告，为学生们翻录音乐磁带。大部分是当时流行的台港歌曲：有齐秦的《狼》，有张雨生的《我的未来不是梦》……他自己，则喜欢听西洋古典音乐，贝多芬和舒伯特，巴尔托克和普罗科菲耶夫，肖斯塔科维奇和肖邦。他的人和他的生活方式，让许多学生着迷，其中，不乏有着英雄主义情结的男生，更多的，则是长发飘飘的漂亮女生。女生们喜欢围着他，听他讲啊讲，讲什么并不重要。久而久之，他就被传为历史系第一"泡妞高手"。

那时我没钱，又喜欢和朋友一起吃饭喝酒。于是在系报上哗哗地写长诗和散文，换稿费来喝酒。他则写尼采式的论著，当然不是为了稿费，他不缺钱和不缺漂亮小妞一样，是大家的共识。他很佩服黑格尔，我喜欢蒙田，于是我们组建了个"黑田"文学社，办了个文学小报，隔三岔五去小店喝一顿小酒，并在酒酣耳热之时，有些慷慨、有些激昂地谈文学艺术和时事政治。

"黑田"文学社的油印小报，渐渐在校园里有了影响。校领导们开始关注和关爱，后来，"黑田"注入新生力量并重组。由校学生会一个副主席刘安兼任社长，我任总编辑，庄伟先则顶了"总干事"的帽子，并正式

改名"红雨"文学社。"红雨"社挂牌不久,庄伟先和刘安同学就尿不到一个壶里,于是他自动离开"红雨",另开"黑格"音乐吧。

刘安和我没啥矛盾。但他总想着把搞来的钱,合理地放进自己的口袋。而且,他判断女学生的文章好坏,要先看脸蛋。其实,看女生的漂亮脸蛋,也是我的爱好,这本不是罪过。可是,看文章也要先看写文章的那张脸,这就让我看扁了他,而且常常产生一种用我的拳头接触他的脸的冲动。于是我除了写文章、编社刊,赚钱买书买酒,渐渐疏远了文学社活动,反而总跑到庄伟先那里,去蹭他的酒,并感受谈天说地的快乐。

一天下午,我拿着用稿费换来的卤味去看他。店里没客人,他干脆关门停业,特意下厨炒了两个小菜,开瓶红酒与我对饮。酒到半酣,他指着我说:"萧一灯,将来,你可要为我写本传记!"

我马上说:"好!你跟我讲讲你的泡妞艳史,这可是浓墨重彩的篇章!"

他一笑,用很孤独的声音对我说:"一灯啊一灯,你知道吗,我找不到我的家了。我注定,要一个人走完这辈子……"

我说:"得了吧你!饱汉不知饿人饥!大家都说,庄伟先所到之处,女孩子望风插旗!"

他摇摇头,把酒倒入口里,一仰脖吞下,双眼充满了湿气:"你还看不出吗,我的骨子里是很传统的。我上课迟到早退,我生活自由散漫。皮尔·波尔迪厄在一本书里说,传统的个人,对时间没有强烈的概念。这句话让我明白,我不可能成为如今社会里的政治家、资本家或是所谓现代社会里的成功人士。我应生于农耕时代,在沧浪之水里浣洗,可惜,这是我无法选择的事。对于女孩子嘛,嗯,就像所有的花儿都会凋萎,在花儿怒放的时候,能有机会多欣赏,是多么美好的事!"

他跷起一条腿,坐在靠背沙发里,缓缓点上一支烟,半抬着头注视着天花板上的某一点,似是静静品味着什么,又似无奈地等待着什么到来。

在我看来，他那时的样子，根本不像是一个在校读书的学生，这和我们的班主任曹朔望，从外表看不像老师一样。我心想，也许这才是那些女孩子喜欢他的原因。

那天晚上，他喝了许多酒，对我说了许多不曾讲过的话。直到完全醉倒，也没有对我讲他和任何一个女生的风流韵事。

庄伟先后来一直以一个局外人的姿态，读完了大学。

大学四年，同学们都说：庄伟先泡过的妹妹有一个连！

我不知道他们是怎么去证实他"泡"的是一个连，而不是一个班、一个排、一个营的。但他们党同伐异：

庄伟先泡过的妹妹有一个连！

——这让我想起小时候常见常闻也常喊的一句口号。人人都喊万岁，但没一个正常的人会相信人能活到一万岁。所以人人异口同声的东西，我都不太信。

庄伟先毕业，并未按照父母的安排回北京。几年后，他给我来的信里说他是骑鲸人的后代，独自一个人去了新西兰。最终，他会找一个毛利女人么？还是像他说的，一个人走完这一辈子？我对女孩的种种较为深入的认识，最初都来自于他。

酒后的寒假，他约我一同去游周庄。出发时我才知道是五个人，我，他，他的女朋友芳芳和芳芳带来的两个女伴。一切费用均由他出。

周庄，在我的眼中没有陈逸飞画里的那种感觉。陈逸飞把周庄枉称为自己的故乡，以不诚实的《故乡的记忆》向世人、更向西方公布周庄，他成功了。而周庄，便早晚成为现代文明的牺牲品。

去周庄的唯一收获是，我和其中一个女孩成了男女朋友。当庄伟先知道我和温馨如在一起时，脸上显出古怪的表情：奇了！你怎么会喜欢上她？

许久之后，我才从芳芳那里知道，她原本只邀请了一位女伴谭晓靓。

7

可温馨如知道她们要去周庄,并有人出钱,便直嚷着要同去。还以友谊、朋友、姐妹等字眼向芳芳轰炸,芳芳架不住温馨如的来势汹汹,只好点头答应。私下里,芳芳和庄伟先都认为娴静的晓靓才更适合我。可当时,我喜欢女孩子长发飘飘,并认为女人的本质该长发飘飘。芳芳如此,温馨如也如此,晓靓则留着短发。我当时觉得,温馨如很漂亮,一路上很活泼、很热烈、很青春。

多年以后,我才明白"九方皋相马"的深奥:女人的本质并不在飘飘长发。

不管怎么说,没有庄伟先,我不会认识温馨如;不认识温馨如,就没有大学里那样一段恋情。

"为爱而生,成就不了爱,我们就会在这个世界上忍受煎熬……"温馨如常常用她那好看的唇齿为我大段、大段地诵读洛扎诺夫。

那时我看她美貌如花,就特意为她写了一首小诗:

温馨如花

  在柔美丰腴之地

    吐露肉体

      吐露爱

        在激情四射之后

      吐露过往

      吐露死

什么嘛?尽是吐、吐、吐、吐!她看了后说。那张载着爱的小纸片就黯然落入垃圾篓里。

她喜欢跳舞,并教我跳。在我和她跳了几年华尔兹后,她说:这恋情是个错误。我们就这样分手。这个常常吟诵"为爱而生"的长发女生,这个喜欢在舞场里随着音乐快速旋转的长发女生,毕业前就认识了一个副处。毕业后,她马上成了副处第二任太太。

庄伟先说：瞧瞧，傻了吧？

那么，弱智的那个人，还该是我。

## 3

火车一声叹后，卧在铁轨上睡去。

车内立刻喧哗骚动。一堆一堆的人，肩背手提，大箱小包，齐向尚未打开的车门拥挤，似是奔往天堂。

"呵呵，这年头像你我这样聪明的人不多啊。"

嗯？我收回目光。对面，女孩双手插在口袋里，悠闲地嚼着口香糖。我笑了一下。

"你笑什么？我说错了吗？"她歪着头，眼睛盯着我。

我看着她微微噘起的小嘴说："没错！"

"那当然，"女孩忽然嘻嘻笑起来，"喂，夸赞一下自己总可以吧！"又瞟我一眼，"那么你呢？坐了一路车，还没告诉我，来鹭岛是工作，还是旅游、出差？"

我摇摇头说，我不知道。

"不知道？"她瞪起诧异的眼睛，"那你来鹭岛干什么？"

"没见过海，看看它。"

"噫！有点意思呀！"她点着头盯住我看。她的脸微圆，唇线分明的嘴唇自然上翘，鼻梁很挺，弯弯的细眉下面，是一对清澈明亮的双眸。这时，我忽然觉得这双眼很像一个人。一时间，我并没想起来这个女孩子像谁，但我还是很突然地说了一句话：

"你很像我认识的一个朋友。"

女孩子把我说的话一字一顿地重复了一遍，忽然笑了。眨着眼睛问："像谁啊？"

我一时想不起来。

　　她咯咯大笑，说我这一番话太老套也太土啦！别有用心的话，要特别花一番心思之后，说出来才能打动人！

　　我心想，拉倒吧！对你这样的小丫头还别有用心？车厢人空，我取了拉杆箱，朝她微笑挥手，算是告别。

　　风，把一股清凉新鲜的空气推到我面前。看着站台上涌向出口的人群，我放下箱子，深吸一口气，习惯性地抬起双臂做起扩胸运动。

　　远方，车站后面的青山，还显得有些肃穆，蟹壳青的天幕里，刚刚吐露出一丝微弱曙光。空气中飘散着特殊的清新气息。这气息，在我脑海里，形成大海的影像。

　　"喂！"

　　我的肩膀被人狠狠地拍了一下。

　　转过脸，是她！

　　"干什么？"我揉揉肩。

　　她哧哧地笑。男子汉也会怕痛吗？她说，她的手又不是刀剑锤头。她说，我应该认真回答她的问题。当然，她对我有些好奇；当然，她也知道好奇害死猫，不过她不怕……因为见多了！而且，鹭岛，可是她的地盘。每条大街小巷，熟悉得就像她家。她要求我必须说出她像谁。这小丫头叨叨不停，装成一个在外面行走多年的老手。

　　"我没法告诉你，因为我真忘了……"

　　"可我想知道！"女孩跺脚，"喂、喂！不是真像你女朋友这么老土吧？"

　　我盯住她，是的，这双眼睛，确实似曾相识。但我摇摇头，告诉她我忘了。我总不能随便说一个名字蒙她！

　　一个多月来，我失恋，又紧接着失去一只还没摸一下的美丽饭碗。和父母的争吵除了伤身、伤心外，没有一点点好的结果。我半是赌气半是逃离地离开父母所在的城市……现在，我的肚子饿了。我满脑子想的只是出

11

了车站，先找个物美价廉的地方吃饭。

我说："你当我刚才说的就是个屁，放了就完，行不行！"

小丫头笑嘻嘻地拦在我面前："哟！脾气不小哇！"

她呵呵呵地笑，认为我在鹭岛肯定没有朋友。现在，她该算是我认识的第一个熟人！这个熟人绝对是个"鹭岛通"，而且这个熟人还很像我一个朋友。她怀疑我说的朋友，就是我的女朋友。温馨如？她怎么会像温馨如？温馨如没有好奇心，也不会像她这样对谁都爱笑。她还是个小丫头。

她最后说："不光你饿，我也要吃饭嘛！"

是的，我们都饿了。

出了车站，用眼睛一扫四周，就可以看见许多小吃店的招牌。油条、豆浆、包子、拉面、沙县小吃——还有："沙嗲面"。沙嗲面是什么？我从没听说过，很想去试试。但我得问问她：想吃什么？沙嗲面怎么样？小丫头马上摆出城市主人的架势，指着一处高楼：去那里吃！她熟门熟路，大方地请我进入一家高级酒店，吃了一顿丰美的自助餐。虽然这让我有点羞愧，但肚子饱了，也就抹去了最初的羞愧。吃饭，在一个名叫"南洋瑞景"的酒店。这，也是我第一次进高级酒店吃饭。

她，叫谢雨微。我，叫萧一灯。

一灯，很有趣的名字，她说，我永远都忘不了啦！

我们就这样相识。

多年后我想，一个人在旅途中，总会有一些意外的机缘。

## 4

我不喜欢城市的早晨。

这是个八月初晴朗的早晨。

车站广场四周，渐渐响起了一个城市的早晨特有的嘈杂：人流、车流、发动机、电马达、涡轮、车轮，喧哗与躁动……一切都随着太阳的升

起，飞扬在城市的空气中。

在谢雨微的建议下，我决定先跟她走，暂时把我和我的行囊，一起寄存到她哥哥——一个拳击教练那里。

离开吵吵闹闹的火车站广场，我跟着她上车又下车，来到一条宽阔的大道上。路边，摇曳着碧翠的凤凰树，迎面拂来的微风中，略带着南国特有的大海的气味。

走在前头的女孩，头戴着一个蝴蝶形发卡，飘落过肩的马尾辫在阳光下微微摇动，发出黑褐色的光芒。她走路的姿势很郑重其事，像是经过了某种长期的训练，颀长有力的小腿朝着前方按特有的频率迈出，肩上的背包平稳移动，背包拉链上的风铃饰扣，则摇摇摆摆发出清脆的声响。

一路上，她依然保持她的好奇心，不时会回过头问我一些问题。到后来，则停住脚步说："喂，你快点嘛，这样一前一后像什么样子？"

我赶上来，和她并肩走着，像是一对旅游归来的兄妹。阳光下，一高一矮两个斜长的淡影，在我们脚下一同向前延伸。

"看啊，你看见没？那个阳台上挂着沙袋的房子就是我哥哥的家。出了这个街区，前面就是凤凰大道，很热闹的地段。"

我看着远处，那个大红色像重磅炸弹般高高吊起的大家伙，忍不住笑了："这玩意挂在那好！小偷不敢光顾！"

"什么呀！这可不是吓唬人的，我哥是拳击教练！"

"方便吗？"

"方便，我每次出去玩，都会带个朋友到他这。只不过，他们都和你不同，有画家，有诗人，还有流浪歌手。"

"我比起他们，太普通了吧。"

她看我一眼，说："也不会，你——很像个诗人。"

诗人？我的心里轻叹了一声。现代文明不需要诗人。

在现代文明里做个神圣、浪漫的诗人，无异于穿越时空。人的肉体可

13

能穿越时空吗？当然不可能！——这是我的老师曹朔望的公开声明。曹朔望，大学副教授职称。曾经是个诗人，他送过我两本诗集：《邮递阳光》与《孤水》。他的最后一首诗写于一九八九年，叫《雨季硕大无垠如谎言》。曹朔望原来留着披肩发，后来剃成坚硬的板寸。他原来是大学里的史学家兼诗人，在我毕业前，成了一家知名公司里很牛的策划总监。他先是对大学失望，后来对一切失望。但跳进社会的酱缸后，在别人眼中，他似乎如鱼得水。直到二〇一二年，我在北京见到被称为"钻石王老五"的他，顶着一堆头衔，独住一栋别墅，白天一堆人前呼后拥，晚上一个人寂静孤独。

"诗人，应该留披肩发或是一把山羊胡子吧，那样才有灵感。"

"谁说的？是不是诗人又不表现在外表，诗人的本质是有一颗永不安静的心。"她不假思索地说出这句话，一时让我无言。

## 5

谢雨亭中等个头，肤色微黑，双肩宽阔。除了厚厚的嘴唇，他的眉眼和鼻子，都和妹妹相像。

我第一次看见他时，他正裸着上身练哑铃。整个前胸像是被雕刻刀精心雕琢过，成块肌肉爆绽，这很令我羡慕。

当然，他对于妹妹不加通知，就带来一个陌生的男人与他同住的行为，马上表现出不满："微微，你每次从外边回来，都给我找麻烦！"

谢雨微立刻向他哥哥抢白："哪有每次！哪有每次！当初老爸接你来鹭岛，你不愿意在家住，不也借宿在我朋友家？我像你这样小气吗？你就忘记这些啦？你不是常对我说，受人滴水之恩当涌泉相报？你说你这是涌泉的态度吗？何况我还是你妹妹……一句话，你让不让住？"

让不让住？

话说到这个地步，我决定要走。天下是很大的，鹭岛也不小，哪里放

不下我这七尺臭皮囊？

谢雨微马上抓住了我的胳膊，一面竖起眉毛，一面蹦着脚叫："谢雨亭！只要我和我朋友出了这个门，你就不是我哥！"

男人有些手足无措，横过身躯拦住我们，不自然地抓抓耳朵，嘿嘿笑："有说不让吗？我有说不让吗？"

对不讲理的妹妹没有办法，对我，则必须来点颜色。当谢雨微正式介绍我们俩人时，他微挑了一下眉毛，呵呵笑着，朝我伸出钢铁一般的巨手。那一刻，我希望我的手也是钢铁制造的，不至于一捏之下，让一个古怪的声音在房间里回响。

握住！不放！疼，我忍……

不撒手……我看见他拖鞋里的赤脚。

很好！他松了手……脚上有十分明显的鞋印。

谢雨微当然没注意到我们暗中的较量，她一面忙着翻开行李箱，把给她哥哥的礼物拿出来，一面直奔冰箱，取出可乐拿给我喝。

疼吗，应该都疼。我们都没有叫，反而都笑了起来。在女孩面前互相亲热地捶打着对方。这让小丫头感到开心，她夸赞她的哥哥，说从来没有对她的朋友这么好！也说我和他哥哥一见如故，就像兄弟。她还决定，中午请我们吃大餐、喝啤酒，祝贺两个兄弟相见！

狗屁兄弟，我看看谢雨亭的脚，被踩过的地方泛出美丽的红晕。如果谢雨微不在，估计我们会打上一架。那么，和拳击教练打架，挨揍的人必定是我。挪屁股走人吧！我打定主意。

电话铃响了。这小子，有钱！竟然还装了电话！他笑呵呵地看着我，说兄弟一会儿好好喝酒，一面去接电话。电话是他们父亲的司机打来的，话不长，按谢雨亭的说法，就是问谢雨微在不在，老板交代司机去车站接公主，接不到公主可无法交差。

经过劝说，谢雨微同意回家。我也起身，从旅行箱里取出两包烟，怎

么说，都该谢谢谢雨微这个丫头。算了！这烟，就算我的表示，送给谢雨亭吧。

干什么啊？你也要走？

呵呵，总是不方便啊……

哪里不方便？

就是！我们还要喝酒的呢！谢雨亭撇嘴笑。

对！你们还要喝酒呢！下次，我们三个一起喝！

三张笑脸一直延续到其中一张消失。

关了门，一切陷入沉静。我和谢雨亭对看着，一时间空气似被突然冷冻，寂静得让我喉头发紧。

我轻轻咳了一声，把两包香烟放在桌上说："等你妹妹走远了，我就走。"

他双手抱胸："走啥啊？怕喝酒喝不过我？还是怕我揍你？"

"喝酒倒不怕！打架？你专业嘛。让我练三年，和你打！"我瞪起眼看他，这时候可不能胆怯。

"三年？呵呵，三年你也打不过我，你以为练拳就是为打人啊？"

"练三年，再试试看。"

"好啊，拜我为师吧。"

他笑一下，走到阳台上，指着大红色的沙袋叫我试试。我套上拳击手套，二十分钟后，汗滚如豆、气喘赛牛。

"还行！"他给我端来一杯热水，"休息一下，然后洗澡，喝酒。"

卫生间设备简陋，没有装热水器，但很干净。洗完擦干身子一转身，才发现卫生间门后还挂着个精美的木框，里面有一张发黄的稿纸。我凑过去细瞧，是一首题为《伤》的诗：

一个人用力了

另一人就受伤

树上的痕

不是一种骄傲

如遥远沙漠中哭泣的悲凉

屈辱、无奈、空荡荡

许多伤了无印记

却蹂躏了心房

捕捉到痛的沧桑

滚动、挣扎、彷徨

冀望桃花满地，一路芬芳没有伤

寻觅

在午夜泛滥如火似流觞

没有汤

没有糖

没有鳞也没有网

悄然的昙花在绽放

此时

有人快乐，有人伤

明日

有人快乐着，有人伤

　　这首诗，我觉得写得不怎么样。

　　但我看完还是笑了：原来谢雨微是爱屋及乌！她这位肌肉发达的哥哥，是个诗人！在此，我要声明一下：曾经，我也是个诗人。在我十二岁过后的九年里，我一直在写诗。并且还把北岛的《回答》和舒婷的《双桅船》各抄写了三遍。我记得我写过不少诗，有现代诗、有古体诗。其中有十五首诗为一个同桌女孩而写，十六首诗为另一个同桌女孩而写，并且，写了一首诗献给了温馨如，写了另一首诗献给了祖国。

17

我要声明的是：首先，我爱温馨如，尽管我只写了一首诗献给她。但这首诗，是我写的最短的热烈而真情直露的现代诗作。

我要郑重声明的是：其次，我非常非常热爱我的祖国，尽管我也只写了一首诗献给祖国。但这首献给祖国的长诗，有一千八百多字，二百二十二行！而且它可以证明我的赋诗才能与我对祖国的深爱：在当年市中学生校园诗歌大赛中，萧一灯同学因为这首诗，获得了"少年沫若"奖与"爱祖国好少年"奖！

当然，我一直觉得，诗就是文学神殿里的桂冠，是人心的温暖与骨的坚韧，并认定写诗是件极私人的事。所以我写的其他诗歌，只给自己看。并在某些不固定的夜晚，将诗稿低低地诵一遍后，烛火焚化。这个奇怪的行为一直延续到大学的第一个暑假终结。当时，我的老师兼著名诗人曹朔望写下长诗《雨季硕大无垠如谎言》之后封笔，并宣布诗人死了！我认定他说得对，在给温馨如写完那首诗后也从此不再写诗。

从卫生间出来，点烟。看阳台上套着拳击手套用力击打着沙袋的谢雨亭，忽然感觉这个人不是那么冷漠。

半小时后他进来，一边用毛巾擦拭着脸庞的汗水，一边伸手捏捏我的臂膀，点点头："兄弟，还不错，有点肌肉。"

"是，我在大学里也练过，可和你没法比。"

他举起左臂弯两弯："不用羡慕，你跟我练三年，三年就成！"

"三年？太久吧？"

"怎么说也得三年。你，为啥叫一灯？"

"这有什么奇怪？"

"不奇怪吗？像个和尚……"

"我爷爷起的名字，说我命里缺火。"这个解释我说过多遍，一个解释要讲多遍就很腻、很烦，我递给他一支烟，转移话题，"兄弟，你还是诗人？"

他皱着眉头:"啥?"

"唔,厕所门上挂着的……"

"噢!"他嘴一撇:"你看我像吗?那是沙漠写下的。"

"沙漠?"

谢雨亭只吸了两口烟,就掐灭了烟头:"唔,我现在很少抽烟。沙漠嘛,像你一样,去年年底吧,不知雨微这丫头从哪认识的一个流浪诗人,在我这白吃白住了半个月。"

"噢!我可不会白吃白住。你说说房租,可以承受,我分担一半,不行,我搬走……"

"你?"他笑了,"有这话就够了!雨微带来的,我一般不收钱。"

"是吗?"我的脑海里又浮现出那个小丫头的模样,脸上现出一丝笑意。

"你笑什么?"他皱皱眉。

"没什么。你妹妹挺热心,以后我得谢谢她。"

"呃,她?对我来说够烦人,也很奇怪!总是对什么艺术家有些奇怪的着迷……喂!我说,你不会也是搞什么艺术的吧?"

不是。我向他讲了我的大致情况。

他像是松了口气,拍拍我的肩:"这么说,你正常!好好!"

我有些莫名其妙:什么我正常?他笑了笑,表示先去洗个澡,之后请我吃饭再聊。

我们的午餐就在他楼下不远的排档里进行。谢雨亭本不多话,但两瓶啤酒入腹之后,我发现他的口才也不错。经过他的嘴,关于他和他家人,我都有了一定的了解。他很疼爱他的妹妹,这个妹妹,也确实给他带来不少麻烦。以往,她带到这里住的人,有流浪诗人、流浪歌手,有自由画家、行为艺术家,有一次,还带来个云游的光头小和尚!佛学院出来的和尚,会四处乱跑没有地方住?

"这个云游四方的秃驴，倒把我的客厅当成了禅房。除了吃饭，就看见他打坐，闭着眼，嘴巴嚅动着嘟哝吧哝嘟哝……"

"那这小和尚，后来怎么样？"

"哦！后来看见我打沙袋，这小秃驴就天天对我说，打拳去！打拳去！你说，这是什么意思？"

我忍不住呵呵笑了两声。要说自不识字的六祖慧能开始，中国的禅宗一派，一言一行仿佛均是禅机。特别是有道的大师，喜欢顿悟自己并顿悟他人，如德山棒、临济喝、赵州茶。这小和尚，大概也巴望成为有道的大师吧？

"你笑什么？"

"对这小沙弥，你怎么办的呢？"我反问。

"我？这家伙，我看根本不是和尚！嘿嘿，有一天他还对我唠叨：打拳去！打拳去！我拉开房门，一掌将他推了出去！"

我们俩人一起大笑起来。

他笑完，又拿起烟盒瞧瞧说："你说，我妹这丫头烦不烦？"

"照我说，你妹妹可真有意思。"

"还有意思？"他瞪起眼睛，又向我讲了下面的事：

半年前，谢雨微领来一个叫马尾的破画家，说是在他这里暂时住两个晚上。不料第三天早晨，谢雨亭一睁眼，好家伙！这客厅所有的白墙，都在他睡觉的时候变成了满幅的抽象表现派画！马尾面对作品得意洋洋，说他现在没钱，但也不能白住两个晚上。不能白住，这幅佳作，就算是赠送给谢雨亭的礼物！

这画，盯着一看就眼晕！差点没让谢雨亭抓狂发疯。

"噢，"我吸一口烟，想起屋里雪白的墙面又问，"结果怎么样？"

"还有啥结果？第三天，嘿！他当了一天油漆粉刷工。"他不屑地一挥手。

我看看他健壮的身体，心想没几个人能在这副铁塔般的身板上讨到便

宜，不由笑了一笑。谢雨亭也笑了，目光里倒有些不好意思，他拍拍我的肩膀：

"别想歪了，我没揍他，没动他一根汗毛。你说我一个拳击手，怎么可能随便揍人嘛！"

"嗯，君子动口不动手。"

谢雨亭举杯和我喝酒，点头说："不过这小子不愧是画画的！油漆水平可真好啊！你也看到了，我家的墙，又白又平，不愧是画画的！"

"是啊！你的房子很干净整齐。"

"这该感谢我妈的培养。唉，两年多没见老娘喽。"

"怎么？你这么久没回家看父母亲？"我讶异地问。

"微微那疯丫头没和你说过么？"他叹了口气，独自饮了两杯酒，慢慢张开嘴，向我讲了他母亲和老头子的故事。

雨亭口中的"老头子"谢加豪，原本是古都西安一家大型国有企业的销售部长，后来又被抽调到机关当了两年计委副主任。改革开放之初，他别妻离子，按邓小平走过的足迹一路南下，在深圳下海弄潮挣大钱的同时，还弄了一个东南亚某个小国公民的身份，摇身一变成了外商。之后，他便扛起"归国投资"的大旗，举资入驻鹭岛。仅仅几年，就成为鹭岛商界很有名气的外资大老板。这位往昔的国家干部今日的外商老板，同那时许多暴富的男人一样，阅人无数之后，就有了一位楚楚动人的新欢。

说起来，妻子如衣裳，儿子则是骨血。这似乎在中国是早有的定论：即便是《三国演义》里扶不起的阿斗，也要成为后主。刘玄德的两位夫人，该跳井的跳井，该杀死的杀死！不用五虎大将赵子龙拼了老命去救。因此，谢加豪和前妻离婚后，又颇费一番工夫，把谢雨亭、谢雨微接来，就是一种必然。并且他在公司里，早就给谢雨亭留了个总经理助理的职位——这是中国父亲，一心想把儿子培养成接班人的又一例证。

但谢雨亭决不原谅父亲在情感上对母亲的背叛。他在喝下第五瓶啤酒

之后，微红着脸，却口齿清楚地对我说：

"你学历史的，应该知道这句话：糟糠之妻不下堂。他抛弃了我妈，我也永远不认他这个爹。"

糟糠之妻不下堂和历史无关。可我知道，一位父亲，对自己的儿子，迟早都有一份伤心的爱。我永远不会成为一名工程师，就足让我父亲伤心。就是那些被媒介宣称为"子承父业"的人，又有多少人五十年不变地传承了上辈人的基业？

父与子永远有矛盾。而在父亲的期望中，是否也包含着对儿子的控制与恐惧呢？

这一餐，我们从中午直喝到晚上。我们成了朋友。

我在鹭岛的第一个夜晚，就这样幸运地安顿下来。

晚上，不知怎的，我的大脑异常兴奋，久久不能入眠。我打开台灯，掏出纸笔，趴在床榻上，开始写我来到这个城市的第一封信。这个夜晚我一口气写了五封信。我并未想到，我到鹭岛之后才开始写信的这一习惯，让我一直保持了很多年。

我把写好的信整齐叠好，关了灯，躺在地榻上。二十二岁了，刚离开校园。但回想起大学的日子，一切又似乎遥远起来。明天将做何事，日后意欲何为，对我都如云雾。看着漆黑的窗外，夜空里，分明有一些流动的微弱光影在我面前闪烁。我知道那些东西在那里，我也许触及不到它们，但我知道，人怎么样都能活下去。而且，应该好好活着。

## 三、论美思艳

### 1

一九九二年的鹭岛，天空是澄明耀眼的湛蓝色。太阳热情燃烧，白云

第一部 白鹭

悠然自得。绚丽的凤凰花，如火焰似红云，大片大片地铺在翠绿的枝叶上。茂密浓荫的榕树下，常常可以看到本地人穿着拖鞋，支起小桌子，三五相聚，泡茶。道路上车并不多，无风无尘，十分干净。

这种自在和宁静，似乎与特区的称谓不符，却让在大学里散漫习惯了的我喜欢。但我没有时间去细细品味这个城市，我已经毕业了，我要工作，要在这个城市挣钱、生活。

人才交流市场等于菜市场。

这是我进入人才交流市场的第一感觉。

在拥挤不堪的人群中投出了二十份简历后，我离开了那个市场。十五天过去了，没有一份回函。我想我没听父母的话，接受他们为我安排的一份图书馆的工作，也许是个错误。毕竟，他们说的一句话有一点道理：名牌大学是不错，可加上后缀的历史系，就远不及二流学校加外贸系、三流学校加计算机系值钱。可是，一个人的能力，是靠加减来计算的吗？我有许多条反驳他们的理由，最厉害的一招是"以子之矛、攻子之盾"。按照他们的逻辑，可推论出："市长＋儿子"比"工程师＋儿子"值钱，"省长＋儿子"则比"市长＋儿子"值钱。老子是王，儿子可封侯，老子讨饭，儿子就继续讨饭……

如果人生仅仅是这样，贫穷的人活着，就没有意义。

已经是深秋了。

时间允许我慢慢找份工作，但口袋里的钱不允许我慢下来。因此，除了看过道路两旁红艳如火的凤凰花，不要说大名鼎鼎的鼓浪屿，鹭岛的任何一处风光，都还没有进入我的双眼。

一段时间以来，谢雨亭每天都早出晚归。我认为他谈了女朋友，大学里，谈女朋友的男同学都会变得早出晚归。夜晚，给予他们更多亲密的可能。他不回来，面对安静的夜晚，我在读书之余，就有了继续写信的冲动。虽然我给温馨如去的信如离弦之箭，但我还是忍不住继续写给她。我

23

还给李聪，给庄伟先，给曹朔望写信。我把自己的快乐、烦恼、祝福一起通过笔尖挥洒在纸上，寄给我的朋友分享。

同时，我把一切好事或编出来的好事，通过书信告诉父母。这一点我从没有向中国媒体学习过，却和媒体一样有报喜不报忧的爱好。

白天，我东奔西跑，看各种招聘广告。我做了几天临时的园林养护员，也端了一个月的盘子，却依然是个临时工。如果继续这样下去，我就得考虑离开这个城市，要么继续南下深圳，要么卷起铺盖回家。谢雨亭倒是建议我，先去他所在的健身馆当服务生，以我大学本科的学历，不久后，当个管理部的主管应该没问题。但因为面子问题，被我一口回绝。当服务生，四年前就可以做，再读四年书干什么！结果呢？我不还是端了整整一个月的盘子？

中午辞职后，我没吃饭。回房坐在长椅上，一支接一支抽烟。把红缎面的毕业证找出来，看了又看，从头到脚都没了当初离开学校时的那份自信。天色渐暗，感觉自己的精神，也随着天色昏暗萎靡了。各种乏累从四肢躯干向大脑汇聚，我昏沉沉躺在客厅长椅上睡去。

恍惚中我睡梦不断。曹朔望在大教室讲先秦诸子，温馨如搂着我笑舞旋转，我的上铺李聪在偷看色情画刊，画刊中的女郎丰乳肥臀……不知睡了多久，我被持续不断的敲门声唤开双眼。

天已经黑了。我挣扎着爬起来，开灯开门。一个面色苍白穿着一件月白睡裙的年轻女子站在门前。

看见我，女子有些吃惊，退后半步，用有些沙哑的声音说：

"你是谁？"

"萧一灯，谢雨亭的朋友。你找谁？"我揉了揉眼睛，看着她反问。

这姑娘头发散乱地披在肩膀上，淡淡的细眉下是一双显得有些茫然却很美丽的眼睛，鼻梁笔直而鼻子小巧，脖颈细长，白嫩如玉。听声音，好像也是刚刚睡醒。

"噢。"她点点头，抬起一只手捋了捋头发，微转着脖子用下巴指指身后，"我就住隔壁。感冒了，喉咙痛得厉害。谢雨亭这里总是备有一些药，你，能帮我先找找吗?"

"先进来吧，我找找。"

我又看了她一眼，实在长得漂亮！当她从我身边经过时，我嗅到了一种柔软、香甜而且温暖的气味，这使我的胸口有一种说不出来的挤压感觉。我后来认为，年轻女孩吸引男人的，也许不只是漂亮的容貌和姣好的身材，那种从她们身上散发出来的淡淡的神秘的气息，或许也是每个夜晚让男人们魂不守舍的重要原因。

我半蹲在电视柜前，一面开抽屉四处找寻药物，一面悄悄观察着她：月白色的睡裙只到膝盖，露出雪白修长的小腿，一只脚腕上缠着一个红丝细绳银饰铃，赤着脚，脚指甲上涂着蔻丹。我的心跳有些加速。无疑，这是那一只美丽的脚给我视觉冲击后带来的本能反应。那一刻，说实话，我很想过去用手摸一摸那白皙柔软的脚面。但理性的大脑和我所受的教育告诉我不能那么做——我可以心理上"流氓"一下，但不能在语言与行动上"流氓"。

客厅橱柜里找不到药。我站起身想想，请她在椅子里稍坐。转身进了谢雨亭的房间。我估计得没错，床头柜上，稳稳放着一个大药箱。里面大多是治疗跌打损伤的药瓶药膏，因为摆得整齐，我很容易就找到了专治感冒类的药。

女孩忙站起来，双手交握在身前，微笑着问："怎么样？有吗？"

"这两个应该可以。"我把药递给她说，"你有没有发烧？要是发烧了，恐怕得去打针。对了，好像还有体温计，要不我给你拿来量量。"

女孩笑了一笑："不用了，谢谢你。"

当我打开门送她出去时，她忽然又笑了一下，说：

"对了，我还没告诉你，我叫陶艳。谢谢你，萧一灯。你的名字真特别！"

这个叫陶艳的女孩走了以后，我陷入沙发胡思乱想。她没让我接着找体温计，让我有一点点失落。我想如果拿药的时候我就想到了拿体温计，那么也许，我就会说服她量一下体温，接下来可以给她烧壶水，拿出谢雨亭喝的奶粉，泡一杯奶给她……

我暂时忘了我还没有固定的工作，也忘了对温馨如的思念。可是，我没有钱！

## 2

随着时间一小时一小时流逝，谢雨亭就看到了躺在沙发上有气无力的我。

今晚他回来得比较早，脸上似乎也有些疲惫。但看到我的样子，马上过来摸着我的额头颇为关心地问："不舒服？"

"没有，只是工作还没着落。"我悄悄观察着他的神情，我在他这里住很久了，却还没有掏一分钱房租。

"大学生，呵呵。现在你知道了吧？理想和现实总是有差距。"

他把我拉起来，一边说他刚好有个新客户，似乎要招主管，建议我给他一份简历去试试，一边说自己刚拿了奖金，请我去喝一杯。

小炒店里，我们点了一盘炒海瓜子，一盘杂鱼煮酱油水，一盘炒生菜，要了啤酒来喝。两杯酒下肚，他叹了口气："你大学生，算文化人了。说说看，人生为什么这么累？这么累又为什么啊？"

"人活着，就是为了累吧，要不，为什么一出生都哭呢。"

我想起厕所门后的那首《伤》。现在想想，这诗写得还可以。我赌气离开家，必是伤了父母的心。努力想做个公园里的园林养护员吧，又总受到养护办主任的克扣和斥责，终于忍不住问候了主任的母亲，搞了个两败俱伤！高级酒店端盘子，倒是没出什么事，可一个大学生和十八九岁的小妹妹一起端盘子，搞得连现场领班都用眉毛看我……

谢雨亭打断我倒苦水的嘴，摊开手，指指掌心的厚茧，又握起拳头，把指节上凸起的硬茧亮给我看。

看看，想多挣钱，哪有不辛苦的。

我笑了，是！喝酒！嘿，你谢雨亭不是有个有钱的老子吗？你那么累，算不算找累受？你去你老爹的公司干，又没什么关系。至少，有个高起点啊！

喝酒时别放屁！

他举着筷子轻挥了一挥，打断了我说的话。

他说他刚到这里时，发现老头子抛妻再娶，就离开那个家在外面混。他曾经在沙坡尾拉了三个月板车，在好香诚酒楼端了五个月盘子，在建筑工地拉了半年砖土水泥，后来，给一位拳击手当了半年的陪练。谢天谢地，他没被那个拳击手打残；谢天谢地，他也学会了拳击。他见义勇为了一次，打跑了三个抢劫汉子，救了个小老板。他虽然被一个劫匪用刀在背上划了一道口子，却仅仅是外伤。小老板还是个不错的人，马上开了这家健身房。他成了这个健身房里挥洒臭汗的拳击教练。这是他的运气！现在，他不但教拳击，也教散打，还兼了健身教练。虽然一个人做三份工有点累，但他，活得很好！他就是不靠老头子，自己也活得自在健康！他这么做，就是想让某些自以为是的人明白：有钱，不是什么都能买到！

他最后说："一灯，我发现，我们的好与坏，都在我们的内心！内心不变，就什么都不怕！来！我们干一杯！"

两瓶啤酒下肚，我想起下午见到的女孩："对了兄弟，你对面住着个女孩，长得挺漂亮……"

他马上眼睛一瞪："唔，你怎么知道？你见到啦？"

"是啊，下午她过来敲门，找你要药，说是感冒了。我给她找了一些。"我对他的反应有点奇怪。

"是吗？谁啊？叫啥？"

"陶艳。"

"噢，陶艳。呵呵。"他笑一下，喝口酒，"对面住着三个女孩呢。还一个叫张敏雯，一个叫什么小云。"

"哦，你都知道哇！这么久了也不介绍，不够朋友。你没有近水楼台先得月吧？"我开玩笑说。

"乖乖！你知道她们是干什么的？这个……"他忽然小声说，并悄悄做了个手势，"鸡！"

我感觉他喝得有些多，并不很相信他说的。他怎么知道她们都是"鸡"？他接触过还是实践过？我摇摇头说："我见到的那一个很纯、很漂亮，不像你说的。"

谢雨亭自斟一杯酒饮了，咧嘴一笑，以见多识广的语调告诉我：呵呵，很清纯？也很漂亮？长长头发白白皮肤的，是吧？很清纯！一看你小子就不懂。越是装得清纯可爱，这样的女人，骨子里越是个荡妇。特别是那个叫小云的，胸部很丰满的那个，三个里面你最不能沾惹。我怎么知道？经验啊！我是谁？你现在不是没工作吗？白天晚上，你都注意看看，她们是不是都晚出晚归？她们是不是每天都化妆？妓女们，不都是白天睡觉晚上工作吗？我在社会上混了多少年？你呢，别看是大学生，你懂什么！

我是不懂，我笑一笑，又叫了四瓶酒来喝。酒喝多了，两个人便互相大放豪言，互相乱吹。慢慢地，说话的声音又从高音降下来，变得缓慢。于是我点烟来抽，他也讨了一支来吸。烟雾中，他脸色通红，眯起眼睛小声说："兄弟，老实说，你谈过女朋友吗？"

"这个吗？有谈过两个吧。"

"两个？这是什么意思？有那个过吗？"他挖了挖耳朵，又做了一个手势。

"嗯，这样？只有一个。"我老实交代。

"那滋味如何？"谢雨亭喝了一口酒，双眼盯着我问。他平时一本正经，此刻却有些心猿意马。

我狡猾地把这个问题反推回去："你以为呢？"

"唔！爽！当然爽！"

"这还用你说！"我摇摇头，故作不屑。

"我泡过八个，当然比你有经验。你一个，不过是童子鸡。"他用手在我眼前比了个大大的"八"字。

"哦？鲜花和驴唇，知道。"我见他动作有些夸张，不动声色地说。

"什么？什么鲜花驴唇？女人是鲜花，我们也不是老牛。老牛嫩草，呵呵，喝酒、喝酒！"

## 3

说实话，当年，我和温馨如因客观条件所限，一共也不到十次。前两次，我只有狼狈不堪与羞愧。黄片中男人雄赳赳气昂昂的气势，我一回也没出现。

初上大学的时候，我睡觉时，经常会梦见一个漂亮女孩在我面前宽衣解带。我满头大汗、心慌气躁，常常在什么都还没弄清楚时就飞瀑直下。以科学的词汇来概括，叫梦遗。梦遗的结果，我感觉主要体现在两个方面：生理的放松与心理的失落。醒来，我常常为睡梦中还没研究清楚女人的秘密而不满。后来，我去图书馆，贼似的偷偷摸摸查资料，一共查了十本有关人体解剖学方面的书。但每每在我的心跳加剧翻到我想了解的那一张时：

去他的！那一张图，全被我的狗屁师兄们撕走了！

我想，这一来是因为我们传统文化的长期禁锢，二来，也是我们现代教育不够的一个有力表征！比如去上厕所时，往往可看到粗劣的裸女画像，旁边配着低劣的黄诗，一个毛扎扎的大口子竖在肚皮上，明显结构不

对且让人恶心。那么，唯一有可能了解女人秘密的途径，便是自己找个女朋友。经过牵手、拥抱、接吻、抚摸之后，再看有没有机会进行更深一步的了解。

　　当时，庄伟先被大家公认为是这方面的专家。不是都传他"泡"过一个连吗？他曾在喝酒时对我说，女人那东西可是个宝贝，像是娇嫩的鲜花。当然，前提是，这个女人的东西是好东西。人分三六九等，东西也一样。否则，也有些让人不满的，那就不是鲜花，灰灰黑黑，驴唇似的。

　　什么嘛，鲜花和驴唇，差太远了吧！

　　他笑笑，独自喝了两杯酒后，转移了话题。他说他还是希望我能成为一个优秀的学生，将来在社会上能有一番大作为。他认为我有这个潜质。他不希望我像他那样迷恋这个，就像吸毒的人一样深陷下去……他摇着头，双眼向上望着，好像看见自己如一只飞蛾，正向燃烧的火苗扑去。

　　我不是很明白他的心思。我只感觉：他是饱汉不知饿汉饥！

　　不久之后，我就有点饥渴地和温馨如谈起了恋爱。温馨如在这方面把持得很好，我们谈了大半年，我还没吻过她。当然，这里面也有我的原因。每当我胸腔里如波浪般翻滚，渴望着去吻她时，一看到她那小鸟依人的神情，就怕惊吓到她。下一步该如何突破与进展，我不敢向庄伟先请教，一来缘于我的自尊，二来我觉得他不太喜欢馨如。

　　后来，我把这事告诉我的上铺李聪。李聪嘿嘿笑着说：简单！只要找无人处，你不管三七二十一，抱住了，死命吻她！

　　我怀疑，真这么简单？

　　李聪拍胸脯说：哥们儿，别的我不敢说，实战过就知道！你不信去问庄伟先！

　　我没问庄伟先，但实践结果告诉我李聪是对的。

　　我为此一吻，精心设计了九个方案！但到方案全部用完后的一次偶然机会，我才抱住温馨如，不管三七二十一，吻了她。吻她，止于偶然，却始于计划。当然，开始她万万想不到，也吓了一跳，死命拒绝，并且在我松开她后扭头跑了。这个吻，在我的记忆中没有留下一点可以叙说的感觉。三天后，我们在一起时，她主动并热烈地和我相吻。一个月过后，在她姑妈家一个很黑暗的房间里，我有些狼狈地把我的第一次给了她，而她是否把第一次给了我，我永远不知道。

从那以后，我一直想弄明白"鲜花"与"驴唇"的区别。

温馨如十分坚决地不给我这个机会。所以，我第一次亲眼看清女人裸体的结构，还是在李聪悄悄送给我的一本《龙虎豹》上。那是一九八九年冬天，一大帮年轻学生的理想与激情，如雨淋的蛤蟆雷打的鸡。看《龙虎豹》就成了李聪"躲进小楼"里的隐秘爱好。但这隐秘被我发现了，于是他拿出黑社会老大的方法：送给我三本精装《龙虎豹》，以便我和他同舟共济。这种方法很简单，却一直有效，并随着时间推移，越来越被用于我们社会的各个角落。

在我看来，谢雨亭和庄伟先、李聪都不同。

李聪绝对有实践经验！庄伟先也肯定是泡妞高手！虽然他们从没对我说睡过女人，可我相信他们睡过。谢雨亭呢？尽管用手比出个"八"字来，但是连"鲜花""驴唇"都不明白，我的直觉告诉我：他是"赵括"，他吹牛。

## 4

那天晚上，酒后的谢雨亭表现出躁动不安。

十点半时，他开了房门，盯着对面紧闭的大门一直看。之后，就像上了磨的驴子在厅里转圈圈。我被他转得烦，忍不住建议，想到对面看妹妹就敲门！

他甩甩双臂转两圈，坐到我身边嘟哝："喔喔，你有点理论经验，说得对。走，到对面坐坐吧？"

"她们不是妓女吗？你看妓女也要我陪？"

"从本质上讲，她们都是女人。首先是女人。其次，只有在工作时间，才是妓女。"

"这有什么区别？"我看看他，又故意说，"都是邻居，你和她们上过床没有？要收费吗？"

"没有。"他赶紧否认，又一笑，"怎么样？你有兴趣吗？我跟她们讲讲，兴许看在邻居的份上，给你打八折！不过，你可得小心。她们要是看上了你，你可惨了！会把你的骨髓都吸干……不像我！瞧瞧！"他说着，将握了拳头的手臂举起来弯几弯，胳膊上就似有个肥硕厚实的小耗子来回蹿动，"哈，久经沙场！"

"牛啊！你睡的八个里有没有她们？快说快说！"

"真的没有！"他摇摇头，又对我小声说，"其实，我也不知道她们真的是不是'鸡'，你觉得她们是吗？"

"你不说是？你经验丰富嘛！"

"沙漠说是！沙漠，就那个写诗的，他说是。我想想也像。"他捶捶胸脯，又推着我的身体，"管他谁说，我们去看看，就知道啦。"

当我们一同站在六一二室的门前时，他却犹豫地看看我，举起一只手说："我敲啦？"

"敲呀！"我说，感觉耳朵里听见了自己的心跳。

但他不敲门，举着那只手，侧了耳朵听。这能听到什么？我的心跳很快，再这样傻站着不好玩！我迅速举起手，在门上用力敲了三下，马上站到他身后。

"你干吗！"他吓了一跳，缩手侧身，扭脖子看我。

"敲门！"我指指门，"我敲了！"

"你敲了跑什么？"他抬高声音。

"嘘……"

33

四周很静，很远的地方，传来汽车鸣笛声。

没人！我也没跑！我又上前敲了敲门，听不见自己的心跳了。

然后，我转过身看着他说："看，我没跑，敲门嘛，不是很简单？可惜没人在。"

"是很简单。"他不好意思地笑笑。又看着手表，自言自语说，"是呀，太早了，这些臭丫头，估计还真是'鸡'！陪客至少要陪到十二点。"

那就别傻站着了，回家。我浑身轻松走回房间，斜躺在沙发上，取了他的一本《民国春秋》翻看。谢雨亭闷声跟进来，长长地低吼一声，振振双臂，告诉我说他心中有一股无名火，他需要去迪厅，或是酒吧，给自己一个瘫痪式放松！并约我一起前往。

我，很累。喝了酒，更累。我不想出门。

好。他决定自己去，并建议我放下手中的书。

"那是本破书。"他说，回到自己的房间，取了一个厚牛皮纸袋扔给我。挤挤眼，神秘地笑笑，"兄弟，看看这个，晚上不孤单。"

谢雨亭出门后，我坐在沙发里，打开纸袋，里面是两本色情杂志。

杂志里，身材曼妙的美女微笑着，向我的双眼大公无私地展示她们的美丽山河。我不知她们面对镜头时的感受，但要我赤身裸体面带笑容地被"菲林"谋杀，我将无地自容。有一段时间，我喜欢偷偷地一个人看这些美女图片。性，在中国似乎是一直被禁锢的，所以我对此充满探究、好奇与冲动。也许这些色女郎们早知道我这类人的心理。那样，她们对着我们的双眼发出微笑，就有讽刺我们的意味。她们敢拍出来给任何一个陌生人看，我们却不敢对别人说我们想看。

很多年以后，网络飞速发展，我却没了当年那种屏住呼吸去上网窥视的强烈欲望。我早而立成人。

合上杂志，我有些疲倦。想起了黄昏时见到的女孩陶艳。她？真像谢雨亭所判断的，是个"鸡"吗？平日的白天，我也确实经常感觉到对面房

间里，隐隐约约会传来几个年轻女孩的笑声。她们，也总是会很晚才回到六一二宿舍。谢雨亭认为，妓女们，不都是白天睡觉晚上工作吗。那么漂亮的女孩！是"鸡"该多可惜啊。

十几年前，妓女对于我，只存在于书中的历史里，如今竟会是比邻？

假如，那个叫陶艳的是妓女，那么她便是给了钱，任何男人都可以抱了上床的女人了。想到这一点，我的心绪有些复杂，重新设计了自己的幻想，想象自己是个大款，拯救这个叫陶艳的女人于水火之中，供她读书及工作……到后来，我觉得自己这样半躺在沙发上，拿着色情杂志胡思乱想既可笑又幼稚，而且动机也并不纯粹高尚！干脆爬起来走上阳台，拿起哑铃健身。

这之后，我听到隔壁的女孩们结伴说笑着上楼、开门、关门。

四下寂静……

午夜一点了，我看看表。但雨亭还没回来。

他一夜没有回来。

## 四、香茗与咖啡

### 1

一个星期后，通过谢雨亭的介绍，我有了在鹭岛的第一份正式工作：一家韩国人办的行画公司，当主管。月薪八百！

正式领到第一份薪水，我兴奋了大半天：大学里睡在我上铺的兄弟李聪，毕业进了他老家的一家国营单位，是当地数一数二的龙头企业，还要下车间实习一年，月工资才九十八元！他给我的信里总是一肚子牢骚，全然没有同学少年时，满腹才情一腔热血的气概。

李聪在入学后曾对我说，他的偶像有两个人，一个是马克思，一个是厉以宁。他一心要报考北京大学经济系。凭他中学时全校第一的学习成绩，这本不是问题。可高考考数学时，答题太过顺利，一不小心，竟没看见其中一张试卷，结果成了二流大学三流院系的学生。关云长大意失荆州，成了他心中永远的痛。这和我不同，其一，我从来不是尖子学生；其二，我喜欢历史。

喜欢历史和喜欢经济的两个人，能在四年里同睡上下铺，应该是一种缘分。我向他讲曾国藩，讲太平天国；他向我讲马克思，讲价值与剩余价值。结果，他撰写了两篇论文：《曾国藩心中的剩余价值》和《马克思眼中的太平天国》。发表后一共得了九十元稿费加两百元奖金。两百九十元，相当于我四个多月的生活费！我却什么也没写出来。为此，我一直让他请客，但他超级小气，除了为堵我的嘴，给了我三本《龙虎豹》之外，一次客也没请过。

对于他的牢骚我回信说：你不错呀，工业企业是国家经济的命脉，你掌握着国家经济的命脉，多牛气、多神圣！而且，工人阶级还是国家的主人！我呢，当不成主人，反成了资本家剥削剩余价值的对象。

李聪回函道：一灯兄，你这是站着说话不腰疼！你说说，谁是国家的主人？国家主人就这么点钱？没钱怎么当主人？没钱怎么会是主人嘛！

今后每个月，我手里都会攥着八张"老人头"。想一想，确有站着说话不腰疼之嫌，并且我无法面对他的四连问，从此，便懒得再给他写信。

八张"老人头"，给了我上班无穷的动力！

一个月来，为完整地拿到八张"老人头"，我总是比上班时间提早半小时到公司勤劳地工作。在提早的半小时里，我嘴里哼着歌，提壶打水，烧水泡茶，并把办公室每个人的桌子都清理干净。这一切，都让经理对我满意。

这是一家韩国人开的公司。主要是批量生产油画行画，供出口外销。说是有限公司，其实更像一个手工作坊。三间办公室里，坐着从上到下总共五位管理人员：经理兼翻译，现场主管兼考勤——也就是我，财务兼出纳，报单员兼外勤，库管兼发运。剩下一个联体厂房内，坐着六十多位画师。画师们创造着公司的价值与剩余价值，根据国外市场要求，把分发下去的样片、订单成批量地手工绘制出来。他们有的专画静物，有的专画风景，有的专攻肖像，有的专攻走兽。大部分临摹十七世纪的西方名画，如扬·达维兹·德·海姆的静物、卡拉瓦乔的人物等色彩绚丽的巴洛克风格作品，也有根据样照要求绘制抽象画或北美印第安人像的。

公司的运行，则完全以一八八五年马克思所写的货币资本循环理论来运转：

$$G—W \cdots P \cdots W'—G'①$$

此理论，大学时期的李聪给我讲过许多遍，来说明资本"从头到脚，每个毛孔都滴血"。但我当时正醉心于我认为的生活中最重要的事：把有限的生命与精力，投入到无限的爱情中去！对它一窍不通。可是在公司里只干了一周，我就知道什么是实践出真知：从货币 $G$ 到货币 $G'$ 的过程，就是赚钱。

我和财务兼出纳的中年女士一间办公室。中年女士对我有着其特有的慈爱方式，每天都妄图担当我的长辈、媒婆、生活顾问及算命先生。这使我迫切希望能长一个长颈鹿的脖子，好把头伸出窗外去亲吻云彩。

我非鹿，但双腿健康，于是我移动双腿，使自己的身体更多时候出现在现场：上班铃声第一次响起，我必定站在工厂的铁栏门前，看着一个又一个画师走到墙边的木板前，在他们的姓名卡上签到。五分钟后，铃声又一次响起，我开始关门，取下挂在墙壁上的钥匙，把画师们统统锁在车间里。到休息时间——画师们上下午各有一次十五分钟休息时间，喝开水、

---

① $G$ 代表货币，$W$ 代表商品，$P$ 代表生产过程，$W'$ 代表包含了剩余价值的商品，$G'$ 代表实现了价值增值的货币资本，"—"代表流通过程，"⋯"代表流通过程的中断和生产过程的进行。（编者注）

上厕所、在走廊里散步。我再次开门，之后又重复地关门、锁门。

每当此时，我都觉得自己像个监狱的狱警。

因为这种不好的感觉，一周后，我把自己也反锁在车间里。我反背着双手，拎着一大串钥匙，看他们调色、调油，挥笔画画。当然，我有时会和一两位画师聊几句，但每一个画师手头都有忙不完的工作、画不完的画，画到关键时，我就不好意思再和他聊天。再聊下去，这画有可能要返工，更糟的是报成废品——没有价值也没有剩余价值，有的只是罚钱、扣钱。于是我只有东张西望，来回转悠。

每当此时，我又感到自己像个过去西方手工作坊里的监工。

在放风休息时——是的，每次开门休息，我都觉得像给他们放风——我曾开玩笑问他们："你们觉得我像个监工吗？"

有的说像，有的笑笑不答。

这帮人中，有几个人给了我深刻的印象，并一度都成了我的好朋友。

一位姓吴名百田，四川人，绰号"大师"。圆脸眯眼，坐在那里看着还挺壮，但身高只有一米五八。他的头顶从左向右仅仅覆着一缕稀薄的头发，每当他低下头，右手执笔使劲调色时，那缕头发便慢慢下滑，掩在前额，这样，在站立着的我的眼中，就出现个红亮亮的大圆秃顶。

吴百田在公司的画师级别为九级，画技一般，但口才一流。据大师自己说，他家是蜀道难行！从盘古开天到一九九二年的今天，仍没一条水泥路没一根电线杆！他有许多惊人之言被同行奉为语录。比如在公司里常常流传的：我要在一杯清水里让你看到幸福。或者：让我啜饮你的甘泉而不在别处。

这两句话，他曾经对公司里所有的女画师都说了一遍，但一开始的结果并不美好。听说，就有泼辣或野性的女人，在休息时把一杯水或是一杯颜料汁灌进他的口袋或脖子，并问：

你幸福吗？

于是一边看戏的男人们就起哄：

快啜、快啜！

吴百田的脸上现出悲哀的神情，转着眼球像在看别人的热闹。他说：

"人啊！你们的双眼，不是聚焦在财富与名声上升中的大人物身上，就是看戏般满足地对待卑微人物，对苦难中挣扎的生命不屑一顾。"

虽然身体狼狈，但他此时给人的感觉，就是个圣徒、是个哲学大师。大家没了兴致，反过来想想，倒觉得他说得有道理，于是，慢慢地，他成了大家眼中的"大师"。

有时候，如果有位画师挨了经理的骂，别人就用他的名言来安慰："不要怕批评，就是辱骂你是猪狗也不要在意，批评不论对错，都很快会被人遗忘。"

他给我的第一句话是：默然无历史。

那天，我远远在一侧看见他头上的细发在运动，便踱到他身后站定，见他正在画布上涂抹一位印第安酋长的脸，便问：这是谁？

他撇一下嘴，接着调油接着画，画着画着，忽然抬头就对我来了一句：默然无历史！

九级画师吴百田天生快乐，我和他刚交往半个多月，他就辞职回家了。他说，因为有他，才有一个人成为女人，她将是他的肋骨、他的橡子、他的一汪泉。他笑眯眯地对我说，家乡的山窝窝里有个蓝色小妖精，让他回去互相啜饮……

另一位则是杨骚，十级肖像画师，是专摹人物画的高手，而且画西洋裸体美女特棒！他本名劭，劭字的含义，应该是品德美好。但大家都叫他：杨骚！骚与劭当然不同，但他好像很享受别人这样叫他，并一律在画上落名：杨骚。

还有就是肩上常常披着各色麻布的小美女田七七。当然，麻布一年四季披着，不是为谁一年四季地戴孝，更不是丐帮弟子，据杨骚说，她是

Bohemia（波希米亚）的信徒，绰号"猫女"。田七七看人时，单单薄薄的眼皮经常一掀，就把那双乌溜溜的黑眼睛粘在别人眼上，她身材不高却丰满性感，喜欢喝茶喝酒和收集各种古怪的东西：有苍蝇的琥珀、猫眼玻璃球、灰狼牙、羊皮藏经，还有一小块人的头骨。田七七的这种爱好确实让我觉得不可思议，也有点难接受。她是个有些神经质的美女，一天抽两包烟却牙齿洁白。这一点让我很佩服，我一天刷三次牙，常叼烟的那颗还是琥珀色的。七七是夜猫子，这一点与我相同。但我常常早上起不来，她却每天只睡四小时，午夜一点到五点。

五点以后干什么？我曾这样问她。

她把一根手指点在嘴唇边说：

"睁开单单的眼皮，在黑暗中听另一个世界……"

这句话，在十几年后，使她成为"单眼皮"诗派的鼻祖。而多年前的鹭岛上，田七七总梦想有一种高尚的爱情降临到她身上，能在今后青春飞逝的日子里，写下一章篇幅浩繁的风流往事。这段风流往事的男主角，往往来自巴黎的拉丁区，一位有着深邃的蓝眼睛的英俊艺术家。莫迪里阿尼是她的梦中情人，可莫迪里阿尼英年早逝，所以梦中情人对她来说，成了无尽的等待。

二〇一二年七月的北京，在后来成为我的兄弟、飞黄腾达的大画家马尾的画展上，我又见到了田七七。那天她身着满身黑色的羽毛装，却剃了个光头。晚上的酒会，我时不时能听到她夸张的笑声，看到她如幽灵般在众人间穿梭。

那天，马尾碰碰我的胳膊，用长下巴指指她说：瞧！这么多年了，一点不见老，还是个大美人！

我说，喂，七七是不是曾经暗恋过你？

马尾说，你真是三头牛！当年，她那么多次对你暗送秋波！你的眼是出气口吗？

我说，真的吗？你怎么不早说……

马尾说，也别后悔了，她现在不适合你。因为生命对于现在的她，总是一张空着的大床……

这些都是后话——后话一讲，就满是沧桑。

## 2

鹭岛曾姑娘巷，一百七十八号。

我第一次拥有了一间自己的小屋。

看过房子，我马上从谢雨亭住处搬出来。当然，我曾坚决地取出两张"老人头"给他当房费。他则坚决不收：拿了钱就不是兄弟！为了"兄弟"二字，"老人头"最终回到我的裤子兜里。

房子，是热情的女画师田七七帮我找的。步行到公司，只需十分钟。一九九二年的曾姑娘巷，到处都是这样杂乱的旧建筑。它们，被密如蛛网的石板小径分割，低矮的灰墙和破旧的红砖房以及巷中那一片小吃店、小杂货店、挂着旋转灯的多家幽暗小发廊，构成这一带主要的景色。多年以后，我才知道这条巷子中，竟然散布着许多鹭岛文化名人的故居旧宅——对文化与历史而言，它们前景堪忧；对现代都市而言，它们并不存在。衣着光鲜的人们早把它们遗忘。

巷子外面的主干道旁，则是一排类似于屏风作用的高大气派的商品房与写字楼。

虽然才十平方米，但第一次拥有属于自己的小屋，我心花怒放，如沐蜜糖。买了一张弹力十足的床垫，一对木椅子，一个绝对大的书柜，统统将它们搬入自己的领地！一切安排妥当，在周六的夜晚，我很大方地拍出三十块钱，请谢雨亭兄妹和田七七在一家海鲜排档美美地吃了顿饭。

拎着半瓶没喝完的小角楼，哼着《我的未来不是梦》回到家，打开新买的钱包，把所有的余钱摊在床上，用手指一一拨点后，我的脸上浮出一丝幸福：还有二百二十六元八角！呵呵！一个月足够了！买斤好茶，买瓶好酒加条好烟，犒劳犒劳自己吧！鹭岛，这个福地！多美好的地方！多美好的夜晚！我举起酒瓶，想望月学李白，可朝北的小窗，面无表情地对着一米外冷峻的黑墙。

那么，黑墙，干杯！

黑墙外的月亮，干杯！

第二天下午，阳光从侧斜的小格子天窗外倾洒下来，躺在床上的我和身边的书籍便笼罩在斑驳的金黄里。室外一定阳光灿烂，这样的天气，温馨如最爱在野外游荡。温馨如，一封回信都没给我的温馨如！哎，想她干什么呢？我起身泡了一杯浓郁的"海堤"茶，点上一支七星烟，再次慵懒地半躺着，看川端康成的《雪国》。

梆梆梆！梆梆梆！！

声音清脆而有节奏。

"谁啊？"我嘟哝着，懒懒地从床上坐起来。

"我，开门——还有你的朋友谢雨亭。"

打开门，看见田七七一身黑衣，披着一张长而大的驼色麻布片，身后站着谢雨亭。

"咦？你们怎么混在一起了？"

田七七一拳敲在我胸前："什么话？我们哪里混在一起了！今天阳光灿烂，姑娘我坐在门前画对面的老宅子，你知道吗，那是卢安邦的古宅，绝对的闽南燕尾脊红砖厝！哎，画着画着，就看见你这位朋友一个人东张西望溜进了巷子。"

谢雨亭忙摆手插言："没有东张西望，看门牌号呢。"

"好好好，看门牌号，那也别那个样子，多像个贼啊！我们家房东大爷都紧张地拿出木棍了！他，说是你给了他地址，想过来看看你！喂，我说萧一灯，别这样站着好不好！先请我们进去坐呀，难道你金屋藏娇不成？"

"好好好！正好我刚买了一盒'海堤'特级铁观音，很香！七七，应该是你的最爱！"把他们让进屋，我一面给雨亭递烟，一面从茶几下拿出茶具茶叶。

"特级'海堤'啊？呵呵呵——也才不过几块！"单眼皮眨了眨，笑。

"便宜是不？好东西难道一定贵吗？下次你带个贵的来！"

田七七不屑，一屁股坐在沙发里问谢雨亭："怎么样？我帮他找的房子不错吧。"

谢雨亭笑笑："房间虽然不大，感觉不错。哦，一灯，你还买了工夫茶具？这种泡茶的方法我怎么也学不会，太麻烦啦！"

在北方泡茶待客，大都是用玻璃杯，装上茉莉香片或龙井、毛峰，热水直接冲下去饮。鹭岛人泡茶则和北方不同，很有古风遗韵，一般都会备有专门喝茶的"四宝"：潮汕炉、玉书碨、孟臣罐、若琛杯。皆玲珑小巧，并且以特有的宁静仪式慢慢演示出十八道茶艺程序，为品茶者泡出一小杯琥珀色的浓茶来。

茶，按本地人说法，如"酱油水"。入口的感觉是浓烈甘苦，再品一杯，等那热热的苦茶入腹之后，一股弥久的甘醇便会从腹、从心一路涌润起来，以至满口香馥。此茶名也特别，与佛教有关，叫铁观音。

田七七似乎是一切新鲜事物与美的挖掘者，她初到鹭岛，就喜欢上这样一种泡茶方式。这让她体验到一种特别悠然的生活节奏，这节奏恰如其分地配合着鹭岛小城。她曾告诉我说，鹭岛的茶，几乎涵盖了中国所有茶类。最出名的茶，当然是乌龙茶里的铁观音，甘、香、爽、醇。为什么叫铁观音？据说是形如观音重如铁——当然那是据说，也有传说是观音赐茶乾隆赐名——当然那是传说。

田七七除了爱茶，还收集各类茶器茶具。我手上这套竹制茶盘和德化瓷器，就是她赠送我搬新家的礼物。

慢慢地品工夫茶，和打开书本阅读，有种异曲同工之妙，吃麦当劳喝可乐，就没有那种感觉。所以我也马上喜欢上这种喝茶方式，并在向她学习的同时，买了一堆与茶有关的书来看。我拿出铁观音，看着田七七笑说："你是泡茶老手，茶好茶坏，还是你来冲泡品鉴。"

田七七撇撇嘴，把手里的麻布片绕在脖子上："你不会是叶公好龙吧？泡茶，有一种宁静的乐趣。真正爱茶的人，哪个不喜欢亲自动手哦！"

她快速摆好茶托茶碗，一面舀出八九克茶米，凑到鼻子下嗅嗅，点点头："不错，是传统烘焙的铁观音，醇厚有味。"

谢雨亭看她手法娴熟地提壶浴杯、入茶点汤，摇头说："麻烦！我喜欢大杯喝，过瘾。"

"你那不就是牛饮嘛！"田七七将浓香的茶汤点入杯中，"先闻香后品水，你感觉一下这种美妙。"

谢雨亭哪管她说什么，一口吞了茶水道："我都口干舌燥了，这哪里解渴？再来一杯。"

田七七拿眼睛瞄他，从桌上取了我的搪瓷缸子，倒了一杯白水："你渴，就喝这杯水吧。喝水解渴。品茶嘛，要平心静气，就像我们的生活，虽然都是一个过程，但须静下心来细细把玩品味，有苦有甘、有浓有淡，才不会辜负了好茶，不虚度美好时光。得失寸心知，尽在一杯茶。"

谢雨亭挠挠头皮小声嘟哝："披着麻布片就不一样呵……"

"你说什么？"田七七挑起眉毛。

"没说啥，嘿嘿……"

我说："也是啊，七七，你天天披着个麻布片，也不嫌麻烦？"

"什么呀！"她一巴掌打在我肩上，"你懂不懂？姑娘这是Bohemia！"

我笑："知道，不就是波黑米嘛！杨骚说波黑米也不用天天这样。"

"什么？"谢雨亭伸过手摸了摸麻布，"波黑米？这叫波黑米？和洪七公的丐帮弟子似的，我怎么看都像个麻布片，嘿嘿……"

"讨厌！你们！"田七七转身又把脚踢向谢雨亭,"波希米亚！懂不？都是土人！"

"哈哈哈……"

"再笑！再笑姑娘我不泡茶了！"她噘起了翘翘的嘴唇。

我挥挥手："你好好泡，我去买些'茶配'好不好？"

"呀，看来不错，你发财了！这样，'茶配'就不要了，晚上你请客，怎么样？"谢雨亭说。

"没问题啊，你们说，晚上想吃什么？"

谢雨亭笑说："我知道离你们这不远，新开了一家'嫩香鸡'，一只童子鸡只要八块钱，又香又嫩！"

好，去吃"嫩香鸡"！一人一只！

## 3

鹭岛的夜色，终于让我感到温暖而明媚。

开明路的骑楼，在夜灯下显示出南国特有的妖娆风情，一家家装修时髦的店铺里灯光明亮，人头攒动。骑楼下面，间或有本地的老板支起茶桌子，拿着朱泥小壶泡起香浓的铁观音。茶泡好了，还不忘叫进到店里的客人来"啉几杯"。"啉几杯"为闽南话，听着像是喝几杯，其实"几"就是"一"，喝一杯茶。客人或许客气，但不一会儿，就有邻居或朋友趿拉着拖鞋，过来坐下"啉"茶"话仙"。而老板或是老板娘，对凡是来喝茶的人，似乎远比买东西的客热情，和大家坐在桌旁神侃胡吹，好像忘了还有生意要做。当然，在本地传统店铺间，也有现代连锁的品牌店或是加盟店。间或，就会听见一群穿着统一服装的年轻人拍着手齐声唱叫：

"年轻精彩威哥龙，买一送一威哥龙……"

转过街角，把嘈杂的人声抛在身后，迎面扑来诱人的异国风情图案：椰树、啤酒、乐队、红唇女郎。那是南洋瑞景酒店大理石墙面上妖娆闪烁的霓虹灯。大堂一侧，户外咖啡厅因时间还早，在晕黄的灯光下显得有些静寂。而酒店对面的街道上，却已经有了排队的人流，那是在"嫩香鸡"外卖窗口等着外带打包的客人。放眼看去，人流上方，一只肥硕的黄色公鸡高傲矗立在店门上方，胸前一条大红彩带，被里面的射灯照出七彩斑斓的三个大字：嫩香鸡。

这样一类的店铺装修都大同小异，据说是根据人类吃东西时的色彩心理学来定的装修基调：快速、刺激、不可久留。田七七看了看这巨大的广告，小声嘀咕说，怎么看都像我在北京吃过的肯德基？她对西方的咖啡和咖啡馆有兴趣，对一切快餐店都反感。我则最怕吃饭等待，一看吃饭的地方人头攒动就想逃。但雨亭说，在里面就餐和外卖不同，点完餐不超过五分钟就可以开吃。而且一只鸡才八块钱，合算！看在人流的份上，估计味道也不错。于是我们横穿过街道，一起推门而入。

"……你是不是像我就算受了冷漠，也不放弃自己想要的生活……"

餐厅里播放着响亮的流行歌曲，我们刚推门进去，谢雨亭就马上拉住我丢眼色："瞧！那边……"

我顺着他的眼光望过去，一边靠墙桌子旁，坐着几个嘻嘻哈哈的女孩子。

"怎么啦？"

"你瞧你什么眼神！'六一二'啊！"他小声嘟哝。

六一二？噢！六一二！

我忽然明白，那些女孩是他的邻居！再细看，果然，那个叫陶艳的女孩正捏着鸡腿对另一个说着什么可笑的事。店里人声嘈杂，比菜市场还热闹。可这小子的眼睛倒很灵光，一下就看见了她们！

"喂喂！你们干什么啊！快过来点餐啊！我要一只鸡，还有薯条！还有可乐。"田七七早站在柜台前，回过头对我们大声说。

"嘿！瞧你挑的地方，吃鸡遇'鸡'。"我小声说，并马上走到田七七身边。我一面点餐，一面让田七七找地方坐着等。谢雨亭则紧挨着我，小声对我说也许我们都猜错了，也许她们并不是"鸡"。这家伙的表情有些古怪。但管他去！我已经闻到炸鸡的香味了！

付钱，吃鸡！

我们分别端着满满的长方形餐盘，向田七七等待的餐桌前走去。我大步流星，谢雨亭的脚步却逐渐放慢，明显落在我身后。我朝着招手的田七七笑，心中暗乐，快步走到桌边放下食品，快速靠在田七七旁边坐下。这样，谢雨亭就得坐在我们对面，他的脸就得对着六一二女生的那一桌。我看见谢雨亭脸上显出一丝迟疑，马上大声招手："坐呀，开吃！南洋风味炸鸡！"

田七七的注意力全在鸡上，掰开一条鸡腿尝尝说："嗯，味道还真不错。值！"

谢雨亭一声不吭在我们对面坐下。他微微缩脖，目光闪烁，身体总是扭来扭去，似乎屁股底下坐着什么硬东西。我再次判断，这和那一端的异性们有关。于是我故意指指田七七，嘿嘿笑着调侃他，是不是不愿意看着美女吃饭？要不要和我换个位置？田七七不知原因，听我这么一说，看看他又瞧瞧我，放下手里的食物：

"你们干什么？怎么莫名其妙的！"

谢雨亭一面低声辩解，一面低头胡乱往嘴里塞鸡肉。

"嗨——谢雨亭！你又来吃鸡啊！嘿嘿！怎么装着没看见我们哦？"

一个清脆的声音从我身后传过来。

我看见雨亭抬起脸，嘴里叼着一大块鸡肉，不知是不是噎着了，满脸涨红地吞咽着说："哦哦……你们，也来……嗯……吃鸡？"

"哈哈哈哈，我们刚吃完，就看见老朋友。"

我扭过头："呀，陶艳？这么巧，你们也大老远跑这里来吃鸡啊！"

"呵，萧一灯，好久不见啊！"陶艳看看我，又瞧着谢雨亭，搂住一个

同伴笑呵呵地说,"要说大老远,倒是谢雨亭大老远的,我们可就在对面上班。"

"上班?"

"对呀,我们就在对面的南洋瑞景酒店上班。喂,谢雨亭,其实你也不用每周来这里吃三次鸡呀,小云调到一楼咖啡厅工作了,有空去酒店喝个咖啡,不就看到她了!"

来吃饭的几个女孩子一起嬉笑起来。

"什么嘛……"谢雨亭脸涨得通红。

陶艳撇一下嘴:"得了,谢雨亭,你喜欢小云就直说啊!光吃鸡有什么用。"

"就是,给她送花!顺便请我们喝咖啡。"

几个女孩叽叽喳喳,像一群喜鹊对着一只木鸡。我和田七七则保持沉默,感到这木鸡又可怜又可气。喜鹊们笑闹够了,挥手向我们告别。

田七七点点头:"原来你叫我们来这里,不是为了鸡!"

"没有啊,碰巧……"

"碰巧都来吃鸡,是不?"

"是……"

田七七瞪眼:"呸!姓谢的!我不吃鸡了,我要喝咖啡!"

我笑:"就是,谢雨亭,以后别吃鸡啦,请我们喝咖啡去!"

"别,别开玩笑。"他忙摆手。

"你太可恶啦!想泡小妞让我们当灯泡!一定要请我们喝一次咖啡!就在对面的酒店。"田七七撇着嘴不依不饶。

对!让这小子请客。顺便还要看看那朵云!

我们两个大吃大喝,一面批判他,一面责令他请客。等餐桌上满是狼藉的剩骨头时,雨亭才点头求饶。他答应一定请我们在南洋瑞景酒店吃一顿自助大餐,同时,又可怜巴巴表示出请求帮助的意思。

田七七点点头说，既然态度诚恳，就给他一个建议：人家一群同事都看出来了，那估计还是有戏可唱的。否则，没人会拿这样的事来说笑。所以呢，打铁趁热，这个时候，谢雨亭出了"嫩香鸡"的门，就应该去对面咖啡厅，省得那帮丫头在那朵云旁边叽叽喳喳。至于鲜花之类的东西，则万不可在此时买。至于下一步该怎么办，等落实了大餐再说。

出了店，夜色更显得妩媚起来。对面酒店的户外咖啡座里，也有了一些人气。谢雨亭却显得有些犹豫，他说要不改天吧，他觉得还是找个地方请我们喝两杯自在。

田七七抻抻肩上的披肩，从口袋里掏出一包女士香烟，点上一支，恋爱老手般教育谢雨亭：很多事，都是机不可失、时不再来。在山野间看到一朵艳美的山花，如果不及时摘下捧在手中，也许之后的路途里，只有杂草荒蒿陪伴。与其在这里吃十次鸡，说到底，也不及过去来一杯咖啡浪漫。

肩宽体壮的谢雨亭，在柔暖的夜色下，变成一个忸怩的小姑娘，被爱情导师指点着，加上我推搡鼓动，慢慢把自己的身体移到对面酒店，移进咖啡厅里。

## 4

那天晚上，谢雨亭是否有触碰到爱的花蕊我不知道。

因为时间还早，我和田七七在华灯之下各自抽完一支烟后，被一种看不见的丝缕缠绕。我们保持着一种微妙的距离，不说话，漫步在悠长的路上。半小时后，在我们面前出现了一个挂着欧式煤气灯的"小颗粒"咖啡馆。

停下脚步，四目相视，都笑。

咖啡馆很小，五张小桌子被巧妙的雕花隔断分割成五块私密领地。墙上挂着古老欧洲的风情图片，欧美老情歌从高高的吧台下面悠然地飘荡出来，和着房顶上吊着的锻铁吊灯发出的幽黄灯光，营造出一股时光停驻的静谧气氛。我们一起来到靠着贴花窗台的一张圆桌旁坐下，一张年轻的脸就从吧台后面升起，并悄无声息地移动到我们身边，在桌上放好一支点燃的红烛，把手写的菜单递给我们，然后一言不发回到吧台后面。

"Yesterday Once More."[①] 田七七轻声说。

我笑了一下："看来你喜欢这种地方。"

"这里的感觉总比'嫩香鸡'好吧。其实，我喜欢画油画的原因就是想去欧洲。坐在塞纳河边，阳光普照，吸烟，画画，看人来人往。"她点了一支烟，用两根细长的手指夹住香烟，慢慢举到嘴边吸一口，悠悠吐出轻烟，一双眼睛就随着慢慢升起的烟雾飘到遥远的地方。那一刻，这个单眼皮的小美女很有些让我心动。我打开手工制作的菜单，看着她小巧的鼻子问：

"哦，那你看喝点什么？蓝山、拿铁、卡布奇诺……"

"都行。"

"都行怎么点？你喜欢喝咖啡吗？"

"说不上喜欢，"她笑笑，"其实，我喜欢闻咖啡店里煮咖啡的味道。"

"嗯，这里还有英式红茶，还有酒，要不，我们要瓶酒喝？"

她一手举着烟，一手拿过牌子看看，摇了摇头："一只鸡才八块，一瓶啤酒倒要十块！太贵了。"

"咖啡馆里都一样的。既然来了，还是喝点什么吧。"

"嗯，好的，先说好我请客！我喝蓝山，再点些小点心。"田七七笑看着我，小眼睛里有一种古怪的柔情。

据说，在国外的咖啡馆里，常常在不经意间，就会上演爱情故事。我和田七七呢？她是我在鹭岛认识的第三个女人。在鹭岛的日子里，她一直

---

[①] 意即"《昨日重现》。"《昨日重现》是二十世纪七十年代欧美经典的英文歌曲之一。（编者注）

对我不错，我们会有更亲密的接触吗？

那天晚上，我们碰了碰手，也有一个分别时朋友式的拥抱。

那天晚上，我失眠。是咖啡喝多了？还是因为田七七？

## 5

又到发薪日了。市场是看不见的手，折腾得大家忙死忙活，钱却实实在在从老板的手中交到大家的手里。所以，每个画师脸上都显出一些兴奋与愉快，休息时间，大家互相开玩笑的情况也比往常多。

我发现几个画师像谋划好了一般在开一个胖子的玩笑。他们设了个圈套，拿着一张莫奈的照片故作神秘，说是发现了胖子的秘密。一环一环请胖子入瓮，让胖子交代他昨晚在哪里"啜饮柳叶"。胖子避实就虚，嘻嘻哈哈地说他没有啜饮任何饮料，只是抓了一个馒头。大家哄笑起来，一个瘦高个就高声问：

那馒头暄软吗？

交代！交代！不交代晚上当模特！大家说笑着。

我向他们移去，聊什么呢？这么热闹！

大家见我过来，反而静下来。

"'瓱胩'来了……散了散了……"

脸长如马的瘦高个小声嘟哝，一面拿起搁在廊台上的搪瓷茶杯，想离开。我没和这个人说过话，因而也算不认识。但我笑了笑，微微横身说："怎么？哥们儿，真把我当监工了！"

他咧开大嘴嘿嘿嘿地笑："嘿，哥们儿？不敢当，你是领导嘛！监工也是职责所在。只要你不是经理的'瓱胩'就行。"

这家伙说完，转身想走。我不知道"瓱胩"是什么意思，但一定不是好话，我一把抓住他："你说什么？讲清楚！"

"哎呀！你大学生啊！这都不明白？这厂子当然是老板的，老板是谁？

韩国资本家呀！那么，一般来说，经理，不就是资本家的一条看家狗嘛！可我们的经理呢？他姓朱哦！哈哈哈哈哈……"

"干你姥①马尾，你又胡说什么呢？"

经理走了过来。他三十九岁，姓朱名顾冬，小眼、大鼻，脸上有些麻子，总以明洪武朱元璋为本家荣耀。他中等身材，按照现代社会的划分也属于青年。但他有了一个颇为明显的肚皮，因此，他自觉该去健身，谢雨亭便是他的健身教练。

"我说我们是资本家剥削的对象。"马尾扬扬脖子。

朱经理双手微握，交合于凸起的肚子上微笑："你马上可以不被剥削。"

马尾嘻嘻一笑，举起大杯子快速转身，把哼哼哈哈的歌曲留在身后："干活啦、干活啦，正月里来是新年，猪啊、羊啊，送到哪里去……"我看着他远去的背影，瘦削的肩上架着个空空大大的黑T恤，脑后的小辫子一步一摆。他叫马尾？是不是曾在谢雨亭处住过的那一位？我不敢肯定。毕竟，十几亿中国人，重名重姓的真太多了。

随着铃声响起，画师们陆续回到车间。我再次扮演狱警的角色，锁上了铁门。回头，见经理仍衣冠楚楚地站在廊道上，似乎专在等我，便走了过去。

"把他们看紧点，你是个管理人员嘛。这帮人，老油条了。"经理拍拍我的肩膀，语重心长，郑重其事。

终于下班了，我如雨天里的飞鸟，在几分钟内快速穿越一条大道、穿越屏风般的写字楼溜进曾姑娘巷，沿着蜿蜒小路急急返回我的住所。

曾姑娘巷，可以说是鹭岛的村落。

每一座现代化的城市多多少少都有这样的村落：不在车水马龙的商业

---

① 闽南语骂人的话。（编者注）

区，也不在人心沸腾、热火朝天的开发区……这是一座城市常常被遗忘的角落。而这个角落里，依然生活着一大批城市的子民。对鹭岛人来说，这条巷子已有很久的历史了。它曾经是鹭岛旧城的心脉之一，这一带往昔辉煌且赫赫有名。如今，此地中心，被外围四条道路以及道路旁亮丽的高楼大厦整齐地围成一个四方块。内部，则是无规划而外形苍老的旧厝、斑驳发霉的墙表及风蚀水浸的石板路。这些，难道就是我读书十几年后，所希望看到的东西吗？在四年美丽的大学生活中，我从没想过有一天，我会日日出入在这样的环境里。这也许正是我每到此地就低下头，想快步逃入自己那间小房子的原因吧。

许多年后的一天，当我目送一个人从这里远走的时候，一束阳光，从窄窄的两墙隙间偶然地照在我脸上，我抬起双眼仰起头，才发现我日日走过的巷子前面竟有许多金黄、浅黛、绛紫的光线跳着优美的舞蹈。这些多彩的光线从不同的地方流泻在错落的平房顶、地板间、墙壁上，倏忽之间，一切都因它们而耀动亮丽起来，让停下脚步的我神醉心悸。我忽然记起，从这里走出了民族英雄陈化成，从这里走出了学者李禧、教育家陈桂琛、书法家林采之，这里有着那些不凡的人的平凡生活。从那以后，每每阳光灿烂的下午，我都会想起曾姑娘巷那个让我静立的时刻，它永远让我静静地感受到阳光带给我的温暖与喜悦。

但在这之前，我总如雨中飞鸟，疾行于窄小的巷间。

大道两边的凤凰花，如火云般灿烂地飘摇在我眼中，那些我曾以为触手可及的玻璃幕墙群组成的密集丛林，却离我很远。我的手伸入裤袋，手指轻触着装有八张"老人头"的信封，暗想李聪信上说，他不久的办公室在十七层，那也算是大厦了！可有什么用呢？八百元钱给我的满足感，远胜于九十八元加十七层高楼。

我兴冲冲跨过大街，在橘黄色的阳光下，看到了前面不远处得意洋洋的小辫。

小辫一摆一摆的，很有节奏，很骄傲。

是这家伙！我追上去，并叫一声："马尾！"

## 五、画家马尾

### 1

辫子是马尾的一个标志。

多年以后，功成名就的马尾身上，标志越来越多：雷朋墨镜、紫檀手链、一尺长的红木雕花烟斗、对襟衫、老头鞋、绣花粗布红腰带……可辫子，才是他马尾真正的标志。正如他自己说的：马尾没有小辫，就不叫马尾。

我朝在我前方摆动的小辫叫了一声。小辫一甩不见了，马尾那张消瘦的脸进入我的视线。

"哦！小猪官。"他有点夸张地向半空扬着一只手，"你跟着我干什么？"

"你骂我？你这匹老骟马！"

"嘿，哪敢哪敢！你听错啦，是萧主管、萧主管！你跟着我呢……"

"我跟你干什么？我要回家，我就住在前面。"

"你也住在前面？几号啊。"马尾故作惊奇睁大眼睛。

"曾姑娘巷一百七十八号。"

马尾来了兴致，滔滔不绝：看来，这曾姑娘巷，尽招待我们这帮落魄帅哥！想不到大主管也住曾姑娘巷？瞧，前头六十九号，顾歪脖和他老婆住！七十三号，原来是吴大师的老巢。七十七号，嘿嘿，是我们唯一的小美女田七七……杨骚、一雄、沙漠，好多画师都在这巷子里。沙漠是谁？你不认识？小吴呀，我们的库管员……

沙漠，后来曾和我的拳头亲密接触。再后来，他写了一本诗集《麻雀雨》，便如一粒沙般消失在苍茫城市里。

"有这么多画师住在这，那这里应该改称画家巷了。"我说。

马尾晃着瘦长的臂膀："不是不可能哈。这要搞，还得看我马尾的。哪天我成为誉满全球的画家了，我就请政府把它给改了！改成中华油画一条街！"

我看他吐沫横飞、兴致高昂，想起田七七说的闽南话"骶胩"就是猪脚。板起脸说：

"马尾，你上班时骂我啊！"

他愣了一愣，看着我紧绷着的脸，有些发虚，停下脚步嘟哝："我怎么会？我怎么敢？你萧主管……"

"你这家伙，不是叫我'骶胩'么？知道我不懂闽南话！是不是？"

我满脸严肃。他马上堆起笑脸，从屁股兜里掏出半包沉香烟敬我。

他说，他只是恨那头猪，抽他们的血，吃他们的肉。那头猪还是个"老骶哥"，总是色迷迷占女画师们的便宜。

他起誓说，那个"老骶哥"摸过顾歪脖老婆，也摸过田七七的屁股。

他说，他早晚要给"老骶哥"一点颜色，剁了他的"咸骶手"下酒。他吐沫横飞，接着夸萧主管看起来就是个讲公平、讲正义的人！

我一言不发。无声使他更加无措。他嘿嘿干笑着，说萧主管大名萧一灯，肯定做事有一是一，一步一个脚印！干什么到最后，绝对都是第一！肯定灯火辉煌！他吞吞口水，终于说到了关键：晚上请我吃饭赔罪，外加一瓶啤酒！

我哈哈大笑："马尾，别紧张，我和你开玩笑。我看你那么牛，今后前途无量。以后这地方就靠你来改造啦，就改成马尾巷！纪念名人嘛。"

马尾松了口气，使劲摇头："嘿嘿，我才不想让大家踩！看全国那么多条中山路，也没再踩出个孙中山来，倒是出了不少中山狼！"

他看看我，像是拿捏什么，最后向我发出诚挚邀请。

马尾的房子在一百二十号，离民国总统黎元洪所题字的旧牌坊不远。推开小铁门，合围的房子环绕着一个十几平方米的天井，天井属于房东，堆着乱七八糟的杂物。杂物一角，有个类似壁炉一般的神龛，龛前铜炉里并没有香，看起来原本信仰供奉的人早已不在了。

马尾告诉我，东面的二层小楼最好，有各自独立的厕所、厨房。上层住着房东夫妇，一对下岗工人，靠卖海蛎煎和收房租生活。下面则住着四个女孩，经营着白天睡觉晚上上班的最古老的职业。有时候，也间或免费给马尾捏捏背。北面的两间房，分别住着两对江西来打工的夫妻。西面一间，付了房租后，主人就是马尾。虽说厕所要和北面的江西老表共用。但这一间比那两间都大，够他马尾画画。

开了门。我看到他说的足够大的房间，也不过十二平方米。除了一张木床，一个转角沙发，一个画架和一堆画，最显眼的东西就是四面墙。四壁上，除门窗外，都被五颜六色涂满了。乍看之下，给人一种神奇又眩晕的感觉。

这时，我确认他就是谢雨亭说过的"油漆匠"。

"什么？你早就知道我的大名？"马尾瞪大了眼睛很夸张，"我还成知名人士啦！"

"你在谢雨亭家住过。"

马尾还没来得及表现出知名人士的得意，这句话就像是一双正帮他脱下裤子的手，让他尴尬起来："唔，又是两面墙……"

我笑了："哥儿们，别这么小气，你这小辫子可很有特点。"

"是吗？你看我这小辫，精神不？"他借竿下滑，立马转移了话题。马尾浑身精瘦，表现出一种长期食用泡面一类快餐食品所形成的营养不良，但他那根用黑绳紧扎起来的马尾辫子又直又亮，让我怀疑他脑袋里的所有养分，都是为了哺育这根黑亮黑亮的小辫。

"精神。"我夸赞。

"对呀!"马尾抛开了"两面墙"的问题,咧开嘴得意地笑着,"六畜之中五畜有尾,你听过姓牛的叫牛尾,姓苟的叫苟尾、姓朱的叫朱尾,姓杨的叫杨尾吗?哈哈哈!唯有马尾,叫起来响亮!对了,你再说说,我这壁画如何?"

"我对后现代的抽象画不懂,看过后,只感觉你这画有点令人眩晕。这……是后现代?眩晕!"

"真的?太神了!他们都感觉不到!我这画的题目就是《眩晕》。这世界上令人眩晕的事可太多了!萧主管,有才!不搞艺术可惜。"

"算了吧!我的前女友就是搞美术设计的,她说我不懂艺术。"

"艺术家从不相信别人。你的前女友肯定不是艺术家。你得相信我——只有艺术家与艺术家之间才能理解与沟通。你看,你一眼就读懂了我的画!"马尾半躺在床上,大咧咧翘了一只脚,侃侃而谈。这家伙兴奋起来就说个不停,把我当成他的知己。后来他忽然想起什么,突然趴在地上,将尖而瘦硬的屁股高高撅起,上半身钻入床铺下面哼哧:我这还有些好东西,给你开开眼……

他在床铺下面一阵乱摸,献宝似的抱出一堆字画。听他一一讲评完,我点上一支烟,坐在沙发上说:"马尾,你这好东西还真不少,不过,这些书法字画都是国粹,你画的似乎是现代的、有点魔幻的、不可定义的画,而且,好像是抽象的、超现实超自然的魔幻?"

"不错、不错!你有点眼光!当代社会,就要超!不超怎么行?不超还有戏唱,还有希望?国粹只能保留,要发展,就得超!大超、特超,天马行空、狂飙突进地超!不然就到深山沟里刨地球!"

我不动声色地走到那一堆画前,悄悄取了一张李苦禅的册页说:"大家都是出来混的哥们儿,马尾,这幅画我喜欢,你送我吧!"在选修《中国画史》时,我对近代的花鸟画大师有一定的了解,李苦禅自然是大师之一。

"那……嘿，全是乌乌的，不算好东西。"马尾的眼神中有一丝慌张。急切中又忙着递上一个陶罐，"你瞧瞧这个，西安八仙庵淘来的，不过……也不算好东西。"

我一手仍拿着画，一手拿起他给我的陶罐。发现他转着眼睛，似乎又添了一丝赔了夫人又折兵的神情。我慢慢放下画，又放了罐子，反背着双手抬起头，装作看墙面上画的画。马尾好像松了口气，摸出沉香烟："来，抽烟、抽烟。"我却突然双手捧了罐子说："马尾，这罐子，按你刚才说的，不算好东西。那么，那画我就不夺人所爱，不要了。这个你送我吧。"

"那个什么……"

我这精心的设计让他措手不及。

看着那张张皇无措的瘦脸，我笑了："逗你的！瞧你，一句话：小气。"

马尾瞪瞪眼珠，又拍拍干瘪的肚子笑了："得！领导就是有水平，我认！我小气。"

他趴在地上，高高翘起屁股又在床下摸索一阵，取出个小方盒："那罐子那画，嘿，确实是有点舍不得。哥们，看你识货，又喜欢，喏，这一对寿山石章送你。我说，我不算小气吧？"

我打开盒子看了看石章，红里透黄，印纽上还雕着一对精细的小狮子，笑着拍拍他的肩："行，够朋友！"

## 2

马尾送我的那一对印章，在半个月后，我请另一位画师吴强刻了其中一方，上面刻的是：富贵英雄美丈夫。

当这七个朱红的阳文第一次印在雪白的纸笺上时，我发现它寄托了我作为一个男人的那一点可怜的梦想。而所有的女人，梦中所寻觅的白马王

子，是不是也这样呢？我细心收藏了另一方印，让它长久空着，我想把它送给我未来的爱人。

我和马尾渐渐成了朋友。这让经理朱顾冬很有些不满。

在这样一个公司，管理人员和画师无形中总是两个对立面。对立双方的代表，一面是朱顾冬，一面是马尾。按照把《资本论》奉为圣经的李聪说的，本质则是"G"（货币）与"A"（劳动力）的对立。

朱顾冬曾单独把我叫进经理室，关上门，谈了许多废话之后说："干你姥，小萧，也许一两年，我就移民加拿大了。"

这句话另外含着一层意思。可我不喜欢他每次和我说话，都要加那三个字。因此，后来的事实证明：在经理眼里，我一定辜负了他的苦心。

多年后我想，如果我没辜负他，那么很有可能的结果是：未来某天，一个月薪很高的萧一灯，衣冠楚楚地坐在大班椅后面，对着他看好的接班人说：也许一两年，我就移民了。那以后的萧一灯，也就不是这以后的萧一灯了。

这次谈话不久，我的月薪提到一千二。我认为这是对我工作成绩的肯定。如果一个老板一直夸一个员工优秀，却没给他增加工资收入，在我看来只说明一个问题：他不像老板说的那么优秀。

我加了薪水，依然和马尾那一帮是朋友。因为我一加薪，并没如鲁迅说的，人一阔，脸就变。我拿着钱，直接请马尾他们去喝酒。

我觉得朋友和工作是两个概念。而且，更经常的，是我和马尾两个寂寞的男人在小店对酌，毕竟，杨骚、一雄他们似乎总有妞泡，而马尾从没和我讲过约女朋友的事。每当我约他，他总是一个人兴冲冲来。酒后，又摇摆着小辫，兴冲冲去。

有一天，马尾去鹭岛大学里写生，认识了一位台湾到大陆求学的学生。正巧赶上那学生的父亲过生日，马尾就按照照片给老先生画了一幅肖像，作为台湾学生送给父亲的生日礼物——其实肖像的实际作画者是杨

59

骚，杨骚最爱画漂亮妹妹，对老头子一点兴趣也没有，但看在钱的分上，也把个糟老头画得神采奕奕、容光焕发。

台湾学生见了画像直叫好！硬塞给了马尾五百块人民币。马尾给了杨骚两百块，自己只当了回传递员，就捞了三百块。这是画家马尾唯一一次成为掮客马尾。

拿钱当晚，马尾就请我在"番鸭婆"喝酒，并把此事告诉了我。

我听了大笑，问他："杨骚也乐意？"

马尾撇撇嘴："我哪里会把秘密告诉他！不过，这小子在钱上一贯大方。不像我，你记住，我可是超小气的。要不是你老请我吃饭，今晚的酒就没你的份。哈哈哈哈……喝酒。"

"对了，你自己怎么不画画人物？你不是说人物造型是油画之本吗？"我和他碰了一杯酒说。

马尾听了这句话，像被一把锋利无比的冰刀刺中心脏，打了个寒战，两眼直勾勾盯住我说："画像……拉斐尔，拉斐尔……画像……"

"喂！你撞鬼啦？喃喃自语个什么劲！"我瞧着他说。

"老子就是不画肖像画又怎样？就当不成绘画大师？"他突然站起身，挥手高叫，"小妹，小妹，换酒换酒，来瓶'丹凤'！老子今天不喝猫儿尿。"

啤酒，我们已经喝了不少，再换白酒上来，一杯下去，马尾的脸，变得涨红。他叹着气，直盯着我问："你有女朋友吗？"

"曾经有。"我看着他，不明白他一喝上白酒怎么就问到这个问题。

"有上过床吗？"

"你问这个有劲吗？"

"噢！那么换个说法，你，呵呵，还是处男？"

"呸！你才处男！"

马尾嘿嘿一笑，摇摇头说："兄弟，我看你的样子，以为你还是个处男呢。"

是吗？我告诉他，大学里有个同学在宿舍里大声宣布，他是个处男，结果受到其他同学的嘲笑。虽然，我当时也是个处男，却不敢再站出来宣布这一点。当时的感觉是：这是一个男人成人的象征。

马尾点上烟，一只脚踏在椅子上抖抖地摇。他认为人是社会性动物，本质就带有从众性。从众性有很多坏处，最大的坏处，就是使脑子发热而短路盲目。他从小就必须自己面对问题，有自己的头脑。所以，他从来就对从众性不感兴趣。他侃侃而谈，到最后，忽然问我：

"你后来谈的那个妞，是个处女吗？"

"我不知道。我只和她有过几次关系，但我不知道她是不是处女。"

他眯着眼，嘿嘿直乐。

"笑个屁！第一次时房间太黑，完事后她就急忙忙送我出去了。想起来当时和做贼似的。"

"她该不是个处女。"马尾看我一眼，放下腿，欲做进一步分析。

我摆摆手："管它！你看，这么多年，我好像实实在在算是谈了一个女友。其实，我对女人还不了解，一切认识都来自于一个同学。"

"这是个很难的问题吗？"马尾眼神怪怪地看着我。

"我不知道。喂，你呢？"我端起酒杯，和他碰了一杯。

"我和你不同，在这个方面，我们经历不同，所以一开始，在这个方面就不同。"

因为已经喝了不少的酒，这一杯白酒再下去，马尾的话更多起来，如同是埋藏在地下运行了许久的火山，被酒精点燃、喷发。

他好像知道，眼前的我，这个叫萧一灯的人，是一个很善于倾听的人。

## 3

我一出生，就没见过我爸爸。

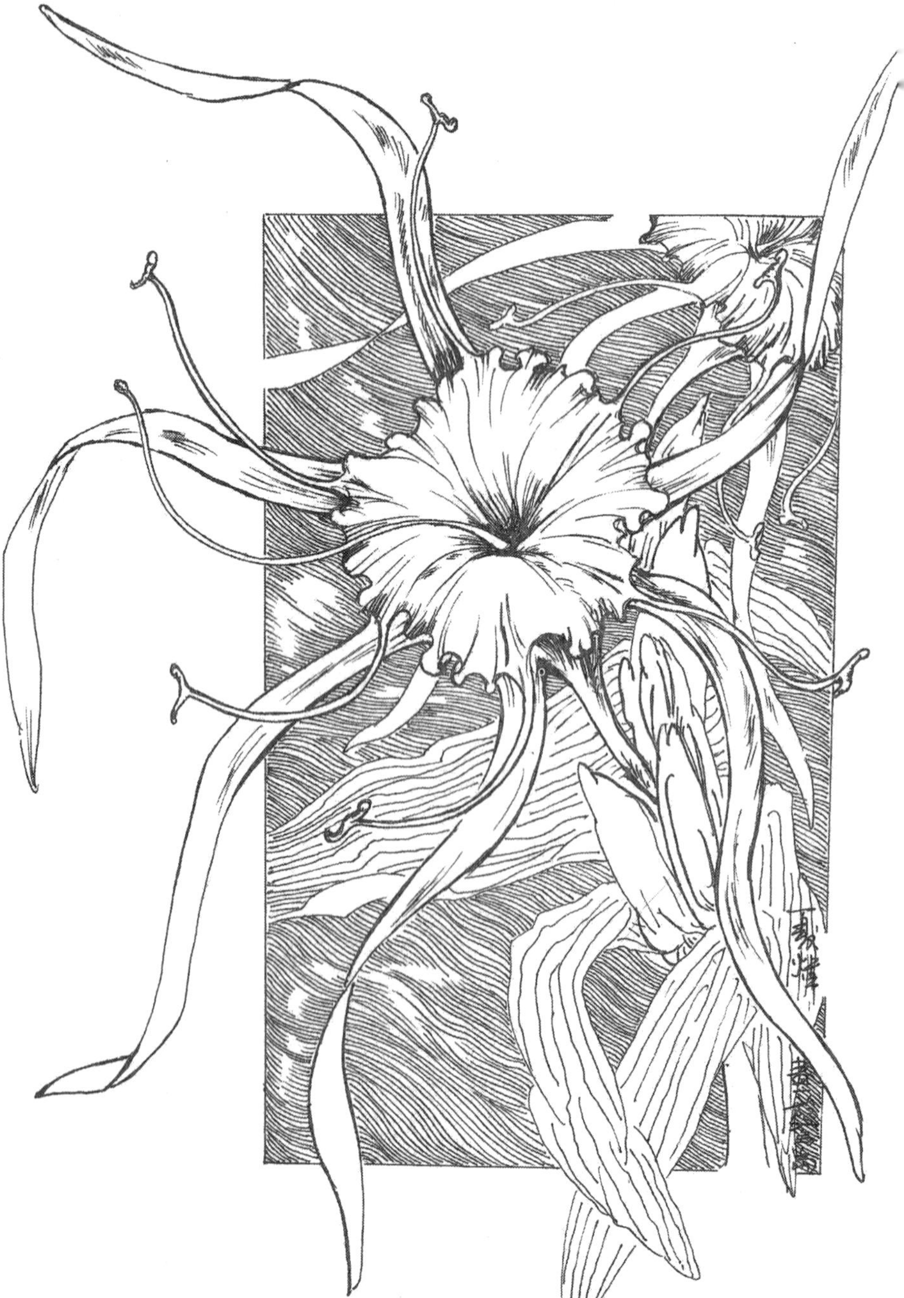

他不是死了，而是迷恋上另一个漂亮女人。

在我妈怀上我三个月的时候，他和那个女人私奔了。

我七岁的时候，我妈就开始向我唠叨这些。她每天都会说一段，那个骚货怎么怎么样骗她，她对骚货怎么怎么样好……这使我很恨"骚货"两个字，因为我妈还给骚货削水果吃，给骚货下捞面吃，给骚货炒鸡蛋吃，骚货却骗了我妈，并让我没了爸爸。

但有一天，我妈说，那骚货很漂亮。她不说那个女人很漂亮，而是说：那个骚货很漂亮！

这让我不明白。那时我觉得，我妈才叫美丽动人——可我妈肯定不是骚货。那么，"骚货"是个什么样？这个问题我七岁时就开始想，一直到现在也没想明白。

当然啦，我这一副样子，自然和我没见过面的老爸一个模子。他私奔了，留下他的基因他的种子给我妈。他是一个浪漫却不很成功的美术老师。自以为博学多才，应该风流倜傥、名扬四海、纵横画坛。却怀才不遇、报国无门地混迹于一个破师专中，后来，他带着自己的漂亮女学生私奔。

他长成那个样子，也会有漂亮女生跟着私奔？想想也奇啦！

我妈，原本是那个学校的人体模特。自嫁给美术老师那天起，人体模特就成了家庭主妇。我十五岁时，她得了女人才有的一种疾病，一双美丽的乳房被医生毫不留情地割去一只，而且，因为化疗，她的头发开始脱落……

马尾大声擤着鼻子，又吐口痰。从屁股口袋里掏出被压扁的牡丹烟，将所剩三支弯曲的香烟一支一支排在桌子上，历尽沧桑般轻叹一口气。

一灯兄，我和你不同，一看就不同。

我十四岁考上了美专，希望自己将来能成为文艺复兴时期的拉斐尔。但一年后我就辍学了。没办法，家里没钱，而且我妈也从漂亮的女人变成

脾气暴戾、性格古怪的妇人。

辍学之后，我离开家，在各个城市漂。后来，像所有搞艺术的人一样，我去了咱们的首都——祖国的心脏。我报考了六家美院，没人认为我能成为美院里的一名学生。因为我每次考外语，得到的都是一只鸭蛋。我一共捧回六个鸭蛋，这六个蛋砸碎了我的美院梦。到现在我也不明白，当画家和外语是不是鸭蛋有什么关系！

有个老先生很欣赏我的画，但他也只能对我说：小子，上不了美院也要坚持画，你看看历史就知道，是金子早晚要发光……狗屁！金子埋在三千尺地下，永远别想发光！我每天饿得两眼发昏，还看历史？我只有去画广告牌、画行画或是给人画像。我要生活，更要生存！

那时，我穷困潦倒。

首都就像一个巨大的森林，而我自己是一只鸟，那种找不到一棵树可以让我栖息的孤鸟。

漂泊了三个月之后，我渐渐掌握了一种可以生活下去的方式。首都最大的好处，就是不管什么人，在这片土地上即便一无所有，也能活下去。我在京郊找了处房子，房屋的后窗对着一大片大棚菜。我每天都开着窗子，却嗅不到小时候青菜、泥土混合着大粪的气味。我的房子里没有电视没有冰箱没有一切电器设备。我不写信，不接待客人，也没人来我这房子。不管心情好坏，我都要去散步，在大棚菜的田埂间，仰起头，看看天上的云，蹲下身，嗅嗅地下的泥。我知道虽然我从农村来到了城市，但我永远是个农民。我的根就在我的臭脚丫子下。

有一段时间，我会用双脚长途跋涉，进入西苑艺术村，去一些艺术家那里串门，串门的时间以中饭和晚饭开饭时间为参照，并准确估计到敲门时被访者手里刚捏着筷子。嘿，饥饿的意义，对旁人而言是永远无法理解的。我因饥饿而使自己的感觉达到一个前所未有的高度，我的第六感就似印第安人的守望者——总能准确地从空气中捕捉到哪个院里哪间房内正荡

起饭菜的香味……这使我衣兜里皱巴巴的几块钱可当几十块来撑。

曾经有一段时间，我想把这个艺术村改名为乌托邦社会主义艺术村。大家都穷——但最穷的人决不会没有饭吃！而且，有乌托邦就有理想，就有灵魂的归所。你说是吗？

其他时间，我画画，上美术馆、书店，东张西望。如同没有魂魄的行尸走肉，游离于熙熙攘攘的人流之中。入夜，我就去三里屯，抱着个画夹到处游荡着寻找饭票。我的视线落在一张张脸上，观察着那些脸。

它们，有的兴奋、有的紧张、有的慵懒、有的疲倦……呆滞，狡猾，美丽，迷人，烦躁，厌恶，虚伪，奸诈……你会发现，你能想到的所有形容词，都能在这些脸上找到自己的位置。

我观察这些脸，目的是要找出一张脸。找出一张能接受我这张脸，让我坐在它的对面并画它的脸。这之后，钱归我，画则归那张脸。我脸上带着微笑，轻声细语地说些抱歉、对不起、打搅了一类的词语作为开场白，但我的腰一直挺直，腰板挺直是我唯一的尊严。如果有一张脸接受了我的建议，我离开时，往往会以一声"谢谢"为结束。这个过程有点像刚才过来的那个售酒女郎。但我心里坚持：我是个画家，我腰板挺直。将来，不久的将来，我要和拉斐尔在艺术的殿堂里并肩齐行！我要牛哄哄回到北京，在三里屯办个风光十足的画展，让他们向我致敬！

有一天黄昏，我背上画架颜料，准备继续去三里屯画像挣钱。

其实那天和往常一样似乎没什么不同。

但我刚从我的小屋里出来十几米，就看见一只灰色的大鸟从天空的一角飞来，它悄无声息，似魅影在我头顶迅速划过。我还以为我是饿得一时眼花，但是，空中旋转着、飞舞着飘落下来一片轻灵的羽毛！这羽毛闪着光泽，美丽至极！

我把它接住，十分喜欢地放进我肩上挎着的布袋。我真的没有想到，羽毛，从此和我有了密切的关系。

当我赶到三里屯,天已经很黑了,三里屯开始散发出它特有的气味。我来不及吃饭,也顾不上吃饭,开始寻找我要的脸。终于,我盯上一张脸,我发现这张脸上写着四个字:等待,你来。我想它能接受我,于是我走过去,我给这张脸看我画的梦露,又快速找出另一个女孩子的美丽画像。我像个祈求富人施舍的讨饭的:小姐,给你画个像吧?你瞧瞧,这是我画的梦露。你看你看,你不知道你的眼睛有多美,像这一张上的女孩子。

她漫不经心地看着那幅图像,指着画上的女孩,瞟我一眼说,我有这么漂亮?好,来一张!

我迅速又仔细地看了看她,确实,她很美。从身材上看,属于丰腴高挑又性感的那类女孩,如钟丽缇。而她的眼睛则让我觉得像钟楚红。双钟合璧,美妙无比!但从绘画的角度看,要把这样一个模特画好,却不容易。

三十分钟,一幅颇让我满意的画像交给了她。

她说,谢谢!

给顾客画完像,有这句话固然好,但我更希望快速拿了钱,然后离开。我的眼睛紧盯着她的黑色小坤包,等待着。

她看着我笑笑,叫服务小姐拿一大杯扎啤过来,付了钱,拍拍身边的椅子说,坐下聊聊,喝杯酒再走。我看了看扎啤,时间还早,可我不想喝酒——我还没吃饭,还可以再找几张脸挣钱。要知道,我那时为搞个大型创作,买布买颜料,还借了江涛一百块,一天熬两顿白菜汤度日。

我说,小姐,画像满意吗?可以的话,请付钱。

她黑漆漆的眼睛不停地扫视我,舌头在唇边轻快地一转:别像我似的,完了事,拿钱就走。

她说,别像我似的,完了事,拿钱就走!

——这是什么话?

——她是做什么的？

——完事拿钱就走？

我的脸热起来，我知道那是血涌上脸的表现。那时候，因为年轻，我常常愤世嫉俗、常常血涌上头。我说，小姐，我是个画家！

她笑起来，眼神依然媚媚的：画家？画家才不上这来画！不过，你倒挺有意思嘛！

给钱！我站起身。

她笑笑，摇着头打开皮包说，看，这不就是一场简单的交易？你拿了钱，再找下一个人，对吧。你别激动……如果不是这样，为什么拒绝一位女士请你的酒呢？我的画家！

在她打开皮包的时候，我的目光极迅速地探入皮包开口并快速浏览了一个来回。结果让我明白：她的钱足够付三十元的画像款，但她不想马上付。那么，她说拿钱走人，说明她已经看穿了我的心思。这时候，我应该坐下来。

我坐下来，拿起扎啤喝了一口说，好！我们喝一杯，相逢何必曾相识。

她看着我笑了。说，这才对嘛！别把生意看得那么重要，这才像个画家。

她根本不知道人眼发绿是怎么回事！但我要忍，为三十元人民币，忍吧！

她和我谈起了西方绘画和中国的文人画，她说她不喜欢中国的文人画，总是表面上显出一股酸腐的清高，而骨子里又酥又软如奴。她喜欢凡·高，喜欢那种热烈绮丽的光影色彩，喜欢那种粗野生硬下的巨大生机。她还说，我的炭笔素描中也展现出光影色彩，她喜欢我给她画的那一幅像，表现出了她的内在本质，很有一点意思。她和我侃侃而谈，但她需要什么？我还不清楚。要不是她自己说的那句话，我很怀疑她是个"三陪

女郎"的真实性。

那天晚上，这个长得像个精灵的女孩一面喋喋不休地和我交流着艺术观，一面用灼亮的目光一直注视着我的双眼。是的，她目光灼灼，向我勇敢地挑战。

## 4

三里屯越来越嘈杂了。

有两个花枝招展的女孩过来，其中一个冲她挤眉弄眼地说，羽毛，在这里谈生意吗？她看了看我，一举手中的画像说，怎么样？像我不像？另一个看看画又瞅瞅我说，哎哟！泡上艺术家了！喂，艺术家，也给我画一个吧。

当然可以。我的胃有些疼，但我伸出手说，拿来。

拿什么呀，拿来？女孩子伸手在我手上一拍。

当然是钱。三十块一张。我说。

哟！老财迷！羽毛在这，还怕少了你的钱！刚才，我和小玲就见你们卿卿我我老半天了。再说了，羽毛可是我的亲密姐妹，就是我有意思给，你也好意思收？这小丫头牙尖嘴利，一看便是风月场上的老手。我摇摇脑袋，指着小羽毛对她说，好姐姐，她是我今晚的第一位客人，开张优惠，我只收二十。其他的一概三十块一幅，就是我亲娘舅来了，我也是外甥打灯笼——照旧！三十就三十呗！小玲，咱们看羽毛的面子，给画家捧捧场！女孩子一拍桌子，很爽快地摆了个姿势。我收了六十块钱，两个小妖精捧着我画的画，消失在夜游的人群中。小羽毛举起酒杯冲我示意干杯：祝你开张大吉！我笑说，这是托你的福。她喝尽了杯中酒，仍笑笑地看着我说，怎么样？交个朋友吧？

交朋友？我连你叫什么都不知道。我说。

她笑了一下，说，你刚才也听到了，大家都管我叫"小羽毛"。

我说，"小羽毛"怎么能是名字？

她点上一支摩尔香烟，支起手，悠闲地吞着香烟：我的名字对你有意义吗？嗯，我叫李小丽。你呢？

她说她叫李小丽。我一听这名字就是假的，我完全可以说我叫王小三，或是黄小五，但我很诚实：马尾。马尾的马，马尾的尾。

马尾？她哈哈大笑，然后瞅瞅我的小辫子：好像有点营养不良，瞧你这小马尾辫，焦黄焦黄的。

我是营养不良，欠着几百块钱，整天只偷一棵大棚里的白菜熬汤喝，营养良得了吗？我摸摸脑后的小辫开玩笑说，我正想给它打打摩丝焗焗油什么的，你家有吗？

怎么没有！连吹带烫全套！走，到我家坐坐。她说着，掐灭香烟，又掏出五十元钱塞在我手里：别给我找钱，找钱就不是朋友！

她说完，牵着我的手就走。在她牵我的手的时候，我妈妈的脸就在我眼前一晃，那脸特白，吓了我一跳。其实，后来我才明白，这是个预兆。当然，在当时，我只是吓了一跳。

她见我发呆，就问说，你怎么了？

我说，我饿了，饿得双眼发光，看什么都像肉包子。

她哈哈大笑，请我吃了八个包子一碗汤。等我吃饱肚子，她再次把手塞到我的手中，到路边，招了辆"的士"直奔她的住处。

哦——这时，我觉得她的手真软真暖。这软软暖暖的手让我忘了我还要画脸挣钱，我开始偷偷瞄她——这叫什么？

对！这就叫——饱暖思淫欲！

夜色朦胧。我在朦胧中来到了她的家。

一打开房门，我差点没惊呼出来！她家太棒了！简直就是个小富婆的家：客厅靠墙摆着意大利的真皮沙发，精美的铸铁大理石茶几，对面的长柜上摆着彩电、音响，旁边靠左还摆着一个仿古书架，架子上码着坛坛罐罐。想想看，这哪像一个娱乐场所里的三陪女郎的家？她又大方地邀我参观了她的里间闺房，正中安置着席梦思大床，床头柜、大衣柜、梳妆台一应俱全。她指指梳妆台说，瞧，摩丝、焗油膏、啫喱水一应俱全，不过，我想你该先洗个澡！

我太应该洗个澡啦！天气渐渐转凉，我住的地方又没热水，老实说，我已有二十天没洗澡了。但我瞧了瞧她，有些犹豫。她笑了一下，从衣柜里取出一件男式浴袍说，我前男友的，很干净，你放心。我接过浴袍，心里暗乐：我记得我老妈说，一个男人和一个女人在一起，吃亏的总是女人。我有什么不放心的？我进了卫生间，把自己洗得浑身通红，满脸放光。

这时，她已关了客厅里的大灯，打开了音响，空气中溢满了流水般的钢琴曲。卧室门开着，床头灯发散出晕黄而暧昧的光亮，她手拿着吹风机，斜靠在卧室门边等我。

来，我给你吹吹头、焗上油、造个型，保证你的小辫子油光发亮牛气冲天！她向我招招手说。

我当时就笑了：看不出你还是个美发师！

那当然！我还是按摩师呢！她说。

后来，吹完头，她开始为我展示她作为按摩师的技艺。她的手指灵巧有力地在我的脸上游走，时紧时慢，款款地在我脸上摩挲。过一会儿，那柔软细腻的手指又落在我的脖子和肩窝上，一下接着一下加重了力气，这让我常会酸胀的肩窝感到非常受用。不知怎的，我舒服地躺在了床上。她的双手很有韵律地在我的胸脯上移行，柔软又温暖的胸脯抵在我的头上，我嗅到一股淡淡的香气。那不是沐浴液的香气，而是我以前很熟悉的一种香皂的清香。很久以前，我当模特的妈妈就一直用这种香皂。我睁开眼，向上看，看到了那双涂了深褐色唇膏的丰满的嘴唇，光滑微翘的下巴和白皙的颈项……我的心忽然没规律地乱跳起来。

你在看什么？她的手停止了游移。

看你……你让我想起了我妈。

她咯咯地笑了，在我胳膊上掐一下：喂，说什么不好？我让你想起了你妈？

我翻身坐起来，看着她说，真的。

她把双手支在床上，一条腿压在自己丰满的屁股底下，诱人的身子稍稍前倾，咬咬下嘴唇，转动着眼睛，目光却不离开我的双眼：

我，有你妈那么老吗？

我的心再次明显地狂蹦。萧一灯，我敢说，她那副神情极具杀伤力，能让每一个见到她的正常男人倒下。我们面对面，只有四十公分的距离，但我感觉这距离正一毫一厘地缩减，让我感到热力的压迫……我的目光从她的脸上下移，移落在她的胸前。

我努努嘴说，真的，我不是这个意思，我妈，曾和你用一个牌子的香皂，她是个人体模特。我的嘴上下翕动着，我的眼睛却如复印机，一遍一遍把见到的影像复印给大脑，那吊带裙前的一对半裸着的浑圆诱人的乳房，让我浑身的肌肉都硬起来，包括下面那玩意儿。说真的，这时我的脑袋开始乱胀，涌入了大量热流。

她用柔软温暖的双手捧起我的脸：想看看眼前的模特么？

她说着，以极快的速度将裙子的两根吊带褪下，一双骄傲的乳房向我挺立。

我可不是柳下惠，永远不是！我一把紧拥住她，拥住那一团软柔而又灼热的身子，将脸埋入那高耸的双峰之间。

那天夜里，我激情勃发，和她一共做了五次。

当激情施放得无影无踪之后，当所有的快感消亡殆尽之后，我如一个被旅人丢弃于干旱沙漠中的干瘪皮囊。躺在被汗浸湿的席褥上，深深陷入了另一种无法自拔的沮丧中。我才想起来，我刚二十岁，第一次这样紧密地进入了另一个躯体。而这之前我还没谈过女朋友，我曾经幻想过无数次特别浪漫的场景。但今天，我的美丽幻想消灭了，被我亲手消灭。

我的第一次，竟是同一个还不知真名真姓的三陪女郎！

这使我的情绪低落到了极点。我坐起身，怨恨从心底升起，开始扔摔在我身边能抓到的一切东西！她原本是静静地略带满足感地侧卧在我的身边，见我这样，先是有些惊惧地支起身，接着似乎明白了什么，平静地下了床，弯腰捡起地上的烟盒，坐在地垫上掏出一根烟，一边默默吸烟，一边默默看着我摔打东西……当我渐渐平静下来时，她才低下了头，用力把香烟头拧灭在地上。她说，这本是你情我愿的事……如果，如果你觉得和我上床脏，你走吧。

我抬头看她，却看不到她的双眼，她的长发从头上飘落下来，将她的脸隐藏在后面。我站起身，穿好衣服，看着满地狼藉，想想刚才的一切，摇着头对她说，对不起，我只是没有想到，我自己的第一次是这样的。她没有说话。我摸摸自己的裤子口袋，从里面掏出皱巴巴的一团钱币，一一打开，凑足一百块钱，想了想，又从画板上取下那张梦露样画说，给你，够不？她的脸仍然藏在头发里，微摇了摇头说，我没和你谈钱。我说，今天我的生意不好，除了毛票，就这么多了，给你。

她一动没动。

半天，忽然用手撩起头发抬头，眼睛盯着我，用异常平静的调子说：

看，这不就是一场简单的交易？

她的眼睛贼亮贼亮，像入夜的猫眼。

这又是个预兆！当时我就觉得一道寒气从我的眉心钻进去，切断了我大脑某处的神经。后来，我掏光身上的口袋，把所有的钱币都放在小柜子上，又去掏布袋，结果掏出了那一片美丽的羽毛，唉，就是这羽毛啊！今天过后的马尾从此和过去不同了！我还是把它留给这个叫"小羽毛"的妖精吧！我拾起我的画板，默默地离开了她住的地方。

之后几天，我的脑子里全是羽毛翻舞，还有就是她最后看我时的那双眼睛。而她那句话更让我刻骨铭心：

看，这不就是一场简单的交易？

从此以后一连几天，每当夜幕降临，我抱着画夹在人声嘈杂的三里屯游荡时，我都觉得自己是个"三陪女郎"，寻找着会付钱的对象，交易、拿钱、走人。我还是个画家吗？渐渐地，我无法再捕捉到那一张张脸上令人着迷的东西，我画的人像，不是像猫就是像狗，要么是猪、驴、狼、鼠什么的。于是，没人再请我画像，我像个乳房干瘪年老色衰的老妓女不被光顾。而且，我发现我的腰竟然直不起来了！

渐渐地，我除了画我自己的一脸茫然之外，再也画不出美丽的人像素描。

我决心找到那张脸。

我要同那个叫"小羽毛"的女孩子好好谈谈，让她明白我们那次"交易"后，给我带来的毁灭性灾难。

要知道，我那时才二十岁，原本前程远大——虽然我穷困潦倒，可我十四岁时就立了远大志向，要成为中国的拉斐尔，并为之奋斗了整六年。

我按照自己的记忆，去了那夜我曾去过的她住的地方。但到了那我才发现，那地方在灿烂的阳光下，竟然纵横排着十几幢同样外观的楼房。我知道大白天，她一定在这十几幢楼房里的某一间酣睡——在这一点上我的直觉告诉我：她应是个昼伏夜出的动物。但我不知道她究竟睡在近千套房子的哪一间。在北京的茫茫人海中，要找到这样一张脸，需要一点耐心与诀窍。

当我想明白这一点，我就拿出电影里特工的劲头，每当夜幕降临，在她曾经光顾过的那家酒吧周边巡视。

功夫不负有心人，老祖宗说得对极了！

一个月后，我发现了她。

那是一个无风无月的夜晚，就像今天晚上，平常得不能再平常。我在"梦黄粱"酒吧，要了一杯扎啤独自坐着，远远就看见她和两个姐妹三个男人有说有笑地进来。

我听见靠边一个女孩冲她说，小羽毛，今晚谁请客？华哥还是光子哥？她说，上半场当然是光子哥！那个叫光子哥的剃着板寸的胖男人便搂紧她的腰，脸上露出令人可疑的笑来：上半场我请你，下半场你可要请我！说着，还伸手在她鼓翘翘的小屁股上轻拍了一下。这一幕正巧映入我的眼里，不知怎么搞得，我的双手颤抖起来，热乎乎的血流也涌入头脑。我抬起眼，又见她把一个手指在男人的额上狠点了一下说，呸！你满脑子流脓！

另一个女孩便眨眨眼，颇有意味、肆无忌惮地说：光子哥好像经常流脓哩！

我偷听到这里，浑身抖颤，立马站了起来。——好兄弟！我马尾虽然瘦，却很少把脓流，总不像那小子浑身虚胖。我迈着流星大步走过去，直视着小羽毛说，你过来！我们谈谈！

几个人都是一愣。小羽毛认出了我，脸上竟泛出一丝红晕：你啊！我，我正陪朋友呢！

我看了看比我矮半头的胖男人说，哥们儿，我找她谈点事。

男人脸上浮出笑，自顾自地点上一支烟说，二拐子，告诉他我是谁！

二拐子挠挠头皮冲我说，哥们儿，你知不知道光子哥是谁？告诉你！光子哥，是这地界儿站着撒尿的！

我一笑：是个男人都站着撒尿！

叫光子的胖子恼了，左右看看，一捋袖子，露出两条肥藕般的小胳膊：我说小子喂！你信不信我开你瓢！

你开个试试！

我正说着，耳听着一声震响在我后脑上炸开，我就趴在了地上。

——兄弟！他们竟然敢下黑手！竟敢真对我拍砖开瓢！我的如花生命差点在那一瞬间终止。

　　我那伏在地上的身体四肢，挨顿胖揍痛踢自不必说，晕晕乎乎中，我听到几个女孩高声的尖叫与阻止，像凄厉的警报划过长空。我本想来个"英雄救美"，没承想却落个"美救英雄"。几个人臭揍我一顿，骂骂咧咧被酒吧保安劝阻推搡着，和小羽毛的姐妹走了。小羽毛陪着我去了医院。缝了七针包好伤口之后，她叫了辆的士，把我带到了我们初次缠绵的地方：她的家。

　　我一进她家，就看见那片羽毛被她镶在一个镜框里高挂在墙上。

　　我有点热血沸腾：羽毛、羽毛！你是我的羽毛！

　　看什么看！不是你送给我的？多巧！我刚好叫小羽毛！

　　她一面说，一面推着我进了里屋，把我安置在她的床上，打来一盆热水给我擦拭脸颊上的血块和一道一道的黑印，还不停嘴地数落我：你看、你看！臭逞英雄，挨顿胖揍吧？

　　我不想别人欺负你。我说。

　　谁欺负我了！谁欺负我了？她冲我嚷嚷。

　　我瞧她一眼说，我不喜欢看见人家拍你屁股。

　　她脸一红，手里的毛巾就掉在了地上。

　　不知怎的，我当时竟有一种热血四溅的感觉，我的手指尖都有些颤抖了。我掀开香喷喷的被子，跳下香喷喷的床铺，扑过去一把把她揽在怀里。

　　你干什么呀！她推搡着我。

　　我要你！现在！

　　我一面说，一面剥她的衣裳。

　　就这样，我头顶着纱布，如鲶鱼般钻入她怀中。羽毛，羽毛！这是我的羽毛！羽毛，羽毛，美妙的羽毛！我在羽毛中飘然畅泳，我在羽毛中沉

浮跌宕！我脑袋上那块白纱布，早被涌出的血液洇得黑红。

那天以后，小羽毛就常常跑到京郊大棚菜基地找我。

知道吗？从此我更加无法画人像。我画的人，头上长角身上长刺，有时浑身羽毛，就不像人。谁知道这预示着什么？

小羽毛跟了我后，很郑重其事地向每一个她认识的小姐妹宣布：从此之后，她只卖艺不卖身；从此之后，小羽毛死了，复活的那个人，叫曾小雪。

对，曾小雪才该是她的名字！什么李小丽？土！土得掉渣！

但我还是喜欢叫她"小羽毛"。同时，我对她说：你不要这样大张旗鼓嘛！我可没向你许下任何承诺。

她说，谁让你承诺了？承诺是靠嘴来说的吗？

## 5

夜风夹带着冷气叹息着穿过排档。马尾微微抖动一下身体，双眼从我肩膀上跳过去，盯住虚无的远方。

后来呢？

什么后来？

大画家和小羽毛啊！

对！就这样，一个大画家和一个三陪女走到了一起。

那再后来呢？

再后来？

马尾打个酒嗝，拍拍肚子，又用脚踢着地上的瓶子：呃，这一肚子的黄汤呀！呃，我得说，我们在床上非常完美。嘿，这个小妖精！真是个妖精啊！

那你们再后来呢？

还后来啊？

他打个哈欠，四下看看说：

"那时，我，马尾，找不到固定的工作，又没办法再去画人像素描，没什么收入。她，曾小雪，因为要清洁自己，也把钱给清洁掉了……两人在一起，惨！有一天，我写了张字条，告诉她我们的共有财产除去房间里的生活用品，只剩十二块五角。这钱，我取走六块，东西都留给她。我要走了，离开伟大的首都，向南！沿着小平的足迹，向南，实现我的抽象后现代主义绘画理想。"

马尾站起身，昂然四顾。目光中又有了一种鸟瞰一切的神情，他脑后的小辫子也随之摆了两摆。

"你就真走了？"

"我不走怎的？不走你能在这和我喝酒？唉，时间过得真快！一晃离开北京八年了。今天我请客，是吧？怎么喝了这么多酒？多少瓶啊？"

听到这结局，我有点失望，有点压抑，把杯中酒喝了说："马尾，那个女孩，好像也挺可怜的。"

"是吗？"马尾眯了眯眼，突然淡不啦叽地说："明个儿还要上班，咱们走吧。小妹——买单！"

## 六、温柔陷阱

### 1

花圃上，矗立着纪念碑式的银色粗壮圆柱。阳光下，它高大雄昂，直指青天，闪闪发亮。

以我有限的知识可知，在这个世界上，无须经过复杂的思考，原始初民就认识到性交的快乐源于男女两性生殖器相接触。但这些原始民族认为生殖器不但独立于自身，而且具有神性和神奇力量，因此形成对它顶礼膜拜的生殖崇拜。正如魏勒所言：世界上没有一个地区没有男性生殖器形状的石柱或塔。

人类最初对爱欲的沉迷，至今没有改变。一九七八年后，中国长期的禁欲主义状况有所改变，但对两性肉欲外在的表达，仍是讳莫如深。红墙上刻着"万鑫广场"几个鎏金大字。这样一个崭新的住宅小区里，怎么会有这么个东西？我敢打赌，凡是住在万鑫广场里的女性，只要从这大门进来，迎面就会看到这奋起的银柱！

日光毒辣，我看着巨大银柱顶端的光芒发呆。

在我和马尾渐渐成为朋友后的一个星期天，他带着我走过一排一排直插大地、沉默不语的钢筋丛林，来到鹭岛繁华的商住区。目的地，万鑫广场。目的，则是见一见他那神秘的女朋友。

"大××，是吧？"

马尾在旁边推了我一下，咧嘴笑。

"嗯，确实很像。"我小声说。

"什么很像，根本就是。你看那边，"马尾转身一指对面，"对过那两幢双子连体楼。"

"瞧见了。怎么样？"

"来，过来，站这儿。"马尾坏笑着领我退到金属高炮后十米左右的地方，"站这儿朝那边看。"

我抬眼看去，进入眼帘的图像确实有点意思。我笑了。

马尾说："堵住了吧？"

"嗯。刚好。"

"就是，这东西，高九米九。我们脚下离它九米九。离那两幢楼八十一米。风水先生说的，阳镇阴，旺！"

照马尾的说法，这万鑫广场封顶了一年，还卖不出几套。地产商老板便用八抬轿，从香港请了个风水师。吃喝唱洗泡后，风水师开始指点江

山：对面两幢连体楼，把一股巨大的阴气泄过来了，重、阴、寒、衰！唯一的破解方法，就是在此杵上它。

我暗想，神学家告诉世人，世界本来完美无瑕，但人类历史却从伊甸园外开始。于是风水，在封建迷信社会被视为先进科技，而在先进科技社会则被视为封建迷信。风水，自郭璞将它定义以来，几乎每轮朝代更替，都会轰轰烈烈地大兴、大破，不破不兴。

"结果如何？"

"说也奇了，楼确实是好销了！可是，那老板却入狱了。"

"为什么？"

"为什么？二奶的淫威逼的呗！据说，这九米九高的大阳具立好那天，那风水师一板一眼地对老板说，切记、切记，一阳配一阴，则天地交泰。一阳不敌二阴，则困锁笼中。老板听这话中有话，马上说，再立一个？"

"结果呢？"我见他停了下来，催问说。

马尾哈哈大笑："风水师说，没用，一元就是一元。"

他的笑声让我怀疑此言的真实性。我说："马尾，这都是你编的吧？"

马尾小辫一甩，伸手指向发光的圆顶说："编？！那我去当作家好了。不信你问问这里的业主。一个就是一个。要不，怎么不再立一个？"

一位老阿姨提着两袋子菜经过我们身边，瞟一眼马尾手指的方向说："小伙子，什么再立一个？再立一个，大姑娘小媳妇怎么住？"

马尾嘿嘿笑说："大妈怕啥啊！凡事都怕熟视无睹，很多东西看多了，就看不见了嘛！"一面说，一面拉着我如兔子般飞步离开。

万鑫广场5号楼11层，马尾轻手轻脚地敲门。这小子保密工作做得不错，今天以前，我以为他和我一样，每夜抱着枕头睡。可房门里面，据说住着他美貌如花的女朋友。

当当、当当——声音很谦和，也很有频率，和他乱捶我的门完全不同。

"马儿来啦！"他朝着门缝说。肉麻！

半天，门开了个小缝。

"等等嘛。"好听的声音从门缝里传出，门又快速关上。

马尾低声冲我笑笑："我们还是来早了。"

这像我认识的马尾么？门里，什么样的美人胚子，能把一个一米八三的大马变成小乖兔！

终于，门缓缓地开了。一个高个女孩出现在我们面前。女孩很白，双眼皮长睫毛，葡萄般水灵的大眼。浓黑的头发高高地盘绕在头上，颈项颀长。她穿着一件深黑色掐腰裙，胸部丰满，白嫩细腻的胳膊露在外边，果然是一等一的美人！此时，我有些嫉妒瘦如麻秆脸似马的马尾，怎么会有这样美丽的女孩爱？

"听敲门声，就知道是你啦。"女孩说，又好似刚刚看见马尾身边的我，目光中带着一点意想不到的惊异，略抬起小巧光滑的下巴颏问，"这位又是哪个朋友？"

马尾嘿嘿一笑，揽住她的肩头介绍说："他嘛，萧一灯。我的新朋友，我们公司现场主管。这位美女，我的女朋友，曾小雪。随心酒家娱乐现场主管，原来绰号'小羽毛'。呵呵，你们级别相同，都是主管！"

曾小雪？小羽毛！

我恍然明白！眼前的女孩一定看穿了我神情，她抬起胳膊在马尾的长鼻子上一刮："听说过我了吧？马尾这大嘴巴。请进请进！"

屋子是里外套间，干净整洁。和我所想象的"三陪女"房间脏、乱、差完全不同。而且，同马尾和我的蜗居相比绝对豪华！客厅里有电视、冰箱、茶几、沙发，深褐色的橡木电视柜做工考究，柜旁立着一个雕花实木博古架。架子上摆着瓷器、雕塑、陶艺等摆件，还有七只不同神情的史努比小狗。

"这么多史努比啊！好看。"我夸赞。

"是吗？你喜欢史努比？"

"我属狗啊。"我说。

"是吗？我也属狗！"她来了兴致，"你几月的？"

我是狗尾巴。她笑了，那你管我叫姐姐！不行。马尾马上插言，萧一灯先认识我！怎么说得管我叫哥，你当嫂子。当姐姐！曾小雪很坚决。叫姐姐可得给见面礼啊。当然有，两只史努比！

叫姐姐肯定不吃亏。再说，马尾也没有当哥的样子。

他不再坚持当哥，冲我笑，那么，叫姐夫吧。没门！等和我姐结婚了，再认不迟。曾小雪拍着手笑，对头，以后再说！一面去冰箱里取了两听可乐给我们喝。

一灯你不够朋友啊，可你不够朋友，我还是要把你当兄弟，有福同享！今天，我和小雪请你吃大餐！马尾一边喝可乐，一边亲密地搂着曾小雪的肩说。还是我请吧，祝福你们携手到老。我说。

当姐姐的请。曾小雪说。

这就对啦！还是我老婆好！马尾侧头在她脸上吻一下说：一灯，今晚带你去一个高级的地方！去哪里？曾小雪问。老地方，随心酒家呀！马尾说。

曾小雪猛地推他一把，笑着说：坏蛋！怎么又想着去那里？

马尾看着我挤挤眼：一灯是我新朋友嘛！再说，你是现场主管，怎么着老板娘也得给我们打折吧？

## 2

那天过后，回忆给我的感觉是：一整天，马尾都在安排一个陷阱让我跳。我跳了吗？

跳陷阱有两种情况：一种是不知道有陷阱而跳，另一种是知道有陷阱还跳。不知道这世上有陷阱的，只有动物，而且是单纯的动物。人都该明白什么是陷阱，知道是陷阱还跳下去，则说明人比动物，也高明不到哪里去。

随心酒家并不在闹市。当天色暗青时，我跟着他俩，走入一条较偏僻的巷子里。店门不大，进去以后却颇为豪华，一楼是宽大的厅间，十盏水晶吊灯下摆放着十张圆餐桌。

南边柜台内侧坐着女老板，香烟的白雾弥漫在她脸的四周。听见走路声，一只肥藕般的手臂举到脸旁，把烟移到台子上的烟灰缸里。当她站起来时，胸部被大红色的布料围困，晃悠着升起两只圆柚。同时，有些低哑、可是异常热情的声音飘了过来。看样子，老板娘和曾小雪很熟，马上招呼她过去并低声讲着什么，还瞟了瞟我。而我，则被马尾拉着，直接到了二楼的"红玫瑰"雅间。

一进包厢，马尾便开始向我透露酒家的秘密，并介绍曾小雪手下的团队。入夜以后，酒家生意奇好，要一直营业到凌晨五点。首先，在于老板娘会煲一道"如愿以偿"汤，汤料中名叫"罂粟壳"的辅料，使大家都能如愿以偿；其次，有一道"霸王别姬"宴，"霸王别姬"可不是"王八炖鸡"，多年以后，我知道"霸王别姬"宴在日本早有个名声——"女体盛"；再次，小雪手下有五朵金花八枝玫瑰！总称"侠女十三妹"！"侠女十三妹"这道菜，更是让懂得来这里的食客们喜欢；最后，就是你醉了吗？那么，上三楼蒸个舒服的桑拿醒酒吧！

不怕公安抓吗？我提出疑问。

不怕，这老板娘上头有人，硬得很！你没看这酒家的名字吗？叫"随心"，随心后面是什么？"所欲"嘛！到这来的客人，尽可随心所欲。

随心酒家的菜肴对我来说，精美、丰盛。酒至半酣，曾小雪出了包厢。半小时前，马尾曾诡秘地把嘴凑近她的耳朵嘀咕。曾小雪一面听一面用眼睛笑着瞄我。我的心，就有种被海水一漾一漾起来的感觉。我预感到了什么，有些不安，又有些期冀，我以点烟来回避心中那种感觉，并飘移双目。可是，曾小雪说：呀，马尾你看他还脸红。

　　脸红，暴露了我的心思，于是马尾笑了。所以当曾小雪出门后，我立刻对马尾的笑表示了不满。

　　马尾说，你不是和我说过，你还不太了解女人吗，兄弟，我可都记得！今夜，让你好好了解！你放心，我没让小雪叫"侠女十三妹"来。她们久经考验，而你太嫩，是个童子鸡。

　　因为这句话，马尾的老娘立刻被我问候了一句。他不生气，反而对我挤眉弄眼：除"侠女十三妹"之外，曾小雪这边还有"编外军"。所谓"编外军"，是有正常的工作，工作以外，兼职陪酒、陪唱的女孩。前天，老板娘刚去云贵川扩编了"新军"，所以我的运气超好。

　　我完全明白了他的意思，我的心一波一波地荡漾，跳入了他布的陷阱。可我端着酒，虚伪地对马尾说，你小子害我！

　　马尾瞪眼道：你敢说你不想？不想的男人有病！再说，人家是"新军"，只陪你吃陪你喝，没说陪你干别的啊——他把"干别的啊"几个音拉得特别长，我马上说：我也没想干别的。

　　嘿嘿嘿嘿，马尾朝我干笑。然后拿起酒杯邀我干杯。

　　半小时后，曾小雪推开门进来，并向身后招呼。于是四个女孩排队进来，背靠印有红玫瑰图案的墙面，有些忸怩地站在我们面前。那一刻，给我的感觉就像古罗马的女奴市场。

　　马尾咻啦一笑："嗨！谁叫你领一排嘛！"

　　"这时候她们也闲着，多几个，不是给我弟弟选嘛。哎，你说话啊，你要哪个留下……"

　　我抬头看看几个女孩，以为发现一个相识的面孔，吓了一跳，忙又低下头，暗自捏合双手，不知如何应对。

　　"算啦算啦，看来他这是第一次，不好意思讲。我来替他找一个。"

　　马尾大大咧咧走到几个女孩面前巡视一遍，指着一个皮肤很白的说：

"看看咪咪。"

"流氓！"小雪在他胳膊上掐一下，冲着女孩说，"好，就你吧。"

于是这个皮肤很白而且很年轻的女孩坐在了我的身边，她说她叫青青。

从随心酒家出来，天色已经暗了。

曾小雪搂着青青小声说着什么，马尾则挤挤眼对我说："我和你姐姐先走了哦。一灯，对青青好点呀。"

"你们去哪儿？"我问了个很愚蠢的问题。

"天都黑了，还去看山看水逛公园不成？废话！！"

两人拦了一辆车，挥挥手钻进车里，把我和青青留在马路边上。

我们去哪呢？

要不先逛逛？

我被女孩姣好的面容所吸引。而且在吃饭时，女孩紧挨着我，她身上散发出的气息，不断诱惑着我来自生理上的欲念。这欲念，使我内心深处希望还能有点别的发展。她穿着牛仔裤白上衣，感觉就是女学生，一点不像我想象中的三陪女。

此时，我和她似乎有点熟了，我大着胆子，把她的手握在自己的手里。青青没有反对。我想，这比谈女朋友容易多了。我和温馨如谈朋友，三个月后才第一次握住了温馨如的手。

向左拐，走在鹭岛古老的骑楼下面，感觉时光似乎倒流到六十年前。据说这条大同路是以孙中山先生的"天下为公、世界大同"来命名的，历史不算长，路边还有排水的明沟。两侧的楼上，大多住着本地的闽南鹭岛人。街上行人稀少，由立柱支撑的骑楼内侧，是一排排的小店铺，间或，有店主在门前支一张小桌，和朋友用小壶泡茶悠闲地聊天。两个人走了约十分钟，看见一个临街的咖啡馆。推门进去，烛光幽暗。小小的卡座两两相对，还挂着纱帘。

落座的时候，我想了一下，没坐对面，直接坐在她的旁边。她笑一下，没有躲闪，反而把一只手塞进我手里。她点了咖啡，我要了酒。在昏暗的私密空间中，眼前的女孩变得妩媚。我的心有些异样，却不知下一步该如何行动。

我们，可以做朋友么？我说。

我们现在就是啊。我喝一口你的酒，好不好？她说。

我把酒递给她，说：是那种朋友。

哪种啊？她喝一口酒，放下杯子，看着我，马上又笑了：噢！那怎么可能呢？哥哥你，大学生啊。

我低头不语。眼前的红烛簌簌跳着舞蹈。

青青靠近我，侧脸，无声如猫，在我的脸颊上快速准确地一吻。马上撤开身体，笑笑地说：哥哥，等会送我回家吧。

半小时后，我叫了辆车，一直把她送到她住的地方：大寨。

## 七、午夜旋律

### 1

中国古书上记载：柳下惠，可以美女坐怀不乱。这真令我敬佩！

午睡起来，读着《湘行散记》里的多情湘女，我又想起了那个有着健美身体脸圆圆的姑娘，想起一周前的那个晚上。我开始内心焦躁，翻箱倒柜地寻找她给我留下的传呼号码。

当我在报刊亭拿起电话的时候，一阵说不清楚的犹豫，使我把电话拨给了马尾。

"哈哈！真巧，我正准备呼你呢！喂，晚上去跳舞！"马尾的声音热情洋溢。

"跳舞？"

"对，羽毛的一个客户，给了她五张百乐汇舞厅的票。一起去！"

"还有谁？青青也去吗？"我心里微微一动。

"青青？哪个青青？我叫了田七七，还有沙漠啊！都说好了。"

"噢。这个……"我有些失望，马尾都忘了青青是谁。

"别这个那个的，你不是吹你很会跳舞吗？晚上七点万鑫广场大门口会合，不见不散！我还要去搞辆车，就这样，拜拜！"

马尾急急忙忙挂了电话。

现在才下午两点多。这几个小时如何打发？看着手里紧捏的呼机号码，我深吸一口气，压住渐渐蹿起来的那种感觉，又拿起电话，给那个叫青青的女孩发了个传呼。

半个多小时过去了，青青没有回复。离开报亭，我站在街头，有消除紧张后的轻松，又感到一种百无聊赖的孤单。阳光盯着我的身体，在这个城市的大街小巷游荡。

夜，悄然推走白昼。

万鑫广场的一盏孤灯下，马尾和沙漠，蹲在两辆半新的自行车边上抽烟。我走过去，朝马尾打个招呼说，从哪里偷的破车？

什么偷！买的，两辆车一共四十块，值！马尾起身摁了一下车铃，又向我介绍沙漠。

沙漠本姓吴，我先见其诗作《伤》，后见其人。作为公司的库管员，他常常一个人，像耗子不见光，躲在成堆的油画仓库里窸窸窣窣忙自己的事。他长得胖胖乎乎，一点也不像我想象中写《伤》的沙漠。我对他没兴趣。我说，田七七呢？沙漠也说，就是，七七不来，我和一灯两个男人怎么跳舞嘛！七七被杨骚拉去相亲了。马尾咧开嘴笑笑，怎么，你们都喜欢她？明天我就告诉她。你放屁。我说。有本事你告诉她。沙漠说。马尾摆摆手：舞厅里美女多了去了，今晚看看你们谁本事大！

呀呀，美女来了！沙漠扔掉烟头一指。

都市的霓虹灯，把夜装扮得妖娆。路两边的高楼，也都亮起温暖的光。曾小雪在妖娆的夜色中向我们走来。她确实很漂亮，细密黑亮的头发高盘成髻，鼻梁高挺，双眸流波，穿一件黑色无袖连衣裙，脖颈上系小红丝巾，领口开得很低，随着她款款的脚步，那一对半隐半露的丰腴双乳，总是引来路人的目光。

马尾看看我和沙漠，撇撇嘴，嘟哝一句：肏，又不是去相亲。

沙漠嘻嘻一笑，拍着马尾的肩膀，用不标准的闽南话开玩笑说，老马，小心。水某敌郎走哇！①

狗嘴吐不出象牙！马尾说。

哎呀！老马真担心了！我和沙漠笑起来。

笑什么，你们？曾小雪走到我们面前，又看看两辆自行车，对马尾说，呦！你说用车来接我，原来是这个车噢！

马尾大咧咧地说，这样多好，你可以紧紧搂住我！

沙漠就挤眉弄眼冲我笑：你坐在我后面，可不要搂我，我怕怕。

我说，你别放屁！放屁我就把你扔沟里！

我们三个哈哈大笑。

曾小雪看看我们，说：还不如打个的士。

有车还打的？多浪费。你快上来，我载人技术一流。马尾拍拍车后座招呼她。

到了百乐汇娱乐城的大花园墙门外，曾小雪叫马尾停了车，跳下来整整衣服。对马尾说：

喂，你和沙漠把车骑到楼后面找个地方存放。

干吗不骑进去？

---

① 闽南语"漂亮老婆跟人跑了"的意思。（编者注）

我叫你去就去嘛。她坚持说。

马尾伸长脖子看看里面：那楼下不是有停车场嘛！

曾小雪哧地一笑，眼瞅着马尾的两轮破车：你不看看里面都停着什么，你这也叫车呀？

马尾明白过来，抬高嗓音说：我这怎么不是车？不是车能有两个轮子？不是车能载你到这？宝马、皇冠、桑塔纳，它们能跑的道，它也能跑。它们能停的地方，它怎么不能停！告诉你，我这车还能走乡村路，那些"四轮子"未必走得了。你这叫"白马非马"！没知识！

就你有知识！你……

我怎么啦？怎么啦！

见俩人要吵架了，我忙劝说：算啦算啦！马尾，你看人家里面的停车场，哪有一辆自行车？算了，小雪也是为你好……

是呀是呀，来玩嘛！马尾，算了。沙漠应和说。

什么为我好！马尾瞧一眼曾小雪说，我不是大款，想坐小车进去跳舞，你傍大款去呀，找我干什么？虚伪！

他掉转了自行车把，猛一摁铃，骑了就走。

沙漠瞄一眼曾小雪：嗨！这狗脾气！我去追，我去追……蹬了车子朝马尾的方向赶。

一辆又一辆，小汽车神气地轰鸣着驶进娱乐城花园。我和曾小雪，有点像看门的立在一边看车涌入。我摸出一支烟点上，看着曾小雪想：现在的情况，是否和她今夜一出场的亮相有关？我们三个人，都穿得比较随便，而她，确实如高贵的丹顶鹤，突立于我们之间。

舞厅里飘飞起序曲的旋律，二十分钟过去，没有马尾和沙漠的身影出现。我有点尴尬也有点不知所措，怎么办呢？

走，我们先进去！曾小雪说。

要不，再等一会儿。我说。

不，站在这像傻子似的！我们走！

她看我一眼，很坚决地拉住我的手，向舞厅走去。

## 2

马尾始终没再回来。

伦巴舞曲过后，沙漠闪了进来。

他找到我们，一边要啤酒一边对我们说："马尾这家伙！车子蹬得比法拉利还快，我都追出去几千米了，愣没追上！嘿，渴死我了。"

我知道他在说谎。曾小雪满不在乎，站起身对我灿烂地一笑："听说你很会跳舞，这是慢三吗？来，我们跳舞。"

我们进入华灯闪烁的舞池。开始，她有点紧张，头低低的："喂，我其实只会跳两步。"我说："没关系，你的乐感很好，我带着你，很简单。"围着舞池两圈旋转下来，她的步伐渐渐轻盈，裙摆随着旋律飘然翻飞，已经有点像只黑天鹅了。她微微合了一下眼睛说："想不到，你舞跳得这么好！"

是的。我不但会跳华尔兹，伦巴、恰恰、狐步舞都跳得不错。这该归功于温馨如。她喜欢跳舞，特别是国标舞。她说，所有的舞蹈都能使一个舞者的灵魂飞升。温馨如教我跳舞，却让自己的手永远地离开了我的肩膀，再让其他想跳舞的女人来搭。

慢三过后，舞厅里响起震耳欲聋的迪斯科音乐。

沙漠喝一大口啤酒，脸上现出眉飞色舞的神情，如棕熊般摇摆起肥硕的身体，快速扭着屁股旋进舞池。

音乐节奏高昂、疯狂，曾小雪的脸上也露出火热，她扭动着身体站起来，一摇一摆地晃动着双肩向我伸出手。我微笑着摇摇头，拿起桌上的啤酒来喝。沙漠在此时笑嘻嘻旋转过来，拉着她面对面地摇摇摆摆进了舞池。沙漠虽然丰肥，蹦迪却灵活诙谐有趣，许多人围着他，哈哈笑着，随着他夸张的动作一起摇头晃脑。当然我更关注美女，曾小雪微合着双眼，那张迷人的脸上带着一种独特沉醉，蹦起迪来大胆奔放，一头长发随着优美的身段左右挥洒，充分展示出一个年轻女性的迷人身段。

迪斯科音乐声更加高昂与激越。水晶石球在一束束耀眼的激光、电光下速猛地旋转。沙漠喘息着从舞池里穿出来，抹了抹脑门上的汗珠，将一大杯冰啤酒灌入腹内，一面摇头，一面对我大声说："小羽毛刚才故意踩我两脚！高跟鞋哈，这臭三八！"我回应说："谁叫你不老实！总在她身边蹭啊蹭的，喂，流氓，蹭蹭很爽吗？"

他看看我，还想说什么，抬起头又闭上嘴。曾小雪微摇着身体走了过来，她招着手，热情似火地引逗着沙漠："接着跳呀！"

沙漠扭扭身子说："啊呀，我的脚哦，没被你踩断……"

她咯咯笑着坐下来，拿起啤酒喝一口，舔舔嘴唇对他说："真的吗？把脚伸过来，姐姐给你揉揉？"

"算啦算啦！"沙漠摆摆手，"不敢劳您大驾。"

她笑着举起酒："来，我们一起喝一杯！祝今晚愉快！"

舞曲盘旋，灯光闪烁。

趁着曾小雪上卫生间的空，我问沙漠马尾为什么不来。沙漠一面盯着她远去的臀部一面告诉我："太丢面子呗。马尾说，他要和这个小狐狸掰了，说她认钱不认人。嗨，马尾这家伙，也太认真了！和当'三陪'的小骚货，还能真有什么吗？不过，她的屁股还真翘。"

我没说话。我想如果换成我，也许和一个曾当过"三陪"的女子，不可能真有什么结果。但这样的女孩未必就低贱，而我们则未必高尚。我想，她们也有感情，也希望有真爱，也希望有一个实实在在的肩膀靠。

沙漠又叫了一瓶啤酒，搂住我的肩，双眼里有些淫荡："兄弟，话说回来，小羽毛长得确实不错，你看她那胸脯，够高！那屁股，够翘！你可不要错过机会，嘿嘿……"我把他的手拿开，我一直不习惯同性对我如此亲密。

我说:"喂,朋友妻不可欺。"

"朋友妻?我看是老马架不住寂寞,找个靶子来射射枪弹。你想曾小雪是干什么的?再说,女朋友怎么啦?又不是老婆。只要你情我愿。"他摇摇头,把目光转向一个金发女孩。

幽幽的舞厅里飘出一股甜蜜的气味,灯光开始暗淡,气氛渐渐显得暧昧。旋转的水晶球把四周直射过来的五彩灯光一小片一小片反射回去,红的、黄的、绿的、紫的,如幻如梦,飞星一般洒落在舞厅的各个角落。

沙漠喝光啤酒,站起身:"喂,她出来啦,我可要闪啦!"

"你去哪?"

"去请那个金发妹妹找个地方喝一杯。哥们儿,今晚,你可要好好享受。"

沙漠在我胳膊上暗暗捏一下,像只黑色的肥猫消失了。

## 3

小圆桌上,已经排着七只空酒瓶。

沙漠呢?曾小雪端起酒杯喝下杯中酒,坐回我旁边问。

他说他有点事,先走了。我掏出烟来点上说。她做了个无所谓的表情,看看我,伸出手来讨烟。你要抽烟?这样不好吧?怎么不好?我没看你抽过烟。我说。曾小雪笑,我?怎么可能不会抽烟?十八岁就抽了。只不过,后来,不想抽。

一缕青烟从她口中缓缓飘出。

嗯,这曲子好听。她说,默默倒酒,默默拿起杯子浅酌。《交换舞伴》的优美旋律如水,从四周音箱里轻柔地流淌出来,也流淌出一种幽幽的气氛。舞池里,大多是一对对的情侣,随着静谧流淌的乐曲,亲密搂抱着在里面摇动。马尾不在,这本该是他和她的舞曲。我四下看看,说:"小雪,要不我们也走吧,我陪你找马尾去,让他向你赔罪!"

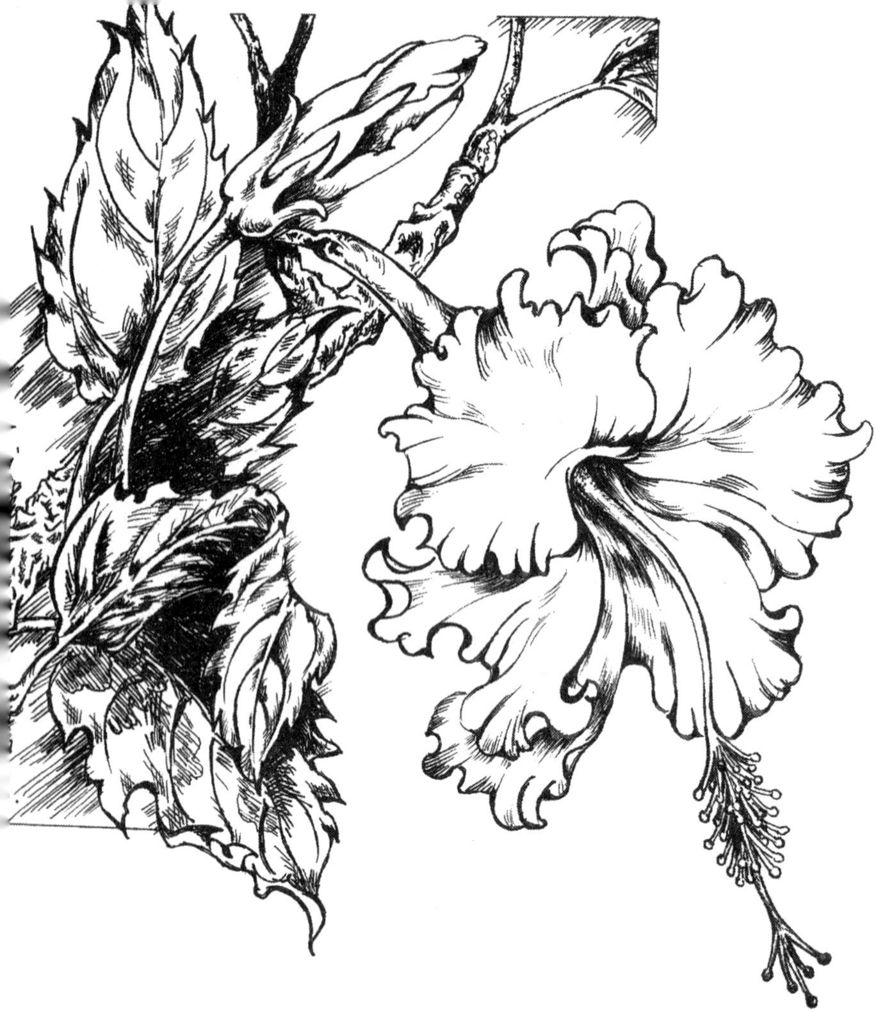

她不吭声，把烟熄灭。忽然笑了一下："我们为什么要那么早回去？为什么找他？为什么不好好享受一下今晚？"

她站起身，用手拢一拢发鬓，拉了我进入舞池。当我用左手去托她的右手时，她朝我轻轻摇了摇头："小萧，我知道你舞跳得很好，但现在，我不想跳三步国标，行吗？"她说着，将双臂搂在我的肩上。我张了张嘴，想说点什么，但终是点了点头。我们互相对望着，搂肩环腰，和舞池中的其他人一样缓缓晃动，轻轻移步。

"我知道沙漠在说谎。"她把头靠在我肩上，轻声说。

"嗯？"

"他追上了马尾，但马尾不会回来。"她抬起眼。

"怎么会？"我的眼睛游移，躲开她直射而来的目光。

她又低了头，半晌说："因为我不是个好女人。"

"不要这样说自己。"

"很多男人都睡过我……"

"那是过去，真的，别想那些。你在我眼里，是个好女孩。"

她看了看我，忽然把头靠在我肩上，紧紧依在我怀里。这时，场外的任何一个人看见我们，都会认定是一对情侣。我想，如果此时马尾在场，即便他不揍我，我们的友谊也会破裂。我确实不是柳下惠，女人那软软的又带着温暖的胸脯，让我的身体起了变化。那一瞬间，我为自己感到羞愧。马尾，是我的朋友，马尾是我的朋友。我俯下头，对她也是对自己说："小雪，马尾和你，永远是我的好朋友。"

她抖着肩膀，仍靠在我身上说："我知道，我知道。"

当她再抬起头，两行泪珠已挂在脸上："一灯，我时常在想，我对不起马尾。我们第一次时，他还是个处男。……你知道吗？我多想，把我干干净净的一切，献给我第一次爱上的人啊！我害了马尾，今天他这样，可以说，他有理由这样。可我心里，好难受、好难受……"她突然放声哭

93

泣，不顾周围，伏在我怀里号啕大哭。

四周聚来的目光让我慌乱无比。我一面紧搂住她，一面安慰着，像个做贼心虚、让人讨厌鄙视的家伙，匆匆出了舞厅。

那天晚上，什么也没发生。

第二天下班时分，沙漠像个肥腻嗡鸣的跟屁虫，一面咿咿呀呀地哼：闲藤寂寞苦心缠……一面总在我屁股后面转。这使得走在我旁边的田七七等几位女画师也感到好奇。

七七说，萧一灯，你干坏事啦？老实交代！

交代！交代！几个声音起哄。

我停止脚步，看一眼沙漠说，沙漠，你别跟着哼啦。昨晚什么也没发生。

真没什么？沙漠眯眼。

真没什么。

真的？

真的！

他讪笑，舌尖在唇边游移了一下，小声对我说，我看见你进了她的房间。

我盯住他：你神经病！

沙漠不知好歹地伸出四个手指头：四十分钟。四十分钟……

我闭紧嘴，二话不说。

"砰！"一声闷响，我的拳头，直接捣在他的鼻子上。

沙漠的嘴边，如溅了辣酱汁般绽放出点点红花。他怪异地尖叫了一声，缩颈低头，也不去管两个滴血的鼻孔，似一头发疯的公猪哇哇叫着向我撞了过来。我侧跃躲开，并转身一脚，飞踹在他肉墩墩的屁股上，他向前跟跄几步，如海龟趴在地上。他哼哼着收缩四肢爬起来，转过身，用手背抹了抹脸，再次嗷嗷叫着，乱舞双臂向我扑来。我则一声不吭，双拳左右开弓。

砰砰、啪啪、啪啪、砰、砰！……

显然，他不是我的对手，这要感谢我和雨亭住在一起的日子。不到十分钟，他就像一团烂肉，瘫软在地上。——后来，田七七根据当天她所见到的景象，画了一幅抽象画：《刺客与秦王》。画面上，我似乎是一根瘦而结实的棒子样东西，棒头，则直捣在一个有着八只舞动触角的柔软大面袋上。

七七给我看画，并兴致勃勃地询探我的意见。

我很不以为然。我说，你有毛病呀！画这么变态的东西。

你才变态！

她翻着眼皮捶我一拳，抱着画就走。

打完架，我去找马尾。

我揍了沙漠。我说。

马尾笑笑，你不该打他，他那人就这样。

他想歪了，该揍。我说。

马尾摸摸嘴，叹口气：看来，此事都怪我。我又得出点血，撮合大家吃饭，让你们握手言和。

## 八、艰难时光

### 1

所有的人类大事件，不管当时再怎么轰动，都会随着时间的推移在人们的记忆中渐渐湮灭。我打了沙漠，之后和一堆喝得烂醉的人拜兄弟，在大马路上唱歌、撒尿。这类小事就更不过如此。

这样一段日子过去，酒后结拜的兄弟，就像一场游戏一场梦般名存实亡。吴百田辞职回家娶亲，谢雨亭继续在健身房里教人拳击，杨骚爱画小美女，和爱给小美女写诗的沙漠就有了共同语言。马尾仍是和我走得最近的朋友。只是他对曾小雪渐渐有些冷淡。

我对他说，马尾，你对小雪可要好点，她是女孩子嘛。

马尾说，你懂什么？我和她总在争吵和快乐中并存。有时爱得死去活来，有时恨得咬牙切齿。但我和她的事，与你无关。他抛开这个话题，转过来提醒我注意公司动态。

对于公司动态我当然明白：朱顾冬经理显然对我失望。因为他没再给我加薪，也很少单独找我谈话。不久之后，公司又招来一位行政主管。朱顾冬早晚都要移民的，在这之前，他要选个他心中期望的接班人。他没有炒我的鱿鱼，先招了个人进来，慢慢接管一部分我的责权。

一帮画师都对我说，看，你被慢慢剥夺权力。

我笑了笑，我可以不走，可以反攻，可以再次让朱顾冬语重心长。但我笑了笑，轻易地炒了朱顾冬，也轻率地炒掉了这份薪酬不错的工作。

我仍在曾姑娘巷一百七十八号居住。我年轻，而且还有一点余钱，对未来的一切毫不恐慌。

白天，我窝在自己的小房子里读书，读的都是大家说的伟人著作：什么爱默生、富兰克林啦，什么瓦西列夫、乔伊斯……慢慢地，书读多了，钱却变少了。钞票减少，但晚上我仍然和马尾、杨骚他们捧着啤酒"华山论剑"。他们都说辞职后的我妙语连珠，胜过沙漠，要当诗人了。确实，现在的我和当主管时不同，现在一喝酒，我豪放如李太白，以"唯有饮者留其名"的气势，狂吃猛饮、高谈阔论。反正我失业了，不必买单，每次喝酒，都是由他们请客。

但很显然，像我这样的朋友越来越不受欢迎。快到吃饭时间，大家都有避我如瘟神的意思。书读多了，好像没有什么用；钱变少了，感觉什么都不好。

这大概就是穷在闹市无人问吧。

## 2

我终于发现，钱，有时候约等于体面。当初，我真不该那么轻易就炒了朱顾冬。这样，我就继续拥有一个月一千二的钞票，这样，我就可以慢慢规划自己的未来。可如今，我又要为自己下顿饭的钱在哪里奔忙了！

我辞职之后不久，由于我不知道的原因，听说是朱经理当着马尾的面说曾小雪是"骚货"。于是朱经理的脸，马上就变成一朵丰收时的棉桃。这朵大"棉桃"，是马尾的作品。所以马尾马上被公司开除。

马尾被公司开了，是他商业行画生涯的结束，却远不是他想成为伟大画家的开始。他在十四岁时就立下远大的志向，现在，不论白天黑夜，他都把自己关在昏暗的房子里，画、画、画！他雄心万丈，准备石破天惊地证明自己：世间伟大的画家就此出现！

然而，鹭岛这个城市中所有画廊里的画商，都冷酷无情地一次次敲击他的自尊心。

"这种笔触太粗笨了！你不能来点柔美的、细腻的，像杨骚那样的，迷人什么的……"

"这是什么东西？"

"即便闭上眼睛，我也不会画得比你更糟！"

马尾大怒！杨骚，除了会点点点地画光屁股小妞，算个屁！这个俗世里，难道就没有慧眼来欣赏他横空出世的伟大作品？他决心办个人展览，向世人展示他伟大的艺术。

关于马尾办画展，朋友们都深表忧虑。可曾小雪全力支持，不但掏出自己的存款，帮他买绘画材料、买照相机，并联系印刷厂和广告公司制作宣传单，还请一干名人吃饭、请一干媒体喝酒，联系费用与效果都最高最好的合适场地……在两个人忙忙碌碌付出大量时间和金钱的同时，马尾夜以继日地作画也耗去了他的体能。画商的无情打击，刺伤了他的心，另一种他看不见的危险，也早已暗暗袭击了他的肌体。他躺在床上不起，发烧并颤抖，照中医的说法是"阴阳两虚"；在西医看来，他是被一种叫"肝炎"的病，横着送进医院。

此前，马尾因她被开除，曾小雪也许被某一种精神上的意义所感动。或者，马尾和她讲述了那幅专门为她而创作的《云天下的蚕豆叶》的含义。她也离开了随心酒家，并再一次声明告别过去。她想找个体面而"干净"的工作。

她辞职时，对她极好的老板娘就说过这样一句话：你当你是一个刚毕业的女大学生么？

曾小雪当然没读过大学，社会就是她的学校。

那一刻她要是想起我也好，我这个大学毕业生，当时不也正失业并被"孔方兄"逼迫得四处奔忙吗？她先是进了一家出口工艺品的公司，在密不透风的大车间里和一群从乡下涌入这个城市的打工妹坐在一起，以固定的姿势歪头、缩肩，为指定的工艺制品填涂有着刺激性气味的工业颜料。低工资、差环境及每日十二小时的工作，使她眼痛、头痛、肩酸、腰酸。三天后，她感觉自己浑身的骨头和肌肤无一处不酸痛。她一面佩服那些来自山村的坚韧的女人们，一面自叹不如、自怨自怜。也当然会暗暗想起那些夜夜笙歌、人傻钱多的日子。她一分钱没拿到，就离开了那个公司。之后，体面与她无缘，她认定的"干净"工作倒还有，可总是脏、累、差。她无法忍受，也无法想象自己能坚持下去。倒是有一些不大不小的娱乐场所，欢迎她去任现场主管或经理。她原来的一些老顾客，也积极帮她引见介绍。但这些地方和"随心"的实质是一样的。

也许，她心中的干净加体面，对她来说只是个梦？她只有面色惨淡地回到马尾身边，暂时做马尾的不拿薪水的生活保姆。

那时，同样面色惨淡的马尾，还笑着安慰她：

"没事，我养你！"

"不久，等办了展，我就是有钱的大画家！"

——不久，马尾作为肝炎病人，进了医院。

当马尾住进隔离病房时，曾小雪看着满屋堆放的油画，就只有一句话可说：屋漏还遭连夜雨。她和我刚辞职时的遭遇雷同，发现那些平日里有点钱的朋友似乎都失踪了。而我们几个穷哥们儿，除了拿出一点杯水车薪的票子，只能建议马尾把准备办画展的画先拿去卖掉。

画商们早都听说牛轰轰的马尾要办展览了。

他们一致哄唱：留着办展览吧，让他成大画家！

无奈，曾小雪去找她的一个老客人，某个有限公司老板。她马上有了一笔钱。她叫上我这个无业人员，一起去病房看马尾，把钱留给马尾治病。她说她有个新工作了，但因工作需要，暂时要去广东，要忙上一阵。她还说，叫了个小姐妹，来帮忙照看马尾。最后，她冲马尾笑：

放心，一切都会好的。

那天晚上，曾小雪请我吃了一顿四菜一汤，还喝了一瓶长城干红。那天以后，我再没见过她。

后来，一个叫天天的女孩来到马尾身边，代曾小雪照料他的饮食起居。马尾病愈，我和沙漠、杨骚以及那个叫天天的女孩，一起接他出院。虽然当天，天天还抱了一束康乃馨，并给马尾一个装着钱的信封，说是曾小雪留给他的生活费和营养费，可马尾打不起精神，他不高兴，或是久病疲劳，或是因为曾小雪不在。我们把他送回曾姑娘巷那间简陋的画室兼卧房。房间里除了一床一桌，就是立在四壁一排排大大小小的油画，没有其他坐卧之地。告辞时，我看见马尾软绵绵地坐在床上，挤出一丝笑。我想，这时的马尾不仅需要金钱的资助，更需要曾小雪精神的支持。

马尾的画展，就这样在他的梦想里进行了一番演示后，像个屁，一放就没了。

## 3

南方的冬季，远没有北国肃杀冰寒。但清冷，还是一日一日地行来。

数十天来，我穷得"两丫夹几卵葩"。——这是闽南语。据说闽南话源于古晋语，有七个声调，算我们先人说的普通话。这句话的意思则是：穷，只剩两条光腿夹着中间那没精神的尘柄了！

多年后，我离开鹭岛，差不多把学会的闽南语丢光了。但有三句话始终不忘：一句相当于国骂，另一句相当于直奔具体的国骂，还有就是："两丫夹几卵葩。"

——想想吧，这比不名一文、身无分文、穷途潦倒、家徒四壁等许多形容词，都更为鲜活地道出一个人的"穷"来。

从昨天下午三点后，我的舌头和牙齿，就不曾和食物接触。我的大脑，则始终和我的胃对话，并代替我发绿的眼，引导我，向每一个有可能找到进嘴食物的地方漂移。但是，这一天，谢雨亭，泉州打比赛！杨骚，跑广州！马尾，失踪！沙漠，失踪！一雄……抠门！

从晚上六点到八点，一雄让我在他的房间里干坐着看他临摹杨骚的画，还帮他递水递颜料，还抽了我一根沉香烟！他画啊画，就是不提吃饭的事！好！我饿，也让你饿！我横下心，一直坐到十点半。他似乎也下了决心，把尖瘦的屁股粘在小木凳上，描描描，描不完……我输了。走吧！我们都低声说了一句道别的话。别了，司徒雷登！我是这么说的吧？

三十多个小时，除了水，我粒米未进，浑身冒虚汗。

听说有人会"辟谷"，或是"入关"，多日不食而精神焕然。看来我没有那个慧根和福报，我的眼睛真饿绿了……朋友们，饿到前胸贴后背，眼睛放绿光！我扶着墙站在黑暗里，两眼昏昏地泛着荧绿色的光。找她去吧！

晚上十一点半，一碗热腾腾的"珍珠翡翠白玉汤"摆在我面前。我的

心流泪，不争气的鼻涕却从鼻子里流出。这是田七七给自己留的早餐：一小把米粒、五片青菜叶和一块豆腐烩的汤。

田七七是我认识的那些画家中，最早辞职成自由艺术家的。没人否认，田七七是个有梦想有追求的女孩。在公司时，朱顾冬曾想热心地帮她去欧洲学画，据说不是巴黎就是布鲁塞尔，但她拒绝和朱经理在一个床上"打架"。田七七曾对我说，她是决定要"拿青春赌明天"，但赌什么也不会赌个"猪哥"。于是田朱不两立，田七七拿到工资，请我们几个吃了顿烤乳猪后，立马辞职。

辞职后一段时间里，田七七常画裸女，这样可以比抽象画更快地换回柴米油盐、啤酒香烟。她的裸女画和杨骚不同，杨骚画美女，坐在那里勾着腰，总拿个小狼毫笔，在画面上点点点、点点点，点了多日后，就点出一幅美人图。也许老是点点点，杨骚的一副小眼镜就特厚，画价不高，好卖。因此，他常有面包和牛奶，是那些画师里营养最好的。田七七画裸女，几乎全是自画像，面前放一面大镜子，用笔唰唰唰地涂！涂完了，画中人怎么看都不像她。

现在，她没成潘玉良，我又没工作，我们只有喝豆腐汤的份儿。喝完汤，我就想到乳猪，想到乳猪，肚子叽里咕噜一阵打鼓。

"喝了汤还有意见啊！"

"不饱，饿……"我弱弱地说。

"谁叫你中午不来！今天没得吃了。我的钱也不多，喏，先给你二十块救急……"

"早说嘛！早说我拿了这钱去买包子请你！"

"就知道你这么说！我的钱不用还是吗？二十块，你至少坚持十天，十天之内，我可再没有一分钱给你。"

"饿，买两个包子吃！"钱一到手里，我人就到了门边。

太晚了，包子铺早关门了。小杂货店倒是还有开着的，但糕点之类贵，不值。走了几条巷子，远远看见一个炸海蛎饼的摊子正准备收工。忙跑过去，和摊贩好说歹说地，花一块五毛钱，买了四个海蛎饼。我忍住在嘴里来回流动的液体，捧着饼回到七七家。她看见，很好看地笑了："嗯，果然有良心！"

海蛎饼要热的才香脆，虽然收了摊子的剩饼不热，但两个人就着热开水，也吃得满嘴油光光。

饱吗？不饱。虽然满嘴油光光，可现在，就是面前有一整只鸡，外加烤乳猪，我都能立马吞光！

烤乳猪现在是没得吃喽！

她摸摸自己的肚子，哧哧一笑："哎呀！想不到我现在，也真成了小蛮腰，要不，你吃了姑娘我吧。"

我抬起眼瞅瞅她，细腰、凸胸，还是很"有料"。低声嘟哝一句："嗯嗯，应该挺好吃……"

田七七马上踹我一脚："你说什么呢？"

唉！这就是女人啊！说实话，七七虽然单眼皮，却是个小美女，比她画的自己美多了！抱在怀里，应该像抱只小兔子一般舒服。而且她对我一直不错，虽然也没多少钱，可还是给了我二十块！还把自己的早餐煮了给我当晚餐吃。七七，我爱你！可我得走了。是的，我没有在她房间里留宿。这并不是因为我是君子，或者她是嫫母、无盐。而是我还不知道，明天该如何面对房东的胖脸嘞！该死的马尾！都失踪好多天了！如果找到他，或许可解我的困境！怎么说，曾小雪每个月都会从广东给他寄笔钱。

夜浓酽，在黑暗狭窄的巷子里，我小心翼翼地往前蹭。忽然感觉我的房门附近，似有个活物在动。我吓了一跳，忙停住脚，努力把目光射到十几米远的对面，是个人！对面的人，似乎也感觉到了我的呼吸，一动不动对着我。

一瞬间，莫名的恐惧，使我浑身紧张并感到窒息：是贼？怎么办？因

为我口袋里连能听个响的一分硬币也没有，我的大脑快速乱转：这个人如果想抢劫，他倒霉我更糟糕。抢劫的人只为求财，一个硬币都没有该怎样……打斗、刀锋，冰冷的刀锋直切进我的身体……我脚底的鞋子里有田七七给我的十八块五毛钱，但，我绝不可能给他！……我蹲下身，双眼直盯着前方，双手在地上乱摸。

好。我很幸运地摸到半截圆木棍。重新站立起来，感到手依然在抖。我把木棍在右手里握牢，朝空中挥两挥，左手微抬在胸前，努力回忆谢雨亭教我打拳击时的种种要领，一步一步向前走去。

房门前的那个人也慢慢立起了身，我感到他的手里拿着什么，我停住了脚："谁！干什么？"

"一灯……"风递过来我熟悉的声音，"是你吗？"

我长长出了一口气："马尾你这狗东西！吓我一跳！"

"唉！"马尾拍拍胸口，"我也一样。"

他说着扔了手里的东西，黑夜里听上去很沉重。

我摸出钥匙问："你扔了什么东西？"

"砖头。"他说。

打火机！帮我照照！我没好气地冲他叫。开了门，打开电灯，我发现我手里拿着的木棍原来是别人丢弃的拖把棒。我对他说："马尾，算你狠！我这一棍下去，你最多骨折，你一砖拍下来，却有可能要人命……"

"哎呀我也不知道，我以为你是个流窜抢劫犯！"

"我的门前怎么会有砖？"我把木棍放在桌上，想了想说。

马尾一屁股坐在床上，摆了摆手，很疲倦地说："谁知道，我在你门前摸来的。兄弟，我等你快三小时了，跑哪去了？"

"我能跑哪儿去？借钱啊。"

"借……钱？！"

我摸出半包沉香烟，递给他一支，告诉他明天就要交房租了。房租原

本对我来说挺便宜，一个月才一百二十块，三个月一付，共计三百六。可我辞职两个月了，还没找到一份合适工作。今天跑了一天，看来做人不成功，只有十八块五！我急切地求他借我三百块，并信誓旦旦地保证十天后还他。

他摊了双手说："卵窖不缺，缺钱。"

我满眼疑虑："你会没钱？你会没钱！"

"我知道你想什么。"马尾把脖子上的小辫轻摇了摇，"我马尾没钱，曾小雪也该有！"

"就是嘛！你说这不是事实？"

"你说我是个小气的人吗？"

"嗯，有时是小气。"

"呸！"

"别呸，你借钱给我你就大方！"

马尾苦着脸，深吸一口烟，问："你有多久没见到我了？"

我想了想说："谁记得？大约十多天吧。"

"十二天。你知道十二天会发生多少事吗？唉——有时候十年也不会改变的事，也许一天内就完全变了。"他懒懒地打个哈欠，身子像被掏空的麻布袋子，晃了两晃，"我也没钱……兄弟，你可要记住，我，马尾，在你门外喝了整三个小时的夜风，为啥？为借点钱啊！"

真的吗？怎么回事？你说说。

他摇摇头，没一点动嘴的欲望。我们默默无语，把手中一支烟抽完，他耷拉着脑后的小辫，走了。

我不知道他最近发生了什么事。我连烧到自己屁股上的火都灭不了，哪还有心思管他？尽管我又累又乏，两个小海蛎饼只是塞塞牙缝，而且"珍珠翡翠白玉汤"早变成了一泡尿。但我还是坚持像福尔摩斯一样，把房间里每一处我认为可能遗下钱币的地方搜索了一遍，最后，我极其失望地和衣躺在床上。我知道我的胃里长了牙，像耗子一样磨个不停。我知道天亮迎接我双眼的除了太阳，还有上午九点钟房东伸出来收房租的双手。

## 4

房东姓纪，有个很奇怪的名字：水火。据说他八字里缺水又缺火，所以他老爸就给他起名水火。

在中国古代的五行说中，认为宇宙万物是由金、木、水、火、土这五种元素所构成的。它们有着相生相克的关系：即木生火、火生土、土生金、金生水、水生木为相生，相生则意味吉祥与如意。而相克则不好，水在五行中的特征是寒冷而向下的，火则炎热向上，所以《白虎通义》一书上载，相害相克者，天地之性。水与火不容，是大克。可是纪水火八字里缺水又缺火，为了使这五行不缺，也就顾不上这一点，仍叫纪水火。至于水火相克是否影响他的前途、事业、爱情、命运，我则一概不知。

纪水火手里拿着一张破了边的白纸，准时推开了我的房门。

"小萧，这应该是给你的。"他笑眯眯地说。

在早晨明媚的阳光下，他看到紧闭的房门外斜躺着一块砖，砖的一角压在一张纸上。他感到好奇，取了那张被砖压破的纸略略一读，就知道这张催还借款的纸条，属于萧一灯。

这是一雄给我的催款单。原来我还借了他六十块钱！怪不得这小子宁可和我干耗也不去吃饭。对不起，等我有钱了，一定还你，还请你吃大餐！

我把纸塞进口袋，笑着对纪水火说："是我的，可我放出去的债，有一百八……"

纪水火摆了摆手，双眼看着我的一堆书："我不是借债人，我只关心你收回债没有，关心你收回的债是否够交房租。"

"纪先生，还差点……您能不能再容我几天？"我说着，摸出十块钱。

"十块钱！小萧，你这是和我开玩笑。"

"纪先生，您再容我几天吧，谢谢……"

"哎呀！我容你，谁容我呀！"纪水火皱紧了眉头。

纪水火向我发了一肚子的牢骚：他下岗了，他给领导送了价值两百块的礼品还下岗了；他老婆又骂他窝囊废了，干了三十年还是个修理工不说，现在连修理工都不是了，他包了全家的洗洗涮涮还是被老婆骂窝囊废；他还被诈去了两百块钱，他送一个被车碰伤的人去医院，还被那人诬陷是被他碰伤了……

纪水火说："你快给钱吧！不然我真成呆鸡了！"

纪水火出租房子时，原本要价一百五一个月，可后来收到的租金是三个月三百六，而且是到期才付钱。所以他老婆骂他是呆鸡。

"纪先生，您是个好人。要不，您先拿上这十元，我再把我那套《鲁迅全集》抵押给您。五天，五天后，我保证亲自给您送上三百六十块，这十块钱算利息！如果您没见我的钱，这一套《鲁迅全集》就归您！"

"《鲁迅全集》对我有卵用。卖废纸能卖到三百六十块吗？"纪水火翻了翻眼睛，"我看对你也没卵用，也没让你拿出三百六来。"

我无言以对。

纪水火挠着头想了想，长叹口气。他说他也不能因为我今天没钱就马上把我的东西扔到大街上。他想了一个折中的办法：他给我三天时间，如果三天后能给他补交三百五十元，以后再每三个月，交给他四百五十块钱，就继续把房子租给我。

他这是调高租金啊！但我别无办法，忙答应下来，他便收了我给他的十块钱，摇着头走了。

当确认我没办法补交三百五十块钱，并也暂时无法接受每月一百五十块的租金时，田七七便提出一个建议。田七七的画，可以在画廊里售出一些，虽然所获不多，但还够两个人吃饭和租一个带厨房卫生间的十二平方

米的房子。

第二天的深夜，田七七找了几个朋友，和我把房子里属于我的东西一起转移到她的房中。这肯定是个馊主意，但也是个暂时让我能解决问题的馊主意。我留了一封信给纪水火，从此离开了曾姑娘巷一百七十八号。

那天的后半夜，我躺在田七七房间里的地铺上，怎么也无法入睡。这是我又一次干明知不该干的事。我想，我让纪水火失去了对我的信任，也让他从此失去对所有租他房子的人的信任。虽然我被现状逼得没办法，但我是有罪的。

## 5

我一定要马上找个工作！不管能否救赎回自己的信誉，我都要加倍把这钱还上。

几天之后，挤掉五个应聘者，我进了一家书店卖书。书店面积还不算小，但只有一个老板两个员工，发货、销售、记账统统由我一个人来，工资却没另一个高。他整天趴在店里唯一一张桌子上打盹，他是书店老板的小舅子。

一个多月后，我又写了封信，连同我挣的大部分工资封入一个信封，按照纪水火家的住址给他寄了过去。办完这件事后，我心里轻松许多。买了两块冻鸡肉，一把干香菇，半打啤酒一只卤鸭，回到田七七的家里，坐在床边把这件事告诉了田七七。

田七七盘着双脚坐在床上，听完，看着我笑了一下，又笑一下，才说："你却好！在我这白吃白住一个多月，还要白吃白住下去……嗯，你说，你怎么报答我？"

我伸着脖子转转头，说："没办法，只好以身相许……"

田七七哧哧笑，把一只盘着的脚伸出来，踹一下我的屁股："去你的！"

卤鸭飘香，鸡汤芬芳，啤酒畅爽。两个人吃得满桌骨头时，她拿出一些新写的诗给我看。在我没钱没工作的那段日子，我在她家里蹭汤喝，常常一边喝汤一边读我写的诗给她听，结果，这美女竟然迷上了诗！

我说："现在报纸都不发表诗了，写诗会饿死啦！你好好画画，我做你经纪人，一起赚大钱，将来我们靠此周游世界！"

她就微微蹙了眉："我怎么没看出来，你萧一灯也这么俗？就知道钱啦？"

"我饿了几个月，才知道钱这玩意儿，厉害！有钱走遍天下，无钱寸步难行，怎么能说俗呢？你看，我要是有钱，许多钱，就给你还有马尾他们，办个一流的大画展，从这里，一直，一直办到北京！"

她哧哧地笑："你倒是转得快！好啊，等你有钱了，我就画个三米高的大画！要涂多少颜色就涂多少！"

"就是！我给你买一大堆颜料！"

"好！那么，现在，你读一读我的诗呗！"

"吃饱了，不读诗……做做白日梦，多美！"

"你读一下呗。"她说着，一边从身后拿出一张大纸，一边光着脚丫走到画架前，直接用钉子把那大纸钉在画板上。然后摸出一支烟点上，回过头，笑眯眯地看着我。

吃饱了犯困，我歇歇。我仰头喝完杯中酒，向后仰着躺下。

"哎哟！你看一下嘛！"她走回床边，叼着烟，两只手抓住我的胳膊摇。

我起身，眯着眼走过去一瞧，是两排诗：

| 温馨如——花 | 温馨如——我 |
| --- | --- |
| 吐露过往 | 你双唇间的 |
| 吐露爱 | 一点红 |
| 吐露肉体 | 白昼黑夜 |

吐露死　　　　　都任你放纵

　　"怎么样？我写的这首。"

　　她一手持烟，一手叉腰，半歪着头问。

　　我说："我写的《花非花》。"

　　她说："我写的《烟非烟》呀。"

　　我看她双眼发亮，突然一把抱起她，说："脚光着，地凉，小心感冒！"

　　"喔，看你的眼睛，好像狼。"

　　她把烟丢在地上，双手环住我的肩。

　　"你的像狐狸。"

　　"狼！"

　　"狐狸……"

　　当然，我不会一直这样傻抱着她说台词，我的身体快速移动，把她放倒在床上，我的嘴，到它该去的地方去。我们牙齿打架，舌头打架——这本是我和她，该有点什么故事的最佳时刻。

　　但是，"咣咣，咣——！"

　　"咣咣，咣——！"

　　低沉却顽强的叩门声，在此时有节奏地不断响起，打乱了今天将要发生的美丽故事，也就此改变了我与田七七今后的生活道路。

　　我们沉默，紧抱着不吭声。

　　"七七！知道你在吃好吃的，开门啊……"

　　"咣咣……"

　　"谁啊？"田七七有些气恼。

　　"我——"

　　"你！你谁啊！你——"

　　"我，老吴，你忘啦？吴百田。"

"哎呀！大师！大师回来了！"我马上高声说。

田七七瞅着我笑笑，从床上跳下去，点根烟开了门："吴大师！耶耶、喷喷，还带个小美女来！快进来——"

"嗯嗯，嘿嘿，我老婆，李春影，小影，这是著名画家田七七！噢噢，萧主管也在。"吴百田笑眯眯的眼睛在我身上转。

"我辞啦，现在是职业画家！他也辞职啦——穷得没钱租房子，暂时借我这寄宿。"田七七请他们进了屋子，捅捅吴百田说，"明白吧你？"

"知道，知道，关起门吃好的，我们的传统。"吴百田耸耸鼻子，并马上靠近桌子，"喔！牛啊，吃鸭子！果然还有鸡汤！我在门外就闻到香了！我们今天还没吃一粒米呢，小影，是不？"他一边说，一边从怀里掏出一双筷子夹起一个鸭脖子。

"大师，你半年不见，怎么馋成这样？"我朝他背狠拍了一巴掌。

"兄弟，干吗这么用力喔！这些东西，难道我不能吃？人是铁，饭是钢，一顿不吃饿得慌，知道不？小影，快来吃！吃完给他们发喜糖！"

吴百田带新媳妇回鹭岛啦！请客、请客！

这天夜里，闻讯来田七七家凑热闹、讨喜糖，看吴百田和小美女老婆，并最后叫嚷着请客，留下来蹭吃蹭喝的朋友多到十个！吴百田摸出三十块钱给新娘子，叫田七七陪着去菜市场买鱼买肉买菜，大家又纷纷从各自家中取来锅碗盆碟，把七七住处当酒店和厨房，并争当厨师、当服务生、当主持，最后一起扑向碗筷当恶狼。

可是，最爱凑热闹的马尾没来。到后来，吴百田一手捏着酒杯，一手在怀里摸半天，摸出十块钱拍在桌子上：

"那匹老马呢？老马呢？我吴百田有钱请你喝酒！你小子不来是不？不来是不？……嗯，不来，不来我就把它收起来。是不？"

"别啊你！酒不够喝……"沙漠一把抓住他紧紧攥着钱的手，"老吴，前一段日子，我老见马尾在曾姑娘巷里跑来跑去的，他也见我跑去跑来，

我们不是饿得跑来跑去，就是借钱还钱跑来跑去。一灯，你说是吧？那时你也走来走去的！后来，这小子就失踪了，和我们一个招呼都没打，就跑了。听说上了北京，去卖画挣大钱。"

"牛！牛人都去北京了！我说，沙漠你放手——"吴百田挣脱了沙漠，把十块钱塞入怀中，"马尾好朋友啊，我回家结婚，还借了他两百块！要有借有还，还他！但他去北京，这怎么办？"

"这好办！他借我两百块，要不大师你先还我。"沙漠伸出手说。

"屁！你说马尾借你钱，拿收条我看看，没有，是不？你个沙漠，我还不了解？满嘴吐沙子！"吴百田眯眯眼，转身一指躲在女人堆中的新娘，"沙漠，说实话，我老吴还真给你带来一个挣钱的机会。你不是写歌词吗？帮我老吴找个人，写几首好歌给我老婆唱，唱红了，我给你发一千大洋！"

"小气！唱成红歌星，才给人一千啊！"田七七笑骂着。

吴百田小眼睛一滚："七七你不懂，莫言给张艺谋写了个《红高粱》，知道不？多少钱知道不？八百块。沙漠还不是莫言，我给他一千，怎么能说小气？"

"就是小气！张艺谋也小气！"田七七瞪起眼睛，"小气！"

"嘿嘿嘿，好，我给两千！只要我老婆成了红歌星！她原来就是个歌手，不是我胡说八道，唱歌像杨钰莹似的，嘿嘿。"

"好！新娘子唱个歌来听听呗。"

众人起哄叫好，李春影开始有些忸怩，后来就走到中间，清了清喉咙，唱：一条大河……

我就对沙漠开玩笑："听起来不错，你不是想出诗集吗？你要是当她的经纪人，也许以后你出诗集就不愁没钱了。"

沙漠很动心："哦，真的呀！好好，我认识一个人是个做音乐的，我联系一下，到时候你和我一起去。"

"干什么叫上我呀？"

"嘿嘿，我不懂合同条约什么的，你毕竟做过公司的管理人员，成了，我们一起有饭吃。"

深夜，当一切静寂时，吴百田年轻的妻子和田七七睡在了床上，我，则和吴百田打地铺。听着这家伙鼾声如雷，我翻来覆去如躺针毡。吴百田新婚，我当然真心祝福他！可这也太巧了吧？偏偏今天回来在那个关键时刻敲田七七的房门……唉，是我和七七缘分不到吗？七七，是否睡着了呢？我悄悄支起身子，探头往床上看，黑漆漆，什么也看不到。

## 九、别墅主人

### 1

两天后，吴百田在曾姑娘巷里重租了房，回公司上班，他依然当他的九级画师。

吴百田搬走的那天，我在书店里丢了魂，做什么事都会出错。是啊，我的舌头和田七七的舌头打过架了，那么当月亮爬上天的时候，将会发生什么？两天里，田七七的表现有点古怪。吴百田的小媳妇是瞎子，吴百田看上去也像个瞎子，我呢，不瞎。

我有意地拖延着加班完，又拎了瓶丹凤高粱酒去吴百田的新住处吃完夜宵后，终于还是回到了七十七号。酒，让我心跳加速吗？那我为什么还要喝酒？为什么在小食杂店又买了两瓶啤酒？我终于拿定了主意，吸气，敲门。

门开了，田七七扫视我一眼，扭身回到床上，盘腿坐在桌子边。桌子上，摆着四个菜：杂鱼酱油水、青椒肉丝、西红柿炒蛋、烧豆腐，一瓶红酒立在它们中间，像个纪念碑。

"七七……"

"吃饱喝足啦？我还没吃饭呢！帮我去厨房热汤！"

那天夜里，红酒没开。七七是个冰人，我像个罪人。我们一夜没睡，等听见公鸡叫的时候，我才紧搂了她。马上，亮亮的泪珠从她的眼睛里流下……

诸位朋友，我，萧一灯，在那样的时刻，会进一步做什么吗？

没有！也许，如果那天，在赶巧的时间吴百田没有来敲门，该发生的一切都会发生了。但后来两天里，我想了很多，最后决定保持和田七七最初的朋友关系。确实，我心里常常涌出和她睡一觉的欲望。可我穷困潦倒，连自己都快养不活，还能想什么其他东西？七七是个貌似勇敢开放的女孩，恰恰如此，我怕我伤害了这个外表坚强内心柔弱的好女孩。那一年，我才二十二岁，却想着很多关于"责任"的问题。多年后，我是否还会在做事之前，想想"责任"呢？

## 2

到了木棉花开的时候，我觉得我不能再在田七七那里住下去，就重新找了个住处搬出去。

田七七对我搬走有点不高兴。她说，你神经病，与其花那个冤枉钱，还不如住在我这里攒钱娶老婆。你说，你干什么要搬走！

搬走就是搬走。我能怎么说呀？

攒钱娶老婆，话是不错，可老婆是谁？与其攒钱娶老婆，不如就把现成的你当老婆啊！我们都是夜猫子，晚上没事，就一人一瓶啤酒坐在小厅里瞎聊天。夜晚的宁静总给人带来一种特殊的气氛。这种气氛多了，就会使两个异性的相处变得很敏感。后来，我担心自己的贼胆会越来越大，最终把天聊到她的床上去，所以我不得不搬家！

这种复杂的心情，教我如何向她说？

就这样，我一个人，搬到巷子尽头离中山公园很近的一处单独的老房子中居住。老房子孤零零地立在斜斜的山坡里,有个石条和老砖垒砌的院子,院子里没有花草,只有孤零零的一株木瓜树。院子外,则是满山的相思树和马尾松,它们白天睡觉夜里歌唱。

虽然新租的房子才九平方米,却有独立的厨房和卫生间,还有个独自使用的小院。书店的工资也不多,但可看许多图书。这是我在书店工作唯一满意的地方。这样,我远离了那张大班桌,永远没成为朱经理心中的接班人萧一灯。

我后悔吗?

不。人一旦做出了选择,就没理由后悔。

找我一起吃饭喝酒的朋友越来越少,这样反而使我的心沉静下来。我又有了写信的欲望。现在,我只有给我的老师曹朔望写信了。庄伟先去了奥克兰。李聪,也从他的国有单位辞职南下深圳,从此失去了踪迹。曾经,我们都富有激情与理想,我们努力学习,也关心家国大事,热切希望祖国的明天会更好。但离开校园面对现实的生活,我忙忙碌碌过着捉襟见肘的日子,似乎已经彻底远离大学里那个"身无分文、心忧天下"的同学少年了。

然而,在每个寂静的深夜,我在小院子里仰望夜空,总感觉九万里之上,依然有许多伟大的眼睛,用慈爱而悲悯的目光,注视着我们这个星球。我在信纸里健笔如飞,向曹朔望倾诉我的烦恼与忧愁,也不断地向自己提出越来越多的问题。

曹朔望很快给我回了信。他用平淡而忧伤的笔调告诉我,在他忙着挣钱的同时,也迎来了失败的婚姻。他离了婚,好在因为前妻出国,他的女儿曹水水跟在他身边。他说他准备重新开始,每每在失意之时,他总会坚持站起。他希望我也在一个新的起点重新开始。他依然如以往鼓励与支持着我,尽管我在大学里,怎么看都不是他的优秀学生。他最后在信里说:

"小萧,你是一株梅花,必经一番寒彻,方有才华横溢的清奇绽放。"

老师也许会骗人，可我确实相信他的鼓励。可以说，假如我本就是株小草，但经常被说是花，我就会早晚开出花来！就这样，我和曹朔望断断续续地保持着书信往来，我们的通信，长达二十年之久。

　　时间已悄然过去三个月。没有人进入我的生活，直到有一天，我从书店里出来去吃午饭，肩膀上被人重重地拍了一下。

　　"嗨！"

　　一张灿烂美丽的笑脸摄入我的双眼。

## 3

　　谢雨微！

　　她明显长高了。正午的阳光照射在她浓密的长发上，显出一片一片耀眼的金黄。

　　她张嘴就对我表示了不满，说我当了主管，就把她这个朋友给忘了。感觉这种遗忘就像过了两个世纪。她下命令一般向我提出必须请客，请她吃冰淇淋，而且要"和路雪"的！我们走到对面的小店铺，我买了她要的冰淇淋，并告诉她我现在正在马路对面的书店上班，早不是什么主管了。她一方面称赞我的勇气，一方面又为我在书店能挣多少钱担心。

　　"谁说的？我要没钱吃饭，还会请你吃冰淇淋？"我说。其实，除了口袋里的八九十元钱，如今的我一点余钱也没有。但好像我和她，似乎就此成了邻居——她的学校就在我工作的书店旁边。那是鹭岛市一所省级重点高级中学。

　　从小，我的家人和老师就语重心长地教育我，一定要进重点中学，那就等于一只脚已迈进了大学的殿堂。而我走过的路似乎也证明了这一点。我所读的高中，中考入学率，当时是四选一。而高考升学率，则几乎是百分百。可以说当年我在战胜三个永远不知名不知姓的同学而拿到那一枚重点中学校徽时，就意味着我将百分百成为一名大学生。

然而，大学生又怎样呢？九十八元的李聪和现在的我，以及我们以后那一批又一批的同学们，都不可能再像父母那样身具自豪、理想与浪漫情怀。

"喂，你发什么呆呀？想什么呢？对了！好像认识你时，你就爱这样。"

雨微一面拿着冰淇淋大口地吃着，一面用胳膊碰着我。

我笑笑说："想不到你还是'明志'的学生。"

她摆摆手说："我知道你这句话的意思。你看不起我哦！我知道，我在你眼里不是个优秀学生，对吧？但这有什么，可以买分嘛。"

"买分？"

"我这个班大多是买分进来的。你想想，学校里有那么多教职员工，培养了那么多优秀人才——市里的副市长、教育局局长、北京的部长、科学家，都是我的校友。这是学校的光荣吧？可学校里那些园丁们，也不能只靠光荣活下去。校友们就捐款资学，让园丁们生活好一点嘛！"小丫头侃侃而谈，一副成年人的神情，"当然，我们没钱，靠父母捐资。另外，光凭钱也不行，毕竟，教育事业不同一般。我嘛，没你想象的那么差，'明志'至少有个录取底线。在底线与标准线内，差一分一千块，我交了六千块，不多。"

"这么说，你们班该算是贵族班。"

"那当然，我们自己也承认。再说了，很久之前，我老爸就捐了十万，给学校搞了个全新的计算机电教室。"

"噢，你老爸既有眼光又很有钱嘛。"

"当然啦！他是资本家，没眼光怎么当资本家？"

远处有两个女孩迎面走过来，见到我们便停下脚步，交头接耳嘻嘻直笑。

"雨微，那两个女生是你同学吧。"

谢雨微转过头，朝她们打个招呼："嗨！吃冰淇淋吗？我请客！老板，再拿一个'百乐宝'，一个'七彩旋'。"

她们笑着跑过来。其中一个看看我说："新朋友？比小帅要'酷'多了。"

谢雨微舔一口冰淇淋，大咧咧地说："小帅？小帅算个屁！看看，我的新男朋友，萧一灯，名牌大学的！"

我刚要说什么，她的手马上捅一下我的腰，又快速挽了我的胳膊："哥，给你介绍一下我的'死党'：曾婉清和姚兰。"

两个小丫头就举着冰淇淋笑："哟！大学生哦！"

"那当然！"

"哎呀！这样小帅可惨了，没了小龙女，怎么能当独臂大侠杨过。"

"小帅能是杨过吗？你看他喜新厌旧的样，哪里像杨过！"那个叫曾婉清的女孩说。

"就是，他活该！真没眼光。"

"你的'段誉'怎么样？喂，要小心哦！段誉可是比较'花'的。"

"去你的！……"

"'张无忌'呢？"

"你和他有没有……"

"我捏死你呀！"

三个女孩旁若无人地嬉笑着，好像我不存在。

我掏出香烟，退到两三米外的树下，点上一支烟。阳光从浓密的树叶上洒落下来，在我脚下印出一幅明快的抽象画。我的双眼回到三个青春少女身上，这是什么时代步伐啊？想起在我上中学时，异性对我们每个同学来说都是既神秘又充满幻想的。大家都小心翼翼，一个眼神、一个小动作，维护与交流着那份美好的朦胧情感。而最终，还是把这一青春萌动的美好感觉又羞涩地深埋在心里。以至于多年后，回想起过去一切的美好时光，都那么遥远又那么令人怦然心动难以忘怀。

我已远离了中学时代。也不知道眼前这几个女孩子心里都想些什么，很明显，她们和我的时代不同。我坐在书店门前，隔三岔五就可看见身穿校服的男女中学生搂搂抱抱乃至相吻。那么，他们是如何理解"爱"这个字呢？从心里说，我不喜欢简化字。原因很简单——它失去了中国古人的智慧与明哲：开关无门，进并非佳，导而无道，结党不黑，仅从"爱"字来看，爱而无心，何以为爱？他们所接受的资讯比起我当年，要多百倍、千倍。可是资讯不等同于阅历，阅历不等同于思考。时代给了他们资讯，谁能教会他们思考呢？学校吗？没有"爱"并苦追升学率的学校能有这份"闲心"？

那天中午阳光明媚。我在明媚的阳光里，向三个小女孩子贡献出三十六元人民币，请她们吃了一顿午餐。临别时，我给谢雨微留了一个书店的电话号码。她收好号码，冲我眨眨眼说：改天，我给你改善生活啊！

## 4

一周之后，我接到一个电话。

因为这个电话，云鹤别墅，给我留下了很深的印记。

我按照电话的约定，提早半小时到达云鹤别墅。来鹭岛第二年了，从来没有注意到，鹭岛的山岩会是那么秀美，美得让人沉醉。云鹤别墅，在花木葱翠、山石俊美的仙岳山麓，背依翠绿的山林，面向蔚蓝的大海，微风荡漾着绿色的林涛，宽阔的林带间偶尔显露出一栋或半栋红洋房，让每个在远处看见这片洋房的男人都无法抹去心中的怀想。

谢雨微的家就在云鹤别墅。在绿萝缠绕的花墙门外，我确认了谢公馆的门牌之后按下门铃，引我进入大厅的是一位五十多岁的妇人：谢家佣仆张妈。我把自拟的简历交给这位妇人，在大厅沙发上稍坐片刻，又跟随她进入谢加豪的个人起居室兼书房。这个房间将近四十平方米，装饰得不是特别繁复，然而，榆木地板、红木的九龙雕屏、紫檀博古纹椅、花梨木圈椅和花梨木书橱与博古架上的玉器、瓷器、铜器，均显示着主人的尊贵。

主人，则有些随意地坐在后面的圈椅中。

在没见谢加豪之前，我听了谢雨亭太多的"老头子"三个字。实际上，这个人并不老。他留着修剪整齐的头发，鬓角上显些银灰，看上去身体相当结实。当他坐在舒适的椅子后面静静注视你时，你会发现那一双眼睛就如秋日的潭水，深不可测。这个人喷了香水，尽管那香味在空气中很稀微，但我感觉到了，而且那香味很独特，像是细雨中微风吹送而来的某种让人轻轻冥思的香味。

"看你的穿着，你好像并不缺这一份家教。"

谢加豪直视着我。他的眼睛和雨微一样，双眼皮，略有些深陷在眉骨下面。

我感觉自己笑了一下："谢先生好，我平常很少穿，对我来说，这衣服偏贵。"

他没说话，又上下看看我。

"这是新的。"我想了想，补充说。

谢加豪笑了，点上了左手里的雪茄，轻吐一口浓浓的烟雾："新的？为什么？"

这时，我发现他的左手明显比右手白，心里有点奇怪。但我还是马上回答了他的问题："是，朋友送的。我想我来您这应该穿上它，因为礼貌。"

谢加豪点点头："我知道，雨亭是你好朋友。他对我有误会，很少给我打电话，却为这份家教工作推荐了你。你的简历我看了，我也相信，你能教好我女儿——这是她的学习成绩和老师评语，你看看。别的，我不想说，早晚她都要出国，上美国哈佛或英国的大学。不要让我失望。"

我接过他递过来的成绩表说："这我无法向你保证。"

119

"不用你保证。我希望她能在口语上做到和你流利地对话。嗯，看起来你的英语成绩不错，但英语我不懂，等一下你和我太太谈。这是我给你开的酬额，只要你合适。"他在便笺上写了个每小时的薪水数额，转给我。

"谢先生，这和电话里讲的不一样。"

"怎么不一样？"

"电话里说的是每小时三十元，已经很高了，这里写的是四十元。"

他看着我，又笑了："你让我满意。"

他转动一下身子，用手指在桌上的一个呼叫器上轻轻一按，叫来佣人张妈，让她带我到二楼去找他太太。

谢太太正在二楼的露台上品咖啡。这个后来占据了雨亭兄妹"母亲"位置的年轻女人，眉眼很美，高挺的鼻梁直如葱段，的确生得漂亮。见我跟着张妈上来，她放下咖啡杯，微笑着从藤椅上站起来，用一口流利的美式英语说："小萧吗？你好，我是微微的继母。你叫我林红好啦。"

我朝她礼貌性地笑了一下，说："你好，谢先生说，关于谢雨微补课的其他事宜，要我和你商量。"

"噢，抱歉，请说英语好吗？这也算是一项口语测试。"

女人一面保持着好看的微笑，一面请我坐下来。张妈给我泡上咖啡，静静退了出去。林红简单地用英语和我聊了聊我的个人情况后，又向我介绍她的继女。谢雨微自上学以来，所有假期是这样度过的：

学钢琴、学英语，三年半；

学小提琴、学英语、学电脑，两年；

学钢琴、绘画、英语、电脑，一年。

之后，是钢琴加英语、英语加电脑加补习地理、历史……

这是一份让我看了会痛苦的单子，我暗叹了口气，我的少年时期，多么自由与快乐！

林红说雨微玩心很重，所以小提琴、钢琴与绘画舞蹈，全是半瓶子晃

荡。从五岁到十三岁，学了八年英语，考试分数，却总在及格线左右徘徊。而且，这小丫头才十三岁，就厌学了。一有假期就想方设法出门旅游。说是自己以后只想当旅行家周游世界，读书干什么？

从林红讲话的神情和语调上，我感觉到这个女人似把自己的爱，都倾注到了继女身上。然而，爱，有时也会变成一座沉重的山。一个人如果回忆不起自己孩童时有什么快乐，那父母的爱，就是一座沉重的山。这时，谢加豪的身影出现在露台上。

怎么样？他朝林红笑着问。左手上夹着雪茄烟。

你的事忙完了？林红反问。

没有。唐总约我去打球。

林红笑一下，说，你去吧。我正和小萧商量怎么给微微补习。

谢加豪点点头，又说，晚上就留小萧在家吃便饭吧。

他这一句话，说明我的面试已经过关。我将有一小时四十元的报酬！

林红在露台上目送着奔驰车驶离别墅后，便直奔主题和我谈关于给雨微补课的时间、内容等问题。之后，她带我上到三楼看我的学生谢雨微。

门一开，谢雨微装作不认识我，一手抱着熊宝贝，一手朝我伸出大拇指："哎呀帅哥！你真帅！"

这一句话我和林红都没想到。林红看我一眼，皱起细眉："微微，不要乱说。这是萧老师，向萧老师问好！"

小丫头撇撇嘴："我天天在学校说老师好，说得嘴都酸了，我不想在家里还要喊老师……"

"你可不能没礼貌啊！快叫老师好，不然林姨生气了。"

"你上次找的那个大学生，我都喊他杨哥哥！我就不叫老师！就不叫老师！"

"这孩子！知道你爸出去了，没人管你了？"显然，林红拿谢雨微毫无办法。

"没事没事。"我摆摆手。

"这孩子！要不，你就管萧老师叫叔叔。"

"哥哥还差不多。"谢雨微笑眯眯地看着我。

多年以后，我常常会想：人生的必然，往往由无数的偶然组成。偶然，是因为人不是神，不是佛祖上帝，无法预知一切。

如果多年后才知道的启示能在当年明白，我想，人类也许就找到了和宇宙直接对话的神秘之门。人类，就会真正明白自身的渺小和卑微，而那么多的荒芜之旅，就不会再来。

# 第二部　乌鸦与麻雀

## 一、再次分别

### 1

西南的云天，和一九九四年的鹭岛一样干净明媚。只是游客越来越多。除了国人，街巷中也常常会遇见金发红发、蓝眼高鼻子的外国朋友。到旅游旺季，我常常会躲到风情岛上的石头房子里小住。这个时候，店铺就彻底交给马尾看管。

马尾整整做了我十二年的穷朋友，并大有一路穷到底的架势。

我们谁也想不到，在西南偏僻小镇，躲在我的店铺里画画度日的他，会声名远扬，成为世界级的艺术家。原因和中彩票一样神奇：两年多前，一幅我们都看不懂的大型油画《这是一片神奇的土地》，在他手中诞生八年后，被奥地利一位著名收藏家因特奈尔先生以两千多万人民币的高价收购！同时，这位收藏家还正式邀他，参加在普罗旺斯举办的一个国际性绘画展。

普罗旺斯，曾有一个默默无闻的神经病在那里画了两年。这个神经病，不顾一切地追逐着太阳，却发现站在地球上离太阳越近，越感到冰冷。他绝望地结束了自己的肉体，灵魂化成阳光下的十四株向日葵。马尾说，他去普罗旺斯的第一件事，就是在令人眩晕的阳光下，给向日葵拍照，一气拍了一百〇八张。

马尾，和凡·高一样渴望生活！但显然，凡·高没有马尾幸运。作为东方唯一的被邀请者，欧洲之行，又让马尾卖出了五幅参展作品。在腰间钱包鼓胀起来的同时，国际传媒立刻让马尾全球知名！他一回首都北京，就找到了组织，被文化部领导接见，被中国美协热情洋溢的大手接纳。官方的礼遇与新闻媒体上频频出现的身形，让马尾的头颅，像钻石一般耀眼夺目。当然，除了媒体关注、组织关心之外，马尾的"家庭成员"，也一下子扩大到几十位。从地府下、云层里，冒出了许多哥哥弟弟姐姐妹妹和干女儿！其中有位地产商二哥，把胸脯拍得梆梆响：兄弟，哥出一笔资金，咱在"798"开个两千平方米工作室！

工作室？我在电话里问。

是的。马尾说，兄弟，我们窝窝囊囊穷了十几年了。苟富贵，莫相忘。现在，我发达了，就是你发达了。你来北京吧，做我的经纪人，过美好生活。北京还有好多我们以前的朋友。田七七、吴百田，对了，还有你的老师曹朔望！他们，都想你啊。

我说我不去，我觉得北京像个大戏台，越来越闹腾。

我已经习惯了西南小城的慢节奏生活，习惯了独处。

一个月后，马尾风尘仆仆地从北京回来。

我问他：怎么，被人忽悠了？不开工作室了？

他嘿嘿一笑说：什么话！这么小看兄弟！瞧瞧，开了。他拍出一张合同，说是给我也入了一股，又拿出一大堆灿烂耀眼的照片递给我看。当然，照片中少不了常在媒体上露脸、可一个也不认识我的各界风云人物。

那你怎么回来了？

马尾笑笑：唉，一件事，常常因为一个意外，变成了另一件事。

他从包里又取出张照片递给我：马尾艺术工作室，其实没马尾什么事。我不回来干什么？反正有人乐意忽悠乐意忙，我只等收钱，享受生活！这次，我认识了个朋友，很不错的朋友。他可是我的金牌经纪人！你

看看，其实你很熟识的，他说很想你啦！

照片里的人剃着光头，穿一身黑色的对襟纱衣，盘腿坐在一张罗汉榻上，手捧一本线装书看。这，不是我的大学老师曹朔望吗？马尾告诉我，曹老师在北京负责两个基金会，这是主业；还有两家上市公司，是副业。不管主业副业，他都是一个风云人物。

我听了笑笑：他做他的风云人物，我当我的乡野散人。

马尾愣了一愣，拍手说：和老曹说的一样！他说你现在只想当卧龙岗上散淡的人……不过以后未必！咱们不说他了！其实，我也希望过你这样的生活。现在，我不缺钱了，总不能还在你这店里寄宿。怎么样，马上陪我看看房子吧？

他说干就干。半小时后，就买下一处背靠竹林的大院，起名"高原马山庄"，当起了山庄庄主。

这之后他根本不画画——因为存品太多。他像个推销员一样为我的"朝来夕去"推销一切商品，除了他的画。其他时间，便古道热肠地帮别人打杂干活，当义务导游、钓鱼放鱼、诵写经文。或是带一帮纳西族孩子，手舞足蹈地吟诗唱歌发神经：

江山秀美佳人笑

我歌不辍弄玉箫

弄玉箫

天光一片云飘飘

云飘飘

何事惹寂寥

遥望乌鹊忙架桥

高楼万丈雄心豪

雄心豪

蝼蚁如麻雨渺渺

125

雨渺渺

一了当百好

呜啦哩唏咯唏叽叽叽

叽叽叽!

这时,那一群或多或少的孩子们,绕在他身边,齐声叫:

叽叽叽——

这就是马尾!

看他那般快乐,我想他的心也许已经进入天堂了。

## 2

两年的光阴就在西南慵懒的阳光中悄然逝去。

马尾曾对我说,一件事,常常因为一个意外,变成了另一件事。

"高原马山庄"飞檐上那一串古铜风铃,被穿过绿林的风粗暴地摇响。天空的东边,一群如狼的阴云急奔而来,也许不久,就将有一场豪雨。马尾竟然选择这样一个日子,决定离开这里。

我看看天色说:"你现在走的话,路上会被淋成落汤鸡的。"

"不会,按我推算,这场雨,要到申时才会下,金生水!那时我早在别处了。"

马尾把烟掐灭,反身从院子里拖出一个带轮子的超大旅行箱:"一灯,好兄弟,你是知道我的!几年来,尽管在别人眼里马尾是个牛哄哄的人物,但马尾还是原来那个马尾,从没把自己当成他们说的大画家。那么我是谁呢?我准备再次旅行,在旅途中弄明白这个问题。"

马尾说,他的成功源于《这是一片神奇的土地》。所以,成功应归于土地。其实他怎么就此成了著名的绘画大师,他自己也不明白。人家的评论,他从不看,因为越看,越不像他。

马尾说,他永远喜欢拉斐尔,喜欢达·芬奇,喜欢那个聪明智慧与风

度典雅同在的年代。

马尾说，在北京他左拥右抱，美女们前呼后拥，让人眼馋——其实，他和她们的关系十分纯粹。其实，他真想念小雪。可他找不到她。就是找到了，如今又有什么用呢？

他从怀里取出一把铜锁，把院子门锁了，将钥匙扔给我。

"你这是干什么？"

他伸手拍拍房门："我走了，兄弟，这儿就是你的。谁知道什么时候回来，会不会回来。"

"马尾，我以为你和我一样，或者更愿意，把这里当成我们的家。"对于他的突然决定，我心中非常不舍。

"你不也曾经把鹭岛当成自己的家？"他目光炯炯，满面红光，"其实，我们到哪里都是过客。那么，我们来此一遭干什么？这个问题近来我一直会去想。"

"几天没见，你又成哲学家了！"

"那不可能！兄弟，我终归是芸芸众生里的凡夫。不过，我这几天确实在想一些问题。我告诉你一个秘密，前些天，我去了无尾山。对，就是无尾山！和庆福跟我说了多次，那个地方有魔力，他们纳西族人去了就回不来。我就想，我叫马尾它叫无尾，那我马尾去了那里，不就只是一匹马了吗？大家都说，那里面不能去，去了就出不来！可我对那个荒山野林越来越感兴趣。我莫名其妙去了那里，带上干粮、水，还有帐篷、睡袋，还带着洞箫，准备在那里露营。我进入那个阴森的密林，走啊走，好几个小时，那个林子确实有点恐怖，一进去就不见阳光，四下里都是绿乎乎的东西在晃动，总发出各种怪声……呜呜呜、嘎嘎嘎……"他开始话痨。

"马尾，我又不是那些围着你转的小屁孩，要你讲故事给我听！"

"不是故事！你听我说！好好，我快点说，反正我后来感觉自己就是一匹马，按照自己感觉的方向，奔跑、奔跑！不知跑了多久，最后，我终

于穿过了这片浓密而阴森的林地。之后,我发现里面完全不同!连吸入的空气都带着芬芳!呜啦哩唏咯唏——我高叫,我欢呼!我忍不住跳舞啦!环顾周边,景色宜人,温暖美丽,还有一潭碧蓝的湖水。清泉在白石上流淌,野花在翠叶里欢笑,四下里一片宁静,宁静如天堂仙境。我坐在美丽的凤尾竹下,摸出了洞箫,一连吹了三首曲子。你知道吗!我的曲声,竟引来了好多我说不上名字的飞鸟!它们的羽翼美丽迷人,闪耀着绚丽的光彩。我非常想和它们说话,我一和它们讲话,它们就纷纷飞入林中。当我吹起乐曲,它们又飞绕在我身边起舞……我把我心中的迷惑与心声放进洞箫,与它们对话。我在无尾山里待了三天,每天和这些神奇美丽的飞鸟为伴。

"结果,我发现,我们并不是佛祖、上帝,我们被动地出生,无法选择我们是谁,不清楚我们来这里做什么。我们自视万类的灵长,却连为什么活着都不知道,'人之所以异于禽兽者几希'。后来,我默默地想,行动,是改变现状的唯一良药。于是,那些美丽的精灵们一起歌唱!是的,我要走啦!它们用美妙的歌声为我送别,我知道,我将离开这里,我要马上行动!"

我不知道这家伙说的是真是假,他与众不同很久了。我说:"孩子们知道你走了,会很难过。"

这里的孩子,跟他早就是很好的朋友了。他很善于也很乐意和孩子们嘀嘀咕咕、嘻嘻哈哈地交谈,他分享他们的喜悦、快乐、秘密和小小的烦恼与忧伤。他和他们亲密无比,像大个子的母鸡,带着一群鸡雏,叽叽叽、咕咕咕。纳西族老人和庆福说,你们看,马尾,就是个孩子呀!

"没关系,他们都将长大。"

我的朋友马尾讲完这句话,就在山雨欲来的那个下午,消失在众人的视野之中。

两小时之后,大雨倾盆,下了一整夜。

## 3

　　一个月后，我生日那天，打开"高原马山庄"院门，走入院里。

　　马尾，你现在会在哪里呢？还好吗？

　　也许明天或是后天，我应该去找和庆福的侄女娜丽谈谈。那个纳西族的阳光女孩，不是一直说想开个咖啡店吗？这"高原马山庄"，倒是个现成的地点啊！

　　正对着照壁的堂房，大门紧闭，门额上立着一横木匾，上书"已阅"二字，门边两木联用篆书雕刻，左为：世界微尘中，右是：人生大梦里。大门的铜环上拴着红色布绳，我解开绳子，推门进入阔大的厅堂。马尾所作的漆画屏风前，黑漆的八仙桌上，一瓶洋酒如美人向我微笑着招手。这是他留给我的礼物。

　　桌面上已有了一层细微的尘埃。没有了人，再华丽的房子也显出衰老的迹象。这里，应该好好打扫一下了！我打开房屋中所有的灯，找出扫把、拖把、抹布和盆桶，又把放在屋角的音响插上电，从书架里翻找着CD。不料竟然看到了肖斯塔科维奇的《第七交响乐》。这不是陶艳送给我的第一份礼物吗？如何会在马尾这里？我把它放入机中，让音乐回响在房间里。

　　音乐响起时，我开始打扫并整理着房间。《第七交响乐》在列宁格勒面对六千门大炮、五千门迫击炮和飞机狂轰滥炸时诞生。一九四二年的肖斯塔科维奇，不但要面对外来侵略者的枪炮，还在内心承载着几年来本国人民在领袖指导下一次又一次的批判。也许，不知在哪一天的深夜，他将和他那些被迫害致死的朋友一样埋在阴冷的墓地中。但战争，为他开启了另一扇大门：使《第七交响乐》成了反法西斯的战歌，使他迎来命运的凯旋门。

　　一件事，常常因为一个意外，变成了另一件事。而意外，仅仅是意外，又会改变多少人的命运？

四个小时之后，屋子变得干净明亮。我出门买菜，然后回到厨房，给自己做了丰盛的晚餐，并把它们一一端到桌上。拿过杯子打开酒，我坐下来，给我自己，给马尾，给我的思念，各倒了一杯酒。

永远快乐！我心默念，那一瞬，眼睛却湿润起来。

马尾从六岁起，就拿起笔涂抹自己的欢乐与悲伤。多年以后，他意外成了国际著名画家。在山庄里，除了曾和两个女家教共处过一段短暂的时间之外，他都是一个人锁在房中。他向我借、也买了大量的图书，把山庄变成一个小型图书馆，在青灯下以茶酒伴读。白天，见过他的人都感觉到他的快乐，但在每个夜晚，我知道他是孤单而静寂的。我们到现在，都还没有自己的家庭，没有妻儿子女。我不知道他的内心是否有比我更大的忧伤，而他的外在，远比我快乐坚强。

暗夜悄然而至。窗外，骤雨倏落，把我心打得潮湿。

如果我忘不了谢雨微，他是否也一直难忘曾小雪？

多年前，马尾对我说：过去的生活就像一个烙印，总在每个人身体上的某个部位烙上一个印迹，并在你需要或不需要的时候显现。

他曾经给曾小雪画过一幅肖像。这幅肖像，成就了他一段特殊的情感记忆。那么我呢？我跟马尾学过画，却连一幅完整的作品也没有。我起身在房间里寻找着，找到一堆泛黄的素描纸和一筒彩色铅笔，我想画出谢雨微的样子。

涂了一张又一张纸，换了一支又一支笔，最后，我眼前散着七八支彩色铅笔。我只能把我心中的雨微，画成一团淡淡的影子。点上烟，把纸拿起来，斜对着灯光瞧。雨微的脸，渐渐从纸上那一团彩色的影子里出现。

夜深了，暴雨变成细细私语的幽怨妇人。记忆，也把我从小到大的发黄碎片拼接起来，摊在我的面前。三十八岁了，我已到了一日不剃须，就无法出门的年纪。在我少小时，一直以为随着年龄的增长，我将获得更多

的财富。现在，我明白，光阴能带给我的，只有失去。许多的人，我再也看不到，他们有的去了另一个世界，有的在我视线之外生存，但对我而言，就是永远的失去。

是的，当我三十八岁的时候，我明白了许多的事情。知道什么是好的，什么是不好的，知道现实的坚硬与无情，知道成人世界里越来越多的贪婪与丑陋，也知道该怎样去用一颗平静的心面对自己、面对外面的世界。我很想把我知道我明白的，告诉十六年前那个独身去鹭岛的青年，告诉三十二年前那个背着书包去学堂里求知的孩童。

但有什么用呢？

我找不到他们了。

他们永远被时光带走。

## 二、缘木求鱼

### 1

走过了一生有多少珍重时光

与你爱的人分享

……

一九九四年，我打工的书店在鹭岛以升学率最高而出名的中学附近。书店老板的小舅子每天都趴伏在桌子上听着歌曲假寐。我则忙着记账、收钱、卖书卖碟。

"一共五十六块五，先生。"

"再买一本吧，小姐你看，只要再加七块钱，就可办张打折卡。"

"CD？十块，左边的六块，五张以上八折。"

"哎——不要拆包装！拆就算买了。质量？那得问老板。"

这么便宜的东西，能是正版吗？我心里说。

书店老板是鹭岛大学经济管理专业的毕业生，很有市场细分的概念。所销的书一类针对中学生，一类针对工作不久急需充电、升职、发财的年轻人，再有就是关于情感与生活的各类杂志和风景明信片。书店兼售流行歌碟，据我估计，百分之九十九是盗版。小说也有，基本上是言情与武侠平分天下，言情类小说，估计世界上都一样。武侠小说则是中国特有。中国人喜欢以暴制暴，喜欢有人站出来当青天或救世主，除暴安良、铲奸惩恶——有人替他出头，他就感到痛快！没人吭声，他也间或骂几句，继续低头好死不如赖活着。

我爱看书，又鉴于手头拮据，要买书都得去五里路外另一家一个打折的、生意并不好的旧书店。

旧书店的名字叫"缘木求鱼"。

在一个起风的傍晚，我偶然去那里一次后，就开始与"缘木求鱼"约会。

书店的店主兼店员是个披长发的精瘦男人，每次见到他，都是一个人呆坐在门前的一把小木椅上，点着香烟看对面的高楼发呆。这个人似乎很吝啬他嘴里吐出的每一个字。我的脸他早就熟识了，也只是见面点个头，走时再点下头。

四月一个闷湿的晚上，我又来到"缘木求鱼"。

精瘦男人苍白的脸显得很忧郁，他嘴里叼着一支笔，把手里的打火机一下接一下地打着、熄灭，打着、熄灭。这次他对我视而不见。

我早知此人的怪癖，在尘世间有许多人总有自己的世界与秘密，不管是快乐还是忧伤，不想与他人分享或分担。我冲他一笑后快步进入他身后的杂乱世界。

在这个潮闷得有点让人喘不过气的夜晚，那些书本在惨白的日光灯下，无精打采地将它们被抛弃的身躯堆挤在一起。除我之外，现在还没有

一个人光顾它们。一小时之后,我的手里已有了五本书。我从靠墙的书架旁移开,把目光俯视向桌案上的一堆杂书。这时,我看到了久违的《会唱歌的鸢尾花》。此诗集我曾有一本,记得是一九八六年底买的。保存几年之后,我送给了温馨如。那时我曾想,我的一切都是她的,她的,早晚也是我的。

我迅速将身体移过去并伸出手。另一只细腻柔软的手进入我的双眼,我马上缩手抬头。

"唔……"

"咦!是你……萧一灯!"

那天陶艳准确忆起了我的名字并冲我友好地微笑。

她穿着休闲的白色夹克衫,淡蓝色的紧身牛仔裤把修长的双腿完全展示出来。比我第一次见她显得更为轻松活泼并散发出女性柔美的青春气息。

"你要吗?"她拿起舒婷的诗集笑着说。

我已经没有了这本书,自然想把它重新拥有。但我说:"没有,只想翻翻。"

她翻翻书问:"你喜欢舒婷的哪首诗?《致橡树》?"

"不是。"

天生不爱倾诉苦难

并非苦难已经永远绝迹

当洞箫和琵琶在晚照中

唤醒普遍的忧伤

你把头巾一角轻轻咬在嘴里

当我第一次读到这一段文字时,我的心似在细雨中战栗并感受到一种温暖。这些看似柔弱的文字有着怎样撼动心神的力量!这首诗,曾使我把惠安女子幻化成中国土地上所有那些美丽、善良、历经苦难与坚韧的女

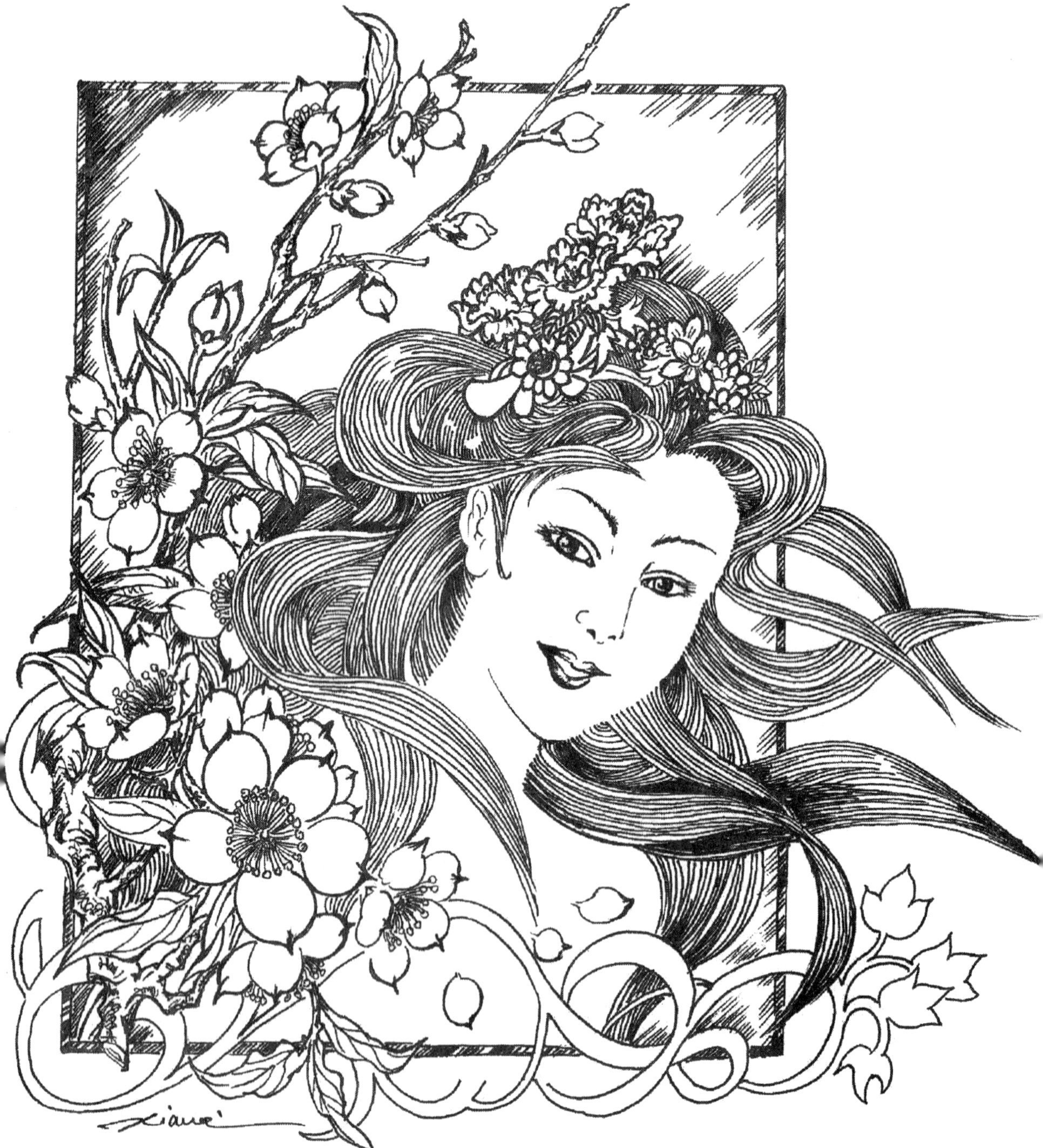

子影像。

陶艳笑一下：你很浪漫啊……

不，我很爱幻想。

我告诉她，想不到她这样的白领丽人也会到这个不起眼的小书店来淘书。陶艳说，你不知道我就住在这家店的对面吗？我说，你不是谢雨亭的邻居吗？怎么又住在这里？她就笑，我早搬了，我不是在南洋瑞景酒店上班吗，这儿近点。

"哦，对对，南洋瑞景！你做什么啊？"我不由得仔细看她，心说，雨亭这家伙怎么会认为她是"鸡"？我说也不像啊！那一刻，我倒是忘了我也曾有救她于水火之中的幻想。

"现在是客房部经理。有空来我家玩。"她笑笑说。

这时，我说了一句对以后很重要的话："选时不如撞时，改天也许就等于永远……"

她听了，稍稍歪一下头看看我，然后说："好吧，反正我没事。你挑完书了吗？我请你到我家喝咖啡吧。"

我看看手中的五本书，点头说："好呀！"

她却压低了声音："这家的老板我很熟，你把你的书交给我去结账，要更便宜。"

"我也每周都来，老板给我七折。"我说。

她笑了笑说："叫你把你的书给我就给我。"

果然，她拿到了更低的折扣。

出了店我问她原因，她说："好奇害死猫，不该知道的就不要知道嘛！看，我就住那里。"

我看了看她，又瞄一眼对面她说的大楼，说："这死老板该不会暗恋你吧？"

"胡说！"

她停下脚步，脸上显出生气的样子。

我马上向她表示歉意并接着询问她家有什么牌子的咖啡。这个话题引起了她的兴趣，她半歪过头注视着我问："你喜欢什么咖啡？"

"牙买加蓝山咖啡。"

我看过一本介绍咖啡的书，虽然自己只喝过广告里吹的"滴滴香浓、意犹未尽"的一种速溶咖啡。

"马拉巴怎么样？"

我暗想：完了！她一定是个咖啡痴迷者！我还是不要做纸上谈兵的赵括吧。

"嗯，我其实对咖啡还不是很了解……比如你说的马拉巴。"

"噢，马拉巴是亚洲品种，由荷兰人引种到印度的，口感半浓半苦，优质的咖啡树极娇贵，只能在赤道两侧生长，马拉巴会受印度季风影响，所以焙炒师的技术就更关键，否则就又苦又酸。"

"你的马拉巴一定很好！"

"那当然！"

我们进了大楼电梯，上到十八层出来。她顺手指指左边的一户门说："我喝咖啡都是这家的女主人培养的。"

一九九四年四月那个潮闷的晚上，我在陶艳的住所，听着她的迷你音响里放的勃拉姆斯的《田园》，看着她井井有条地取出印度锡罐、磨豆机、糖罐，以及精致的杯子、碟子、矿泉水等，开始了在我看来工序十分复杂的磨煮咖啡过程。这期间，我在听取陶艳对咖啡文化热情描述的同时，在她的允许下，也详细地参观了她的整个住所。

我内心一直向往着有个固定的居所，哪怕是一条小船，只要是自己的也好。云鹤别墅是让我眩晕的豪华，而陶艳这里，则是我感到舒服的温馨居所。淡雅舒适的藤制沙发，黄杨木工艺茶几，没有电视，那套迷你音响的品质却极佳，一旁的黑色唱片架上，是巴赫、肖邦、贝多芬、勃拉姆斯、格里格、希曼诺夫斯基等的作品。

在我很小的时候，我家那幢筒子楼边竖立的高音喇叭，每天在早、中、晚三个整点时段，日日重复地播放着同一个旋律的大合唱：《大海航行靠舵手》。没多久，筒子楼里还没上学的孩童一听完喇叭里的整点报时，就会张开小嘴一起唱：大海航行靠舵手，万物生长靠太阳……似乎根本没有人来教，由于处处都安置了形状统一的高音喇叭，我们这一群小屁孩无一例外地都会唱《大海航行靠舵手》！

我的音乐知识竟然就是从这里启蒙！尽管在大学时，庄伟先已给我介绍了一些音乐大师及著名演奏家，但陶艳的两百多张唱片封面上，仍有许多伟大的名字是我二十多年来第一次见到的。我那时好像一无所有，因为离开了大学时代的美好时光，曾经爱过的姑娘又说我们之间是个错误，加上原本要去的单位被副市长的亲戚取代，在第一次深刻体味到有些事是自己无能为力的之后，我只好离开父母，把身躯投入了一个实实在在的未知现实世界。我一直对高雅音乐和流行音乐没有特别的区分，同时对区分后的实质意义是什么也不去思考。我想，我有去高档会所吃一顿丰美而优雅晚餐的愿望，也当然可以理直气壮地坐在露天小摊叫一碗热乎乎的沙茶面。

多年以后，我还怀念着在鹭岛一个叫喜里的街巷小店中的那一碗美味的沙茶面。

多年以后，我明白人的重生就如在枯亡之草上盛开的花朵，因为无法忆起前世，所以在落英之日总会温情地怀旧。而记忆也就显得比双眼所见的真实。

多年以后，我看到一个常常出现在媒体上的词，也许可以形容当时的陶艳和她的住所："小资"。

然而在当年，我的确被陶艳和她的居所所吸引。而且，当屋中流水般溢满浓浓香味时，我们从咖啡文化聊到了巴黎塞纳河畔，聊到洛东达咖啡馆，聊起两个人都看过的一本书：《人，岁月，生活》。我们都从这本书里感受到巴黎真实的一面，那种诗意的广阔、忧愁、爱与艰辛。

在这样的夜晚这样的场景里，时间总是溜得特别快。我们互相留了电话，道别时已是午夜。当我的脚将要跨入下行的电梯时，我回头对她说：

"下次有好咖啡，别忘了叫我。"

"缘木求鱼"的店门已经关了。大街上的路灯孤寂地从高处注视着我。

夜风沙沙地叫起来，扫走了潮闷的气息。我站在"缘木求鱼"招牌下，抬起头，目光停驻在对面十八楼上，直到熄灯。

## 2

"缘木求鱼"成了那天以后我频频光顾的地方。

我更频繁地去"缘木求鱼"，已经把原来那一个单纯的目的变成另一个复杂的目的。我看书、挑书、买书，之后并不想走。于是，我更经常地蹲在书店门外的椅子边，抱着几本书抽烟，并看对面的高楼。这样，我的右边，坐着一声不吭的店主，他的左边，蹲着不吭一声的我。在经过店门的路人眼中，我们俩就像雕塑似的成了门前一道风景。

星期一，我打工的书店关门盘点。卖书、卖磁带和风景明信片，应该说不是个辛苦的事，可是书店盘点，就非常麻烦。每次盘点，老板都会给我和他的小舅子一人五十元奖金，等老板一走，他的小舅子就把钱扔给我，说：哥们儿，这钱给你挣，我和女朋友约好了逛街。他说完，冲我摆摆手，马上就从书店里消失。

黄昏时分，我终于完成了盘点离开书店。我走到对面的大楼，那里有一家小吃店，做的牛肉汤价廉物美。我每次都在那里要一份青菜、一份豆腐、一份咸饭配香浓的牛肉汤来当晚餐。吃完饭，我的身影再次在熟悉的街道上，默默地向一个地方移动。大街上似乎响起了一首熟悉的进行曲。瘦而沉默的店主远远看见我来了，竟然笑了一下，起身进了店内。当我走

到门前时，他手拎着个小木凳出来，将木凳在椅子旁一摆，掏出烟来请我。

"又来了？"

"又来了。"

"挑书？"

"坐坐吧。"

两个人便坐在夕阳里看前方。许久之后，他说：

"你看什么呢？"

我说：

"和你一样。"

他点点头。

我们沉默，街道上又有熟悉的进行曲在飘扬。

在我很小的时候，我和我的同学李建民也经常这样。我们放了学，一起走在回家路上，走着走着，一个就会说，坐坐？另一个就点头。我们把各自的书包垫在屁股底下，坐在街头东看西看。许久之后，一个就会问：你看什么呢？另一个就说：和你一样。此时，我们两个会同时大笑起来，接下来就讲自己以后想做什么。李建民想做骑兵，他对我不想骑着马四处奔驰怎么也想不通，马蹄声声、马鬃飘飘，军刀挥舞、保卫边疆，多美的事！是噢，我为什么想当个历史学家？历史，多么复杂又多么不可捉摸？

历史都是骗人的，李建民说他爸爸曾这么说：二十年之前发生的事二十年之后再说起，可能完全两样！李建民这句话给我很深的印象。一直到我上大学，我还把这个问题抛给曹朔望。

曹朔望笑说：没关系，我们慢慢还原它！

但曹朔望辞职了，我也远离了历史专业。一九八八年，李建民成为一名军人，但不是骑兵。他的骑兵梦源于一部苏联老电影。那部电影和他的梦，慢慢地都会被他遗忘。

坐在"缘木求鱼"的牌匾下，让我回想起并不久远的过去。如果，不是以这样的方式和这个沉默的男人并排坐着，我都会忘了李建民曾经以同样的方式，存在于我的生命之中。

几个学生模样的女孩走了过来，估计是我们两个人坐在门口的方式让她们有些好奇，她们停下脚步看看我们，又瞧一下店面招牌，其中一个就念：缘、木、求、鱼，缘木求鱼？那不就是刻舟求剑？另一个说：磨砖成镜，还有竹篮打水……书店怎么起这个名字？

是啊，爬到树上怎么能求到鱼呢？我默默地想。

男人笑了一下，突然说："就是，缘木怎么能求到鱼呢？但就是用渔网网鱼，上来的鱼，也不一定是你想要的那一条。"

"哇！大叔，太深奥了！"女孩子们吐吐舌头，马上又笑嘻嘻地走了。

天已经黑了，男人扭转身体伸出手臂，拉开店里的日光灯。我站起身，决定离开。

"走吗？"男人说。

"是呀，准备走，你看我们也认识这么久了，还不知对方叫什么，我叫萧一灯，你呢？"

"缘木求鱼。"男人指指木牌。

这真是个奇怪的男人！

当我走到街角准备转弯时，回头，看见他依然坐在那里，扬起头，注视着对面的高楼。

我在这里，希望再次见到陶艳。

我坐着，看人、看景，也看看十八楼的那扇窗。

他，每天都在看什么呢？

很久后，我才知道，"缘木求鱼"这个精瘦的男人，就租住在对面楼里的十七层，刚好在陶艳的楼下。这个男人走火入魔般爱着陶艳的女邻居——一个结了婚并有个儿子、很会煮各种美味咖啡的美貌妇人。男人从这

妇人十八岁时就暗暗爱上了她，后来妇人知道了，可是最终没有嫁给他。妇人的丈夫去国外已经五年了，自男人搬到楼下，妇人就给这男人做饭、洗衣，但从不让这男人进她的房间。当然，因为偶然并且必然的原因，妇人把这些事情都告诉了陶艳。

当我得知"缘木求鱼"店主人的爱情故事的时候，我和陶艳的爱情故事，已经如鹭岛九月盛开的凤凰花。陶艳告诉我这个爱情故事后，曾对我说，感人吧？

我说，我要是那男人，在女人十八岁时就告诉她。

陶艳说，你什么时候爱上我的？当时说了吗？

我说，我说啦！我一爱上你就说啦！

她盯着我问，什么时候说的什么话？我怎么不知道？

我说，你忘了，我说你下次有好咖啡，可别忘了叫我。

陶艳咯咯笑弯了腰。

## 三、浮光魅影

### 1

当谢雨微的家教，使我的生活有了改善。

除了多一份收入，周六的晚上，云鹤别墅里的主人还会给我安排一餐丰美的晚饭。不知不觉，我胖了十斤。只是渐渐地，我和原来公司里的那帮画师来往越来越少。

三个月后的一个晚上，我吃过晚饭回家，一进巷子口，就在晕黄的路灯下看见了直直立定的马尾。他的背上扛着用麻布片包裹着的一幅作品，脚下躺着两个旅行包，静静朝我招呼一声。

马尾！你从北京回来啦！发财了吗？一声不吭就离开朋友，太不够意思了吧？咦，曾小雪呢？她没跟你一起回来？

我的脸上现出兴奋，一个劲地说不停。他就那么站着，灰头土脸如一尊泥塑，等我闭上嘴，才疲惫地说一句：让我去你家喝口水吧。

进门，喝了两大杯茶后，他说："累！"

把画靠墙放好，马尾一屁股坐到我的床上，问我要烟。我摸出半包沉香烟递给他。他用两根瘦长的指头捏出一根烟，慢慢移到嘴边点上，双眼聚焦到对面的墙面一点，默默吸烟。看到他因睡眠不足而塌陷的眼窝里一双发红的眼睛，我张张嘴却不知说什么，忙点上一支烟，陪坐到他的身边。

吸完两支烟，他看着我笑笑，低声说："羽毛走了，永远离开我了。"

我怔了一下，忙问："你说小雪？"

"是。"

"去哪了？"

"不知道。我已经找了许多地方。"马尾轻嘘一口气，说，"我真喜欢她，尤其是在床上，我们总是完美无瑕。我倒没什么世俗偏见，这个世界，都忙钱了，别人管你是谁呀！大不了，我们俩人换个城市。可现在，她却离开了我。"

我又递给他一支烟，问："怎么回事？"

他把烟夹到耳朵上，轻叹一声，起身到墙边，把包着的麻布片打开，取出里面的作品看看，反身走过来，将画展示在我面前。

"怎么样？这是《云天下的蚕豆叶》。"

"嗯？"我看看他的双眼。

"我想你能看得懂……在我们刚认识时我就说过。"

我打开灯，双眼渐渐地被画面所浸润。尽管马尾的抽象画不属于任何一派，但我还是感觉到了莫奈和凡·高给他的影响。我慢慢感受到他在这幅六十五厘米高、九十二厘米长的布面油画中浸注的那一份强烈情感。要

知道在没有人的场景中，人的手，似乎是无法画出告别的。然而画面上，那些受到新鲜空气滋养，受到如火阳光照耀的发疯发狂向上生长的蚕豆叶，如一群眨着眼睛的精灵，在茫茫云天下，向每个注视者微笑地跳着告别的舞蹈。

我向他讲出了我的感受。并说："马尾，我觉得这是一幅很美的作品，它展示出一种欢乐，像是道别的另一种方式。"

"道别的欢乐？"他眼睛一闪，兴奋地搓了搓一双细长的手，"你说对了！只有你说对了！我画了两个月，想不到你才是它真正的主人。我决定把它送给你！知道吗，这原本是我要送给小雪的生日礼物。人啊，有时就是这样傻傻地幻想，幻想着两个人都将在不远的将来能结婚、生孩子，过上美好的让人羡慕的幸福生活。结果用清醒的目光一看现实，狗屁！"

"别这么说！也许，你继续找，还是有可能找到她！你们我知道，多不容易……"

马尾点上烟，贪婪地狠吸一口，看我一眼说："不可能找到啦……都是我的错。兄弟，这是她不肯原谅我的最好也是最狠的方法！"

## 2

那是一个十分平静的夜晚，我收下《云天下的蚕豆叶》的同时，也在心中印下了马尾的足迹。三个多月间，发生在马尾和曾小雪之间的故事，从马尾口中讲出来，只有一个小时：

马尾肝炎病愈，另一种病却从心而生。

曾小雪曾说，五天后从中山回来。可到了第六天早晨，马尾依然没有见到她的人影。马尾有些焦虑不安：他住院期间，曾小雪只来看过他一次，也是匆匆忙忙的待不到半小时就走。当时，马尾站在住院部病房的窗台前向下探望，似乎看见曾小雪娇美的背影走向一个老男人，并同他一起进了一部颇高级的轿车。马尾离开了他的陋室，为了解决心中的疑问，他

143

当然要去找曾小雪以前手下的"侠女十三妹"。但这些花儿在不久前的"扫黄打非"专项整治中早都烟消云散，不知重投到哪一家花神门下。最后，他好不容易找到了那个叫天天的女孩。

女孩子正在一家发廊上班，见马尾来了，她把他拉到发廊门外，对他说，羽毛姐是去广东出差了，真的！但马尾似乎从她的眼神中发现了什么，一把捏住她的胳膊厉声说，你不要骗我！快说她在哪？

天天叫了一声，挣脱胳膊嚷嚷说，放手啊！你弄疼我了！

大概两个人的声音都很大，发廊里的老板娘叼着一支烟，穿着一双拖鞋走出来。她看一眼马尾，又瞧瞧天天，说，干你姥！天寿！你们去一边吵闹！不要影响老娘的生意！

马尾翻一翻眼皮，说，干你姥！我就立在这里，怎么样？

老板娘把香烟丢在地上，扭身进了发廊。可还没等马尾继续询问天天，从发廊里蹿出两个颇为精壮的小伙子，举着西瓜刀直向马尾冲来。

天天大叫：马尾快跑——

马尾在天天的惊声尖叫中，像匹惊马跳着跑了。

到了晚上，马尾的传呼机终于收到了曾小雪的短信。短信上说，因临时去海南考察，要多在海南四天。这样，她将多领两千块的业务奖金！四天后回来，她还有很重要的事和他商量。短信中当然不乏"爱"与"吻"的字眼。但马尾收到短信，心中反而更为不安！他觉得曾小雪一定有事瞒着他。

两天后的一个晚上，他在黑暗的角落，盯守那个差一点让他见血的发廊，一直到深夜。这期间，他看到有的客人进去，不一会儿就带着一个发廊妹说说笑笑出门离开，更多的男人，是一小时后，又一个人出门远去。他对那天天天高叫着让他快跑心存一丝感谢，因而也庆幸被带走的女孩中没有天天的身影。

十二点钟时，天天终于背着个大包走出发廊。他不紧不慢，小心翼翼

地跟着。等过了这个街道转入支巷，他终于快步走上去并叫她的名字。天天似乎吓了一跳，在路灯下看清是他，才松了口气。

天天说，你吓我一跳。

马尾说，你怕什么，我又不是色狼，我只想问问小雪的事。

天天说，不是你知道的嘛！她在中山。

马尾叹口气说，她又去海南了！

天天就不说话了。

后来，马尾对两天前发生的事表示道歉，并提出请天天吃夜宵。深夜里的烧烤摊和小排档，总在这个城市的边边角角给那些暗夜里游荡的不眠人一点活着的安慰。他们两个吃煸豆干，要了金线鱼，要了花蛤，还要了酒喝。两个人边吃边喝，几瓶酒下肚，就聊了许多话。

马尾说，天天，你怎么在这样一个店里上班？

天天说，怎样啦？给人洗头、按摩挣钱怎样啦？

马尾说，我可在店外面等你好几个小时。

天天很不屑地说，那又怎样？我知道你是什么意思，怎样啦？男人喜欢我给他们"打飞机"，我就"打飞机"挣钱。"打飞机"犯法，你们男人就别来打呀！

马尾说，我不是那个意思，算了，你爱干啥干啥，那是你的自由。但是，小雪是我的女朋友，你得告诉我，在我生病的时候，是不是有个中年男人和她在一起？

天天说，羽毛姐真是去广东了，既然你问我，想必你也看到了。对，她是和一个中年男人一起上的飞机，但那个人我不认识，也不知道他和羽毛姐什么关系。他们具体去办什么事，我真不知道。

马尾隐隐感觉到这和他担心的事一样，就只喝酒不说话。天天有些担心地说，马哥你别担心，我想羽毛姐没事，后天，她不就回来啦？

那天凌晨，女孩天天和马尾一起回到马尾的住处。

马尾对我说，真是鬼使神差，开始我什么也没想！真没想……但结果——

结果，当窗外的天色已现出蟹壳青时，一个男人和一个女人如蛇一般缠在了一起。

他们正在床上翻滚如蛇时，门却被一串钥匙打开了。曾小雪的双眼中，是两具赤裸刺眼的肉体。当曾小雪从包中扔出一叠翻飞的票子并摔门而去时，马尾还在想：她怎么进来了？她怎么就进来了？而那个叫天天的女孩则比他先清醒过来，她摇着他的肩膀叫说，完了、完了！马哥！怎么办？羽毛姐还不该杀了我！

他赤裸身子坐在床上，冷冷看一眼天天，说，你快穿上衣服，走吧。女孩离去后，马尾就那么光着干瘦的身子，从床上、桌上、地上一一拾起散落的票子，点点数，刚好两千。这个时候，马尾才想起曾小雪的短信，才感觉到这一次，他真的完了！

他蹲坐到床上，把头深深夹在两条细长精瘦的光腿间，看着自己下身那团臃肿泄气的东西，长长叹了口气。

曾小雪当天就离开了这个城市。

后来，在找曾小雪的过程中，马尾才知道，曾小雪并非像他心中想的那样被一个大款包了。曾小雪的那位老顾客，想私下里在中山开一间自己投资的小酒店。这老总选中了曾小雪做经理，希望她能在今后负责此事，并带她去广州、海南考察。海南之行很顺利，老总知道她归心似箭，给她奖了两千块钱并让她提前一天回家。

这提前一天回家，让马尾再也没有见过曾小雪。

那以后，马尾走遍了鹭岛的大街小巷；那以后，马尾来找穷得"两丫夹几卵葩"的我借钱；那以后，马尾上北京不是为发财而是去找寻他心中丢失的女人。马尾在中国的大地上跑遍了六个和曾小雪有关的城市，想发现小雪的身影。但中国太大，马尾只有把一切想对曾小雪诉说的话语和悔

恨，深埋心田。

我知道，曾小雪一定会在某个地方有一个新开始。可这个开始，对我的朋友马尾来说，是永远的结束。

## 3

许多年后，我以为，曾小雪把自己的幸福寄托于对马尾的痴爱——即忠贞不渝，从一开始就是一个玩笑。就我所见的女孩子中，她无疑是美丽的，马尾也并非不爱她。可是，每个人都有秘密，这秘密一旦成了误解，危机就开始登场。而当秘密不再是秘密时，一切也就结束了。

跑了几千公里的马尾没找到曾小雪，回到鹭岛却马上找到我，并且在我的窝里一住就是半个月。每天，我下班回来，都见他躺在床上，不吃，不喝，也不说话。七天之后，他依然如此。我恼火了！冲床上的背影叫：你再这样，不如跳海死了算了！

我讲完这句话，出门买了卤猪脚、卤鸡爪，并扛了一箱酒回来，把他从床上拽起来："你要知道，我现在钱不多！今天请你喝这一顿酒，假如明天你还这样半死不活，爱死哪死哪！"

"什么？"他抬起头，双眼仍显得十分倦累。

"喝完这顿酒，就和过去割裂吧！做人，要潇洒一点，不然，跳海去！"

马尾看看我的脸，揉揉眼睛："兄弟，哥哥我丢了老婆，画的画除了你说好，没一幅能卖成钱，唉……真是白活了三十年！"

我给他满上酒，举起了酒杯："这个世界上，白活的人很多很多，但依然活着。古人说，三十而立，你不才三十岁？曾小雪是不是？你说我们谈女朋友谁还没有失恋过！老婆，迟早会有，你的画，迟早也会卖出去。来，我们好好喝一顿。不管过去怎样，明天的太阳照常升起。没了女朋友，刚好一心一意画画！老马，你会是匹好马！绝对的好马！"

他一口吞了酒，咧嘴笑了，说："唉！兄弟！——真的，就你看好我这匹老马了！以后，你当我经纪人怎么样？"

"我没钱，当不了经纪人，而且，我也没有美术知识……"

"谁说的？我看你对艺术独具慧眼，你在书店卖什么书呀！我说，干脆你也学学画吧！我当你老师！"

不管我愿不愿意，在这晚以后，他拿出了画布画笔画架颜料……他叫我拿起了画笔，自己则坐在桌子旁边泡茶，看书，督促。马尾手把手教我画了几个晚上后，坐不住了，开始出门溜达。杨骚那时画美女画出了一点名气，从深圳回来，开了个艺术工作室。每天的早餐都有牛奶喝，还雇了个漂亮妹妹做接待。

他见到马尾，对他说：萧一灯现在也是个穷鬼，你好意思在他那里蹭？还是到我这来，我有得吃，你就有得吃！

马尾就搬到杨骚那里去住，并在他的工作室里作画。临走时，他把他的绘画工具都给了我，说："好好画！说不定你可以成为拉斐尔。"可惜的是，尽管多年以后，马尾成了全国乃至世界著名的大画家，他却教不出一个成名的学生。

说起来，我是有点喜欢马尾的画。马尾作品里的世界，其实就是梦的世界，无论那梦是喜是悲，在欢乐或痛苦的情感状态下，他的色彩总是像我记忆里秋天的原野和大地，把绚烂的光影展示得淋漓尽致。而在绚烂的后面，则总带着一丝丝如北方草原上悠远的牧歌式的哀愁与忧伤。他用他梦里的一切痕迹，来展现人们眼中看到的一切痕迹，他把他心中天生的风格一点一点从梦中释放到画笔上，并使笔触如跳动的音符一般流淌、灵动、生机勃勃。

而我呢，由于从没有画过画，马尾一走，我面对多彩的颜料，根本无从下笔。

周日休息，马尾来看我，见我坐在画板前，拿着一支三号油画笔，对

着面前的画布，在空气中上下左右地不规则舞动。问道："你在干吗？"

我挠挠头："嘿嘿，我准备画画。"

他盯着未蘸一丁点颜料的笔说："你画给神仙看啊！"

我把笔递向他说："你一走，没人教了！好吧，现在你画一笔，然后我照你画的来一笔！"

他一甩手，十分生气地说："你画！随便画！我走了，两小时后回来时，不管怎么样，我要看到画布上有色彩！否则——你，你要付我一个月两百块教授费！"

两百块！对当时的他与我都不是个小数目。而且我想，也许我能在画布上画出东西，对没了工作又失去爱人的马尾是一个安慰。我拿起放在桌上那个摆了三天、原本当静物的苹果，将它送入肚内。然后，把我原先认定不会乖乖顺从我意志走的色彩调起来，画我心中的画。

三小时过去了，那块处女般的画布上，留下一堆堆红的、黄的、绿的、紫的，如泥似水的东西。我把画从架子上取下来，反手将其扣支在架下，远远地退蹲到墙边，点上一支烟，浑身都透着沮丧。这时，马尾回来了，他还带了两个人来。男人一进门，看见斑驳的调色板和散在小凳上的锡管颜料就说："啊呦！还真的哦！萧一灯你也画上喽！我输马尾一块钱！"

马尾拍一下手："我说是吧！你们还不信！"一边说，一边直奔墙壁去拿我的涂鸦。

女人则笑着走过来蹲下，十分亲密地把半个手臂勾在我肩上："马尾说你跟他学画，姑娘我还不信！这下输他一顿晚饭！你说怎么办呢？"

我拾起地上的半包烟，举着说："七七，我请你抽烟！都拿去！喂，吴大师，好久不见，怎么不上班？"

田七七取了一支烟，摆造型般用很优雅的姿势点着，长长吐出一串烟雾后，又笑着对我说："老吴也辞职了——画行货能成艺术家？他要和他的小老婆上北京啦！一个要当大画家，一个要当名歌星，前途远大呢。"

"老吴你真的要走了？"我看着他说。

吴百田颇为无奈地点点头。

吴百田除了爱画画，就是好吃。吴百田的老婆李小影便捏住了他的软肋。她在茶店卖茶之余，专心学习各种厨艺，狮子头、粉蒸肉、辣子鸡、剁椒鱼、葱姜蟹、油焖虾……等吴百田吃上了瘾之后，李小影则天天给他做清汤面。

吴百田的脸就拉得老长：清汤面，清汤面，又是清汤面！

李小影笑眯眯地把手一摊：你的工资交来，一周至少两顿美味！否则，只有清汤面！好吃，没钱就没得吃！

为了一张嘴，吴百田的工资就牢牢攥在李小影的手里。有了钱，李小影又有了想当歌星的心思，鲜花纷飞、掌声雷动，卖什么茶呢？当歌星当然要在各方面花钱，请老师、吊嗓子、学台风、购演出服，还有现场观摩、买登台机会……当然，她终于在一个小型比赛中获得了个三等奖，也终于离开茶店在酒吧里驻唱。这样，吴百田就必须白天工作晚上干私活挣私房钱，同时还要在深夜一两点接老婆回家。

吴百田眯着眼说："人不就是自己找累？我老婆唱歌获了奖，知道不？获了奖就心气高，是不？心气高就想去北京耍。耍个啥子？耍个累，当名歌星大画家，哪有那么容易哦。"

吴百田和我叨叨一阵，又指指马尾说："一灯啊，我说你跟马尾学画？他哪会画画哦？要挣钱快，我建议你和杨骚学，你看他画的光屁股女娃娃，哪个不喜欢！是不？七七。"

"杨骚算什么呀！"田七七瞪了吴百田一眼，"一灯你跟我学。"

这时，马尾满脸笑容地举起我用笔抹的痕迹："你们看！不错，不错，一灯，你画的这条充满欲望的大河还真不错！"

"这，是河不是？"吴百田手支着下巴自言自语，他画细腻的写实风景换钱，对我的乱涂乱抹不轻易评价。

但田七七看了马上说："不，马尾！这不是河，绝不是河！这是——被无情蹂躏的花朵！"

我的天啊！我明明画的是一座丛林蔽日的山！

马尾说："河啦！"

田七七说："花朵！"

"你看你看，这，还有这，河水滔滔……"

"落花，这里，这里。是花不是水！"

这两个艺术家为我画的是"河"还是"花朵"面红耳赤地据理力争，就像争论一首新曲子是高雅音乐还是通俗流行音乐。他们都把我和百田忘了。

吴百田不耐烦了，拿一双小眼睛骨碌碌向我转："我说你怎么也不说个话？我就要走喽，带着老婆上北京耍。我想约你们吃个饭，不想听他们吵架。"

我想想，走到争论中说："别争了，我画的是'欲望河上花残'。"

这个答案赢得了十分美满的结果。马尾和田七七都夸赞我有绘画天赋，并且高叫着要去喝酒庆祝！

我捏捏自己的口袋说："可我没钱买酒……"

田七七听了马上声明："本姑娘也没钱买酒！"

马尾就开始摸自己的口袋，一直摸。

吴百田眯眯眼睛："马尾你别摸了，不就是喝顿酒吗？一顿酒，是不？我请，够你们喝到胀死！马尾，去把杨骚也叫来，一起吃。"

杨骚带着个小美女一起来到"烤鸡公"排档。这段日子，杨骚很风光，他的"丽人行"系列油画被一个广州客商打包买走，而后续的"佳人"系列也在预订之中。他看看众人，从口袋里掏出两包"希尔顿"香烟往桌子上一扔："今天小弟请，大家别和我争了！"

151

那天晚上，四个没正式工作的人，像是马上傍到了大款。我们要了两盘辣子鸡，两份海鲜煲，一份剁椒鱼头和一盆炒海瓜子，开了二十六瓶啤酒，直吃到肚饱肠肥！

田七七趁着酒兴诵了她新作的两首诗后，拍拍马尾："老马，你将来发财有大钱了，要做什么？"

"我天天上'美丽人间'，游戏人间，眉飞色舞，游龙戏水，呀咿呀——喔喔喔！"马尾扭着身子摇摆。

田七七拧了他一把："这坏家伙，老吴你呢？"

吴百田嘿嘿嘿地笑："我吗？我买个超级大床，很软很舒服的那种喽，和小影两个躺着，左边也是钱右边也是钱，数啊数——哈哈哈哈！"

杨骚听了嘿嘿笑："我不知道，听你们说还真有意思。"

"我帮你们开画展，周游世界。"我见田七七转头看我，又补充说，"一定带上你！哈哈。"

马尾他们就起哄，让我和田七七两个人干一杯酒。之后我反问她有钱干什么。她忽然站起身，豪饮了三杯酒，拿眼睛把我们每个人都好好看了一遍，说："兄弟们啊，这，也许是我们分手前的最后晚宴。今后能不能还聚在一起喝酒，很难说了。说心里话，我们这些撒在地里就是草的人，在车水马龙的城市，不是白天的麻雀，就是夜的乌鸦。但本姑娘还是希望兄弟们努力，今后都变成凤凰！我要是成了凤凰，就去建好多希望小学！让山村里没钱的孩子都读书，不再是乌鸦与麻雀。"

"高尚！高尚！"马尾站起身，"让我们四个老爷们敬你一杯！为高尚干杯！"

那时，除了杨骚的日子好些，我们都混得挺惨，可我们都还有梦想。一九九四年夏天的那个晚上，当我们拎着一箱啤酒去我的小院子继续喝酒时，一个流浪歌手正弹着吉他，在大排档灯火阑珊后面的阴暗夹道中，迎着夜风高声弹唱：

"北风又传来熟悉的声音……"

## 四、秋日恋情

### 1

凤凰花又在鹭岛的那所大学里摇曳着优美的红裙，以火热的笑颜迎接一批一批的新学子。此时，我也得到上天赐给我的两份幸福礼物：陶艳的爱和谢雨微凭实力在期末考试后进入班级前十名的消息。

有时候，等待缘于希望。我去"缘木求鱼"，一直等待陶艳的身影，一直在等待陶艳见到我时请我喝咖啡。但陶艳一个电话都没打给我。

所以痴痴等待，并不是一个好办法。

在庆祝谢雨微进入班级前十名的晚宴上，谢加豪给了我一个装有五百元钱的红包和两张音乐会的票。这个收获，意味着另一个开始或者另一个开始的继续。

"请你的女朋友一起去听吧。"他说。

"我还没女朋友。"

"是吗？要不要我给你介绍一个？"林红笑着插话说。

"我还年轻，先立业吧。"

回答谢家夫妇之前，我的脑袋里就出现了陶艳的身影。这样，我名正言顺地跑到"缘木求鱼"对面的楼道里，光明正大地等陶艳出现。

音乐会在全国知名的美丽小岛鼓浪屿上举行。

鼓浪屿，因其西南海边海滩上有大石，石中有洞，每当海浪冲击石洞，则声如擂鼓，故而得名。这里曾是我见过的中国最美城区之一。小岛上有传统的飞檐翘角的建筑，也有闽南典型的红墙大厝，还有鸦片战争以后，鹭岛沦为"五口通商"口岸，先后十三个西方国家在这小岛上设立的领事馆、天主堂、书院、医院与万国俱乐部。多年后，战争的创伤似乎未留一点痕迹地被时光悄然带走，而那些洋房别墅则以"万国建筑博物馆"的美名，留下来作为历史见证。如今，那些据说曾有一千多幢的别墅，在我偶尔独自漫步经过其一时，留给我的，仅仅是人去楼空、青草依旧笑春风的淡淡感觉。我更爱那些爬满斑驳老墙的绿色鲜活的生命，更愿在一个黄昏或微雨的时刻，发现一株红艳的三角梅从某片旧瓦后探出灿烂的笑脸。或是，在幽幽长巷中，忽然听到一段我叫不出名字却让我驻足的悠悠琴声。

那天晚上，我和陶艳都穿上了自己认为最好的也是最得体的衣服。她不止一次听过音乐会，我则是二十四年来第一次，因此，我故作风雅地登堂入室之后，乖乖地做了一回哑巴。

整场音乐会，陶艳的双眼都直盯着舞台，喜悦而陶醉。这使我意识到，生活给我音乐，音乐是她生活的一部分。

这场音乐会结束之后，我和她在鼓浪屿的小路上走走停停。依稀感觉到缥缈的音乐如夜的手指轻拂我们的身体。对面的鹭岛，显得宁静而优美，海风把她的丝丝长发吹起来，挠动着我心中的痒。这时，如果我是个美国人，抑或法国人该多好！我可以马上站在她面前停住脚，脸对着她的脸，眼望着她的眼，告诉她我喜欢她。然后呢？长久地拥吻⋯⋯可现在，我不敢这么做。我担心什么呢？担心被拒绝？我们还没有真的开始，也就没有拒绝。

人好像总怕被拒绝。为什么怕呢？早晚都会是告别。

十多年后，我明白了这一点。而那一夜，当我和她踏上灯火阑珊的轮渡码头时，我最后想的都是不可能的事：这一晚时光倒流或永远停滞。

但就在那时，她转过脸，说："萧一灯，想不想吃点什么？"

你看！女人在关键时刻总比男人更善于运用语言。一句多简单的话，我怎么想不到？

"嗯！我知道一个地方的夜宵很不错！"我马上说。

"什么地方？"

"猜猜看。"

她一连说了鹭岛几家有名的酒店，我都摇头否定。我承认，我一直对吃没有特别的品位，有名的"加力鱼白菜"，入口也不过尔尔，似乎还不及谢家保姆张妈做的家常清蒸鱼。我想，一个人到了一个地方，这个地方最能体现其生活特色的食物，应该属于那些小吃。我带着她来到湖滨路一家"小丁"小吃店，一人吃了一份加上油条、豆腐、小肠的香浓沙茶面。

然后，我们心满意足地继续散步。我们的对话也从各自的家庭转到任何可谈的话题。在路过一家咖啡馆时，我说："陶艳，你有新的好咖啡了吗？你忘了答应请我喝咖啡的。"

她停下来笑一下，指指咖啡馆说："有吗？走，我请你喝咖啡。"

我想在我之前，一定有许多的男人跃跃欲试地想当她的男朋友，这当中有许多人应该比我的条件要好。然而那些人在阳光下看到她那一副纯洁而高傲的神情，想必都只是停留在跃跃欲试阶段。当咖啡端上来时，我鬼使神差般直接当着她的面，目不转睛地说：陶艳，我喜欢你！

她的表情是错愕，可马上，一张漂亮的脸蛋转为羞红。于是我在大庭广众之下，被激情催发了勇气，伸开双臂紧紧抱住她并在她羞红的脸颊上轻吻了一口。当然，这让她惊慌失措，并在一怔后转身落荒而逃。一切都和我第一次吻温馨如时一样，可后来在一起时，她告诉我，当时，她的身体里一直蕴藏着一种冲动，就是渴望被我紧紧拥抱的冲动。我这样做的结果，在我心里有不成功则拉倒的意思，但无意中触及她内心的秘密。于是，在第二天接受了我的道歉电话后，我们开始了第一次真正意义上的约会。

在鹭岛，我的一份新恋情就这样开始了。

## 2

诗经里说："将仲子兮，无逾我里。"

那可爱的怀春女孩，不是在拒绝心中的情哥哥，她所担心的是，两人偷情被父母兄弟知道。在我和陶艳成为朋友后，我去陶艳的住处，目的似乎和两千五百多年前的"仲子"一样。可每到关键处，陶艳就"无逾我里"地把我送出门。现代的都市，其实早无里可逾，高楼大厦都如冰冷的监狱，一扇厚重的防盗门，谁管你们里面是翻江倒海还是波澜不惊！难道陶艳在这种情况下也还是觉得"人之多言，亦可畏也"？

被冰冷的大门隔于外面，确实让我心怀失落。真的，一段时间以来，我不知道爱情是纯真的还是带着肉欲的？我想我真的爱上了陶艳，但这种爱让我有一种恐慌。恐慌的来源在于，隔三岔五的夜晚，我都幻想着和她做爱。这之后，是长久的失眠，二十多岁的我觉得心中有一条火龙，把我的身体烤得燥热不安。

天已经有些凉了。

马尾和田七七、杨骚终于合搞了个三人联展。画展说不上成功也谈不上失败，这是三个人的一场临别纪念：田七七收到吴百田的邀请信，准备去北京发展；杨骚则已经签约广州一家画廊，南下发展职业画家之路。马尾想起自己当年没有办成的画展，向两个人提议搞一个有纪念意义的分别仪式：三人联展。因为是非官方及所谓非专业权威机构出面举办的画展，没有花篮、没有剪彩、没有讲话、没有大牌的评论家、没有身佩胸花的贵宾，这反而让我觉得像个纯粹的画展。

我邀陶艳在开展的第一天下午去看朋友的画展。画展没达到陶艳想象中的气氛，到了下午，展馆就静悄悄门可罗雀了。而且田七七那天脾气古怪，后来，马尾让我带着陶艳先走。出门时，我看见三个人脸上都显现出些疲惫。那一瞬，我的心里便有了郁闷。

两个人走出有一里地，陶艳问："你怎么了？在展馆里还有说有笑，出来就成闷葫芦。"

我说："我们不应该走，怎么说我也是他们的朋友，晚上应该请他们吃饭，祝贺他们成功开展。"

陶艳看我一眼，说："你呐，在那里陪着，他们也未必舒服。"

陶艳认为，这次画展很糟，很多方面让她失望：无主题，无开幕式，无名家到场……而且三个人的风格完全不同。

我笑了一下："谁说的？毕竟他们想了也做了，这就是成功。"

陶艳不置可否地笑了一下，转了个话题："昨天我和同事逛街，看到电影院在放《大红灯笼高高挂》，我们去看，好不好？"

由于读过《妻妾成群》，我觉得电影拍摄得并不算好，有创意的地方是"敲脚"。人的悲喜全在一双"脚"上，简单，也另有一点意思。

看完电影，就到了吃晚饭的时候。我早下了决心，把她带到一家昂贵的餐厅去吃牛排。这让陶艳感到意外与惊喜，因为烛光、因为钢琴、因为红酒牛排、因为周到的服务、因为一束红玫瑰。但这一切都是我到多家餐厅去提前探过路的结果，只不过我临时把请她吃饭的日期提前。为了所爱的美人一笑倾城，王可以"烽火戏诸侯"，我多花点心思与体力，又算什么？

出了餐馆，她的唇边带着迷人的微笑，一手抱着玫瑰，一手挽着我，向看我们的路人毫不掩饰地展示着她的幸福。

这时已经是初冬了，街上的路灯是清冷的。从两边楼房窗户流出的光晕，则如温暖的手，让我们有归家的欲望。然而，家在哪里？我们各捧着一杯热奶茶，站在路旁边饮边看这城的夜景。

城，与我小时候的记忆完全不同。在我小的时候，张家夫妻一夜吵三次架，李家孩子又尿床了，这些各家的隐私，可以在第二天太阳落山之前，传遍整栋筒子楼。无论张王赵李，每家每个人大家都认识，所有的新闻，也围绕着这些熟悉的面孔展开……如今，新闻都与我无关，无论是大款包二奶，还是贪官养情妇，尽管年年都有月月见闻，但还不如邻家李建国的弟弟李二赖子尿床一事，让我感到亲切。

"一灯，在想什么呢？"

"唔，想家……"

"男人也会想家吗？"她歪过头看看我。

"怎么不会？你不知道，我小的时候，这个时间，四下里已经一片漆黑了，除了满天星斗没有一丝灯光。更别说电影院、夜宵、酒吧、KTV。夜里稍晚一点睡，就能听见狼叫，像小孩哭一样细细长长地叫……"

"狼叫？从你奶奶那里听来的故事吧？"

怎么是故事呢？小时候，死狼我见过多次，一只只吊挂在电杆间晒太阳。当年老爸的邻居老李有只双杆猎枪，打野兔、野鸡，还有狼。李建民对我说，把狼皮做成褥子垫着睡觉，一旦危险情况将至，狼皮毛就会竖起来扎人。我很想有一张狼皮褥子。老爸当年是个少言寡语的小技术员，所以尽管和老李是邻居，还给他家修理过收音机，但老李连一条狼尾巴也没送给老爸。厂长老江家则有六张狼皮，虽然老江的儿子经常把老李的儿子当马骑，老李还是给老江家六张狼皮。这让我心中不平，也看不起老李。但我和老李的儿子李建民是好朋友。其实老李儿子李建民也满怀愤懑。于是我们约定，我把老江儿子打趴下让李建民骑一回，李建民就给我弄张狼皮。后来的结局是，在某个黑夜李建民骑了"马"转过圈圈后，给我一张兔子皮。

兔子皮和狼皮差远了。但李建民很大方地说，我只有兔子皮，要不你也骑我一下！

冬天往往是老狼生命的终点，因为没有食物，老狼必须到人类侵占的领地觅食。这时，父亲的厂子里早就组织了猎狼队，据说每年的队长都是老李，队长的补贴也比队员高，没人反对人品不好的老李当队长，因为老

李是个神枪手，一个人就曾为那里的人们提供了四十张狼皮，他真是杀狼能手！

老李曾对参加猎狼队的二舅许诺，等他打到一百只狼时，就把那只乌亮亮发着暗蓝色光泽的猎枪送给二舅。枪，在老李许诺的那个冬季和老李一起没了。人们都说，黄河里淹死会水的——老李打了那么多狼，最后被狼吞了，连个汗毛都没留下。二舅不信，因为枪也没了。狼能把枪也吞了？我却深信老李葬身狼腹！这一切都是我十二岁前的故事，如今，那一片回忆起来满是荒山的黄土高原，无论对从未去过的陶艳，还是我，都像个梦。这梦从我嘴里讲出来，一个接一个，都是没头没尾的故事。故事，从街上一直连到我那个九平方米的小屋前，又从屋前连到小屋里那扇朝北的窗下。

当插在水壶里的"热得快"嘶嘶鸣叫时，陶艳才如梦初醒般伸伸胳膊，说："你真会讲故事！"

我强调："这不是故事，都是事实啊。"

陶艳摇摇头："记忆有时是很不可信的。"

她捧起红玫瑰插入一个大瓷筒子，浇上水理了理说："知道吗，我特别喜欢鲜花！如果以后一直能收到花，多好！"

我马上说："你放心，从今往后，我会一直给你送花。"

"好漂亮。"她伸出白皙的脖子，把脸轻轻凑近花束嗅一下说。

我也说："好漂亮。"

她说："是啊！"

我说："我不是说花，我是说你。"

于是，我在她的眼睛里看到了我。

我们的双唇开始试探般地互访，之后，她那柔软的舌就似灵巧的小蛇，含着激情，在我的嘴里缠绵。那一瞬间，年轻女性特有的香气如水一般，溢满了我的鼻腔。

关了灯，我用力抱起了她，将她轻轻放在了床上。

当我侧着身子爬上了床，一钻进被子，就被一股浓郁的异性气息迷醉。我不得不小心地提醒自己，不能像我对温馨如那样急迫与慌乱。而她早就将温软的身子贴了过来，她的手臂与双腿紧紧缠住了我的身体，一双发烫且美好无比的乳房偎在我的胸前。我伸出手，在她细腻如缎的脊背上轻轻抚摸着，并慢慢向下探索。她微合了双眼，从美丽的鼻子里发出咻咻不绝的喘息，我把头俯下去，将舌头轻轻落在她的耳根，并温柔地舔着她的颈项，我感觉到似有一股电流蹿遍了她的身躯，也忍不住猜想，这电流般的战栗，对她来讲，是恐惧，还是期盼？

我听到她微微张开的双唇里发出梦语般的声音，那种含含糊糊的"不要、不要"的呢喃，反而刺激我加快了双唇和舌游移的节奏，并且，我最终用嘴含住了她的耳垂。我没有想到我的牙齿在那柔软的耳垂上轻咬，会引发她燃烧起自己身体的每一根神经。她的呢喃化为颤抖的叫吟，并且将身子紧紧挤拥着我，以狂野无比的唇吻与牙齿的轻啮，回应我的吻，并在我的身上留下深深的印记——一排细细深深的牙痕！之后，她柔亮的黑发如缎子般平铺在我的胸前，又从胸前向下整齐移动停在我的腹部，这使我在惊异中带着一丝欢欣，她竟然也有如此的技巧！

她和我一样，都有敏锐的嗅觉，并喜欢彼此的味道。陶艳给了我温馨如从没给过的感觉。我曾怀疑她有过男朋友，因为她接吻的技巧很高超。可她说：她只在梦里幻想过男人。

## 五、酒美夜寒

### 1

一九九五年，更多的事物涌入开始面向海洋的中国。

录像机已经被 VCD 取代。从好莱坞进口的快餐大片，划破了电影院的平静。也许是学经济的原因，陶艳对市场经济带来的一切变化永远比我敏感。她炒股，并关注期货、债券等一切与钞票有关的运作。

这让我想起了李聪。

大学时，李聪对我说：丢掉历史，丢掉人文，关注货币，这就是中国的未来。如果真是这样，我觉得这是国人的悲哀；如果世界也是这样，这是人类的失败。

好在鹭岛这个城市，依然散发出温馨宁静的气息。

五一节期间，鹭岛的风景里平添了许多游客。这时，谢加豪又去欧洲了，听说是陪着一些有级别的官员去考察。这件事从林红的嘴里说出来，完全成了另一件事：他掏钱请一帮朋友去欧洲旅游。

"旅游？那你怎么不一起去？"

今天我没看见佣人张妈，我喝着林红亲自动手煮的咖啡问。

她似乎十分轻蔑地撇了一下嘴："和那帮人？没劲。"

"林姨总爱自己去。"谢雨微插嘴说，"以后我也自己去！"

两小时前，我和谢雨微在她的房间中捧着亨利·詹姆斯写的 *A Little Tour in France*（《法国掠影》）一书中的部分章节进行提问、对话和英译汉后，她便对法国中南部乡镇的美景产生了向往。可亨利写的是一八八二年的法国，在一百一十多年后，我很怀疑这个美国人描述的那些景致是否依然存在。

我笑了笑说："所以，你除了要学好英语，还该学习法语。"

"为什么？"

"图尔在法国嘛！我想法国人一定不喜欢英语。"

"为什么？"这一次，是林红问。

"嗯，法国人以他们的法兰西文化为荣啊！他们对此深感骄傲与自豪，所以不会喜欢英语的。"

林红微微笑了，轻啜一口咖啡，点头说："你真聪明。我去巴黎，说英语的还不少，可到了法国南部，几乎没人懂英文。他们认为，是英语，或者说是美国文化，摧毁了欧洲美好的东西。"

"但英语在世界上似乎越来越重要。"

"那是，这是强国的文化殖民嘛。当年，我父亲他们还学俄语。随物质而来的力量，就会显出外表的强大。"

我笑了一下："我知道，一个乞丐坐在豪华轿车里，没人敢对他大呼小叫。"

"同样，一个有钱人如果穿着破衣烂衫，酒店大堂的门童都不会让他进门。"林红点点头说，"所以人是盲目的。……"

"你们说什么呀！没劲！不就是狗眼看人低嘛！"谢雨微不耐烦地挥了挥手说，又问，"林姨，晚上我们吃什么？"

"我们外面吃，好不好？"

"好！我要吃麦当劳！"

"麦当劳有什么好吃的？都是垃圾食品。"

"那哥哥喜欢吃什么？"谢雨微看着我问。

"我？我自己回家吃。"我说。

已经是下午五点多了，从别墅二楼的露台上远望，前方的山林已尽染了落霞。据说，这一片高档的别墅区十多年前还是个荒芜且宁静的小村落。黄土泥道的两边是齐人高的蒿草，间或也有不知名的野花在其中顽强地闪耀自己的风采。而如今，哪里该是花坛，哪里该是假山，哪里该设置小桥流水亭台楼榭，一切，都被人类规划得井井有条。

林红一边收拾着圆木桌上的东西，一边笑说："算啦！一个人煮多麻烦，你和我们一起吃吧。"

我笑笑说："不用，我……"

"别客气，又不是第一次！"林红打断我的话，"张妈的媳妇要生孩子了，她向我请了假。反正晚上我和微微也要出去吃……"

"就是嘛！哥哥一起去！"雨微在一旁拽着我的衣袖。

我迟疑了一下，说那么我得先打个电话。原本，我计划晚上要去街上逛逛，买个东西后再去找陶艳，因为明天，是陶艳的生日。我知道上一回陪她逛街，她就看上了一款欧米茄的女表。我发誓，我真想让那块表落在陶艳柔软白皙的手腕上，可欧米茄啊！那得多少钱哦！我没钱，我多么希望当陶艳再遇见她的同学纪毓佳时，手中也拎着LV（路易威登）的包，腕上也带着瑞士名表！可我没钱，我想我只能买下一对我去悄悄看了五次的紫水晶珠链，而把那款女表带给我的隐痛埋在心里。

"这样啊，……"陶艳在电话里的声音顿了一顿，忽又哧哧笑着，"喂，我说，别是别墅里漂亮的女主人看上你了！"

"睁眼瞎说！"我压低声音。

"你说，那姓林的漂亮不？"

"哪比得上你！"

"真的？只怕你言不由衷。"

我抬眼看看林红，刚好对上她微笑的双眼，我忙低下头说："喂，不和你说了，明天上午我去找你。晚上别又吃泡面啊！"

"啰唆！挂了！"

林红把晚餐订在假日酒店，点了六道量不大却精致可口的菜肴，并要了一瓶红酒。红酒产自智利的干露酒厂，据林红讲，这家酒厂已有一百多年的历史，这一款酒，在绵长的韵味中有黑李与巧克力的芳香。开瓶后，酒稍稍醒了一会儿，才被女侍应生倒入酒杯，呈现出红宝石一般晶莹的光来。

"怎么样？"林红举杯微微向我示意一下，轻啜了一口酒后问。

"嗯，有点微涩，但挺香。"

谢雨微瞧瞧自己面前的鲜橙汁，又看看我和林红手里的高脚酒杯，叫

163

说:"我也要一杯红酒!"

"你还小呢,小孩不该喝酒。"

"谁说我还小?我都十五了!萧哥哥说,《红楼梦》里的贾宝玉,也不过十三四岁,不也喝酒?'林潇湘魁夺菊花诗,薛蘅芜讽和螃蟹咏',连那弱不禁风的林黛玉,也喝了一口合欢花浸的酒哩!"

林红微怔了一下,看着我说:"你让微微看《红楼梦》了?"

我笑了一下说:"不然看什么?总不能老是琼瑶、武侠吧?"

"她可从来不看这些名著。"

"孩子怎么知道该怎样去选择书读?"

"哼!我抗议!我怎么不知道?"雨微拍了拍桌子,接着说,"我还看世界名著!《百年孤独》《追忆似水年华》——小姐,给我拿杯红酒!"

女侍应生则保持着微笑看着林红。

林红说:"好,给你一杯,就一杯!别告诉你爸爸。"

"嗯!"谢雨微点头说,"还是林姨好!老爸,只许州官放火,不许百姓点灯!"

红酒慢慢地减少,林红轻轻转动着手里的杯子问我:"这酒,你现在觉得,比刚才的韵味有什么不同?"

我举杯又喝了一口,感觉那种涩味似乎没有刚入口时重,同时,一种飒爽的醇香从口舌边沿慢慢浸开。

"嗯,好。"我说。

"好什么?说来听听。"

"我说不上来……似乎涩味少了,更香,而且纯正。"

林红笑一下,说:"这是单宁慢慢释放的原因,这种酒就像一个在溪边浣纱的清纯少女,散发出一种青春的气息。等一下我们再开一瓶有着优质与持久单宁的法国红酒。那一款酒,细品则像一位成熟而魅力十足的贵妇人。好的红酒就像好女人,你得仔细品味,才能发现它们各自不同

的美。"

"林姨，那我呢？我是什么类的红酒？"雨微偷偷喝下了两杯，双颊绯红如一朵艳润的桃花。

林红笑说："你？你让萧哥哥说说看。"

"我？我一直喝啤酒，今天第一次品这么好的红酒，哪里说得出什么？"这时，我的眼前闪过陶艳的笑脸。我想，陶艳对一切精致的东西都感兴趣，音乐、咖啡、美酒，这一点和林红相似，也许叫上她来，她会很快和林红成为兴趣相投的好朋友。

"你说，你说！你说嘛！"雨微摇着身子冲我嚷嚷。

"微微，不要摇晃身子，那样多不好看啊。"林红摸了摸雨微的头，然后接着说，"来，让林姨好好看看——嗯！我们微微长大后，一定是一瓶无与伦比的美酒！"

"无与伦比！"雨微微斜着脖子，一双泅了水般的大眼睛向我飘来，"无与伦比！"

"这孩子，醉了吗？"林红笑着说，又把橙汁递给她，"你啊，喝你的饮料吧！"

"我还想来一点，葡葡……美酒夜光杯……"

"你看，再来就醉啦！就要你萧哥哥抱你回去啦！多羞！"

"抱就抱嘛！反正爸爸不在家！"雨微一只手托腮，娇态可掬地望着我。

不知不觉中，我们又喝掉了两瓶进口红酒。后面一瓶红酒，林红也详细地给我介绍了其产地与历史，但我后来都记不得了。我只记得，雨微已经醉了，躺在一边的沙发上甜美地酣眠。林红的酒量很好，而且喝酒的姿势也很美。十点多了，我把睡着的雨微抱上林红的车，并送她们回别墅。

我想我今晚没有时间去买那条水晶珠链了，只能等明天，陪陶艳上街时，找个机会去悄悄买下。

进入别墅的花园，就听到房中的电话铃声响个不停。林红急匆匆开门去接了电话后，神态十分不安。她紧攥着两手，看着我又似是自言自语："这该怎么办！这该怎么办？"

"怎么啦？谢先生出什么事了？"我把雨微放在沙发上忙问。

"不、不是！张妈的媳妇死了……该怎么办啊！老谢又不在！"

这个平日似乎十分镇定而有主见的女人，此时浑身颤抖，脸色苍白。我忙给她倒了一杯开水，说："别急，先喝口水，慢慢说，到底怎么回事？"

原来，张妈和张妈的儿子一家、女儿一家及亲戚一共九口人都从西南的山区来鹭岛打工。张妈的儿子已有了一个七岁的长女、一个四岁的次女，可他还想再要个儿子，于是张妈的媳妇又怀上了一胎。因为在城市的医院生孩子太贵了，也违反国策——在他们的家乡，找个接生医生，只要十块钱。加上又是三胎，所以张妈和儿子、媳妇一商量，决定偷偷在自己租的房子里接生。这样决定已不是第一次了，张妈的第二个外孙女，便是在所租的房子里生下的，孩子的脐带，还是张妈亲自用一把在沸水里煮过又被火烤过的剪刀剪断的。这女娃娃已经四岁，整天活蹦乱跳得像头小牛犊！

这些，是许多一上学就在城市里长大的人闻所未闻的事。而我更想不到，在我如今生活的这个城市，还有这样的事情存在！我想张妈他们一定希望这一回，老天再赐给他们一个像牛犊般的孩子。当他们都听到一声响亮的婴啼时，一定是满怀欣喜的。然而，这个孩子，等他能睁开眼时，却再也看不到他的母亲。张妈的媳妇因大出血被送进医院急救室时，已经是一具没有魂魄的冰冷尸体。

当林红带着钱和我赶到医院时，我们找不到张妈和他的亲戚。值班的护士告诉我们今天医院里"去"了三个，私自接生孩子大出血的那一位，则躺在主楼后面的一个临时停尸间里。夜已经深了，我们绕过主楼，刚踏上一个灯光昏暗的长长亭廊，就听到前面传来一片杂乱的哭嚎与争吵声。我对林红说让她小心慢走，我先去看看，就急速向哭闹地奔去。

长廊尽头，有一排黑沉沉的矮平房，过了这平房，我看到一盏白炽灯吊挂在一间矮小的临时停尸间的屋檐下，没有门的停尸间像张着黑漆漆的嘴的怪兽，默默注视着嘴边一群哭闹的人。

"还我妹子命！还我妹子命！"

灯光下，一个光头男人，不断狠踢着另一个瘦小男人，瘦小男人呜咽着抱头蹲在地上，任那踹他的脚一下一下踢在他颤抖的屁股上。另一个女人，则拽着光头男人的胳膊又哭又叫地喊着我听不懂的方言。其他围着的人，则有的哭，有的闹，有的商量着什么。这时，张妈用一块布捂着脸，抖耸着肩膀，从小房子里走出来。紧跟在她身后的一个男人把一只手电筒交给旁边一人，狠狠吐口痰，挽起一只胳膊跳过去，从人群中一把揪住瘦小男人的头发，将他拽起来，"叭""叭"两声脆响，瘦小男人被这两记耳光打得踉跄摇摆。

"不要打我的儿子啊！"张妈扑了过去，抱住这男人的腰。

那个男人用我听不懂的西南方言快速咒骂着，反手揪住张妈的衣裳，就像咆哮的狮子擒住一只羚羊，将张妈甩到面前，狠踹一脚，在我听到一声惨叫的同声，张妈的身体已滚在地上。

"住手！"我高叫一声，快速冲过去拦在张妈身体前，"不许打人！再打，我送你进公安局！"

这时，我才看清这个暴怒的男人已是个满脸风霜的老汉。在那一瞬间，老汉目光中短了凶悍，而且添了畏惧的神色，他嘟哝了一句我听不懂的方言，把双眼移向我旁边的一个人。那个年轻人则马上点着头掏出烟递向我说："我们自家的事，自家的事……您，您是公安？"

"不是……"我说。

"不是？不是关你个屁事！"年轻人快速缩手收了烟，在打断我说话的

167

同时，伸手推开我，"滚开龟儿子！"

"有话好好说……"

"说个屁！"一个粗哑的身声从我身后传来。

我转过身，只见光头又揪住瘦小男人，一用力，将他摔在张妈旁，猛一脚踹过去："还我妹子命！"同时，那个向我递烟的人也跑过去打瘦小男人。张妈就像一只老母鸡看护幼雏般，伸出双臂保护自己的儿子。我急了，过去先用力推开一个，又伸双手抓住光头的肩，将他晃开，然后俯身去拉已倒在地上的两个人。

这时，我隐约听到我身后林红的惊声尖叫，忽然感觉到一声轰响，这响声从我头顶"嗡"地钻进来，我的双眼中随即溢满一片发亮的星星……当我感觉有什么爬虫般的东西从眼前爬过时，我不知道我的身体已经软了。我似乎伸手摸了摸脸，但什么也看不见，我眼中的星光变成了无尽深渊……

## 2

一条乳白色的通道……

我听到一个女人哭泣般的呼喊，穿过这一条长长的白色通道直涌过来。

同时，一个男人悄无声息地站在我的面前。我看不见他的脸，心里有些恐惧，我说，你是谁？听到前面有人哭吗？他摇了摇头，忽然笑了一下，我没看见他的脸，也没听见笑声，他怎么就笑了呢？他说你游泳吧，快游吧。一条鱼在我面前游动，带来一片金色的海洋。这金色的海洋拥起了我，让我感到温暖和惬意。你不想游一下吗？我又听见那个男人的声音。我想起一个问题，我问他，你听到有人哭吗？他说，我知道，每到下雨的时候，就有人哭。

我笑了，没下雨。

他说，一个人没了，也会哭。

什么没了？我问。

他说，没了就是没了，你看这水多清澈，你不赶快游泳吗？

我在游呢！我在金色的海洋里游呢。温暖的水，幸福的海！我看到前面有张熟悉的面孔，我忙向她呼叫。你说什么？雨微似乎笑着一下来到我身边。

我转了一下眼睛，感觉太阳猛然间照耀过来，直刺得我眼中一片白光，而雨微则一下子融进了光中，我伸手向前去抓……

"醒了呀！"

"醒了！林姨，他醒了。"

我睁开眼，又闭上，再睁眼，看见了雨微。

接着，林红和一位医生也进入了我的双眼。医生似乎和林红很熟稔，见我醒了，很和蔼很详细地问了我好些个问题后，又叫来一个小护士，拿着几张花花绿绿的图让我辨认里面的动物和数字。后来，医生笑着对林红讲，一点轻微的脑震荡，没大碍，要么等下再去拍个脑CT（计算机层析成像）。头上的伤，以后也许会有点疤痕，不过等好了长上头发，也看不出来。听他们说，我才知道，我已在医院里睡了十个小时，主要是因为医生让护士给我打了一针安定。林红坚持要我拍个脑CT。医生似乎认为没必要，但还是开了单子，并说，你们可以让肇事一方赔偿一切损失。

等医生走了，我摸摸包在头上的绷带说："打什么安定嘛！伤脑神经的。"

林红说那时见我满头的血，吓得她六神无主，医生怎么说就怎么做了，而且又是托的熟人。等我们去拍了脑CT回到病房，见到昨夜的老头子领着一老一少两个妇女已等在门前。

林红皱起了眉头："你们又来干什么？"

老头瘪了瘪嘴，小声说："来看看这位先生。"说着，从较年轻的妇女

手中取过两盒点心。

"不用啦！"林红断然拒绝，拉着我进了房间。

老头抱着点心站在门口，犹豫半天，蹭进来几步说："先生，求你救救我的儿子……"

"你儿子？"我愣了愣。

林红声色俱厉地说："你快滚出去！不然我报警了！"

原来，那天夜里，老头的光头儿子听到自己妹妹死了的消息，怒火中烧，一心只想把那个他原本一看见就窝火的妹夫打死抵命。可最后，他一砖下来，我的脑袋却成了他的泄愤包！林红被她见到的场景吓得惊声尖叫，她报了警，也叫了急救医生。虽然我什么都不记得了，但当时医生临时检查的结果是脑震荡，无大碍，只是头上的口子要马上清理、缝针，并给我打了一针让我睡。而老头的儿子，则被警察以故意伤害罪拘留。

老头听了林红的话，似被一阵冷风突袭，浑身颤抖一下，把手里的点心放在一张小凳上，返身到门边杵了一会儿，将门外两个妇人拉进门，朝着我们突然一起跪了下来。

"哎呀！你们快起来！有话好好说。"我忙摆摆手。

这个在昨夜十分凶悍的老头，实际上也就是张妈的儿女亲家啊！我看着三个跪在地上泪眼婆娑的人，又想起那个饱受老拳的丈夫。实在弄不明白，这些人原本是亲人，可为什么因为另一个亲人不幸地故去，就变得比敌人还要仇恨对方呢？我还能说什么呢？我只能让林红帮我取一张纸，写下一份光头男子无意失手的说明，交给老头转送公安局去。老头叫他的媳妇又给我硬叩了一个头，一面嘴上说着感谢与保佑我的话，一面点头哈腰地走了。

林红说，你倒是好心！要我，就让他在牢里吃点苦头。

我想起我在梦中所见的情景，摆摆手说，算啦！我要是有个妹妹好端端没了，我也想杀人的。

谢雨微听了说，哥哥，我要没了，你杀不杀人？

那一刻，我忽然打了个冷战。马上说，小丫头！不许胡说八道！

林红也似是吓了一跳，马上说，呸呸呸，小孩子瞎说别当真！小孩子瞎说别当真！并合着双手朝四下拜了拜。

中午，林红特意给我煲了一份鱼粥，并带了两瓶酱菜。我一直不太喜欢喝粥，所以拿着小勺子喝了两口后，将碗放在床边的小几上。林红见了问："怎么，不好吃？你想吃什么，我再去买。"

我摆摆手："不是，有些烫。"

"叫林姨喂你，保准不烫。"谢雨微在一旁插言。

我忙说不用，但林红已拿起了羹匙，并靠床坐了下来。

这时，两个人来到病房。当我看到先进来的那张美丽的脸时，我想陶艳心里一定很生气。可她看到林红手里的一匙粥，马上笑说："一灯不喜欢吃稀饭。"

紧随其后的谢雨亭，也淡淡地朝林红点一下头，把一大束花放在床头，和我开玩笑："小子，我教你的拳击，你都丢到爪哇国了啊！"

陶艳则快步走到桌边，一面把手里的不锈钢套装餐盒一一取出，一面打开说："我煮了肉丝面，还有火腿煎蛋、青菜，一灯，我喂你吃吧。"

林红马上站起来并笑着让位，雨微却插话说：

"林姨比你有经验，比你会喂饭！"

"没你林姨，萧一灯也不会在这待着！"

林红听到这句话，脸色十分难看。我知道陶艳一定生了一肚子气！今天是她的生日，这时，我们本应该在一个浪漫温馨的地方用餐，并计划浪漫的活动。可是，我却躺在医院的床上，头缠着绷带。

我说："陶艳，这不能怪林红。"

陶艳立刻盯住我："那你说怪谁？"

"谁也不怪，怪我，好不好？"我说。

"是，就怪你！你贱，你爱管闲事，你爱让人揍！"

"谁爱让人揍了？"我说。

谢雨亭在一旁搂着谢雨微笑说："你呗！"

"你放屁！"我瞪一眼他说。这小子，在这时还添油加醋！

陶艳把已经端起的面碗用力放在桌上："你就爱让人揍！揍得你不能动才好！"话还没说完，人已经出了房门。

谢雨微吐吐舌头说："这姐姐漂亮是漂亮，可太凶了，是个……母老虎！"

"雨亭！你这时还火上浇油！快帮我去劝陶艳。"我冲谢雨亭叫道。

这小子打个响指："好好！我就是报信跑腿的命！你好好歇着啊，我保证给你劝回来……"

等雨亭也走了，林红才满脸歉意地说："小萧，对不起……"

"没事，没事。"我摆摆手，"女孩子都这样！"

"谁说的？我就不这样！"谢雨微说，"萧哥，你别理她！她走了，我给你喂饭吃！"

我的两只手都好好的，我知道林红想喂我吃饭，是心中感到歉疚。陶艳呢，当然看到了要生气。我对感到歉疚的林红说，没事的，你帮我个忙，去买样东西，再买一束花，叫花店送给陶艳。我解释说，今天是她的生日。

林红并没照我说的买那一条紫水晶链子。她自作主张，买了一条施华洛世奇的水晶项链，一套兰蔻女性化妆品，加上大束玫瑰一起送给了陶艳。当我知道这些东西的名称及全部价格后，我决定咬咬牙，也要把钱给林红。林红说，我告诉你这些是怕你在陶艳面前穿帮。你要再说什么，就不够朋友了。

晚上，陶艳就戴上了那条新项链，把自己打扮得神采飞扬，又约了几个闺中女友，和谢雨亭提着蛋糕到病房来和我过她的生日。她似乎和林红

不再有敌意，还友好地邀林红一起分享蛋糕。林红微笑地婉谢，和大家打了招呼后走了。

因为拍片检查都没什么问题，尽管林红和陶艳都希望我住在医院里再观察两天，可我还是离开了医院。

我不喜欢那个地方。

## 六、仲夏裸奔

### 1

我居于陋室，从未想过那些住在别墅豪宅里的人会把眼睛向下看，他们站在物质的山上，只想着还有更多的山需要他去征服、去占领。他们满眼所见，都是绚丽多彩的华丽风景。

被敲了脑袋后，因住了两天医院没有请假，我离开书店再次成为无业游民。谢加豪从欧洲回来知道了这个消息，马上叫林红约好时间，亲自跑到曾姑娘巷尽头的山坡上来看我。

我记得，当时他一进门就说：

"这条破街巷，早晚我要把它给改造了！"

紧跟着的另一句话则是：

"唔，你这里什么都没有。"

"是的，我穷得只剩书了。"我回答说。

自从来到鹭岛，我常常为缺钱而烦恼。但我永远为拥有那些书中的文字而骄傲。它们让我能固守心中的伊甸园，知道每临夜晚，有许多伟大的灵魂在九万里高空，以爱与悲悯的双眼，注视我们。

谢加豪把他带来的慰问品放在桌上，浏览了一下我整墙的图书，脸上浮出一丝微笑。

"嗯，我喜欢爱读书的年轻人。知识，是给人力量的源泉之一。不过，你不能只满足于做个书虫，学以致用更关键！我听林红说，你也谈了个女朋友，怎么样？我想你总不能在这里给她一个将来吧？"

"呵呵，她总希望我有一张大班桌。"

"噢？难道你自己不希望？"他从桌上拿起一本书翻了翻，转身看着我。

"我吗？说实话没想那么多。"我一面提壶烧水，一面清洗着茶盘和杯子说，"以前，我一直想成为历史学家。所以才在高考时报了历史系，我父亲则希望我和他一样，学一门技术，这些，好像都和您这样的大老板无关。"

谢加豪笑笑："历史很好，可以告诉我们未来。小萧，当年我可读的是哲学，哲学和大老板也不近吧？"

"是吗？还真看不出！谢总您是喝茶还是咖啡？"

他看看手表，摆着手说开车来这里时，看到外面不远处有个咖啡馆，感觉环境还不错，他建议我和他去咖啡馆坐一坐聊一聊。我想我这个陋室，也确实不是他这样的人能呆得住的，便和他一起去了咖啡馆。

咖啡馆不大，装修得很有文艺味，墙上挂着雷诺阿作品的复制品，音箱里传出轻柔的小提琴协奏曲。

谢加豪点了两杯摩卡，又要了两份甜点，喝一口咖啡，把头靠在红色的沙发背里："嗯，难得，偷得浮生半日闲……"

我说："谢总掌管着那么大的公司，还为这点小事来看我，真是不好意思。"

他揉揉两个太阳穴，说："小萧你不要这么说。人活着，哪有不累的？我刚从国外回来，没想到因为我家保姆的事让你丢了工作，这让我很过意不去。不过，你也不应该再在一个小书店工作，一个人的起点要高点才好。你看，你的学校、你的毕业成绩都不错，要不你来我公司工作，我看好你的将来。"

我说："谢总，当时那种情况，一个意外。这件事和任何人都没关系，您这样讲，我倒不好意思。"

他说："这有什么关系？反正我那里也需要人。你考虑一下？"

我想了想说："谢谢您关照！我还是想自己再找个工作试试，反正还年轻，也当作一种经历。如果真找不到，那时再请谢总帮忙。"

"嗯？你这样想？嗯嗯，也好。我也说话算话，我的鹭华公司，总会有你一个位置。但是书店之类的工作，我建议你就不要再干了，要找，就找个公司去试试。"

"是，我已经去一家空调专卖公司面试，收到了复试通知。"

"好好，你先去看看，不行就来找我。"

他又和我聊聊陶艳的情况，便说时间也不早了，今晚就不要给谢雨微上课，等到陶艳下班，让我叫上她一起吃个饭。

我马上去柜台给陶艳打电话，告诉她说，谢加豪请我们吃饭。陶艳说，嘿，打一巴掌给两个枣啊！你的头都给砸成脑震荡了！一顿饭？能解决什么事？我说，你不要说得那么难听嘛！谢加豪还说请我到他公司里上班呢。陶艳听了有些兴奋：鹭华公司吗？那可是鹭岛有名的企业！说说，叫你去做什么？我告诉她说我拒绝了，我说我可不想因为脑袋上挨了一下，就接人家这个情。陶艳想了想说，虽然我拒绝得快了些，但想想也是，如果就这样进去，也被人看扁了！我就笑说，我不怕任何人看扁我，就怕你不理我！陶艳说，就能在嘴上了你！这个谢加豪，我倒是真想见见，可惜今天酒店集团的外国老板来了，我走不开呢！

通完了电话，我回到座椅里对谢加豪说："谢总，要么改天吧？陶艳今晚没有空。"

谢加豪说："那也没关系，你和我们一起吃吧。你看，你受了伤，怎么说都和我家有关，我请你吃个饭也是必须的。"

吃饭时，谢雨微对于今天回来不用上家教课感到开心，同时建议她父母让我多休息几天，但因为是因"公"受伤，尽管我不教课，她爸爸开给我的"工资"，一分都不能少。谢加豪听了哈哈大笑，他一面点头答应女儿，一面再次对我的受伤表示了歉意，同时轻描淡写地告诉我，他把张妈辞了。

我默默无言。

晚餐之后，我去酒店接加班的陶艳回到她家。我把这件事告诉陶艳，陶艳听完做了这样一个分析：

对谢加豪来说，只要有钱，还怕找不到一个好佣人吗？没有人做什么决定是无理由的。假若萧一灯，换成是谢加豪一个很好很重要的朋友或生意伙伴，在那天发生同样的事，那么谢加豪损失的，也许就不仅仅是一个八年的保姆了！同时，她进一步确定，谢加豪让我到他那里工作，也是因此提出的一个顺水人情。

谢加豪是否这样想，我不知道。但我觉得这样分析一个人并不好，并且我觉得我受伤是个意外，张妈却在这意外后丢了工作。这并不是我所希望的结果。我转换了话题说：

"前天，我收到那个卖空调的公司的通知，叫我明天下午去复试，我估计我会被聘用。到时候，我搞一台空调回来放在你这个温暖的窝里，我也搬过来，夏天我们开空调喝啤酒听音乐，多舒服！"

陶艳看我一眼："又在做梦，而且做的梦都这么低级！"

"怎么低级啦？这还低级？那哪样才算高级？"

她把双脚从高跟凉鞋里退出来，盘腿坐入沙发："你就不能说，你今后成为哪家公司的总经理了，开着自己的车带我去环游世界？"

"是！是！要理想远大——我以后当市长！"

她笑了一下："就会吹吧！我累了，你烧个水泡点我昨天磨好的咖啡喝。"

屋子里飘荡着优美的抒情音乐,当我把咖啡煮好端出厨房,她已经换了睡衣斜躺在沙发上,看着我笑。

"笑什么?我的大美人?"

"喂,谢加豪的老婆挺漂亮吧。"

我不明白她的意思,伸手摸摸脑袋上有些痒的小疤,说:"你怎么又想起这个?"

"是不是?挺漂亮?"她笑眯眯地看着我。

"也没你漂亮。"

"漂亮就是漂亮,你那天不和她吃晚饭,我看你的脑袋上也不会留下个记号。"

"胡说什么呢?喝咖啡吧,来,看看我煮的香不香!"

"我说林红啊,红颜祸水啊!"陶艳喝了一口咖啡,放下杯子悠悠地说。

"你说你自己吧?你看你,云鬓花颜,芙蓉帐暖度春宵……"

一个抱枕飞落在我头上,陶艳伴嗔说:"坏人!砸死你这头猪!"

"是,是,我就是头野猪!我拱拱拱!"我扑过去,把她轻按在沙发上,将头埋在她怀里拱。

## 2

第二天下午两点,我准时到达"鹭风美"空调专卖公司接待室。在八个等待复试的人里,我看见捧着一本诗集的沙漠。

"沙漠?你怎么也在这儿?"

沙漠抬起头,摸摸脸,然后笑起来:"啊呀,昔日朋友七零八落的,竟然在这里看见你!"

我说:"你也来复试?"

他说:"是啊,好久不见,你现在怎样?"

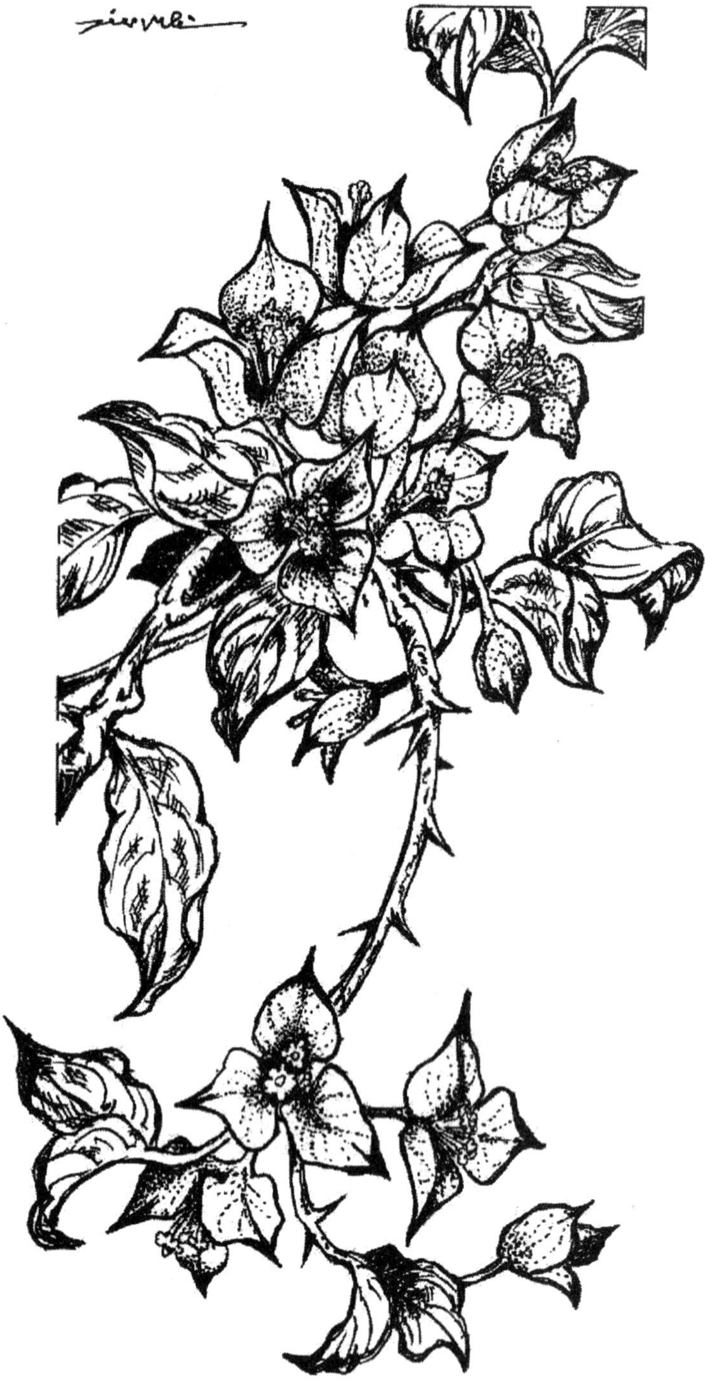

我挥一下手："真不怎么样！早知现在这样，当初我就不走了！怎么？你也辞职了？你怎么会辞职呢？"

沙漠摇摇头："我也不想走哦……"

朱顾冬移民走了以后，公司来了个韩国人当经理。这韩国人来到中国，既不说中国话，也不说韩国话，一张开嘴满是叽里咕噜的洋文：

What are you doing?[①] What are you doing？

沙漠知道莎士比亚知道拜伦知道雪莱，就是不知道"What are you doing！"于是那韩国人，就找了一个懂英文的人，来替沙漠当仓库管理员。

沙漠其实很喜欢当库管员，薪水不错，还有大把的时间可以写诗。沙漠说，一个仓库管理员还要懂外语？这还是中国吗？

我劝他说，算啦，我估计卖空调更好，第一不要说英语，第二可以行万里路，上班时间灵活，可以让他写出更贴近生活的精彩诗歌。

我们都通过了第二次的面试。

几天之后，沙漠果然背着公司发的宽大的业务包，开始往同安、晋江、石狮等地的各大商场跑。据说他曾经走遍这些地方的商场，卖出不少空调，卖空调的同时，也谈了不少妹妹，但这一时期，他一首诗也没写过。

我呢，则一台空调都没去卖过。公司的总经理面试完对我说：小萧，你就在办公室工作吧。工资比销售员高两百元，奖金就肯定没销售员高，虽然这样，但坐办公室，起点可比销售员高很多，目光要看长远，你不会只盯着眼前那点钱吧？

我希望有更多的钱能进入我的口袋，但我有得选吗？我的姓氏笔画太多，八个人里排在最后一个面试，不像第一个姓"于"的，面试完就当了

---

[①] 意即"你在干什么？"（编者注）

销售主管。

总经理所谓的起点高，不过是坐在办公室里喝茶，完成各种琐碎的文件、报表、记录和产品调配，间或替总经理在餐厅里点菜、喝酒和应酬。总经理是浙江人，转战深圳、珠海，又来鹭岛。他很不喜欢——应酬，他很喜欢——在家系着围裙给老婆孩子烧菜。办公室里除了他，就是我和两个女孩，别人都去跑销售不坐班，如果有大客户来访，他就要亲自应酬。在我偶尔参加的饭局里，他发现我酒量不错。于是，他给我印了一张办公室主管的名片，不加薪，但凡应酬，他都叫我和两个女孩子去。

这就是我的高起点了！我工资不高，每个月的工作总是相同的琐碎并且周而复始，但每个月总会隔三岔五吃一顿自己不花钱的饭菜，而且还有一份家教收入，不用像业务员那样东跑西跑，倒比卖书时的窘迫强了很多。

## 3

这样悠悠一晃，也就到了炎热的仲夏。

此时，也是空调销售旺季。沙漠被固定安排在晋江地区跑客户，成为一个经验丰富的空调销售人员，他的总体收入也已经是我的两倍。听其他销售员讲，他买了一辆摩托车，头上戴个安全帽，腰间别着大哥大，"轰轰轰""嘟嘟嘟"，在晋江的大街小巷里，看上去有些牛轰轰地飞驰着。

他不吸烟，不赌博，也不写诗了。这样如果好好再干几年，或许他很有可能当上"鹭凤美"晋江区域的销售主管，以后调回鹭岛，买房买车，娶个美女当老婆，至少是个衣食无忧的中产。

但有谁能解读沙漠呢？

一年以后，另一个诗人蓝骄曾经对我说，他和沙漠比，才是放浪不羁

的柳三变！其实，那永远都只是蓝骄一厢情愿的幻想。沙漠虽然不写诗了，骨子里依然是放浪诗人的做派。

有了钱，不抽烟不赌博不写诗，也不想存钱娶老婆，一个人干什么呢？当然是喝酒和找女人。除了买酒喝，沙漠把他挣来的钱都花在女人的身体上。所以他虽然有摩托车，有大哥大，但实质上，那都是为了找女人而备的道具。每到月底那几天，他一个人躲在简陋的出租屋里，顿顿靠地瓜稀饭度日。

沙漠喜欢睡女人和杨骚喜欢画女人一样，有些走火入魔。

杨骚喜欢画各种职业的女人，沙漠喜欢睡各种职业的女人。沙漠睡过商场的女营业员，睡过酒店的女服务生，睡过发廊妹，睡过三陪女。睡发廊妹、三陪女简单，睡女服务生、女营业员麻烦，但他不怕麻烦，还睡出乐趣和经验，最后，他睡了一个鞋厂老板的女人。因为这件事，我和马尾，第一次去了晋江那个地方。

漂亮女人，是个男人都喜欢。可有些漂亮女人，一定是只可远观不可近赏的，比如鞋厂老板的女人。

鞋厂老板叫黄国栋，鞋厂老板的女人叫黄丽蓉。黄丽蓉怎么成为黄国栋的女人，我和马尾都不知道。反正按照沙漠后来的说法，黄国栋的小弟们就管黄丽蓉叫"嫂子"。黄丽蓉则对沙漠说过，要说女人，黄国栋根本不缺。在乡下，在晋江，在泉州，他一共有五位被朋友们称为"弟妹"或"嫂子"的女人。女人对他来说就是一件衣裳。

其他女人与沙漠无关，在沙漠眼中有些妖娆的黄丽蓉和沙漠则很有关。因为如果不是沙漠的出现，黄丽蓉这个"嫂子"，虽然不是黄国栋明媒正娶的妻，但穿金戴银，好吃好喝，待遇一点不差，也许还可以永远做下去。黄丽蓉和沙漠亲密过一次后，就有了第二次和后面的再次。她听沙漠朗诵沙漠过去写的情诗，还约沙漠陪她购物逛街，陪她吃饭喝酒，当然钱都由她出。按沙漠的说法，他们俩产生了真感情。

这事黄国栋不知道。黄国栋忙生意，也忙围着一个小弟们准备再叫"嫂子"的女人转。但小弟对他说，他们看见了，有个外地人肯定睡了"嫂子"。

林被！① 还想着给丽蓉这个"臭查某"② 一笔钱，来个干净的了断！你个狗杂种睡就睡吧，怎么还让我的小弟知道了？黄国栋一撸袖子：干你姥！把他们捉来！

两天后，沙漠在电话那头对我说：

"一万块钱！"

## 4

"一万块钱！"

电话里，沙漠向所有他认识的人求救。朋友们七拼八凑，凑足了七千块钱塞给我。

我问总经理："这事，这么办妥吗？"

总经理说："公司已经开除了沙漠。这纯属个人的私事，你说怎么办？我也算是赞助了五百块，他是你的朋友，要不要报警，你和你朋友们商量吧。"

报警，是我的第一想法。千万别报警！是沙漠对我的特别交代。我就约马尾吃饭，把钱递给他说："现在也只有你闲着，要不你按照沙漠说的地址跑一趟。"

马尾数了数钱，说："要说也是，现在就我闲，我应该跑一趟，可这钱不够。"

我说："那怎么办？钱就凑了这么多，公司也开除了沙漠，老板说这纯属个人私事。"

---

① 闽南语骂人的话。（编者注）
② 闽南语"臭女人"的意思。（编者注）

马尾又数数钱:"钱不够!"见我不说话只喝酒,又说:"唉,我们好歹也是他兄弟……你请个假,我们一起去吧。"

我说:"屁个兄弟……"

马尾说:"怎么说我们当年也结拜过……"

我说:"当年,当年都是你瞎管事……我不去,我已经白掏了一千块。万一去了,挨一顿臭揍怎么办?"

"叫上谢雨亭,他一个顶八个!"

"他带队去广州打比赛了。"

马尾叹了口气,看我半天说:"看来,就只有我走一趟了。"

停一停,又说:

"一灯,你说我一个人去,不是更有被揍的可能吗?"

鞋厂在晋江的东部靠海处。街道上的摩托车纵横轰鸣,半空中荡漾着臭鱼烂虾的腥气。这里和鹭岛完全不同,有一种火山就要爆发的感觉。太阳毒辣,空气潮闷。路上的行人皮肤黝黑,不论戴着帽子还是打着洋伞,都行色匆匆。他们的对话声音很大,都是叽里咕噜的闽南方言。讲什么,我和马尾听不懂。炎炎烈日下,我们两个人如外国人般,拿着一张写着地址的纸条,花了两个小时,终于找到了鞋厂。

鞋厂沉闷的令人窒息的接待室里,两个年轻小伙子分别站在我和马尾的两边。我们俩坐在沙发里,不说话,吸烟、等待。半小时后,终于见到了老板黄国栋。他四十多岁,剃着寸头,宽大的脸上横着肉疙瘩,左手抓着大哥大,右手拿着中华烟,穿一件花衬衫,敞怀,一条小指粗的金链子挂在胸前晃,肥大的短裤下露着两条毛腿,脚穿人字拖鞋"啪嗒、啪嗒"地走进来。

"林被,你们也真够朋友!"

这是他的第一句话。

"干你姥,阿狮,怎么不给客人泡茶!没有礼貌!"

这是他的第二句话。

站在马尾身边一声不吭的健壮青年，马上抢着烧水泡茶。黄国栋一屁股坐进对面的沙发，把一只脚从拖鞋里退出来支在沙发边："喝茶喝茶！哈哈哈……虾米①卵窨②郎③啊也有朋友！"

喝了茶，抽了烟，进入正题。黄国栋一会儿哈哈大笑，一会儿怒气冲冲。我们则一再替沙漠道歉，并再三说这小子不是东西：

黄老板哦，您是大老板，大人不计小人过，沙漠这狗东西，您就把他当个屁给放了吧……我们打工的，一时急迫，也凑不齐钱。但您放心，我们回去，一定把剩余的钱给你汇来。沙漠，我们能见见他吗？您宰相肚里能撑船……最后，马尾摸摸索索从他的包里取出七千块，放在茶几上。

黄国栋瞥一眼那叠新旧不一的钞票，吐个烟圈："干你姥，林被也不是莫钱的郎，也不是认钱不认人的郎，阿狮，对吗？这事情也不是个钱的事情。看样子，你们也是读书人啦，读书人怎能做这样的事情？我是没读什么书啦，但这个事我是不会做的，你们讲讲看，气死郎不？林被我要是睡你查某了，你还不割了我的卵窨？算啦算啦，他是你们的朋友，你们也算是有诚心了，差点钱也不算什么啦，好！好！也算我姓黄的交个朋友。"

他举着大哥大打了一个电话，站起身对泡茶的青年说："阿狮，干你姥，这些钱你们几个拿去喝茶啦。"又看看我们说，"走，去小学看你们朋友。"

尽管太阳已经西下了，天气还十分燥热。三辆雅马哈摩托车开出工厂，来到几公里外的一个学校东面的校门。看门的老阿伯看见黄国栋，就浮出笑脸，一面用闽南话和他说话，一面打开校门。黄国栋从包里掏出一

---

① 闽南语"什么"的意思。（编者注）
② 闽南语，男性生殖器。（编者注）
③ 闽南语"郎"即"人"的意思。（编者注）

包中华烟，随手扔给老阿伯，挥挥手，摩托车先后开进学校，向着操场正对面一座很气派的礼堂驰去。

学校里的学生们早就放学回家了，空旷的操场上，除了两个校工在打着羽毛球之外，没有其他人。我坐在那个叫阿狮的人的摩托车后，心里疑虑重重：沙漠，怎么会给关在这里？我们跟着他们离开工厂时，我曾小声和马尾讲出我的担心：厂子那么大，随便找个房子关沙漠，不是又保险又轻松？马尾则大咧咧地认为，人家虽说没怎么读书，可看起来，比读过书却做出那种事的沙漠强！再说这么大厂的一个老板，没必要和我们过不去。

三辆摩托车驶过了礼堂，在礼堂后面一栋两层楼旁的树荫下停住。黄国栋跳下摩托车用"大哥大"向前一指：到了！我和马尾下了车，四下张望。小楼周围环绕着高大的树木，显得十分幽静。底下一层似乎是个仓库，仓库的卷帘门前，一个光头青年背着手正站在打开的小门前。

黄国栋招呼着我们跟着他向小门走去。马尾本来走在我前头，走了两步就停下脚步，斜着身子朝我看了一眼说：

"一灯，给我支烟抽。"

我靠近他，掏出香烟来，同时小声问："怎样？"

马尾接了烟，快速说："进去出不来咋办？"

我慢慢地东摸西掏，找出打火机，一面给他和我自己点烟，一面想：这四周一个人影也不见，黄国栋连他带来的两个人加上光头，就多我们俩人一倍，估计那门里面还有人。这样，万一进去门一关，我们还没看见沙漠的人影，就先成瓮中之鳖了。

我说："你说怎么办？你不挺放心他们的？"

他说："还是小心点。"

我说："怎么小心？"

他挠头："要不你进去，我在门外等，有照应。"

我说："我肏！我回去了！"

他忙抓住我的胳膊："别……"

黄国栋已经在小弟的簇拥下进了门，又马上转身出来，举着大哥大对我们高喊："林被，你们站在那里做什么？"

我打掉马尾的手，走过去对黄国栋说："黄老板，我朋友担心我们进去容易出来难。呵呵，他这样一说，我也在想：你的工厂那么大，有那么多房子，怎么不把我朋友关在工厂里？如果我朋友在这里面，你叫你小弟把他带出来，有什么要求当面说吧。"

黄国栋先是愣了愣，接着哈哈大笑："你们读书人的脑壳哦，想多啦，想多啦！这个小学校哦是我的小学校啦！"

小学，确实是黄国栋的小学。

一来因为"文化大革命"，黄国栋读到初中还没毕业，便辍学闹革命去了。所以黄国栋完完整整读完的学校，就只有这所小学。二来因为"改革开放"，不管白猫黑猫，能抓老鼠就是好猫，黄国栋成了先富起来的人。一天和同学经过小学，发现校舍破旧，设施简陋。黄国栋一撸衣袖：捐款！于是，教学楼、教师宿舍全部粉饰一新，添设备、添桌椅，还新建了一个毕业礼堂：国栋礼堂！

黄国栋就和国栋礼堂一样，成为这所小学的骄傲。国栋礼堂正面，国旗飘飘，前面是一个宽阔的操场。国栋礼堂后面，黄国栋还建了这个二层小楼。二楼，是学校毕业生联谊会办公室，楼下，则做了黄国栋鞋厂的一处仓库。黄国栋的几个跑腿小弟，捉奸拿双后，把沙漠和黄丽蓉关在这里。黄国栋说：出这个事情我不得不扣人。扣人犯法，我也知道，可你们万一报警，警察还不冲到工厂里找我？

马尾想想说：黄老板，我们都是初次见面，要不，有什么话我们在前面的操场说？

黄国栋说：好是好，但我要和你们的朋友讲清楚我和他之间的事，到

时候你们不要乱说话。

在操场打球的人已经走了。我们和黄国栋坐在场边的石凳上抽了两根烟后，终于看见光头和另一个身材高大的青年，扭推着沙漠过来。沙漠的脸肿了，嘴也破了，捂着肚子呻吟着，抬眼看见马尾和我，竟然呜呜哭了起来。

马尾张开嘴说："不要哭，像个男人！"

我要起身，却被黄国栋一拦："你们不要动，坐，坐，我们说好的……"他看看鼻青脸肿的沙漠，拧着眉头对光头说："林被阿青，你们干虾米打人哦！"

光头回答说，这家伙睡了大哥的女人，难道这还不该打？要是这样都不该好好教训一下，今天张三睡李四的老婆，明天李四睡赵五的老婆，后天王二的老婆生儿子，儿子的爸爸竟然是钱六！我们的社会不就乱套了？

光头言辞清楚，一脸正义，听起来这一番话好像是事先演练过一般。光头说完，黄国栋看看我，扭头再瞧瞧马尾，伸出一只手在头顶，拿个小指不停地挠，一边挠还一边自言自语：哦？这样啊？可是，打人不对吧？打人不对吧？

我和马尾忙点着头说没关系没关系，应该给沙漠一点教训。

他不挠头了，提高声音："对，也是，为了他好，再教训他一下下！"

噼里啪啦，沙漠又挨了一顿拳脚。他趴在地上，让我和马尾既感到揪心又感到可怜、可恨。

"好啦、好啦！"黄国栋挥挥手，很大声地清着喉咙，吐出一口痰，摆手说，"拉过来啦！"

光头阿青和另一个青年一起提起沙漠，把他扭到黄国栋面前。

黄国栋坐在石凳上，把一只脚丫支起来用手抠："林被，你是谁啊？干虾米的？"

沙漠抬起眼，呻吟一声，说："我，我叫沙漠，是一个诗人。"

光头一巴掌拍在他后脑勺上："诗人？你个虾米卵窖诗人，你个虾米卵窖诗人！"

"好啦好啦！阿青，诗人也是读书人，我们文明对文明，讲讲理哦！"

黄国栋站起身，对我和马尾笑了笑，先表示不好意思：说是本来我们为朋友信守承诺，不辞辛苦不畏风险跑入虎穴，他应该马上就把人放了。可有些事他还必须理理清楚，要是不理清楚，就有稀里糊涂当别人儿子的爸爸的危险。他让阿青去把他叫作"臭查某"的女人也拉过来，他要沙漠给他一个清楚的决定。

当黄丽蓉被推到我们面前时，我发现沙漠看女人的眼光确实不错。黄丽蓉身材妙曼，面容姣好。她脸上似挂着泪痕，一双眼有些幽怨地看着沙漠。这时，黄国栋起身走到沙漠面前，拿着大哥大轻敲着沙漠说："林被，当着你朋友的面，我给你两条出路：一是，你带了丽蓉这个小查某，牵着手从这个操场走出去，算你好汉一条，我脱光光我的衣裳，在这操场走一圈给大家看；另一条是，你扒光光衣裤，在这操场里走一圈，然后滚出去，离开这地面，林被我从此和你两清！"

沙漠瞧瞧黄丽蓉，又看看一脸横肉的黄国栋和他身边的几个人，再瞅瞅我和马尾，好像有什么东西卡在喉咙里，含糊不清地"啊啊"着，却说不出任何一个清楚的词语。

黄国栋踢他一脚，把黄丽蓉向他一推："干你姥！怎样？！"

黄丽蓉说："沙漠，你带我走，你什么都和他们说了我也不怪你！我们结婚，我给你生儿子。"

沙漠艰难地努嘴："我，我……"

光头给他脑袋上一巴掌："林被！我大哥问你，到底咋样啊！"

沙漠慌忙捂脸："我，我脱我脱……"

黄丽蓉哭泣起来。在几个男人的嘲笑声中，沙漠脱得一丝不挂，缩手

缩脑地在空旷的操场上行走。

开始，他还把双手前伸挡住下体，慢慢向前移动，走出去了几十步后，晚风习习，脚下清凉，他反而开始甩开双臂大步前行。继而，他竟然跳跃一下，又跳一下，接着小跑起来！

黄国栋的小弟们看到他这样，在惊奇之后，全部哈哈大笑，并吹奏出声声长短不一的口哨。

马尾咧着嘴摊开手看我："这小子算什么事呀？"

我哭笑不得地说："这鸟人……"

黄丽蓉脸上挂着泪水，看着跑起来的沙漠高声叫骂："沙漠，我瞎了眼！我肏你妈！"

黄国栋走到她身边，根本不看她，举着两根手指头："林被！房，车，还我。吃的、穿的、戴的、用的，你统统拿走，从此两清！"

黄丽蓉掩面哭骂："沙漠，我肏你妈呀，肏你妈呀……"

她捂着脸，一路小跑着离开已经被暮色笼罩的操场。

沙漠仍在奔跑，渐渐跑快。

他似乎越跑越欢，身下两腿间的那根"惹祸精"也随着他的奔跑"不来、不来"地左突右荡。奔跑啊，奔跑！沙漠的身体轻盈起来，奔跑啊，奔跑！沙漠的"惹祸精"欢快地摇荡……一圈，又一圈，他听不见黄丽蓉的哭泣和叫骂，听不见我们说话，也听不见那一帮人的口哨和哄笑，他跑得春意盎然，跑得轻舞飞扬，跑得毛孔舒张，跑得"长枪荡荡"，他的脑海里飞跃着高山、飞跃着海洋、飞跃着诗歌……

黄国栋伸出大拇指："干你老母！"

又说："兄弟们，衣服还他们吧，我们喝酒去。"

摩托车轰轰离去。沙漠却依然在奔跑，跑了一圈又一圈，直到我和马尾硬把他拦住，他才蹲在地上，放声痛哭。

## 七、喧嚣落寞

### 1

沙漠回到鹭岛以后，暂时住在我家里，一连发了三天高烧。

等烧退了，沙漠重新开始写诗。他写诗，添了一个新习惯：就是每天黄昏或是夜晚，在我的小院子里踏着拖鞋，裸着身子走来走去，然后拿笔，把诗写在自己的身上。

脱掉

脱掉

不要害怕你的掉

爱的热辣光线

总在赤裸裸地照耀

奢侈虚假的伪装

连鸟儿都嘲笑

脱掉

脱掉

不要舍不得你的掉

月下晶莹的露

滋润那娇柔的花蕊

起舞自然躯体

绽放跳跃的音符

脱掉

脱掉

不要舍不得你的掉

飞翔的羽

把春载在云上

自由的鱼

欢跃在丰腴的大海

连鳞片也不需要

　　说实话，怪癖归怪癖，我看了他自从裸体之后写的诗，确实比以前他写的那些诗作要好许多。

　　马尾提醒他说：你自己脱得舒服没关系，可你在萧一灯家的院子里脱，多少总会妨碍人家，一灯因为你，和女朋友吵了三次架！你欠我那两百块钱也没关系，可你还欠别人那么多钱，总不能说没关系！

　　沙漠听了，决定还钱。他在我的院子里，脱衣舞动了一个月，写了三十二首诗，却连一碗饭的钱也没换来。为了还钱，他告别了木瓜树院子，去鼓浪屿上的艺校当人体模特。据学生们说，沙漠是当时他们见过的最棒、最配合的人体模特。那时，马尾也没有固定经济来源，听说沙漠当模特赚得不错，也心血来潮去当模特。据马尾向我吹嘘，一个女画家说，他比沙漠更具备当模特的体格。但不知为什么，马尾只试了一次，就发誓再也不当人体模特。

　　因为沙漠的裸体嗜好，把突然来找我的陶艳吓了一跳。陶艳因此和我大吵了一架，从此不再来山上的小屋。

　　当时我还想，沙漠这个样子，正好可以让我借机搬到她那里住，然后从此就在一起。但她不但不同意，连以前的过一夜也从此取消。我似乎是赔了夫人又折兵，只好在亲密之后，从她温暖的居室里出来，立在"缘木求鱼"书店外，孤零零看那窗帘后的灯光，直到熄灭。

　　沙漠一走，我马上给陶艳打电话。

　　她的第一句话就是："沙漠搬走了吗？"

　　"走了。听说在鼓浪屿的艺校当模特。"

191

陶艳哧哧笑:"哎哟!正好满足他的露阴癖。"

我说:"好啦好啦,人都搬走了,我们就不提他,好不好?"

她说:"你这个土人,瞧瞧你都交了些什么朋友!以后,可要认识些高层次的人,古人不是说……"

我打断她说:"是,是,近朱者赤,近墨者黑。我都成黑脸的包公了。"

"就会耍贫嘴!"

"不要贫嘴,我发现一家新开的餐馆,那里的水煮鱿鱼特别好吃!我请你吃饭,庆祝我们回归甜蜜的二人世界!"

"水煮鱿鱼?我考虑一下。"

"别考虑了,还有一道螃蟹鸭汤,美味极了!"

"哼!你吃过啦?吃过了才带我去?"

"我是去试吃呀,好吃才敢约你嘛!你那么有品位,我总不能掉价吧。"

陶艳终于同意和我吃饭,这样,我们又恢复了以往的状态。

## 2

中秋之后,天就凉了。当凉风穿过林木吹遍街头时,一年里的最后一个月也快速来临。

记得在我童年时代,总是特别期盼春节来临。一听到噼噼啪啪的鞭炮声,总是异常兴奋地冲出家门,融入放炮的队伍,玩"就地开花"、放震天响的"二踢脚""蹿天炮"。

如今,过年再也不像过去那样令人激动与向往。城市里没有了春联没有了烟花爆竹,连年夜饭也不需准备——上酒楼订餐!一切也就没有了"年"的气氛,想起来还不如圣诞节有趣热闹。时代飞速发展,丰富的物质产品已经让人忽略了过去那种人与自然交往中和谐、安乐的生命感觉和人生态度。大家见面，关心的话题也是双薪与年终奖金的多少。

鹭岛是一个十分适合旅游度假和开会的城市。所以陶艳的酒店每一年都运作得不错。职员的年终奖人均在五千元左右，这与我的八百块钱是个巨大的差距。

陶艳来看我那天，大包小包带了一大堆东西给我。除了领带、皮鞋、高级西服，还有如下图书：《如何成为总经理》，一本；《成为领导》，上下两册；《领导者必读》，上中下三册；《职场取胜经》，一套四本；《管理学》，一套八本。

我说："干什么呀？钱多烧的？"

陶艳一边把这些书码好一边说："你这里书够多，但实用的太少了。现代社会要求一个人不但要知识全面，还要有把握机会的能力。"

"这身衣服也和你说的有关？"

"你看你！我们酒店定于平安夜举办年终晚会，邀请了各大公司客户经理出席。"

"那又怎样？"

"笨蛋！这是个机会，郭总特别关照我说要带男朋友参加，多认识认识人。"

什么机会？我从心底里笑了一下："你们郭总请的，都该是贵宾，我算哪一路人物？不去了吧？"

"你就这一点可恶！上次谢加豪想叫你去他那里工作，你要是答应了，我才不管你！你看你堂堂一个大学生，缩在一个不起眼的小公司里天天看报喝茶，像什么话？要说你要真是个大人物了，还用去吗？郭总倒想请来市委书记，可够得着吗？"

我不爱听她这句话，什么够得着够不着？每个人都有自己的私欲，原罪就是一种私欲，是对个人的利益或快乐的寻求，但她不该以自己的私欲来驯养我。我抱起一本《林语堂文选》，缩到角落里去。

"喂，你是不是不想去？你说话呀！"

我真不想去。但按照我现在的工资水平，一年下来才九千多，和她的年终奖差不多。想想这个差距，又想想她的一片苦心，我点头答应："去，去！我去！我不会把你的好心当成驴肝肺的。"

"那你还看什么书？快试试新衣服啊！"

据说，是女人驯养了羊、猪、马、狗、牛之后，人类才渐渐建立了有房子的家。从这种表象看，也许，女人也有驯养男人的原欲。男人，真的将是女人最后驯养的动物？从母系社会向父系社会、男权社会转化开始，尽管女性天生驯养的母性未变，但各种掌握着权柄的渠道，无不在诱导着女性的从属地位。两性的战争从走出伊甸园就开始了。

我像个木偶被陶艳套上西装、打上领带，脑子里却在胡思乱想。

"怎么样？好看吧？"陶艳像是精心地完成了一幅作品，往后倒退两步半，以满意的眼光打量着新鲜出炉的我。

"好看，这一套要多少钱？"

"一千两百八十八。"

"什么！一千两百八十八？"

"怎么了？"

"为了一个晚宴花这么多钱，你疯啦！钱多烧疯啦！"

"你才疯了呢！"她竖起了眉毛盯着我，"你不但疯，而且傻！你读书读傻了！人靠衣装马靠鞍，连这你也不懂吗？你要是李嘉诚，我还要包装你干什么？"

"噢！你买这些衣服主要是要包装我？"

"废话！东西都买了，你爱包不包！"

"我就是这个样，用你包装吗？虚伪！"

"姓萧的……"

虽然我早就知道，争吵一来无用，二来伤身伤心。但暴雨疾风，依然在我九平方米的小屋里响起，一直到陶艳甩手出门。

没了另一个巴掌，我这个巴掌也响不起来了。我这样一个男人和个女人吵架，想想也丢人！躺在床上，想起陶艳说的：人不是动物，人总是要伪装的。你不伪装，你裸着回森林像沙漠一样去当猴！

有道理啊！是，人不是动物。动物伪装，为了对付异类。人伪装，为对付人。

脱掉，脱掉，只有在沙漠的诗歌里，才有人自由的梦想啊！

陶艳的话让我想起久违的朱经理，让我想起由 $G$ 到 $G'$……当人家为你着想为你好时，你不能不知好歹。我让朱经理失望也就算了，我不能让陶艳失望，陶艳是我有实无名的老婆啊！我知道陶艳从没有满足于我们两人的收入，但她并不怪我。我不知道为什么，也许她总认为早晚有一天，我会坐在一张豪华的大班桌后，抽着高级雪茄办公。如果当年，我听朱经理的话，现在该是萧经理了，该坐在独自的办公室里统治一帮画师。那样，我就不会问雨亭借钱，也不会到"缘木求鱼"买打折旧书，可那样是否还会遇见陶艳呢？

有时，我对自己的状况也十分不满，特别是有了陶艳以后，我希望自己出人头地，并给自己所爱的人一个温暖舒适的家。我庆幸自己读过某些书，它们告诉我，能及时承认错误，这一点很关键。我如一个修正主义者，马上行动，跑出门给陶艳发传呼。我一连发了十八条信息，没有得到她的回应。两小时后，我只好以持久之精神，反复发一条信息：

我是一条流不出眼泪的咸鱼

我是一条流不出眼泪的咸鱼……

"活该！臭咸鱼！"陶艳回信。

她回信了，就说明我不活该。

我马上穿上她买的一身行头，在镜子前一丝不苟地把自己装扮成一个有身份有地位的人，化成疾风旋入花店，买一束玫瑰花，附上一张卡片，叫店中小工速递给陶艳。

衣冠楚楚的我在饭店里等了一个小时，陶艳来了。

她说："孺子可教。"

我说："我终究不是颜回。"

陶艳噘起小嘴说："傻瓜，颜回是什么时代的人？辕木牛车能和汽车飞机比吗？"

我看看她，笑了一下。

"你笑什么？"

"因为我又败给了你。"

"你再说！"她蹙起眉头。

这一餐饭我们吃了两个小时。这两个小时，让我们谈到了今后两年到三年或更久的浪漫美好之旅，它之所以在两个小时内浪漫美好，完全在于我们对未来这个看不见的东西的期许：我们在美丽的阳光海滩度蜜月，在塞纳河边品酒，在左岸喝咖啡，在维也纳歌剧院听音乐……当然，前提是我成了大老板，她则是女强人，我们有两个孩子，一男一女，我们有两部车，我们还有一条名贵的纯种狗，为这狗叫臭东东还是癫西西，我们还稍稍争执了一番。

两小时后，我们酒足饭饱，我买了单，陶艳开始考虑下一步的现实问题：天黑了，我们去哪里？

我对她笑笑，提出一个建议：告诉她只要抓住我的手，听我安排，在十分钟之内不闻不问不说一句话，跟着我走。之后，一切由她决定。

她盯着我看：你可别干拐骗妇女的事啊！

你要不同意就算了。我说。

她咬咬牙：好！我才不怕你！

是的，在我等待着她前来赴约的时间里，我忽然间做了个决定。

现在，我握住了她的手，带她离开餐厅，穿越酒店的大堂，进入电

梯上行到十二楼。在一二〇七房间门前，我看看手表，从口袋里取出一张酒店的电子房卡，把门打开，插卡开灯，领着她来到房中："亲爱的，刚才的约定提前一分钟结束，现在，由你决定是留下还是离开。"

陶艳的双眼露出了欣喜的光芒，在房中那张宽大整洁的床上，九十九朵火红的玫瑰组成一颗跃动的心脏，向她发出灿烂的笑。她轻声长叫着，扑向床上那一堆花，将它们拥抱起来。

"喜欢吗？"我望着她的双眼说。

她把花放下，转身扑进我的怀里，她的双手在我怀里轻捶，一边连声说着："坏家伙！坏家伙！我就喜欢你这样。"

我轻吻着她的脸颊："我哪里坏了？我是世界上最好的老实人。"

陶艳说："你就是坏，一开始你就骗我，那时你根本就不是白领。"

我说："没有，我本来是个主管。可认识你时我辞职了。"

"你再狡辩，看我不咬你！"

"现在就咬？"

"咬吧！"

"咬？"

"咬！"

舌头是贪婪的火焰，互相燃烧着对方……

每一次，我们都像初次看到这个世界的双眸，都如探索未知世界的幼童，满怀热爱探寻彼此身体和心灵深处的秘密。

那天晚上，我们两个人如潮水，在床上翻滚涌动、激情澎湃。我大汗淋漓，愉悦了陶艳，也愉悦了自己。

她睡着了，还像我们的第一夜那样，攥着我的手紧紧不放。

我却没有一点睡意。我亲了亲她。把她紧攥着的手轻轻掰开，放好。这样，我可以脱身起床。

我睡不着。我要吸一支烟。

## 八、夜宴观诗

### 1

据有经验的人说，一场夜宴的档次如何，只要看聚会场所外停放的汽车就知道。

等级，似乎是人类社会存在的必然。早在两千五百多年前，《诗经》里就写明了在朝廷庙祭上该奏什么乐，在公侯府院里应唱什么曲。一个路人隔墙一听，就能分出墙里面人家的公、侯、伯、子、男爵来，老百姓家的民歌，只能是风。

风者，来无影去无踪，绝没什么地位。

如今，官员不能鸣锣开道，富豪无法私圈地起院宅。车的品牌与车牌号码，就成为外出时彰显身份的第一种方式。奔驰与宝马，是中国人普遍认识的名车。多了也不显眼，所以一辆停在喷泉池边加长的也是唯一的林肯车，多多少少让赴宴的人把眼球转了一转。

平安夜，当我跟着陶艳从她们公司的专车下来时，旋律优美的舞曲早从酒店堂皇的大门里飘溢出来，看来，酒店的新年聚会，似乎已经开始。

陶艳对豪车不屑一顾，她款款地走在我前头，直奔酒会大门。她今天很漂亮，喷了一种她说叫"香奈儿"的香水，还特意在高级发廊做了头，将染成棕色的头发用精美的簪子高高盘在头顶上。一件深黑色露肩晚礼服，一个精美的我不知牌子的小坤包，以及颈项上熠熠生辉的白金坠珠项链，把她装扮成一个矜持而又高贵的贵族小姐。可不知为什么，看到她这一身时装，反而让我十分怀念那"缘木求鱼"书店里长发飘飘的女孩。

整个酒会，依大厅形状分为三个区，中间是椭圆形的A区，有专门的乐队弹奏优美的曲子，还有一个小小的舞池供来宾起舞。里面有两对外

国朋友随着舞曲自我陶醉地旋转，而围着看的，则都是我们的同胞。我跟着陶艳，到了B区的取餐区。此时，我只想马上取个大盘，将那些诱人的食品先填满我的胃。可陶艳只吃了一点沙拉，就取了两杯酒，递给我一杯，示意我跟着她先走走。我只好暂时放弃心中那点可怜的欲望，离开令我馋涎欲滴的美味佳肴。我们捧着玻璃酒杯，装模作样地在金碧辉煌的大厅里往来穿梭。这番景象让我想起了艾略特的诗句：

当你衣冠楚楚前去赴宴，

一切准备就绪，

只等你进入选定的角色。

是的，我看见大厅里一片浮华的虚假热闹，男人们都西装革履、衣冠整洁，女人则靠精心挑选的香水、口红、首饰、时装与小巧玲珑的坤包，于温文尔雅中展示着妩媚动人。而陶艳，则是其中的佼佼者。她似乎是很精于在这种场合生活的诱人佳丽，对每一个人都保持着优美的笑容和优雅的姿态。

我知道，美丽是一道风景，今晚，陶艳在所有见过她的眼睛里都是风景。

我们见了笑皱了脸的张总，见了笑眯了眼的丰肥古总，也见大大小小的领导。当我的手臂上挽着陶艳的手时，我能感觉到他们一派优雅做派下面，隐藏着对我的羡慕与嫉妒，我想他们只恨自己生得太晚，不能像古时候的男人一样能够光明正大地妻妾成群。在那一刻，他们都梦想幻化成张总那位有些病恹恹的夫人的手，可以亲热地紧攥着陶艳的手不用松开，或者，还可抚摸着她柔美的肩头。可他们的手，在现实中，只能干巴巴地摸捏着那些无形的空气。

这时，我已有些累了，忙了一天，更觉得肚子空得发慌。我抽空对陶艳说："艳儿，我们先去吃点东西吧。"

"瞧你，真没出息。"她兴致挺好，笑着瞟了我一眼。

"是人都会饿嘛！"

"好，你去，一会儿来找我。"

"不行，我怕我一离开，你被别人勾走了。"我捏住她的一只手，小声说。

她红了一下脸，马上说："少胡说！"

"真的，这里就你是一朵花。"

"讨厌！"她说。

我知道她嘴上说讨厌，可心里挺美的，就想摆摆手，自己先去美美吃一顿。可是，一个戴着金边眼镜的男人又举着酒杯微笑着走过来。

"陶艳！你今晚可真漂亮！这位先生没见过，不是你们酒店的吧？"

"陈局长好啊，来，我给你介绍：小萧，这是陈向前局长，陈局可是他们那里的顶梁柱！"陶艳微微浅笑着说，又轻挽了我的手臂介绍说："这是我男朋友，萧一灯。"

"噢？"陈向前好像吃了一惊，"真的吗？陶小姐，你的保密工作快赶上'007'了。看看，这样一来，光我认识的朋友中，就不知有多少人暗自伤神。"这男人举举手中的红酒杯，朝我轻轻示意着。

我抿了一口酒，笑笑说："007到哪里都说自己是邦德，詹姆斯·邦德！生怕别人不知道他。"

"啊？哈哈！不知萧先生在哪里高就？"他微微侧弯了头，显出一副颇有兴趣的神情。

"我嘛，高不成低不就。瞎混。"

"哈哈，陶小姐，萧先生可真是幽默！有空，和陶小姐一起上我们单位喝咖啡。"

"陈局那么忙，日理万机，我们哪敢打扰。"我笑着说。

"日理万机的是李局，当官要当副，陶小姐知道的。我嘛，欢迎你们来，咖啡一个人喝，很没劲哦。小萧是不？"

"喔！陈局是正处副局！前程远大……"

陶艳碰一下我，马上接着说："陈局，你说的我可记住了！别到时候认不得我们呀。"

"哪里！你们来，蓬荜生辉！"陈向前笑笑，举起手中酒杯冲我们扬扬，又游入人流。

陶艳抿了一口酒，轻轻碰碰我："喂，你好像不喜欢他。"

"没有。"我一本正经地说。

"我还不了解你？"

"是吗？你说得也对，他长得太帅了，又是个处级。我对处级敏感，你是知道的。"

陶艳笑了，悄悄捅一下我的腰："吃醋啦？"

我凑近她的耳朵说："你不知道，你今晚有多美丽！看看那些色迷迷向你扫过来的眼光，想来你也知道！"

"你就这点行，油腔滑调的。"陶艳抿嘴笑了一下，低了低头，下意识地提了提长裙肩带，又理一下耳边的细发，挽住我的手说，"走，我陪你去吃东西。"

"喂！艳儿，艳儿！"

我们转过身，一个个子不高却长得十分丰满的娇小女人笑着走了过来。这女人唇齿间有一股娇媚之气，标致挺秀的鼻梁也给人一种滑润动人的感觉。她穿着一条质地精良的紫红色收腰长裙，双峰被这样一衬，更显得饱满坚挺。

"毓佳！就是我们班的那个'万人迷'！"陶艳对我小声说。

纪毓佳，我知道！陶艳不止一次和我提到过她，全身都用名牌武装的小富婆。据说在大学，纪毓佳身前身后总有一群变幻不定的小男生，而陶艳则对一切向她示好的男生冷若冰霜。如果纪毓佳是一团热情的火，陶艳则是一块拒绝融化的冰。所以一个被人送了绰号"万人迷"，另一个则是

"冰美人"。当然，也有人怀疑陶艳是性冷淡。陶艳对此不屑一顾：毕业去哪都不知道，傻子才迷小男生！

但纪毓佳一点也不傻。都说爱情是盲目的，可盲目的是那帮男生。纪毓佳足足享受了三年多免费的美食与礼物，自己的伙食费便省下来购衣购物购随身听，还能在暑期旅游见世面。毕业之后，挥一挥素手，就嫁给了所在公司的老板，摇身一变，成了全职的富贵老板娘。当陶艳给我说起这些事时，我就笑说，看来你并不聪明。陶艳就会对我又捏又掐，说，我是傻！爱上你，是傻！

陶艳热情地抓住纪毓佳的手介绍我们认识。我对纪毓佳说："久闻芳名了！你是'万人迷'啊！"

纪毓佳哈哈大笑，说："得了！别听艳儿吹，不久我就要做妈妈了，什么'万人迷'，马上就黄脸婆喽！"

"真的？你有了吗？"陶艳问。

"我哪想这么快要？我家两条小'贵宾'还不够我忙！皇帝不急急死太监，都是老蓝他妈！一直催着要抱孙子，唉，明年吧！都下了订单了。还是单身时好。"

"去！你少来了！洋房住着，洋狗抱着，洋车开着，别身在福中不知福！"

"嘻嘻，我给你说！上周，就是袁小玲开生日晚会那天，你不是感冒没去吗？"

"怎么啦？"

"还有人当场向我求爱呢！"

"真的？谁呀？不是班上的哪位老帅哥吧？"

"一个诗人！称我是一朵香香小小的茉莉！"纪毓佳嘻嘻笑着说。

"快说说……"

"呵呵，那个诗人叫陈四青，陈局的堂弟……"

我感到无聊，喝一口酒，抬眼四望，发现一个瘦弱的人直朝着我们走了过来。

## 2

陈四青的穿着，有些突兀不同，所以我一眼就盯住了他。

他穿一条类似丝绸质地的白色裤子，套一件宽松的花格子休闲衫，却打着黑领带，而且，从两个肩膀上还一左一右耷拉下两条长长的灰溜溜的围巾。他深陷的两眼直望着我们，双眼皮上生着一对女人般的长睫毛，微黄的头发打着卷围在头颅四周，而头顶中心处，则似被杂乱的草簇拥着的一颗红皮鹅蛋。

我碰碰纪毓佳，开玩笑说："喂，诗人来了！"

纪毓佳一扭头，就瞪起眼说："咦！你怎么知道是他？"

"茉莉，今晚你真美！"这人微扬了扬左手中的一张粉红色的菜单。

"来，四青，我给你介绍——"纪毓佳说。

诗人根本不理她，目光直盯着陶艳，一张微青的白脸上竟也在瞬间抹上一抹潮红。

"唔，小姐——"陈四青将右手放在心口，恭恭敬敬地向陶艳鞠了一躬，这才微抖着双手，将那张菜单呈给陶艳。陶艳莫名其妙地接了单子，顺眼看看上面的菜名，又转头看看我，不知这陈四青搞什么花样。而我则被此人的神态逗得咧嘴微笑，尤其是当他鞠躬时，后脑上一些柔软的黄毛，将那颗微红的鹅蛋也覆了一半，让我极想伸手过去帮他捋一捋，再抚上一抚。

"呃——在这一面呢。"陈四青见状，伸手撩了一下前额的头发，细长的手指又小心翼翼地取了那张菜单，将它反转过来，重新郑重地呈给陶艳。陶艳这才发现，菜单的背面是一首诗。

**午夜梦里**

你悄悄地来

托月光带给我心的温柔

午夜梦里

你芬芳的香

如丝缕牵动我游子的涟漪

午夜梦里

你静静绽放

带走我永不成眠的眼睛

"啊，你就是大名鼎鼎的诗人陈四青，也叫小小流萤，长空疏星？"陶艳读完诗，想起纪毓佳的话，笑说。

陈四青的双眼溢彩："小姐，你读过我的诗？"

"这不，刚读啦！毓佳可多次向我提到你！"陶艳举一下菜单，拉了拉纪毓佳的手说。

"我看，他这会儿早把茉莉忘了！"纪毓佳哧哧笑着说。

陈四青微微做个手势："不，不，没忘，可茉莉的芬芳里，已没有我的席位。"

"唔，这首诗不错，你看，'带走我永不成眠的眼睛'，好！这是你写给你女朋友的吧？"

"你不明白吗？这是我刚刚为你写的！昙花啊！"陈四青的喉头一噎一噎的，长长的眼睫毛也一眨一眨的。

"为我？昙花是我吗？"陶艳笑了，"我们才刚认识！何况，我有男朋友啊——"

"男……男朋友！"陈四青几乎呜咽出来。

"对啊！你又白忙了，"纪毓佳指指我插言，"这不，这位萧先生就是。"

陈四青转过头来："你，你是昙花的男朋友？"

陶艳折起菜单塞入包中，不等我说话，就抢先道："陈先生，他是我

的男友，我也不叫昙花，不过，谢谢你的诗啊！再会！"说完，一手挽住我，一手拉着纪毓佳，绕过一架跳动着美妙音符的钢琴，来到B区间。纪毓佳回头望了望，见那个叫陈四青的诗人并未跟上来，忍不住嘻嘻地笑："艳儿，你说诗人都是这样的吗？"

"别和我说诗人，这家伙就有一个诗人朋友，快叫我抓狂了！"陶艳指着我说。

纪毓佳微扬起头："不会吧？诗人要像李太白那样，我就嫁给诗人。"

我把一块甜点送进嘴里，边吃边说："纪小姐，李白漫游天下时，可不见得像你老公那样走到哪里都会带着老婆。你没见么：举杯邀明月，对影成三人！孤独得很呢。"

"哎呀，你这人，真没劲！嘿，我看到我爱吃的生蚝了！艳儿，我们过去！"纪毓佳拉着陶艳的手，向一旁的一排餐桌走去，把我这个没劲的人丢开。我看看四下里衣冠楚楚的人们，忽然觉得确实没什么劲。我拿了杯红酒，独自走到落地窗前，看着房外幽深的夜色，我默默喝着酸涩的液体。

不知为什么，我想起刚才见到的诗人，诗人曾说，茉莉的芬芳里，已没有他的席位。我想，这一场华贵的夜宴里，也没有我的席位。至少，这里现在并不属于我。

一个人影映在玻璃前，接着，我感到有人从后面轻轻碰了碰我的胳膊。

"是你？"

陈四青的形象映入我眼中，让我吃了一惊。他的黄头发像枯草一般全都竖起来，眼睛则红肿不堪，那条灰溜溜的长围巾也没了。黑领带被拽拉到胸前，像停止走动的钟摆。

"你怎么了？"

"我，"陈四青眼泪汪汪地张张嘴，又咽口气说，"兄弟，我太爱她了！

真太爱她了……"

"谁呀？"

"昙花！"他用手揉揉眼睛，说，"我刚才忍不住……跑到外面痛哭了一场。"

我微侧头瞧瞧他的双眼，有些不大相信地问："你说陶艳吗？"

他用力点点头，抬起窄窄的脸，有些气短地眨动着长睫毛说："她是我心中的皇冠。"

我笑了一下，把杯中酒喝了，说："她是我眼中的钻石，是我心中的天使，是我脑海里的一朵永不凋零的白莲花。"

"啊，你也是诗人？"他用手背抹了抹眼角。

"不是。"

他叹了一口气，微抖一下身子，转头看看我，忽然问："你真是昙花的男朋友？"

"骗你干什么？"

"你……会对她好吗？古人云：海枯石烂……"

"废话！"我有些生气，又觉得有些好笑。

他抓住我的手说："大哥，你……我求你……"

"什么？你说呀。"

他嘟哝嘴皮小声吭哧："大哥，我求你，你把昙花让给我好吗？"

"没门！一张床上都躺了多少回了！"

他听了这句话，愣了一下，松开双手，定定站了一会儿，低下头转身走向大门外。我怕这小子失去理智再闹什么乱子，忙放下酒杯跟上去。

出了门，在廊檐下四处望望，除了地上的射灯照耀出绿绿的草坪之外，看不见一个人影。

"先生，有什么事吗？"站在门外的侍者马上过来微笑着说。

"嗯，我一个朋友刚刚跑出来……他喝多了。"

"噢！他又向南边那个假山石后面跑了，也许去吐。"

"谢谢！"

当我来到被绿色射灯照耀的假山后面时，见陈四青坐在一块大石上，手捧着一团黑乎乎的东西大声擤鼻涕，然后又抹一把脸，把那团东西扔在草坪上继续啜泣。我这才意识到，那团东西原本应该围在他的肩上。我笑了一下，走过去拍拍他的肩，并在他抬头时递给他一支烟。

"你说，你说，为什么受伤的总是我？"陈四青眼泪汪汪地摇摇头。

"兄弟，你写的是昙花，所以对你呢，也就是一现而已。"我把烟夹在他耳朵上，又拍拍他的肩安慰他。

他低下头，一耸一耸地抖着肩膀说："别说昙花了！桃花、月季、玫瑰、桂花、茉莉……连小草也不理我……"似乎又有什么勾起了他的回忆，他啜泣得一抖一抖的。

这小子，看来是见一个漂亮妹妹就挖空心思写一首咏花诗，也不嫌累！见他又伸出手从草丛中抓起那条围巾来抹眼泪鼻涕，我觉得他既可怜又可气："天下芳菲无数，你尽可踏遍青山，也许，今后会有一枝芙蓉喜欢你。"

他吸了吸气，用手背抹抹鼻子，然后摇头低诵：

啊，芙蓉，今夜你会不会来？我的爱还在不在？

哦，芙蓉，我是不是该安静地走开？还是该勇敢地留下来？

我扭头返回了宴会大厅。

陶艳正在大厅里四处找我。她嗔怪我独自行动，没和她一起见见她的老板及老板的朋友。

我说："我去安慰诗人了，诗人为你伤心得涕泪如雨。"

她眨着眼说："真的？"

"真的。把围巾都哭得透湿，在外面的假山后，你要不要去看看？"

"真的啊！"她摇摇头，又瞪我一眼，"你以后不要和诗人交朋友啦！"

"喂，你这是偏见吧！"

"得了，"她伸手理理我的衣领，"走，见见我们老板。"

"你不是见过了？"

"我天天见呢！傻子，我可不希望我将来的老公只是个卖空调的！"

"我知道，我以后在三米长的大班桌后办公！"

"吹吧！"她轻轻捏一下我的胳膊。

## 3

所有的辉煌，在时间面前的唯一选择只有落幕。

古希腊厄庇道鲁斯剧场盛大狂欢的酒神节，如今也只能在艺术家们想象的作品中追忆。因为对此有一定的了解，我知道一场华贵的夜宴于一个二十多岁的青年，绝不会有特殊的意义。正如我的外祖父年轻时在一个盛大的场合受到朱德的握手接见，对近百号人中的他来说，这似乎是永远的荣耀。可我听了百次叙说以后的感觉是：除了一个关于朱总司令高矮胖瘦的记忆，我外祖父可什么也没改变，他到退休，也还是个老钳工。

所以当夜宴结束，我把陶艳送进她的住所并称口渴时，我内心的真实想法是：对整整一晚在我眼中是最美的风景的陶艳，来一次真正的夜宴。

陶艳的冰箱里有三种饮料，但我的选择是热饮。于是她打开音乐，笑着去厨房烧水。这时，我才意识到已经接近午夜了。

"今晚喝了不少……"陶艳抚着双颊走过来小声说，"水还要等一会儿，你，不先去洗一个澡？"

好呀！我心说，显然，她也希望我和她共度这一夜。

但我并没有立刻响应她的建议，而是抬起眼看着她的双眼说："嗯，你看，每一次你都要为我准备换洗的衣服，这多麻烦？你说，我搬过来怎么样？还能省下一份租金给你买化妆品。"

"不行！"她的声音很轻，但语气十分坚决。

"我说……"

"你再说！"她瞪起眼，指指大门，"要是不想洗就赶快回家！"

等到她穿着那件粉红色浴袍赤脚从浴室里出来，已经是午夜一点了。也许是咖啡的原因，我们并不觉得困，两个人坐在床边，谈起夜宴中的人和事。说实话，晚上陶艳带我去赴宴的实际意义不大。我见了许多的面容，这些面容也许以后还会见到，但给我留下一些记忆的，唯有独特的诗人陈四青，我真心祝愿他能找到他的爱情。另一个收获是，纪毓佳给我介绍了一个新工作。当然，这一切都是晚宴上陶艳和她谈定的。

"真的吗？"

"当然，记住，我们将来，一定要过体面的生活！你要提前准备一下，下星期有可能面试。"

"好好好，过体面生活！"我一把搂住她。

"前些天还冲我大呼小叫！现在，你知道我的好了吧？"

"谁不知道你的好？你瞧瞧晚上那些色眯眯的眼睛！"我在她的脸颊上亲吻着，笑说："只有陈四青勇敢而可爱，一下子就把自己的心声表白出来。"

陶艳想了想，兀自哧哧地笑。

我问："你笑什么？"

她捋了捋头发说："你也写过诗吗？"

"当然！"

"那你也给我写首诗！"

我坐直身子，右手掰着左手指头算。她不耐烦地用一个指头频捅着我的后腰："你干什么？"

"我算算我已经几年不写诗了……嗯，很多年了，时间过得真快！"

"别转移话题！快，也写一首嘛！"她摇着我的肩膀。

"你就是我的诗,是上天赐给我的诗。"我说。

"你写不出吧?"她搂着我说。

我说:"哪里!我在大学,可是诗社的副社长。"

"吹牛你最行!说真的,那个陈四青写的诗还不错,我喜欢最后一句。"她转过脸,看着我低声说,"你可不许悄悄地走了,带走我永不成眠的眼睛。"

我说:"才不会!"

她闭上眼,微笑着把头顶在我的头上。

那一刻,我感到幸福溢满了我的全身,我紧紧地抱住了她那温暖而又柔软的身子。

"我们咬吧?"她的唇在我耳边轻轻吻了吻,小声说。

"咬!"

## 九、觥筹交错

### 1

为了陶艳说的"体面",我告别卖空调的公司,把自己放进一栋高级写字楼里,在一张转角办公桌后面工作。这家公司是陶艳的好姐妹纪毓佳介绍我来的,总经理是纪毓佳的哥哥纪雨润。纪毓佳曾和陶艳吹嘘:公司在鹭岛做了很多轰动一时的大手笔。

公司高大的红色屏风前是一张年轻漂亮的迎宾小姐的脸,脸后上方,是十四个金光闪闪的大字。我被那张脸微笑着引入总经理办公室。纪雨润办公室内,气派的落地窗迎面对着大海,大班桌后的博古架上,除了摆着各种名酒之外,还架着一只硕大的雄鹰标本。

当时,兼任了一把面试官的纪雨润问我,你爬过鹭岛的五老峰吗?

爬山是我从小就有的爱好。五老峰才多高？我二十分钟不到就可达山顶！但我不知道面试时，他怎么会问出这样的问题，我愣了愣说，爬过。

好！他说，并把圆滚滚的身体从大班椅上移到落地窗前，然后快速伸出的一根手指停在窗户上，停在窗外的大海上。

他说，站在山顶上或站在大海面前，举目远眺过的人，视野、感受、胸襟都会与众不同。

我觉得这一幕场景很好玩，很想笑。但我看着他，想起公司门口被射灯照耀的金光大字，我说："是，让世界了解龙腾，让龙腾领跑世界。"

他笑了，点着头：嗯，你一进公司，就记住了我们的座右铭，你明天来上班吧！

他给我定的工资不高不低，一个月一千两百元。一九九六年初，一千两百元租房吃饭连买书，在鹭岛足够了。何况他还说，干得好还有提成。

然而，美丽高歌下并非都是美丽的前景。在龙腾公司繁荣的外表下，早就隐藏着深深的财务危机。公司的财务主管在一次酒后对我提到这些。公司是好大喜功的，每个人都有疯狂的计划，都有疯狂计划后的资金流出与负债。梦想中的人人发财、人人幸福会在何时到来呢？不久，不久，还是不久！我知道这样的危机，会使龙腾公司像一九五八年过后的中国。

但在纪雨润肥硕身躯的支撑和努力下，龙腾依然迎来了它的五周年诞辰！一大早，总经理秘书小许，一个我们都戏称为"小蜜蜂"的女孩，就细声细气地通知我到会议室开会。

开会，是因为公司马上要迎来五周年生日，纪雨润决定要出一本公司纪念册。

纪雨润原本没想到这一点，可他的助理蓝骄想到了。

蓝骄，就是当年玩音乐的那个蓝骄。他曾经写了一首歌叫《亲爱的，让我爱你的快乐和忧伤》，这首歌，使吴百田的老婆李春影在一次比赛中获得了三等奖，于是蓝骄给北京的朋友写信，推荐李春影去北京发展歌唱

211

事业。我的朋友吴百田就这样离开鹭岛去了北京。蓝骄后来也去北京,想继续写歌词玩音乐,但北京的音乐圈子似乎和他隔了两重山。李春影也有了个经纪人老贾,天天和一帮小姑娘跟着老贾东跑西跑,唱歌、表演、喝酒。也没空再一口一个、声音甜美地叫他蓝老师。他在失意之中离开首都,回到鹭岛就发誓不再搞音乐。不搞音乐搞什么呢?当诗人!

其实一九九〇年以后,当诗人就不再像以前那么牛。蓝骄当了大半年诗人,其间所有的工作都是三天打鱼两天晒网。半年后,他被父亲蓝理业狠狠训斥了一顿,直接交给了纪雨润来约束。为什么找纪雨润?因为蓝骄叫纪毓佳的老公蓝理达"叔父",纪雨润,叫纪毓佳的老公蓝理达"妹夫"。蓝骄原本应该归叔父管教,但蓝理达太了解自己的侄儿,他对蓝理业说,一笔写不出两个"蓝"字,侄子进自己的公司,有让员工感到"任人唯亲"的嫌疑,不如去大舅子那里方便。于是蓝理业的儿子诗人蓝骄,成了龙腾公司的总经理助理。

蓝骄觉得公司出本纪念册,对他自己,是一石二鸟,不,应是一举三得的好事:纪念册封底,总策划一职肯定是印他的名字,出名;纪念册制作费当然由他拍板,得利;纪念册应该由他发送客户,交友。出名得利交友,这种好事怎能不做?纪雨润被他轻而易举地说动。五周年啊!应该纪念!可纪念册该叫什么名字?纪雨润问。蓝骄十分谦虚地弓着腰说,纪总高瞻远瞩,名字,纪总起的肯定非常好。

纪雨润笑说:"蓝骄啊!应该民主讨论。"

开会,纪雨润想了十个书名,一一打印出来让我们民主推选:辉煌五年、感动五年、龙腾五年、五年龙腾、龙腾辉煌、辉煌龙腾、龙腾鹭岛、鹭岛龙腾、龙腾中华、中华龙腾。民主填表打钩之后,进入前三甲的是:龙腾鹭岛、龙腾中华、中华龙腾。这个时候,应该由纪雨润行使最后的集中拍板权。但他把三个名字念了几遍之后嘟哝:好像都不太全面,是吧?他见大家默然不语,最后抬起眼睛,提高了声音:

"我说，叫龙腾鹭岛、光耀中华，怎么样？"

大家一致点头叫好！

我知道，纪雨润在这样一个公司环境里，已经过多年耳濡目染的训练。这种训练，使清晰明了的谎言，具有清晰明了的真实性。

于是，关于真与假的判断，纪总与我们大多数员工意见相左，这样就体现出一种首先是正常，而后又滑稽的现实性。这种现实性常常让我等无所适从，而纪雨润则信心倍增。所以他亲自撰写的洋洋洒洒的前言，由蓝骄念出来，也豪情满怀：

"春华秋实五周年，雄关漫道真如铁，而今迈步从头越……四个坚持，五个飞跃……腾龙公司穿云来，碧海涌潮，将为鹭岛辉煌再谱新章！"

大家再次鼓掌通过，然后开始讨论里面的图片。纪念册所需的插图，当然要找本地一流的摄影家朱大个。朱大个做事非常认真，对光调焦，给纪总拍摄了左中右三面的光辉形象后，还给我们照了两张全家福。之后，他拿到蓝骄给的两千块钱，又悄悄返还蓝骄五百。

时间就这样在热烈中溜走，已经快一点了，大家还没吃饭。纪雨润清了清嗓子，把丰肥的手在桌上敲两敲：还有什么问题吗？如果没有就散会。

蓝骄看到每个人都为此书提出了见解，唯独他这个总策划与执行出品人还没说话，于是举了手请示。

"蓝助理，你有何高见？"

"谈不上高见，谈不上高见。我在想，是不是在封面做个题图诗？"

纪雨润点头："嗯，好！要个题图诗！"

"我这儿配了一首。"蓝骄说着，从自己的笔记本中取出一张纸，起身双手递给纪雨润。

纪雨润随手交给小许："许小萍，你念给大家听。"

小许捧起纸，看看大家，那好听的声音就从唇舌间飞出：

我和你一样/都/醉了

醉/并失眠

在行云流水中/月/圆了

圆/托起一条龙

龙/腾了/飞舞在南国明珠之上

五年

许小萍读完诗,哧哧地笑了一声。而四下一片静寂,一片静寂中这哧哧就听着特别响。蓝骄抬眼看着许小萍撇一下嘴角。他想说什么,但纪雨润已经在他之前张开了嘴:

"蓝骄,这算什么?"

纪雨润是二十世纪七十年代的工农兵大学生,诗应该也有读过。他皱着眉挥着丰肥的手比画:"题图诗嘛!是那样的!不是这样的!要有气势嘛!"

纪雨润决定大家集思广益,马上拿出题图诗!这原本是蓝骄自作聪明、自作自受!可这个时候,这小子分明是找块臭肉让大家尝!因为会散不了,大家的肚子早饿得打鼓!众人盯着蓝骄,希望他能再拿出一首诗来过关。可蓝骄把一支笔咬在嘴边,眼盯着一盏吊灯故作思索。后来,我想马屁到家,可过五关斩六将,就在纸上写了一副对联递给身边的小许说:"你念给纪总听听,看行不?"

小许看完冲我笑一下,对纪雨润说:"纪总,我们的萧才子写了一副对联,我看还行。"

"好,你先念给大家听听,可以的话,等一下我们举手民主表决!"

"龙腾一跃,碧海涌潮三千里;雨润百花,宏图大展五周年。"小许抑扬顿挫道。

纪雨润听完,笑眯眯要过纸笺,又念了一遍,点一下头。"不错,不错,小萧真是才子!可是,"他忽又皱了皱眉问,"可是,这'三千里'是

什么意思?"

"没什么意思，形容词。"我说。

"形容词？那为什么不是六千里，八千里？"

"三，在中国还有另外的意思。"中文专业的小许插嘴说。

"什么意思？"

"不是特指，有众、多的意思，一生二，二生三……"

"我看还是'八'好！八千里好！八——发嘛！"蓝骄插言。

小许不屑地瞟他一眼，张张嘴还想说什么。纪总却不看她，转头盯着我说："蓝骄有理，我看还是改三为八！小萧，你说呢？"

"好啊！单双都有，蓝助理这是点睛之笔！"我点上一支烟笑说。

"好，举手表决！"纪雨润四下看看，说着举了手。

大家全都举了手——终于可以吃午饭了！

我从"鹭风美"来到"龙腾"，当办公室主管，多多少少揽去了蓝骄一部分责权。而且有时候纪雨润出去办事应酬，更愿意带我而不是他这个有着亲戚关系的助理。所以，虽然以前因为吴百田老婆的事和他认识，但一开始，蓝骄总对我有些敌意。这次会议以后，蓝骄似乎改变了对我的看法。他的父亲蓝理业是语文老师，蓝骄自诩从小受了熏陶，写诗一流。而我写的东西能被纪雨润看重，说明我也与一流相差不远，并且我夸他有"点睛之笔"！一下班他就叫住我，说：

"萧一灯，我们谈点美好的事吧——诗歌。"

我拍拍肚子，又指一下天说："不行，我肚子饿。饿，在这里；诗，在那里。"

蓝骄有点惊奇："妙语！我请你吃饭！我们谈点美好的事……"

狗屁！我想蓝骄有点像陈四青，但他比陈四青世故。吃了他请的几次饭之后，他有些不满地说，你怎么老是饿啊饿！你就不能和我谈谈美好？

我对他直言不讳加胡说八道：蓝骄，我们不一样知道吗？我只是一个主管，你却是总助。有些事该是你做的，纪总却让我做了，你还不高兴，对我有意见。你拿多少钱我拿多少钱？你一个月两千六，我一个月一千二。你可以顿顿喝酒吃肉，"五花马，千金裘"，尽情吟诗，我却没办法啊！诗这个字，是言和寺，寺庙里全是素的，老讲当然没有油水。饿呢，就是我饥我食，我没得吃，命都没有还谈什么诗？所以要先吃饱吃好，才有精神谈。纪总才给我开那么点工资，见女朋友都没面子，哪里有别的心情！

他想想也有道理，一面拉着我吃小炒，一面故作神秘地笑笑，答应我给我提供油水，但前提是，要和他经常谈谈美好的事。

他总能从纪雨润那里搞到点小钱，这小钱也会拿出一部分与我分账。因为我帮他修改或是起草一些文案，均由他署名。后来，他文案写多了，还加入了"作协"。加入作协那次，他请我吃了一只鸡，还很大方地给了我一百块钱，说是一篇文章的稿酬。

我把从他那里得到的外快分作三份，一份寄给父母，一份给陶艳买礼物，还一份存起来，准备我和陶艳的将来。

就这样，诗人沙漠，离开我，另一个诗人蓝骄，走近我。我把陶艳不许我和诗人再交朋友的戒律，忘得一干二净。

## 2

过了如胶似漆的甜蜜期，我和陶艳除了散步看电影，也经常为一些小事吵吵闹闹磕磕绊绊。但不论在我的陋室，还是她那温暖的小屋，我们做爱依然激情疯狂而且甜蜜美妙，每一次，房间里到处都流淌着爱的味道。

每每我搂着她时，总不断提出我们住在一起的建议。那样我们确实可以省下一笔房租，更好地规划我们的未来。可是她不答应。她亲着我的脸颊，总是说，不急啊，等你有了钱，或是混到一处房子，不管大小，我都和你一起住。

这对我是一种残忍。也是一种不安与失败。我和她各有一部分同学，分到了单位的宿舍，他们不是在机关，就是事业单位。

我不明白，为什么在机关和事业单位就能分房而我就不能？难道我工作挣钱他们工作不挣钱？还是我工作流出的只是汗，他们工作流出的不是汗而是奶？他们有房子分，我的房子在哪里呢？龙腾公司会给吗？在我看来，龙腾表面上看是一尊大佛，内里就像一个即将过江的泥菩萨。

这一段日子，我在倦怠中继续给曹朔望写信。我总觉得，他身上有些东西越来越吸引我。他给我回了信，还附上两张照片，照片里的他神采奕奕，光头，怀抱着他的宝贝女儿，背景分别是巴黎埃菲尔铁塔和罗浮宫。他告诉我，离婚后他走了很多国家，但依然眷恋这片故土。不久，他将再次远行。这一次他会走得久一点，去奥克兰，大概一两年。也许他会在那里，邂逅他另一个学生庄伟先。我对他离开学校的生活既好奇又有些羡慕，我总是被一些无形的羁绊所束缚。可他不这么看，他来信说，有时候羁绊，是源于爱。他真诚地祝福我和陶艳的爱有一个美好的结局。在这一封出国前的来信里，他最后写道：

"爱，当然是美妙的彩虹和鲜花；爱，也常是平常的一碗汤。愿你们的这碗汤，永远温暖！"

昨晚，和陶艳一起在街上吃饭时，我把他给我的信读给陶艳听。陶艳哧哧一笑：你这位大学导师，原来就要一碗汤！

我对陶艳的评价很有点不满。但我希望饭后的夜晚，我们除了甜蜜，还可以热烈。我们的争吵往往从很小的事情开始，我不想因为一碗汤的小问题，搅乱我们的晚餐，搅乱晚餐后的热烈。我收起信，马上转移了话题。但确实，我应该再晚一些，把谢加豪邀请我们第二天吃饭的事告诉她。她听了以后，仔细问了问我一两个问题。吃完饭，就和我分手。她说她要回家看看有没有适合晚宴的衣服。我说我也去陪着她当个参谋。她笑了，一眼把我看穿。她说她估计还要去逛逛商场，买些东西。她知道我最

217

怕逛商场，她准备打个电话，邀纪毓佳陪她。最后，她伸出手指在我的额头上轻轻一点：

"你呀你！汤在碗里呢。"

于是我梦想的甜蜜与激情化为乌有。我回到了孤寂的小屋，午夜之后，我煮了泡面，填饱失眠的肚子，却填补不了失眠的眼睛。最后，我让《吉姆老爷》里的英文字母，伴我入眠。

第二天中午，太阳把热情的阳光尽情挥洒，透过窗棂直抚在我的脸上，把我从温暖的睡梦中叫醒。我眯起眼与光芒对视，眼中就有了一片七彩闪耀的光环。吃完了泡面，烧了水，泡上浓郁的铁观音，点上烟，我重新半躺半靠在床上，拿起英文版的《吉姆老爷》来读。罗素曾称赞康德拉说：强烈而热情的高贵风格照亮我的心底。对比起龙腾公司里浮夸虚伪而又猜疑互妒的风格，我读这样的书，反而对工作备感倦怠与失望。

太阳已经悄悄地移到了西山，窗外的马尾松与相思林微微摇动着，把余晖扫入我的窗内。陶艳也在此时，敲响了我的房门。

门一开，陶艳右手提着两个大袋子走了进来，同时，满身的香气也随着她的进入向我扑面而来。我张开热烈的双臂迎向她，她却皱着眉头闪开脸，抬起左手挥摆着：

"都是臭烟味！你刚起来啊？没刷牙！臭死啦，看你的头发像个鸟窝，还不快去洗漱——我说你不是出生在城市吗？真不知道从哪来的那点农民习气？"

陶艳一贯穿着整洁清楚，对于晚宴、酒会和聚餐也一如既往地感兴趣。我则喜欢舒服和随意，喜欢和狐朋狗友自在地喝酒吹牛。我和蓝骄陪着纪雨润应酬过几次，我知道纪雨润酒量不佳而且酒品很差。我知道蓝骄贪杯好色而且损公肥私。在应酬中观察每张脸，似乎是我在饭局酒桌上的唯一乐趣。我已经发现，应酬的宴席上，那些喧嚣笑闹、恣意欢谑的脸孔，大都是假面舞会上的面具。发现这些之后，乐趣就少了。我对应酬从

心里感到倦怠。我总觉得这一切，和我的内心是那么远，而现实中却又是那么近，近得我无法逃离。从某种方面看，二十六岁的我远没二十六岁的陶艳成熟。然而，成熟的标准就是这样吗？

陶艳说："人，是社会性的动物。社会虽大，浓缩了就是两个字啊——应酬。"

为了应酬，我和陶艳已经有过多次的争吵。争吵无益而且会伤感情，这是我早就有了的经验体会。那么，有人应酬得乐此不疲，你不要拒绝，也拒绝不了，你把它看成一个平常的过程，也不要乐此不疲，不就好啦？

我从洗手间里出来，陶艳已经快速地把房间整理清楚。她一手拖着一套大花水红色套裙，一手提着一件银灰色配腰带长裙，问我哪一套适合她今晚穿。我说水红大花，显得妩媚娇柔，银灰长裙，则高贵大气，我建议她穿银灰色长裙，配上她那只黑白两色的小皮包，超棒！她歪着头想想，说："林红，你估计会去吗？"

当然，应该会去。

"那我穿这套！"

我笑起来："你妩媚给女人看啊？"

"你懂什么呀，小傻瓜。"她拿着衣服和包包去洗手间。

"那里换多不方便啊？"

她转过头："就不给你看！"

我笑一笑，拿起书，坐回床上。

当她换好衣服，并仔细把自己从一朵花变成另一朵花出来，看见我仍然穿着T恤短裤喝茶看书，就拧起了好看的眉毛："萧一灯，你是不是忘了今天谢总请客？"

"怎么会忘了？不是我告诉你的吗？"

"那你还不准备准备？瞧你这样子，怎么去啊？"

"怎么去？带上嘴不就行了吗？"

"你又混蛋了是吧？"

我知道她每次把宴请看得很重时，都会有一些她的道理。我马上跳起来："开玩笑呢，我不是等你决定我穿什么衣服嘛！要穿那套藏青色的西装吗？"

"土人！那套太正式了，你穿前些天我买给你的那件休闲西装，喂，衬衣穿黑色的。"

我不说话，马上放下书，按她说的，不到两分钟就把自己变成一个绅士。我说："怎么样？像刘德华还是梁朝伟？"

陶艳满意地点点头："嗯，这才像样嘛！"又加一句说，"你要真是他们，我就不用吃糠咽菜啦！"

她从袋子里掏出两瓶酒摆在桌上，一边看一边问我带哪一瓶酒去为好。都行，不带也可以。谢加豪请客，他能没有酒？陶艳意识到和我商量这个事是白费口舌。她今天心情不错，把一瓶洋酒装入手提袋说：

"喏，就带这瓶。你拿着！"

## 3

筼筜湖两岸的鲜花正开得娇艳迷人。

靠湖边一栋别墅式私人会所的二楼豪华包间里，已经有了谈笑的声音。陶艳快走到门口时，转身理了理我的衣领，才推开门，让我先进去。

豪华的红木餐桌上已经排好精美的餐具，它们众星捧月般围绕着中间一大簇怒放的鲜花。包厢一侧的休息区，除了谢加豪夫妻，还有三位客人坐在藤沙发里喝茶抽烟聊天。见我们进来，谢加豪脸上浮出微笑：

"小萧，啊！这位美丽动人的美女，一定就是陶艳啦！陶艳啊，我们家女主人可一直夸你是个大美女！今天一见，果然沉鱼落雁！来来来，我给你们介绍：陈局长、蓝总、郭总！"

谢加豪还请这些人来一起吃饭，是我意料之外的事。于是，陈向前和郭宝林，两位在上一次陶艳酒店的新年晚会里见过的人，再次被隆重介绍

给我。而蓝理达，我则头一次见，他身材高大魁梧，给人的感觉像是个军人，和蓝骄一点也不像。

陶艳看到自己的老板，反而更显大方起来。不等谢加豪介绍，马上握了郭宝林的手笑说：

"谢总跟小萧说请我们吃饭，不想还有您和陈局这样的贵客呢！刚好，小萧带了瓶'蓝带'，我知道郭总最爱喝洋酒。一灯，把酒拿出来开了！哦，蓝总！你好、你好，我们初次见面，今后要请你多关照。"

蓝理达伸出大手哈哈大笑："陶艳！大名鼎鼎的'冷美人'，看起来不冷哇！你的秘密我可知道，哈哈哈，各位……陶艳的同学——纪毓佳，我老婆哦！"

谢加豪笑起来："看看，看看，这鹭岛可是太小了！既然都认识，大家聊起来就没那么拘束了！"

陶艳笑着接话："我估计谢总请客，会带林姐来，我还给林姐带了个礼物，不知林姐喜欢不？"她说着，就从黑白小皮包里取出一个首饰盒递给林红。这是我根本没想到的事！这个可恶又可爱的精灵！显然，林红也没想到，她拉住陶艳的手不放，一面说谢谢，一面又是夸她年轻貌美，又是说她衣服漂亮，连带着把我好眼光、把我跟着沾光也说了一番。最后，她指指桌上的酒说：

"妹妹，你的酒，就让郭总带回去喝。今天我们家老谢请客，当然是喝我们的酒啦。"

"嫂子说哪里的话？"郭宝林马上摆手，"我也带了法国红酒来。"

这时，一直没说话的陈向前开了口："这样好吧，大家先喝谢总的洋酒，再喝陶艳的酒，宝林兄的酒我喝，如何？"

蓝理达满面红光，捋起一只袖子："哇！看来要喝个痛快！我车上还有一箱五粮液，我去取来！"

陈向前摸了摸鼻子，一声不吭退后半步。谢加豪则张开双臂拦住他笑说："老蓝，你还是急性子！陈局说的你没注意听喔。放心，白的、洋的、红的，我都带得够！你安心坐着喝！"

他把大家让到桌上。等菜一上齐，他端起酒杯，指着满桌菜肴，笑眯眯地说，这菜，是林红安排的，说是讨个吉利，有竹蛏有鲍鱼，有河田鸡有紫羔羊，有白菜有发菜，有龙虾有生蚝，还有五谷丰登甲鱼汤！祝大家竹报平安，吉祥如意；百财尽来，发财高升；宏图大展，齐占鳌头！

大家一起拍手叫好，点着头夸赞林红一番，在一片祝福声中，觥筹交错，先干了一杯酒。

落了座，谢加豪吃了一口白菜，放下筷子，笑眯眯地看着陶艳，告诉她，今天她可要好好地喝几杯！因为南洋瑞景酒店的总经理郭宝林，已经决定给陶艳一个新位置。陶艳悄悄碰一下我，倒了一杯红酒。我也满上洋酒，两个人端起酒杯来敬郭宝林。但郭宝林却按下酒杯告诉我们，这第一杯，如果真要敬的话，得先敬陈局。因为陈向前的建议，郭宝林决定从下个月起，将陶艳调任总经理办公室秘书。她不用再做客房部的服务工作，不用再面对各种刁蛮客人的不满和投诉。

这对陶艳来说真是个好消息。来之前，我原本以为就是一顿轻松的周日晚饭，但看今天这情形，这酒，估计少不了要多喝了！别人出钱、出脸面，我一无所有，我只有出力。

我站起身，把酒端起来说："各位领导老总，也都是小萧的前辈。这样，我先'走'一圈，从陈局这里开始敬，包括林姐，到蓝总，我都敬一杯！祝你们发达健康！陶艳女孩子，也用红酒陪个意思好吗？一圈之后，我再替陶艳分别敬陈局、郭总三杯！"

蓝理达马上伸出大拇指："好兄弟！够爽快！我也要三杯！"

这个好酒之徒！为此，我一圈下来，喝了十四杯！林红马上叫服务生进门，给我端来一杯热水，陶艳则叫来热毛巾给我擦脸。喝了两口热水，趁着陈与谢、郭与蓝聊天喝酒的空，我出了包房，快速走进厕所。在厕所

中，我把手伸进嘴里，将刚才喝下的酒尽量抠吐出来。我知道我还没吃东西，不抠出酒精，不久之后，我一定会醉倒。返回包间以后，我发现酒桌上的气氛更加热烈。

蓝理达指着我说："兄弟你去哪里了，你看郭总这个人！我都五杯下去了，他还不动！你和他喝！"

林红插言说："老蓝，小萧刚喝了十多杯！你让他先吃点东西呀。"她一面说，一面起身给我夹菜。

谢加豪呵呵一笑，转身看着我："小萧没事的。不过，你林姐可对你真不错啊！"

"呀呀！老谢吃干醋了！"陈向前一直低调，这时举起了红酒杯。

"呸，他吃什么干醋？陈局，你这么说，可要罚酒……"林红故意瞪起眼睛。

陈向前笑起来："嫂子平时就是美女，不想一生气，就更美啦！好，好，我和酸酸的谢老哥喝一杯！"

"我酸什么？你看人家陶艳，窈窕淑女，那才是美貌如花，林红，她那叫风韵犹存……哈哈……哎哎……好好，我错了我错了，我罚酒！"谢加豪一面笑，一面躲着林红挠痒痒般的小拳头。

"哎呀！都是美女啊……两位美女，我敬你们一杯！"郭宝林端起酒杯向陶艳和林红示意。

众人说说笑笑，我则沉默不语，吃一点东西，并盛了两大碗热汤喝下去，慢慢地感觉到体内的残酒，也随着冒出的细汗挥发。我想，尽管还有酒量，下面再有酒来也应该没有问题，但我明白今夜的主角肯定不是我，那么我还是当一个酒桌上的观察者为好。

陶艳给林红倒了半杯红酒，也给自己满上杯，与郭宝林碰杯之后，她再次夸赞林红的大方体贴，也趁此向林红敬了一杯酒。蓝理达嘿嘿笑着向她招手，准备和她喝上一杯。陶艳则抬手举向谢加豪："蓝总啊，别忘了

223

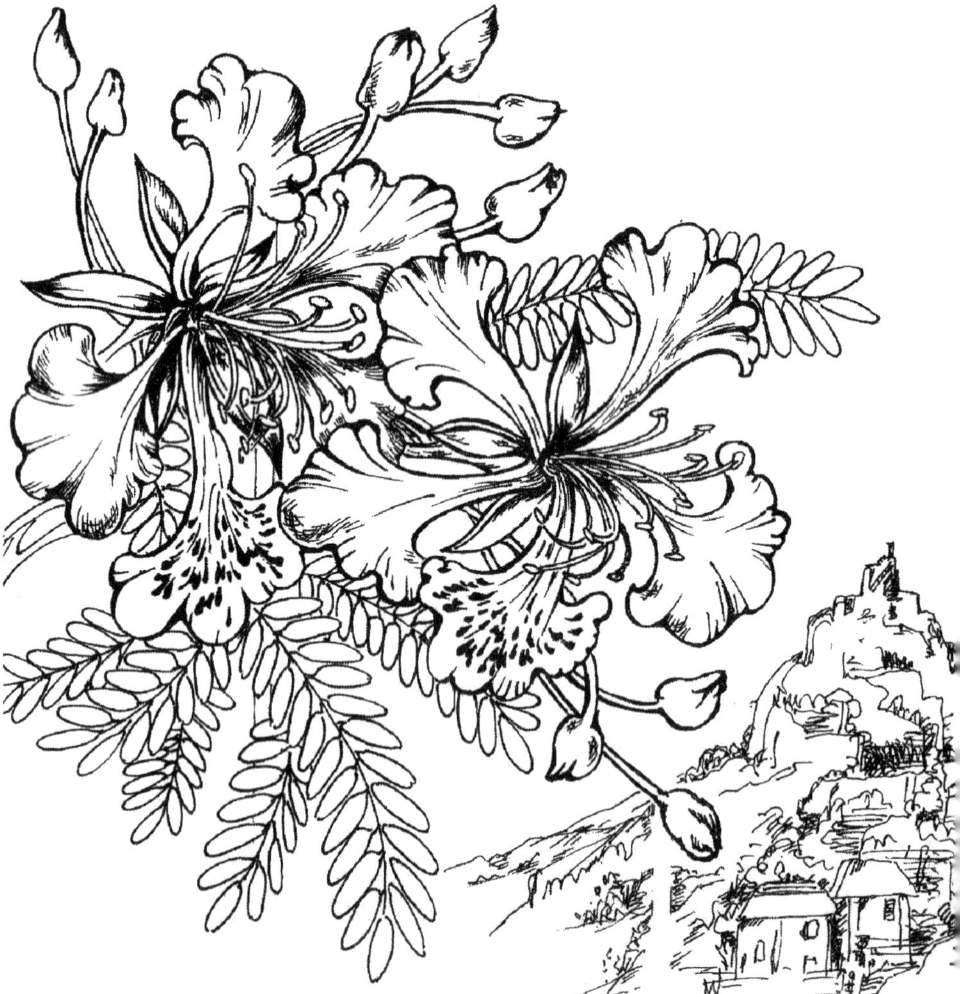

今天的主人可在这里。"

蓝理达挠挠耳朵:"陶艳,你这冷美人,原来只对我这么冷喔!"

他这话引得众人哄堂大笑。

陶艳等大家笑完,看着他说:"蓝总,想要我对你热吗?这我可要告诉毓佳妹妹!"

"哎呀!我自罚三杯!姐姐我错了,好姐姐,饶我饶我。"

大家看着蓝理达摇着身子,装出颇有表演天赋的样子,又是一阵大笑。洋酒已经喝了三斤,白的,也一瓶见底。这些酒场上的老将,就是这么个喝法。

酒足饭饱,满面红光的蓝理达兴致高昂,硬叫着请大家去"玉皇"KTV唱歌。几曲欢歌之后,包厢里就充满了烟与酒的气味。我有些累了,但陶艳则更加神采飞扬。我根本没有想到,她竟然会唱那么多的流行歌曲!这时候,陶艳似乎成了这次聚会的焦点。因为林红已经嫁人,陶艳虽然有我这么个男朋友,但在理论上与法律上,她都还是个自由身的美女。如果在饭桌上,林红和陶艳两个女人的暗中较劲,以平分秋色而结束的话,在这花天酒地的地方,林红则是彻底地失去了风头。

其实,陶艳不喜欢喝酒,她喜欢咖啡,但陶艳有酒量。在酒店工作的经历,也让她熟悉夜场的应酬生活。她一曲接着一曲,不是和郭宝林合唱,就是和蓝理达玩骰子喝酒,她肯定把蓝总灌醉了,也让郭总喝高了。郭宝林一有空,就搂着我和我反反复复说那么几句他会关照陶艳的话,并不时和我干上一杯。我看一眼陶艳,她正和林红唱着一首林忆莲的歌曲,林红的嗓子明显不如本人那么诱人。多年以后,我一直在想,漂亮的女人在一起,为什么总是要斗要比呢?她们为了什么?这种比和斗,是多么没有意义,又是多么无聊的一种心理啊。

陈向前则一如既往地保持着一位官员的优雅。他见我有点百无聊赖,举着杯冲我微笑:"小萧,我们喝一杯!"

我站起身，敬了他一杯酒，对他表示感谢。他则问起我现在在龙腾公司工作的情况，我应付性地说了几句，并不想把公司的实际情况告诉任何一个人。其实，五周年之后，纪雨润的日子就很不好过，因为公司更换了财务，做假账偷漏税的事就泄露出来，龙腾将面临很大一笔罚款。谢加豪唱完一曲《爱拼才会赢》，老半天之后从洗手间出来，听到我们的对话，他坐下来给我们一人一支烟，然后拍拍我的肩，表示他最了解我。他告诉陈向前，我是个很有才华很有能力的年轻人。他说：

"上次我请你到我的公司里来你不要，现在看看，小萧你也卖过空调了，也做过办公室主管了，还是到我这里来吧，到我的企划部工作，总比龙腾有前途。"

"谢谢谢总，"我端起杯敬他一下，接着说，"纪总对我也很好，我还年轻，先在纪总那里学习学习。"

陈向前呵呵一笑："小萧真是谦虚！怪不得我们的大美人陶艳喜欢！"他把头转向谢加豪，用我能听见的声音告诉谢加豪，"蓝理达醉了，改天你和他说说，纪胖子那里，关照小萧一下。"

谢加豪微微摇一摇头，把手抬起来，在他耳边悄语了几句。然后，他端起酒杯，和我碰了一杯。他对我表示再次的感谢，因为谢雨微终于不再是个让他头疼的女儿，他也希望，我能和谢雨亭进一步交流，让他这个儿子，最终回到他身边。他和我谈天说地，也讲他今后的规划和工作。他再次希望，我今后能到他公司工作。他最后有些语重心长地说：

"小萧，你以后要记住我说的这一点：资本就是实力，权力就是一切。"

此时，陶艳正和郭宝林合唱：这就是爱——糊里又——糊——涂——

此时，陈向前正拿着酒，身体随着歌曲的旋律一晃一晃。

此时，林红正用一只手支撑着下巴，脸上显现出一些困倦。

此时，蓝理达则缩在昏暗的角落，嘴角流出一丝涎水，昏昏睡着。

午夜时分，我和陶艳相互搀扶着回到我的房间。不知为什么，我后来喝得有点多了，一路上我吐了两次，对陶艳的不管是心疼唠叨还是埋怨，我一律以摇摆的手臂作为回答。陶艳开门，把我扶到床上，脱衣脱鞋，又盖上被子，然后烧水给我敷脸，还快速地给我做了一碗醒酒汤。我喝了汤，感觉有点力气，我抬起脖子，看看天花板，长出一口气。后来，我眯着眼，轻声对陶艳说，看看，我们都是好人啊，好人就有好报。

陶艳伸手捏捏我的耳朵：傻瓜，天下会有免费的午餐？

陶艳认为，我们都欠了一个人的情。她对我说，她记得陈向前喜欢喝咖啡，她建议我们改天，带上一种叫"猫屎"的咖啡，去拜访陈向前。我看着她脸上的兴奋神情，斜躺在床上，一声不吭。

陶艳说，你又怎么了？一张苦瓜脸。

我轻哼一声说，要拍马屁去喽。

陶艳噘噘嘴：你不是学历史的吗？

那又怎么样？

她不屑地说：真是呆子，那些历史上的帝王将相权谋攻伐都白给你看了！

权力，曾经在我步入社会之初，给过我伤害。这一次，权力又这样小小地、却又是尖尖地捅了我一下，那么轻而易举。

我闭上眼睛，沉静的夜，迅速把我带进了黑洞。

## 十、中秋夜雨

### 1

所有的魅力，都因未知与神秘而产生。

远古历史的真相是未知的，所以有魅力引人去挖掘与发现；未来世界的真相是未知的,所以有魅力引人去幻想与探索。我和陶艳的未来会怎样?

我一直希望如《诗经》里所说:执子之手,与子偕老。我不知道在未来长久岁月里,这份爱是否依然如初绽的鲜花般永久保鲜与美丽。但我读过的所有经典爱情故事的结局,都是凄楚的悲剧。

月初,我代替蓝骄跑了一趟福州,十天之后,圆满完成公司的业务并额外谈成了一笔生意。为此,公司奖励了我一千五百元奖金。拿到钱后的星期天,我马上约陶艳去逛街。

逛街,是我认为最无聊最浪费时间的一件事。但我看中一个蝴蝶形金链子,一千两百一十八元,造型漂亮,数字也吉利,我想把它买下来给陶艳一个惊喜。毕竟,她升了总经理助理,升职那天我正好去福州,连为她庆祝一下的机会都没有。同时,我们也好久没见了。

项链戴在陶艳的颈项上,似乎并没引起她的兴奋。我隐藏住心中的一点失落,陪她逛了一家又一家的商场,又一起去看了一场下午场的电影。从影院里出来,也就快到了吃晚饭的时间。

陶艳说,在她们酒店隔壁,新开了一家潮汕风味的餐馆,环境、味道都不错。我摸摸口袋,还剩两百多块钱,我知道在电影院隔壁过去的街口,有几个路边小吃摊。因此,我建议我们就在路边摊上,一人一碗沙茶面,再捧个热乎乎、香喷喷的油条来吃。

陶艳本来也并没有生气,但在路边摊吃东西时,她的新衣服,被一个衣着污脏的农民工不小心蹭上一块油污。她有些不高兴,起身和那个农民工理论:"你,没长眼睛呀?"

如果,那个农民工马上道个歉,估计也就没什么问题了。可他是和两个同伴一起来吃饭的,听到同伴的哄笑,就一扭头:"咋,谁没长眼睛?"

"你没长眼睛!你没看见你的油汤蹭在我衣服上了吗?"

"喔!小姐,你嫌这里脏?嫌这里脏你别在这吃呀!"

我马上站起身："你说什么呢你！"

"我说啥？我啥也没说！"这是个在城市混了多年的农民工，以前面朝黄土背朝天的淳朴，在城市多年的挤压下荡然无存，"你在这吃饭我也在这吃饭，你穿得好、我穿得差，但我们一样在这里吃饭。咋？要我赔衣服？我脱了我这衣服给你，要不？"

这时，一只大手伸到他肩上把他猛地一拉："耍流氓吗？"

蓝理达魁梧的身躯旁边，还站着纪毓佳和陈向前。

当听完陶艳的叙述，蓝理达马上伸出手在农民工胸前一戳："道歉！你个盲流！信不信我叫派出所的警察来？"

农民工看看他的气势，又瞄瞄自己的同伴。同伴都低下头，把脸埋在汤碗里装看不见。农民工的眼中就有了畏惧，但嘴巴努努，还想说什么，陈向前已经掏出个大哥大放在耳边：

"马所长吗？这边有个盲流耍无赖，你带几个警察……"

另外两个一听，马上放下面碗低着头急急溜了。

农民工一下慌了神，马上鞠躬又作揖："哎！大哥别急，大哥、大哥我错啦，这位姑娘真对不起，我不是有心的，也没钱赔……"

纪毓佳插言："谁要你赔？你赔得起吗？快滚快滚！"

等农民工走了，蓝理达看看陈向前："陈局，你真打了电话？"

陈向前微微一笑："号码还没拨就打通了。"

纪毓佳就说："陈局真幽默！"

又对我们说："你们怎么在这里？"

陶艳恨恨地看我一眼："都是他，非说这个摊子香！"

纪毓佳说："哎呀！好了好了，不生气了，这些打工的！也没人管管，像什么样！"

蓝理达则对我说："小萧，好久不见了，我记得你酒量很好哇！怎么样？我一个朋友约我们在前面的嘉士来海鲜酒楼吃饭，你和陶艳一起

229

来吧!"

我说:"嗯,晚上我们还有点事。所以我们俩才在这里随便吃点……"

纪毓佳听了说:"噢,你们还有事,真可惜!艳儿,改天到我家去喝咖啡,老蓝刚从欧洲回来,还特意给你带了一身衣服。"

他们说笑着和我们告别。我看看陶艳注视着他们远去的目光说:"艳儿,还吃不?"

她忽然有些恼火:"吃吃!吃个屁!"

"你又怎么啦?"

"我怎么啦?我怎么啦?你不是还有事嘛,你忙你的事去吧。"

她说完,转身离开了摊子。

我们已经有好多天没见了。今天我特意陪她逛街,买项链,还看了一场电影,真的只是想让多日没见的她开心。我知道她希望晚餐能在一个环境好、气氛好的地方进行。而我选择路边摊随便吃点东西,并不是心疼手中已经花出去的一千两百多块钱,我只想把剩下的两百块钱,寄给远方的父母。

我急急忙忙追上去,边走边劝:别气啦,为这点小事,回家,衣服我给你洗干净,保证和新的一样……她抿紧嘴,一声不吭地向前快走,我越劝,她越憋气,忽然停下脚步,大声说:"你烦不烦!别跟着我!"

我愣了愣,说:"我不跟着你跟着谁?"

"你爱跟谁跟谁,我现在只想一个人。"

我摊开手:"陶艳,我们十几天没见了,为这点小事值得吗?"

"这不是值不值的问题!"

"那是什么?"

她理了理头发,平静地看着我说:"真想不到,我会在路边摊和一个农民工吵架!真丢人!"

丢人?对,真丢人!我让她感到丢人了!

我们在人来人往的大街上，再次争吵起来。最后，她快速消失在夜色中，而我默默无言，一个人立在喧嚣的十字街头。

许久之前，我梦寐以求的，只是和陶艳睡一张简简单单的永远的床。可我发现后来的情况是：床越来越小，而与床不相干的东西纷至沓来越来越多，多得占领了床……这样的日子，今后我能承担吗？陶艳能承担吗？爱情如火焰，因为风的缘故，诗人说随时可能熄灭。

恋爱时我们对未来的向往，其实都是一个好的美梦，飘在空中的没有柴米油盐的梦。但我们每次开始，都会着迷于这个梦。毕竟，玫瑰的红艳永远比酱油的黑褐好看。但如今，这个梦在我们中间似乎就要幻灭。也许，每个家庭的生活，都琐碎如鸡毛，都是在争吵、和好、争吵中慢慢磨平双方。也许，幸福生活只是两个人最初的梦想，而现实，便是平庸的不值得一提的日子？

午夜时分，我再次来到她家门前，我敲门，道歉，请求。但没有一丝回应。

我默默来到了楼下。今夜，"缘木求鱼"没有开张。那个精瘦的男人，已经很久没露面了。也许，他和陶艳的邻居，已经开始了新生活？

我抬起眼，我所关注的那一扇窗的灯还没有熄灭。陶艳，这个时候，你在房间里想些什么、做些什么呢？我不知道，我只知道我的心已经飞到那扇紧闭的窗户里，被房间里的那个人紧紧抓去。多少回了，我希望房间里的那个人能站到窗前，能让我再看一看，也望一望站在这里的我。

灯，终于熄灭了，熄灭了那点温暖，也熄灭了我心中的希望。

在我转身步入昏暗的小巷时，我觉得自己的双眼被周围的湿气所浸润，我孤立无援，像没脚的鸟，漂浮过鹭岛暗夜的街巷。

# 2

第二天很早很早，我就来到了公司。

我从没想到白天嘈杂热闹的公司在拂晓时是如此凄凉孤寂。这种人去楼空的宁静只有凄凉，没有人迹罕至的山野里那份静得让人心醉的美。因为关了射灯，屏风上"让世界了解龙腾，让龙腾领跑世界"十四个大字，模模糊糊地融在黑暗的背景里，没一点往日的光彩与气势。正如威仪万千的春秋霸主齐桓公，在被弃于禁宫深院等死之时，就是个比普通老人还可怜的干巴老头。

我现在已经是龙腾公司的部门经理了，但没加薪，提成也始终是个"南柯太守"。提成对公司的许多人来讲，都是"南柯太守"。

我点上烟，烧水泡了一杯浓浓的茶，静坐在黎明前的黑暗中。思绪如找不到巢的归鸟，飞出了办公室，在鹭岛的宁静丛林没有目标地舞动着小小翅膀东奔西荡。

七点半以后，整幢写字楼以噪音为开始宣布复活。

第二个来到公司的员工是总经理秘书小许。她双手抱着背包小心翼翼地从屏风处探头进来，当目光扫到我后，才长吐了一口气，大步走进来并打开所有的灯说：

"萧经理，你吓我一跳！"

"怎么啦？"

她笑说："门开着，却不开灯，又没一点声音——我以为遭贼了！"又看看我说，"咦？平常你都挺晚的，今天怎么这么早？"

"我就不能第一个到？"

"不是，我看你……像没睡觉！"

"乱讲！"我板起脸。

"谁乱讲？你去洗手间照照镜子，都成熊猫眼了。"

我用双手揉搓一下脸，又伸个懒腰："我说你今天也来得早呀，九点才上班呢。"

她转过身，急忙忙走向自己的位子，边走边说："我也不想啊，可纪

总交代，今天十点钟有重要的客户要拜访，让我把公司近几年的材料都准备好……喂，你吃早点了吗？没吃我一块叫上来。"

"好，我要油条豆浆。"我说，"小蜜蜂，要不要我帮你啊？"

她打了叫餐电话，坐下来朝我挥挥手："得了你个土蜜蜂！昨晚我连公司聚餐都没参加，加班到十点多！那时你怎么没想到？"

"要想也轮不到我啊！你的明远哥没帮你吗？"

"少来了，你！不知道我们都散了两个月？哪像你和你那位，谈那么久还不腻！"

我打了个哈欠，用手抹了抹眼角，转移了话题："唉，纪总说这月底奖金发双倍，真的假的？"

"我怎么知道？"

"那天在KTV时，你没听他说？"

"那天他喝多了，你没看出来？醉鬼的话你也信！萧经理，这几天怎么老有工商税务人员往我们财务部去？"

"我听财务小李说，好像我们公司的账目有些问题……具体我也不知道。"

连日来，纪雨润的头顶，明显覆盖了白雪的痕迹。我不是十分确切地得到一些消息，公司的财务出了很大问题。也许公司会破产，也许公司会重组。龙腾，经历五周年的辉煌浪峰之后，快速滑入一个危险的深渊。这是我这一段时间极不想看到的事。如果公司真破产了，那么，我也许将真的沦为陶艳口中所说的"盲流"。

从一般意义上理解：盲流是从农村盲目地流入城市的人，而从城市流入农村者，不是盲流。一九五三年，为劝阻大量农村人口因贫困流入城市，国务院发出了《劝止农民盲目流入城市的指示》，首次提出"盲流"的概念。之后在中国有两个时期，曾经有大量"盲流"入城。一是一九五九年，因为饥荒；二是一九八九年，因为开放。产生盲流的主要原因是户籍政策二元制的差距。这其实是对农民的一种侮辱，因为盲者，瞎也，简而言之农民是瞎了眼，才会流入城市。盲流的定义，除了歧视，也违反了公民的人身自由权。

那次在大街上激烈争吵的最后，陶艳冷冷地对我说："萧一灯，你别以为你打上领带穿上皮鞋就是个白领，你骨子里，就和那些从农村来的打工者一样！你就是个城市大街上的'盲流'！"

我是瞎了眼流入城市的农民？不错，我确实是一个农民的后代，又有多少中国人，在一千八百四十年前，不是农民的儿子？

这一次战争来得如此猛烈，以至于战争停止之后，我们的冷战期长达两个月。我们两个人从心底讲都是"美利坚"，所以没办法像"苏联"一样，微微一碰，就酥脆地解体。

陶艳升职，更加忙碌也更加对我冷淡。我抓不住她的心，而且，我的心中早就充盈着失败的情绪，面对现状，我确实需要鼓励支持与温情，而不是战争。

## 3

"欢迎光临！"

当我走进"私语"咖啡馆别致的门厅时，清脆的声音从我背后响起，年轻女子身上的清香也随之飘来。

我转过身："咦！怎么是你啊！"

"怎么不是我？哼哼！好久不见了，你还好吗？"

谢雨微眨动着眼睛，淘气地一拍我的肩膀。我得承认，很久没见，她出落得更漂亮了。小鹿一般健康而颀长的小腿，藏在墨绿制服下随着气息而起伏的胸脯，全在焕发着青春的光彩。

谢雨亭在电话里说，因为忙，已经很久没见我了，他说他和柳云开了一家咖啡馆，兼做三明治和牛排等西式简餐，正在试营业，就约我来吃饭

并提意见。没想到一进门，谢雨微竟然穿着一身墨绿制服在这儿打工。

"打工怎么啦？我放假没事来帮忙嘛。我说你真不够朋友，有了女朋友，就把我忘了！"她带我到靠窗的一张圆桌前坐下，凑近我挤挤眼睛放低声音，"你别忘了，我可是你在鹭岛的第一个女朋友。"

"又胡说！你看你哥吧，好好地教拳击，怎么想起来开餐馆？"

"我哥？他个穷光蛋，哪来的钱开店？这店是我嫂子开的。"她快速去吧台给我倒了一杯柠檬水来。

"你嫂子？你哥什么时候结婚啦？"

雨微哧哧笑："你看你这样！大惊小怪的，谁说他们结婚啦？"又神秘兮兮凑近我，看着我的眼睛小声说，"同居，同居明白吗？你，有没有哇？"

"臭丫头！不学好啊！"

"哈哈！心虚了哦！"她笑着跳开，瞟一眼窗外，"瞧，她来了，我介绍你认识一下。我觉得吧，她可比你的宝贝儿好。"

柳云抱着一大把桔梗花进来，看见我马上微笑一下："萧一灯，你来啦！你等等，雨亭买个水果，马上就到。小微，你把厨房里那个水晶花瓶拿出来，把这花摆在吧台上。"

谢雨微接过花："啊，你们早就认识！这花可真漂亮。"

柳云看着她的背影笑笑："有她在，这个店里就没那么冷清。"

她调了三杯摩卡咖啡出来，谢雨微也插好鲜花，在吧台里放起了柔美的背景音乐。柳云这个女孩，一眼看过去文静腼腆，骨子里却很坚韧且有主意。她离开南洋瑞景，一个人忙碌大半年，开了这个小店。她说她不喜欢和很多人打交道，今后的梦想，就是去国外一个空气清爽的小镇，开个咖啡厅，平平安安过完这一辈子。

"那么我哥怎么办呢？他估计连二十六个字母都分不清啊。"谢雨微喝一口咖啡，十分担心地说。

"缘分都是可遇不可求的，我才不会强求他跟我去。"

235

雨微还想说什么，谢雨亭已经拎着水果进来。柳云就起身一个人去厨房忙午餐。

中午时分，店里来了三对客人，雨微也忙着去帮忙。到我们吃饭的时候，我和雨亭聊起近来我和陶艳的不愉快。雨微在旁边听完，终于憋不住讲了一件事。

谢雨亭听了，看看柳云，马上说："微微，你别胡说八道。"

"哥！我才不胡说，我亲眼看见了！"

"你看见什么？"

"他们俩搂着，进了一部黑色的轿车。真的是'大眼睛'姐姐！"

雨微说，她本来不想说，怕我心里难过，但不说又担心我什么都不知道。她说，爱上了一个人，怎么又能和另一个人亲嘴？

当时，我的脸色一定很糟糕。谢雨亭则瞪着眼睛不让谢雨微再说。谢雨微很委屈也很生气，她最后说，你们爱信不信，反正我看见了。

离开"私语"以后，我给陶艳的办公室打了电话。接电话的人回复说：陶小姐休假一周。休假？她会去哪里呢？

"缘木求鱼"门前的灯在午夜一点熄灭。对面楼上十八层那扇窗里的灯，却整夜未亮。

## 4

中秋节将至。连续的阴雨之后，老天把太阳叫出来给郁闷的人们改善情绪。许多天之前，鹭岛的大街小巷中，就经常此起彼伏地传出清脆的"叮叮当当"声，那是六枚骰子被掷到瓷盆里发出的声音。

鹭岛人过中秋，都玩一种叫"博饼"的游戏。这游戏源于清朝初期，据说是读书的童生们为了给自己的秋试博到个好彩头而发明的。后来，发现有利可图的商人便把中秋月饼做成"会饼"。一套会饼，从大到小六十三个。状元饼最大，一个，对堂饼（代表古时的榜眼、探花）两个，剩下

六十个甜饼从大到小分别是"三红"四个、"四进"（士）八个、"二举"（人）十六个、"一秀"（才）三十二个。这样，这种趣味活动就扩展到了鹭岛民间，全家，或朋友，或乡邻同事，在瓷碗中用六枚骰子掷出约定的点数组合（比如投出一个红四点出现，就是秀才，四个红四点出现，或五个相同的点数出现，就是状元）来博得秀才、举人、进士、探花和状元。如今，这风俗也几乎成了每家在鹭岛的企业必须举办的一种联谊活动。我从资料中得知，由于闽南地区文化的复杂多元性，造成"五里不同风，十里不同俗"的现象，所以尽管同属闽南，也只有鹭岛有这一风俗，泉州、漳州等其他地方则没有。

博饼的奖赏，最初只有"会饼"——一大盒从小到大的点心。按骰子掷出"中榜"的高低，分配点心。状元，当然是拿盒中最大的一块大饼——这饼必须分给大家吃，以示分得"状元运"！这在物资匮乏的年代很有吸引力。但现在，人们哪里还需要这点心？比如我小时候那些包装得花花绿绿的糖果，记忆中一个美好、温暖、满足的甜甜小东西。在过去那个年代，它的力量是多么强大，以至于竟然产生了"糖衣炮弹"这个词。

因为逃税和抵押贷款问题，龙腾公司正准备重组。虽然困难重重，纪雨润还是请大家吃了一餐饭并"博饼"。我们一个小小的"秀才"，也早从一枚铜钱大小的甜饼转变成一块力士香皂。好公司的奖品则五花八门。"状元"可以等于电视，可以等于冰箱，可以等于音响……

说起好公司，我就想起了陶艳。这一段除了电话联系，我们已经很久没见了。一个做了大酒店总经理助理的恋人，因为不愉快的争吵，总有理由不和另一半见面，但如果永远不见，我们还会是原来的恋人吗？

我打算趁中秋月圆之机，送陶艳一束鲜花，一起过个二人世界，好好修补一下俩人的关系。

中秋那天，老天似乎有意和准备过团圆节的人开玩笑，早晨，它还用太阳微笑着爱抚着城市，到中午就阴起了脸，并慢慢落下稀疏的泪雨。

下午，我请了假，约谢雨亭一起去选花。

"你们公司博过了吗？"

谢雨亭听到某个地方传来的骰子声，问我。

"博过了，我手气不好，只有'一秀''二举'，连一个'四进'都没有。人家说赌场失意情场得意，我好像两头都是输。你呢？"

"哈哈，"谢雨亭笑起来，"你别乱想。我的手气还不错，得了两台跑步机，是'对堂'，双探花。"

"两台跑步机？"

"是呀，我们俱乐部的老板多精明，反正健身房需要器材，一次性多购些，又可打多点折扣！喂，你要不要，我送你一台。"

"算啦，我没地方放。"

"那你还练拳吗？给你个沙袋包吧！也是博来的，挂起来不占地方。"

"好，谢谢啦。"

"同心缘"花店里，三个身在异乡的卖花姑娘坐在一起，正讨论着一件令她们愉快的事。一个把头发染成棕黄色的姑娘见我们进来，马上站起身，笑着迎向我们说："两位帅哥想买什么花？"

"不是我，是他。"谢雨亭指了指我。

她便看着我热情地说：

"先生想送给什么人？我们这里品种很多，有玫瑰、百合、康乃馨、天堂鸟、非洲菊……还有郁金香！"

我说："送女朋友。"

她笑："哦，那当然是红玫瑰最好！百合也不错……"

谢雨亭插言："他和女朋友吵架，女朋友不理他了。小妹，你说送什么好？"

姑娘又笑说："一般要送黄玫瑰，表示道歉嘛。可我还是建议送一大束红玫瑰，加上九枝勿忘我，再点缀满天星。玫瑰数嘛，九十九朵最好！"

谢雨亭说:"九十九?那要多少钱?小妹你真会做生意呀!"

姑娘还是笑:"话可不能这么说,帅哥,这个时候嘛,九十九朵花换回女朋友的心,哪里贵呢?"

我说:"好吧,就照你说的办!九十九朵。"

这个女孩的口才真是不错。她夸赞我一番,一面手脚利落地挑好了花,一面又转头问雨亭要不要也来一束花,中秋节嘛!买束花,送女友送朋友送领导送父母都好!谢雨亭被她说得没办法,挑了三枝天堂鸟买单。等我选定包装纸,她就叫另外两个女孩精心地将花束整理、包装、点缀,同时捧出一堆漂亮的贺卡问我要不要。

我说:"不要,我自己送,要什么贺卡!"

谢雨亭拍拍我的肩:"挑一张吧!可以把你说不出口的话写在里面。"

女孩看着他笑:"这位大哥可有经验喽!"

谢雨亭说:"我有什么经验?我女朋友都跑啦!我只不过比他聪明!"

"你花送少了吧?三枝天堂鸟,肯定不是送女孩子。"女孩对他说。

"什么少?我都送过九百九十九朵玫瑰!"

"真的啊?!"六只亮眼睛齐齐射在他脸上,卖花的几个姑娘同时惊呼起来。

"又怎样啊?"谢雨亭点上一支烟,故意叹口气说,"人家还不是跑啦!"

虽然谢雨亭和柳云已经到了谈婚论嫁的时期,但据我所知,九百九十九朵玫瑰他肯定是没送过的。因为柳云和陶艳不同,柳云喜欢自己种花,"私语"咖啡馆里所有的花花草草,都是柳云亲自栽种的。同时,柳云不喜欢玫瑰,感觉玫瑰俗且太艳。她喜欢荷花、兰花、水仙和竹子,这也许和她的家庭有关。

可花店里的几个姑娘听雨亭那么一说,都跟着叹息,并叽叽喳喳和他聊起来。我笑了一下,挑出一张满意的贺卡,向小姑娘借一支笔,坐到一旁在卡内页里写下五个字。

"怎么样？很好看吧。"女孩们终于把一大捧红艳的玫瑰摆成孔雀开屏的造型。

我点点头，付了款，把花抱在怀里对雨亭说："怎么样？我们走吧。"

"想不到这么多玫瑰在一起，还真是好看啊！"他笑笑，又转身把自己手里的三枝天堂鸟分别送给三个卖花姑娘。

离开花店时已是下午四点，小雨也停了，只是天还阴着脸。街上一下冒出了许多行人，空气中便弥漫着城市里原有的一份嘈杂。

谢雨亭抬头望望天说："不知晚上是否能看见月亮。"

"中秋节了，你还是不回家么？"

"回家？嘿，晚上和柳云一家吃饭。"

"哦？是吗？看来你和未来的丈母娘都混得熟了！"

"这倒也不是，"他看着我笑笑，"柳云有个好爸爸。"

"什么意思？"我不懂他的话。

"他和我现在是忘年的朋友。老先生有个爱好，喜欢钓鱼。我们第一次见面就聊到了钓鱼，我说我也喜欢钓鱼。后来老先生就约我去钓鱼。钓了很多次鱼我才发现，他是要找我在钓鱼时聊天。他每次和我聊天都讲很多，先聊国家与国际大事，再聊他的事业，再聊柳云的咖啡馆，再聊我的工作，最后就谈我和柳云，当然，主要是他说我听。我们在一起几乎很少钓到鱼，都是他说话说的。是他告诉我柳云过去的一切，柳云喜欢什么、害怕什么，柳云有哪些优点、哪些缺点。柳云是个初高中三级连跳生，从鹭岛大学中文系毕业时，才十九岁。但她已经很有自己的主意了，去酒店工作了解美食和咖啡，是自己开咖啡馆的前奏，辞职当个个体咖啡馆业主，也没有遭到父母的反对。柳云会把一个家整理得很干净，会让家里的每一个人每天都干净整齐地出门。这一点我很在意也很喜欢！而且柳云的话也不多。后来老先生还让我教他健身。唉，老先生还请我在和柳云继续

交往时保留一个最后底线：不和他女儿上床……这个可真是难哦！"

我记忆中谢雨亭很少说话，现在他一口气说这么多，说明心情很好。我看着他说："喂，你好像变了很多。"

"变了吗？没变。"他看着我继续说，"这样的父亲才是好父亲！一个把女儿了解得那么清楚的父亲！爱并理解。"

谢雨亭很快和柳云的父亲成了朋友。柳云希望将来，她能和谢雨亭一起，把她的小店开到欧洲一个温馨的小国家去。所以和柳云在一起唯一让谢雨亭感到头疼的，是说一口流利的英语。英语的问题在柳云全家看来，是个对话环境的问题，他们一起解决就不成问题。于是，他们更频繁地请谢雨亭到柳云家里聚餐，一些英文会话也会从他们每个人嘴里冒出来，讲一遍并教一遍谢雨亭，渐渐地，谢雨亭完全融入了这个新家庭。

谢雨亭说：他们家永远没有争吵。

这让我想起我和陶艳。陶艳和我总有争吵。

陶艳美丽而精明，对自己的将来有一份既浪漫而又实际的规划。这一点与我不同。我正如刚来鹭岛遇到谢雨微时所说，为什么来都不知道，更别提将来要干什么。我们俩人的主要问题是：她觉得我是可塑之材，我也觉得我是可塑之材。但我不想让她以她的方法步骤去塑造我，而她总想着设计我未来的人生——未来怎样，有谁知道？

于是我们的争吵越来越多，我们俨如一对结婚后的夫妻，有时会毫无顾忌地用尖锐的语言伤害对方也伤害自己。每次吵完，都以我的投降结束。我如奴仆对主人、如臣子对国王、如老妇对爱儿、如园丁对花蕊，使她快乐起来、破涕为笑、回心转意。

但我越来越不快乐。我们都没想到，夫妻该如何相互宽容，夫妻该如何解决矛盾。就是真正的夫妻，又有几对想过？

我终有一天会不想当奴仆、臣子、老妇、园丁的。

当谢雨亭问我捧着这一大束花要去哪里时，我想还是马上给陶艳打个电话。这是我和陶艳近半个月来的第一次通话。当听筒里传来熟悉的声音时，我说：

"中秋节快乐！"

"嗯，中秋节快乐！"陶艳也听出了我的声音。

"晚上一起吃饭，好不好？"

"……今晚不行，要么，明天吧？"

"为什么？"我问。

她说了原因。

我看看手中的花，说："那么明天？"

"嗯，……明天再约。"

离开电话亭，我的情绪有些低落，看看手中一大捧鲜花，感觉自己就像一个傻瓜。

谢雨亭有些关切地望着我问："怎么？她拒绝啦？"

"没有，她今晚没空。"

"没空？什么没空？"

"没空和我吃饭，老大！"我生气地说出陶艳告诉我的原因。我想我真是个傻瓜，我买什么花呢？

"嗨！你这笨猪！"谢雨亭拍拍我的肩，"没空吃晚饭，还整晚没空喝点什么？还没空到不回家睡觉不成？"

嗯，我确实是笨猪！在听到她拒绝吃饭时，我的坏情绪立刻从心中蹿起来，左右了我可以思考的大脑。我望着谢雨亭说："我是猪！那现在怎么办？总不能再打个电话？"

"这花，难道你还有别的女孩可送？马上再打也不好。我想，你能不能这样：晚上九点以后，你带着花到她住的地方，在门口等她，给她一个意外的惊喜，也许会有意料不到的收获！"

好主意！可现在呢？我请了假，取消了单位里同事的聚会，总不能抱

着一大束花在街上乱逛吧?大家中秋团圆,我只有回到自己那个小小房间,一个人对着花,举杯邀明月,对影成三人了。

谢雨亭似是看出了我的心思,他说:"萧一灯,晚上柳云家在酒店订了一桌席。我说,你和我们一起过中秋吧。"

"这样不好吧?"我心中涌起一丝温暖。

"没什么,她一家人都挺随和,我先打个电话。"他跑到电话亭边。

很快,他跑回来,一边看看天气一边笑说:"走,先去你家把你这束宝贝花放好,然后我们一起溜溜,到时间去吃饭。"

## 5

晚上七点,我和谢雨亭来到酒店的包间。柳云的父亲,是市文化局的一位官员,并且还兼着鹭岛大学一个系的客座教授,母亲则是一家杂志社的编辑部副主任。因为工作的关系,柳云父亲去了许多国家进行文化交流,基于对同样的问题感兴趣,我们一坐下来就聊得很融洽。

柳云父亲说:"小萧你学历史的,你知道,中华文明曾经影响了世界许多国家。但现在,我们的文明正在失落。"

我说:"叔叔,我们的文明肯定是有缺陷的。从历史上看,我们的每一个朝代,都曾大规模地'焚书坑儒'。为什么会这样呢?这应该令我们每个中国人反思并批判。我不知道,我们是否需要启蒙,但启蒙之后的欧洲文明,对欧洲经济与政治的发展,都做出了很大的贡献。而如今,欧美文化与物质行为方式也越来越影响我们中国。"

柳云父亲说:"不是欧洲,主要是美国。尤其是美国快餐文化大量流入。美国的国家整体策略自二战以后,一直是把自己变成世界的中心,从政治、经济、文化及生活方式等各个方面,用所谓的看不见的手来实现。我发现没有哪个国家比它更善于操作这一切。"

柳云插言:"我觉得我们更应该了解欧洲的文明。"

我说:"是呀。特别是精神和文明状态。"

柳云父亲点头,有些忧郁地说:"其实,欧洲发达国家近现代以前的那种人文主义精神,也随着信息科技的发展而受到挑战。"

我想了想问:"叔叔是不是指十九世纪前,欧洲的人文精神总伴随着基督教精神?"

柳云父亲说:"可以这么说。所以,后来尼采说上帝死了。你找不到上帝,就会茫茫然不安……其实就是信仰丢失,这在全球都一样。所以我们相信科学能解决一切,也未必不是一种迷信。"

柳云妈妈看菜都上来了,站起身举起酒杯说:"好啦好啦!老柳,就听你俩聊,中秋节嘛,大家一起谈,才团团圆圆。来,大家干一杯。"

两位老人都很热情,晚餐的气氛也很不错,老先生还在酒后即兴朗诵了一首苏东坡的《水调歌头》。趁大家都不注意的时候,谢雨亭用脚在桌子底下踢我一下,小声说:"喂,我怎么觉得你和老头更聊得来呢?你小子觉得你做他们的女婿怎么样?"

我小声回敬:"那样你会后悔的!"

柳云文静丰满,但我还是喜欢陶艳,我和陶艳在一起要自在得多,虽然我们会经常吵嘴,但我们也有令人陶醉的甜蜜时刻。

如果我不在中途出包厢上厕所,那么这一餐饭对我来说一定是个圆满的晚宴。

世界是博大的,博大到在你生活了一辈子的地方,也有你从未到过的角落;世界是狭小的,狭小到你去一个几万里以外的地方,也有你曾见到过的熟人。当我从洗手间出来的时候,就看到前方有一个亭亭而行的美丽背影。那乌亮整齐如黑缎子般的长发,那些被我的手指细细抚过的长发!那洁白柔软的羊绒套头衫,那件被我的手指轻轻脱过的羊绒衫!

我想张嘴喊她,可她怎么会在这儿?美丽的背影被一扇门关在里边。我走过去看了看房门号,极想在这一刻有孙悟空的法力,能变成一只小昆虫飞进去……

"先生，您要进来吗？"

我这才发现门外站立的侍应生的笑脸。

"噢，不，我在找我的包房。"

"先生的是一一〇六，就斜对面过去的第三间。"侍应生躬身做了个手势。

"谢谢！"

我转身走回自己应该去的地方。

谢雨亭发现了我去卫生间前后的不同。

当然，我的心已经进入了另一个我不能感知的房间，因为不能感知而不安。他看了看手表，对我说："怎么就坐立不安啦？才八点多，还早呢……"

"什么还早？今晚有球赛吗？"柳云显然听到他的话，她知道谢雨亭是铁杆足球迷，因而想象着所有男孩子都一样，而她全家则对足球一点儿兴趣也没有。她弄不懂几十个人追着一个球，为什么会让成千上万坐着的人如此疯狂？但她一直充分尊重谢雨亭的一切爱好和选择。同样，她声音并不高的问话也引起了她父母的注意。他们彼此相互关切已成了一种习惯。

谢雨亭笑笑，看着我咳嗽一声，说："不是，萧一灯晚上还有事，嗯，给他女朋友送花。"

"这孩子，怎么不叫来一起吃饭？"柳云妈妈说。

"唔，她有事……"我说。

"唔，追女孩子可要用心啊！你快点吃，吃饱了去！"柳云父亲笑说。

我说："我已经饱了。"

真的，即便再饿，我现在的心思也不在食物上了。

道谢并道别离开包厢后，我在走廊里点上一支烟，站立着吸几口，等看见一道明炉梅子鱼汤送进陶艳所在包房后，我快速离开。酒店大门外，

245

经过观察，我选择了一处我能看见每个出入酒店大门的人但别人决不会注意到我存在的地方，一支接一支地抽着烟默默等待。

九点半，谢雨亭和柳云一家人说笑着走出了酒店。一辆桑塔纳轿车在三分钟后载着他们离开。这时，我身后传来一声轻咳，我吓了一跳，扭过头，看见一个戴着帽子的男人。

"咳咳，兄弟，有火吗？借个火。"

男人微低着头举着烟。我摸摸口袋，掏出打火机递给他。

他点着烟，说声谢谢，却并没有走。我看他一眼。他却笑了一下，小声说："一起站站。"

"干什么呀？我又不认识你！"

"嗯，这个地方盯人不错。"

我说："你说什么？"

他说："盯老婆吧？"

我皱起眉头："你管这么多？警察啊你！"

他撇撇嘴："不是，我们兄弟呀，我也盯着我老婆呢。"

在这个时候竟然遇见这么个主！他看看我，告诉我他观察我有一阵子了，他说他一看我就是个新手。他举了举左手，手上有雨伞，还有个塑料袋，袋子里有水有面包，有墨镜、帽子，还有望远镜。他说他盯老婆已经盯了好几个月，必备的东西可不能少。我一面盯着从酒店出来的人群，一面听他讲自己的经验。后来，我笑了一下，问他既然是老手，有盯到老婆什么没有？

他又撇撇嘴："一直到现在还没有。"

我说："既然是这样，估计你老婆没什么问题，一定是你想多了。"

他摇摇头："不是，我老婆原来一下班就回家。"

我说："也许她现在忙了。"

他说："不是，你想，都中秋节了，不回家和自己老公过，和谁过？

你看，你不也是这样想?"

我说："那如果真有问题，你打算怎么办？"

他说："你说呢？"

我说："和她分手？"

他有些吃惊："哎呀！分手？我还没想过。你说呢？"

我说："我怎么知道？"

他说："是你怎么办？"

我说："带把刀。"

他轻轻啊了一声，扭头打量我。

我说："别看，我没带刀。"

他说："是，杀人犯法。"

我们两个就沉默下来。

渐渐地，有更多的轿车和出租车载着酒店食客离开，可没有陶艳的身影。难道我看错了？不会的，我太熟悉那背上飘动的长发，太熟悉那件羊绒衫了！难道她和同事加班后在这里聚餐？我希望如此，但从自己的酒店不远万里转到这里？她们在自己的酒店也能吃上可口并免费的饭菜啊！我很想再上去看看，可我只有等待，等待是我唯一的选择。

而身边这个陌生的男人，也一直沉默地等待着。

十点十分，我看见了我不想见的。一个男人把他的手搭在陶艳的肩上，微微侧低着头，和她笑着小声说着什么，一起走向一辆黑色的本田车。

我想起陶艳在电话里对我说的话。

她更改了三个实际的词汇：她把"酒店"说成"单位"，把"吃饭"说成"加班"，更可恶的是她把"陈局"说成"同事"。

于是，本该是"今晚和陈局在酒店吃饭，要很晚"的事实，成了我在电话里听到的谎言："今晚和同事在单位加班，要很晚。"

陌生的男人突然说:"怎么,你老婆跟人跑了?"

我看看他,说:"你老婆才跟人跑了!"

他说:"不是哦,我看你的脸色都变了!"

我胡乱指指从酒店出来的一群人:"瞧,那不是你老婆吗?"

他说:"不是……哎呀,你怎么知道?"

酒店里出来了八九个喧哗的男女,其中一个声音很大地招呼着说:"各位同学!我们去'欢乐今宵'唱歌!我请客,一个都不能少!"

陌生男人点头说:"哦!欢乐今宵,同学会!"

"这下你放心了吧。"

我转身要走,他却拉住我:"同学会!"

"同学会怎么了?"

"不是,同学会?那不很危险?"

"你放手!我要走了!"

我甩开他的手,快步离开了酒店。

我去哪里呢?我没有车,那辆黑色的本田车早就不知开到哪里去了。陌生男人和我的情况完全不同,我不知道像他那样一种不安的心情,源自于什么情况,也不知道对于一个家庭来讲最终会有什么样的结果。我只知道,陶艳果然像谢雨微说的那样,有了别的男人。而当时,我还认定是雨微这丫头胡说。雨微说,有了女朋友就不能亲别的女孩,那么有了男朋友就能亲别的男人吗?看着陈向前搂着陶艳亲密的样子,我不知他们已经开始多久了,又到底有多少秘密不被我知道。在酒店外墙热情闪烁的霓虹灯下,我从怀里摸出那张带着我的体温的贺卡,慢慢打开,五个字模糊得让我看不清。

我买了两瓶啤酒,再次来到"缘木求鱼"书店前,但愿我看到的一切都是一次偶然。

"缘木求鱼"书店已经关张三个月了,十八楼陶艳的女邻居也早就坐

上飞机跨越大洋，和她的丈夫会合。我记得"缘木求鱼"说：

缘木怎么能求到鱼呢？

但就是用渔网网鱼，上来的鱼也不一定是你想要的那一条。

午夜一点，我看到了本田轿车，看到了车旁两个人的拥抱和缠绵，我浑身颤抖，却一动没动。看着陶艳的身影消失在昏暗的楼道里，看着轿车驰入黑暗的夜色里，我摸出一支烟点上，吸了一口，退后几步，抬起头，静静地注视着那扇熟悉的窗。

灯亮了，照出一点温暖。天空却又飘下一丝丝细雨，空气中有一股细细的草叶气味，这味道和着我脸上的湿滑，咸咸涩涩流入我的嘴唇。

这天夜里，在黑暗的雨中，我流下泪水。

我哭，是因为我将不会再来这条长街，看十八楼陶艳的窗。

## 第三部　凤凰

### 一、一封回信

**1**

一灯小弟见信如晤：

还记得当年你给我的信吗？请记住，九万里夜空之上，总有悲悯的眼在看着我们。

和你一样，我离开学校后，多年来一直变换着身份，也常常在身份变换的过程中被惊慌缠绕。和你一样，我也历经了长期彻夜失眠，几乎崩溃。我对死亡有一种强烈的期待，又有一种莫名的恐惧。

不要问我为什么，那些事，对如今的我都已是一个过程。

我们的生命浓缩在二十四小时之内，若昙花一现。人类的生命浓缩在宇宙之中，若昙花一现。璀璨与凋零都是瞬间的过程。既然都是过程，那么，过程之后将会如何？

历经无数不眠之夜，我想解决这个问题。但我不是哲学家也不是思想家，我只有在夜里烦躁游荡，无助而抓狂。我知道我必须向别人倾诉我的问题，他们看我宝马雕车香满路，都认为我是吃饱了撑的，或是钱多烧的。后来，经朋友介绍，我找了一位心理学家。这家伙每小时收费三百，绝对是个恶劣的抢劫犯！因为他竟然抢病人的钱。他衣冠楚楚，故作高深，其实和我一样，也在夜晚辗转反侧，完全靠一种美国进口药物入眠。

这药让他的脸白软虚肥，如退了毛的猪脸。我拒绝他给我的药，我不希望我也有那样一张脸。于是他退了我一半的钱，建议我拿这笔钱去旅行，旅行完了，再来找他。

我觉得我该旅行了！不是那种看看风景、写写无病呻吟的感言的旅行。我给水水留了封短信，说我去旅行，自驾，和朋友在路上走上一两年——这是骗她的。其实，路上只有我自己。

我当然去了你说的水乡，进姑苏、入吴郡，到处都是集市般的感觉。我感觉你对我述说的江南水乡，已然是我梦里才能见到的水乡，是大唐白居易诗里的水乡，是大宋晏几道词里的水乡。我也去了马尾的故乡，去看敦煌。敦煌城中拥挤着庸俗的喧闹，比菜市场还不堪，那可是我心中伟大的敦煌啊！我在敦煌遇见著名摄影家许桑巴，我待了两天，一天喝醉了，和许桑巴及两个美女，因为敦煌的曾经与现在。另一天规划下个行程。许桑巴建议我的西行之路有两条：一条是伟大的丝绸之路古道，经过罗布泊戈壁，沿塔克拉玛干，看楼兰、尼雅，最后抵达喀什。这样，我的路虎车上将有美女牡丹和芙蓉，还有美酒伊力特，也将有一个好向导兼司机：许桑巴。

但我想一个人行走。我告诉他，我一个人，这次已经走了四十九天。于是，许桑巴告诉我南下也不错。从这里到阿克塞入青海，横穿柴达木盆地，经格尔木南下昆仑山口，向西，可入可可西里；向南，继续南下到西藏拉萨，或经日喀则西行至阿里。但这两条路都有无人区，有夺命鬼，道路凶险。一个人，意想不到的危险太多。他最后微笑着对我说：哥们儿，你也许不想活了。

我点头笑：也许是吧。于是，我们喝了告别酒，我独自驾车，奔入西藏。

我真幸运！我的车曾淹入水中，我的帐篷曾埋入沙中，还有些人，想把它们据为己有。但它们依然伴着我，和我一起看到岗仁布钦早晨灿烂的阳光。

冈仁布钦，据说就是须弥山，佛祖释迦牟尼的道场，在佛教中被称为世界的中心，在印度教中它又是湿婆大神的殿堂。据说朝圣者来此转山一圈，可洗尽一生罪孽；转山十圈可在五百轮回中免下地狱之苦；转山百圈可在今生成佛升天。

冈仁布钦峰如钻石身似水晶，空气里散发出纯雪的香甜，可以浸入我的五脏六腑，我的灵魂飞跃腾跳又落回。我想，这就够了。

我开始最后的计划：徒步行走。第一天晴空万里，我走于人迹罕至的路程中，身心像在飞翔。我一直想象我会无所畏惧地面对一切，包括死亡。是的，一灯，你看出来了，我是想在这样一个干净的地方死去。

但接下来的事实不是这样的。我的路虎车，已经看不见踪影了，我口袋里的卡与现金，完全是无用之物。身上的东西越来越少，我抛了帐篷，抛了睡袋，抛了其他原来必须备有的装备。可我日益虚弱，头疼欲裂。导航指南仪，告诉我南北却不能告诉我终点。望远镜，能看到很远却看不到尽头。

我本想长眠于此，长眠于青藏高原里没有地标的地方。惊慌与恐惧却在日月更替里倍增。

出门八十一天了，我躺在硬冷的土地上，尽力翻过我的身体，却无力再抬起我的头。我四肢僵硬冰冷，对着浓重的天张着嘴大叫，却发不出一丝声音。我的眼睛努力地睁着，看见天边有一丝红闪的光，黑暗无边，就这样进入我睁着的双眼。

在静谧中我感到一片温暖，我轻舞飞扬，向远方的光芒飞去。美妙的白光强烈地笼罩着我的身体，我看到里面美丽的景致，但它朝着我微笑、飞驰，我的眼前出现七彩的光环，一片绚烂……我在绚烂中如孙行者，连续翻着筋斗云，却一脚踏空。我掉了下来，落在柔软中，我微笑着溢出泪水……

泪水那么晶莹那么美妙那么幸福又那么遗憾！我被一支牦牛运输队救

到了一个小村里。

半年之后,我回到了北京。水水见到我放声大哭。她说,爸爸,不要离开我!我当时热泪盈眶,想起在那个不知名的村里,一位仁波切的话:死亡并非生命的终点。

是啊,人落尘世,都希望追求到真正美好的事物和完美幸福的生活。然而,什么是真正美好的事物?什么又是完美幸福?越来越多的人竭其毕生追求,也不一定知道。有更多的人,则在现实的沧桑流变下,被不如意的悲惨境遇击倒,或是看惯了阴暗成为阴暗,或是在阴暗与罪恶打击下,认定人生没有真正意义上的美好。

这一切,正如在黑暗中久留的双眼,反而恐惧一瞬间迎来辉煌耀眼的光芒。但是,如果我们心中能守护住那一盏爱的灯火,不时给它添油,又会如何?

一灯,能依然收到你的信,我很高兴。高兴在于:信对于电话和手机信息来讲,是一种思考和情感。人类的历史除了伟大事件和邪恶事件,一直贯穿着的东西,就是思考和情感。

我们已经远离家书抵万金的时代,时光从未如此迅速地跨越人类的进程。但是,如果从让我们眼花缭乱的浮华社会里静心观看,其实你就会发现:我们从未解决"我是谁"的问题。"不知生,焉知死",号称上天入地万类灵长的我们,根本不能由自己把握我们的生,更不能把握我们的死——除了你所悲痛的那样一种死,或是别人悲叹的那样一种死,别人的别人,不是依然"他人亦已歌"吗?

那么,我们为什么还要来此一遭?

新世纪的钟声敲响了,我们也将面临另一个新的一百年。也许,你会说,我们面临的,可能是更多的无奈与悲哀。从历史的角度讲,在欲望的都市里,人类的贪婪也许会进一步地增加,但同时,我想我们的精神也会因此得到回归。

你给我写信说，鹭岛风景宜人，鹭岛的凤凰花绚丽灿烂。尽管你说，你要离开了。但我从信里，读到了对那里的不舍与思念。不管见与不见，山总在心中，水总在心中，美总在心中。因为我们心中有爱啊。

这让我想到了更多的美好东西，还有那美丽飞舞的神鸟凤凰！凤凰，是浴火而重生的，智慧和信仰，应该与生命一起飞翔。

祝福！

——曹朔望敬呈

二〇〇〇年元旦

一九九九年底，我给曹朔望老师写了一封长信。

那时，我满怀伤痛，白天，如一条快到生命终点的老狗，在都市丛林里疲惫浪荡。夜晚，则是一条无人驾驶的小舟，躺在黑暗长河中任意漂流。

二〇〇〇年初，我收到了曹老师的回信。这封信，促使我背起行囊，离开鹭岛。

我的旅行和曹朔望不同，他是开着路虎车一路奔驰，奔向死亡，却又奇迹般生返。我则是个背包客，把一切装在心里，以柔软来应对绝望和伤痛，上火车、搭汽车，甚至步行于山野村庄，并在路上走走停停。旅途中，我曾找了九份工作，分别在五个城市。

和我新认识的人们，都发现我有些怪，首先是我没有手机，就是因工作需要配备一部，在我个人的时间里，也关机不用；其次，我的生活完全两点一线：居室——路上——公司，公司——路上——居室。同时，他们发现，我对于新闻、八卦乃至钱财、地位，毫不热衷。我不和我所相识的任何朋友去饭店、去夜总会，去喝酒、去泡女人。有人猜测并悄悄传播：我是个"网虫"，精力全用于发帖、灌水，或者偷偷在网上和秘密的妹妹玩"网恋"，不与他们分享自己的快乐。否则，他们都会说，作为一个男

人，对名、权、利、烟、酒、色都不感兴趣，那么，我肯定是废了。

是的，我对那些美丽红颜和微笑总是视而不见，我想没有人知道我的内心深藏着什么，那个形象如此痛切地融进我的血液，在每个夜晚如岩浆般奔流燃烧。

夜晚，在我少小的时候是那么沉静。没有五彩霓虹，没有夺去人们静思生命与信仰时间的电视剧、夜总会、酒吧、KTV、网络……如今，当我站在城市的窗前，看到幽暗的天幕下，华灯辉煌、车如流水。我知道万家灯火的窗内厅间，人们都把电视机当神明，围供在厅堂的中间，让冗长的剧集，悄然夺走生命中那一点原本属于我们自己的时光；我知道人们都在内心抱怨，抱怨上级、抱怨下属、抱怨不公、抱怨不满，抱怨黑暗、抱怨贪腐……把属于我们自己的时间全部抱怨掉。

夜晚，在每一个深沉朦胧的夜里，一切都离我那么遥远！可是雨微，我一闭眼，就觉得你离我那么近，仿佛一睁眼，你就在我眼前。我能听到你的呼吸，感受到你的来临，在多年前那个晴朗无云的下午，在那一瞬间，在失去你的同时，你永远留在了我的心中。

这使我明白，我的各种欲望依然还在，但我的口袋已经装满，我不想再看重生命之外的东西，不想再和任何一个女人发生一夜情或玩床上游戏。我只想着，我能否再找到一个人，让我能一直照看她、呵护她，享受她在我身边每一天的快乐，并共眠直到坟茔。

## 2

二〇〇二年春，我游走到了成都。

在一次参观现代装置艺术展的广场上，我看见一个熟悉的身影。

这个身影，正给一个听说名气很大实际上是来大陆骗吃骗喝的台湾"艺术家"扛一把造型怪异的玻璃钢椅子。"艺术家"披头散发、全场摇摆游走，身后扛椅子的人也歪头弯腰，举着椅子全场游走。

我半弯下腰，斜扭着头冲着椅下的头颅喊一声："马尾！"

马尾小心地放下椅子，双手托着腰站直，向天伸伸脖子，转向我："哎呀！一灯！你怎么也在成都？哎哟哟，累死老夫！"

我说："你扛个椅子在这来回转干什么？"

马尾说："贪，一灯！这你不懂，装置艺术，《人类的椅子》！要不要我给你介绍一下台湾艺术大师？"

我笑："人类的椅子不让人坐，扛着走来走去，干屁？"

马尾听我一说，愣在那里。台湾"艺术家"正走得浑身舒展，忽然身后没了《人类的椅子》，他停步，扭身，张嘴：

"小马，干什么呢？椅子，快！"

马尾一屁股坐在椅子上：

"干你娘！我扛了一上午，坐下歇歇！"

台湾"艺术家"立刻满脸通红，走过来和马尾说理，说理说不清椅子是该让人坐还是让人扛后就变成争执。最后，"艺术家"看围了许多看客，对马尾伸出五根手指："五十！"

马尾伸出十根手指："一百！"

"艺术家"："好！继续。"

马尾翻翻眼睛："对，你扛！"

众人听明白了，哄然大笑。

最后，马尾拿了三十元工钱，甩手和我离开广场。

马尾依然那么消瘦。他来成都很久了，租了一间小店开画廊，当老板兼画师。他告诉我说，他离开鹭岛，去北京，画画，找曾小雪；之后去上海，画画，找曾小雪；再后来，到广州、到深圳、到中山、到海南，画画，找曾小雪；最后，他来了成都，因为曾小雪是成都人。他又说，也许她都有娃娃了。他还说，也许他就要发财了。但他依然落魄、依然找不到曾小雪。

二〇〇二年的成都，是一个连阳光都显得懒洋洋的城市。泡茶、泡吧、泡书店和泡在小吃街里，一切都是那么便宜和舒适。便宜是我们的第一选择，舒适是我们的第二选择。我们为重逢庆祝，为在成都的夜里能喝到那么便宜的扎啤庆祝，我们一连喝了两天酒。之后，我成为他的经纪人，守着那片绿荫深处的小店。他则画画，更多的时候是东跑西跑。我真不知道他成天东跑西跑在干什么，反正扛着画去扛着画来，不是卖画，就是打听曾小雪。

　　成都人和成都这个城市很相宜，骨子里都散发出懒洋洋舒适享受的味道。喝茶、掏耳、搓麻将、看戏、下棋、麻辣烫。按照一个成都妹子的一字总结，就是个"耍"。耍，是啊，耍什么的人都有，就是耍到画廊里的人比较少。半年后，我们把店给经营倒了，这在成都这样一个地方，是个不小的奇迹。至少说明了两个问题：第一，我绝对不是一个优秀的画家经纪人；第二，说明我的同胞们眼光绝对出了问题，他们一直等到马尾的画作价格至少七位数了，才蜂拥抢购。

　　当然，在那个时候，我的眼光也不怎么好，我自掏腰包，才买了他几幅作品，把少得可怜的人民币交到他手中，还要把自己买来的画藏得密不透风以免伤他自尊。我掏钱买他的画，他再掏钱请我吃饭，还希望我介绍他见买主，说是见见知音！

　　我说，就那么点钱，这种买家算什么知音？不见也罢！

　　他说，不是这个问题啊。

　　我就故意皱起眉头：那是什么问题？马尾，你以为我赚了差价吗？！他马上叫了啤酒请我喝，从此不提见知音。

　　店虽然关张，我们还很乐观地到公园里泡茶掏耳，两块钱一泡一天。每次去，马尾都乐呵呵地说：萧一灯，好兄弟，我就要发财了！可惜，我找不到曾小雪。

　　他穷得快没有衣服换，还想曾小雪，还整天大声嚷嚷着要发财了。我想，估计财神爷爷是被他嚷嚷烦了，就在不久之后，从外国人那里讨一笔钱给他，让他不再嚷叫。

他一面叫嚷着发财了、发财了，一面收拾行囊，说是去七彩云南写生。那时，我已经在成都一个叫"双狼"的酒吧做店面经理，他则蹭我吃蹭我住。我估计他感觉老是蹭着不合适，编个理由去流浪。我只好给了他一百元钱当路费。

不久，收到他的来信，告诉我他在云南认识了几个老外！还有个老外准备在那里收购他的画作，他建议我马上去那里找他！于是我也来到云南小镇，学习蜡染、木雕，并开了"朝来夕去"吧。

云南的天空总是那样湛蓝，有如远古的天空纯真迷人。我在小镇里的生活简单而轻松。

渐渐地，小镇热闹起来。一波一波的人到小镇来猎奇，也有更多的人跟风而至。我的"朝来夕去"在当时没有疯狂捕获"猎物"让我发财，但也没让我缺钱。马尾还是那么穷，但也不再东奔西跑。我有汤喝，他就有汤喝；我有肉吃，他就有肉吃。在我的劝说下，他躲在我们租的房间里，再次玩命地画画。

后来，马尾神奇地发财成名。他资助我和田七七、沙漠三人在北京各出了一本诗集。《凤凰劫》《麻雀雨》是他们的诗集，我的集子叫《白鹭洲》，朋友们都说我这个书名太俗，不如叫《那些花》，但我不想改名。

再后来，沙漠写了一篇类似于临终遗言的长诗《献给我的爱》，人就如一粒沙，永久地失踪了。沙漠所有的诗都写于三十岁以前，我认识的沙漠一直穷困潦倒，四处借钱还喜欢和不同的女人纠缠不清，有许多女诗人在网上骂他，也有许多女诗人在网上夸他。他写自己，"一只麻雀，在可怜的人间"。但他根本不是城里麻雀。我想，不论是黄丽蓉还是庄玲玲，她们当年对他的恨，也早就烟消云散了吧。

马尾呢，自从离开小镇后就没了消息。

他销声匿迹才三个月，报刊网络等媒体就已经把他遗忘。半年后，再没有一个人会贸然闯入"朝来夕去"或"高原马山庄"向我刺探和他相关的一切东西，包括他叼着的玉烟斗和内裤品牌。只是偶尔，我会在一本应该说是时尚类杂志里，看到他的作品的价格，因他的失踪而进一步飙升。这小子说得一点不错，"马尾"两个字对世人来说，只是一幅绘画作品是否昂贵的符号。

江山秀美伴我笑

我歌江山自逍遥

自逍遥

人造孽业何时消

呜啦哩唏咯唏叽叽叽……

云天飞星水淼淼

忘己济生乐逍遥

乐逍遥

百好归了好是了

呜啦哩唏咯唏叽叽叽……

雨微死了。我想，她和我的记忆一样不能重现。

马尾失踪了。我和鹭岛的唯一纽带，似乎也没有了。

## 二、海滨礁岩

### 1

一九九六年底，鹭岛冬季的夜晚，我和陶艳的爱情故事，由她画上句号。

那天晚上，海边，在我约定的餐馆里，面对她喜欢的一桌菜，陶艳什

么也没吃。她十分平静，告诉我从她走出这家餐馆大门开始，我们就彻底结束。她说她终于知道，我们两个人的生活轨迹只是两条相交线。在那一点之后，我们会在不同的路上越走越远。在她面前，我没有提陈向前一个字。陈向前，会给她带来我现在给不了的东西，比如她胸前的钻石项链，比如她手腕上的瑞士名表。但我坚信，只要我们在一起，我会把我的爱，一直不留余地地全都给她。她手冷了，我会用我的胸膛去给她焐热；她头痛了，我会用我的双手去给她按摩；她口渴了，我会把一杯咖啡端到她的面前；她睡着了，我会轻轻把她的被角掖好……

但她，不需要这些。

对面的椅子空荡荡的。我只有喝酒，一杯，再一杯。

在我坐着的餐馆之外，出门向西，走过一家酒吧、两家特色工艺品店，透过一家咖啡馆的落地玻璃窗，可以看见：谢雨亭和他妹妹谢雨微分别坐在靠窗的沙发椅里，吃着牛排套餐。

他们俩正在谈谢雨微离家出走的问题。

谢雨微离家出走，一部分原因在我。因为和陶艳的感情出了问题，也因为其他一些原因，我辞去了家教。林红重新去鹭岛大学给谢雨微找了家庭教师，据说是外文系的女博士。第二次上课，雨微就把女博士带来的一本英文版的《飘》，悄悄用胶水全部粘了起来。同时，她还把白胡椒粉偷偷洒在女博士要用到的面巾纸里。女博士喷嚏响亮、泪眼汪汪，使谢加豪和林红恼怒不已。谢雨微的屁股当然就会和鸡毛掸子频频相遇。但那天夜里，她就溜出了云鹤别墅。三天之后，谢雨亭找到了妹妹。他给林红通了电话，带着雨微，经过我独自喝酒的餐馆，到一百米外的咖啡馆吃饭并谈心。

此时，我已经喝完一瓶丹凤高粱酒，又开了一瓶。我情绪低落，起身去厕所吐了两次。后来，到柜台边给马尾和谢雨亭的传呼机发了信息。我希望他们一起来喝酒，和朋友一起喝酒，也许我内心的难过可以被分解。

马尾在十分钟后给我的传呼机发来短消息：他在广州参加画展，正和杨骚、沙漠一起喝酒。消息的最后，他说：兄弟，等我回鹭岛，我们一起痛饮！

一起痛饮！现在，有谁伴我喝酒？我频频仰脖，咽下辛辣、苦涩。这时，柜台上的服务生叫我去接电话，他见我浑身酒气、步伐不稳，还扶了我一下，问我有没有关系。我盯着他看一眼，接电话。电话里传来谢雨亭的声音：兄弟，我刚找到雨微，她离家出走三天了！我现在没办法过去找你喝酒。晚点给你消息。我说，兄弟，我和陶艳分手了……真分手了！我心里难受……

电话里，我的声音肯定显示了我很不正常的情绪。

他说：你喝酒了？一个人？你等我和雨微吃完饭，我就找你！你在哪里呢？在哪里呢？

扭头看看门外，我对着电话说：海边，我要去海边。酒，我已经喝了，我要到海边散心，到海边大叫大唱。

我挂了电话。买单，拎着酒，走出餐馆，向东，穿过马路，走向海滩。

咖啡馆里，谢雨亭回到桌前，向谢雨微讲了我的情况。他皱着眉头对妹妹说：他好像喝醉了，他真是运气不好！你也是，很不乖！

谢雨微马上说：这是两件事，我们赶快吃，吃完去找你的好朋友！

这个时候，街上突然喧哗起来。

咖啡馆里也有许多人马上起身。

"怎么啦，怎么啦！哥你看！"谢雨微指指屋外。

谢雨亭说："你坐着，我去看看。"

紧接着，咖啡馆里就传出有人要跳海的消息。有人传，一个男人因为和情人分手，准备跳海了，就在海边的岩石上，狂喊大叫着，准备跳海！

跳海！谢雨微马上联想到萧一灯！那个被"大眼睛"狐狸迷惑又被遗

弃的家伙，不是去海边了吗？谢雨亭听她这么一说，也担心起来。他们马上结账，出咖啡馆，奔向海边岩石。

那段时间里，我其实就在离岩石不到两百米的海滩上半躺着。海沙冰冷，海风袭人，我在头晕眼花中望着月亮，默默喝酒。接着，听到人声嘈杂、看到人群涌动。我短暂的宁静没有了，只好半迷惑半清醒地爬起来，被人群拥着来到海边。

我看见那个巨大的礁石。

那时，礁石顶上月亮大如银盘，盘里站着黑蚂蚁大小的一个人的剪影。他挥着一件像衣服一样的东西乱叫。我还在想：这家伙怎么爬上去的？我也该爬上去狂喊一阵！那个小小的影子就划了道弧线，一声叫，被海给吃了。这之后，一些勇敢的人下海，一些智慧的人报警，还有些人爬上了礁石顶端寻找着什么，更多的人看热闹和谈笑。

后来我才知道，谢雨亭兄妹也在当时爬上了礁石顶端。我在海滩边，他们在礁石上。礁石上面月亮大如银盘，盘子里立着更多移动的黑蚂蚁。礁石下，海黑乎乎的，什么也看不见。沙滩上，遗落下一堆看不见优美弧线的叹息声，和着嘈杂的讥讽声。或许，我本来也曾有一点试试海水温度的念头，此情此景，给了我当头一棒。而且更可恶的是：有人都跳海了，竟然还有贼趁着拥挤，偷走了我身上那两千多块钱的传呼机！可恶、混蛋！我的高声叫骂，在一堆嘈杂中是那么微弱，竟然没一个人理我。我抱紧酒瓶，回家，回家！

我不知道，谢雨亭兄妹正惊慌失措：跳海的，不会真是萧一灯那个傻子吧！数小时之后，他们也没搞清楚，那个跳海的人到底叫什么，那时连警察也搞不清楚。他们给我的传呼机发了无数的消息，却没收到一条回复。在打了无数没人接听的电话后，他们又奔向任何一个他们认为我会去的地方。后来，他们终于收到马尾的回复电话，知道我搬了住处，知道我独自一人躲在鹭岛残缺老城墙后面的石头院子里。后半夜，他们推开了半敞开的院门。接着,在月光下,他们看见:木瓜树下,躺着一堆烂泥般的我,猪一般抱着一个空瓶子,和一堆从嘴里出来的秽物亲密相眠。

他们终于放了心。

## 2

两个月以后,礁岩依旧矗立,海浪依旧奔涌。

海滩上,三五成群的人们或带着相机,或带着沙滩排球、泳衣,观海、拍照、玩耍、嬉戏。没有一个人,会议论起两个月前那个在礁岩上跳海自杀的男人。仿佛礁岩永远存在,在礁岩上跳海自杀的人,不过是一个童话,一个幻觉。

礁岩顶,面朝大海的一圈,已经固定上两米高的铁栅栏,栅栏顶端的排排尖矛直冲蓝天。旁边,竖立着"严禁攀越"的警告牌。

当从广州回来的马尾和我站在这块巨大的青褐色礁岩顶上时,马尾远眺着藏青色的大海,长长吐了一口气说:"还好,你没从这里跳下去。可春风得意的杨骚,却死了。死得比拍死个蚊子还容易。他那么年轻,那么有前途……"

广州,是杨骚的福地,也是杨骚的墓地。杨骚到广州才一年,因为把油画里的美女和装置艺术结合得恰到好处,成为广州艺术圈里最年轻最有前景的新锐艺术家。趁热打铁,杨骚在一帮广东朋友的支持下,合伙成立了"杨骚新世界艺术公司"。

杨骚重感情,一发达,就想起以前画画的几个好哥们儿。他拿着砖头一般的大哥大,打了一通又一通电话,十分热情、十分诚恳地邀朋友们来广州玩,并一起画画发财。吴百田和田七七没有南下,一则嫌广州离北京太远,二来他们都改了行。田七七,组织了一个"单眼皮"诗社,成为这个诗派的领袖。吴百田,因为老婆要当歌星,成立一家经纪公司,寻找、考核、签约、包装各类歌手,并寻找、考察、签订、套牢各类企业家。杨骚也给我打了电话，希望我当他的经纪人。但那时，我因情感问题正处在焦头烂额之际，谢绝了他的热心和美意。马尾去了，沙漠也去了。

马尾去，因为他只爱画画。沙漠去，因为他和杨骚一样爱美女。

杨骚喜欢美女，因为杨骚认为，这世界上最美好的东西就是女人。沙漠也喜欢美女，因为沙漠认为，在这世界上女人是他活着唯一快乐的源泉。

见到两个老朋友，杨骚十分高兴，天天好酒好菜，还把自己公司里两个负责接待的妹妹拨出来陪老朋友逛广州。后来，尽管公司其他合伙股东不太同意，杨骚还是让马尾成了杨骚艺术公司旗下的签约画家，同时，让沙漠当他的经纪人。那一段时光，是沙漠一生中最幸福的美好岁月。

如果不是杨骚出了意外，沙漠和马尾的将来，也许不会有多大的改变。

广州装置艺术展圆满结束。

连日来，虽然每天睡不到三个小时，作为策展人和主展人之一的杨骚，在众人眼中依然精神抖擞。沙漠和马尾累得似乎骨架都散了，但因为其他合伙人看不上他们，他们必须强打精神跟着杨骚忙东忙西。展览，无论从影响上还是经济上都可谓成功。杨骚十分高兴，向朋友们宣布：在白天鹅大酒店宴请各位好朋友三天！

前两天，杨骚因为是主人，还把持得住自己，宴席结束，就把车钥匙交给两个妹妹，让她们送他回家。最后一天吃完饭，他又宣布去KTV唱歌，不醉不归！

午夜一点半，KTV包厢里的人越来越少，杨骚浑身酒气，坐在一边耷拉着头昏睡，沙漠也和公司几个人早早偷溜回去睡觉了。马尾看时候不早，买了单，招呼着剩下的朋友先走，也劝陪在身边的两个妹妹回家休息，他自己则接替她们，等杨骚清醒了送他回家。

这是马尾一生中最后悔的决定。

喝完一碗热乎乎的酸辣汤后，马尾把杨骚从灯红酒绿中拖到凉风习习的停车场。这时，杨骚似乎有些醒了，他四下看看，打着嗝说，马尾呀马尾，灯火阑珊时，也只有你陪我！马尾说，谁叫我是光棍呢？他开车，载着杨骚离开停车场，按杨骚的指示，绕过两个街区，穿过一个公园，驶过一座小桥，在一条狭小巷子边停下了车。杨骚说，马尾，你就送我到这里吧，你开我的车回去，美美睡一觉，明天下午再到这儿来接我，我们一起去公司。

在路边昏黄的灯光下，马尾朝幽深的街巷望了望，说："兄弟，你行不行？到底住哪？我还是送你到家门口吧！"

杨骚下了车，仰着头吐出一口气，把手举起来摆了摆说："我又不是女孩子，还怕色狼把我吃了？哈哈哈！快回去吧，你也好早点睡，不然天就亮了。"

马尾说："小妹们对我说，她们可都是搀扶着老板你，一直把你安放在你家的床上！"

杨骚就笑："谁叫你今天怜香惜玉来着？你又不是小妹，我用你搀扶？好兄弟，我知道你有心，今天你没喝吧？明天，我请你喝酒，四十年麦卡仑！就你和我喝，我们不带沙漠玩！"

他说完，又摆了摆手臂，摇摇晃晃走进昏暗巷子。

马尾拿出香烟点上一支，坐在车里看着杨骚的背影融入黑暗中。此时，远处似乎传来一个女孩轻哼着歌曲的声音。马尾想，那好像是曾小雪十分喜爱的一首曲子。哦，小雪，你在哪里呢？你过得还好吗？中山，好像离广州也不远，过几天去那里看看吧。他把烟头弹出车窗，发动了汽车。汽车发出低沉的轰鸣，驶出街巷，驶向宽广的大道。

第二天中午，还在睡梦中的马尾被沙漠叫醒。

沙漠惊慌地拍门叫嚷："马尾、马尾！出大事了！杨骚死了……"

马尾从床上跳起来，迅速打开门，一把扭住沙漠胸前的衣服："你说

什么？"

"杨骚，被人杀死了！"

马尾说："你胡说什么？"

"公安局……派出所，叫我们快过去，杨骚，被捅了七刀……死了……"

根据公安的笔录，杨骚，死在那条昏暗巷子里的一个垃圾箱旁。死时，旁边只有一个吓呆了的夜总会女郎。

因为杨骚死了，杨骚艺术公司宣告解体。马尾和沙漠在一个夜晚，到杨骚死去的地方点了三炷香，洒了一瓶酒，离开了这个让他们伤心的城市。

马尾说，杨骚画过各类职业的女人，他把她们都画得神采奕奕、美丽动人。他太爱女人了，特别是年轻姑娘。他不能看见任何一个女人受人欺负。结果，他看见了刀捅入自己的胸膛，看见了自己的死亡。他绝对想不到，因为看不惯一个陌生的夜总会女郎被人调戏，他会被几个混混捅死在肮脏的垃圾箱边。

马尾说，这样的意外，不会出现在马尾身上，不会出现在沙漠身上，也不会出在很多人身上……

我呢，面对这样的意外，我会视而不见，还是会像杨骚那样冲上去？面对着深蓝的大海，我的脑海中浮现出杨骚戴着厚厚的眼镜，半勾着身子，一笔一笔画画的样子。

生命，有时候就是如此脆弱。假如两个月前，我和那个从礁石上跳入海中死去的人一样从这里跳下去，相比杨骚的死，该是多么的轻率、多么没有意义。

一些年轻的声音和着海风从我们脚下传来：

看，看他们爬得多高呀！

我们也上去！

走，爬上去！

要小心！

我们看看下面，一群学生模样的人慢慢在往礁岩上爬。他们一边爬一边笑闹着，每个人的心里似乎都装着快乐的小鸟，仿佛他们只要挥动双臂，就能飞翔起来，飞在碧海蓝天之间。

我突然有些激动："马尾！我们应该好好活着！更好地活！"

马尾愣了一愣，拍一下我的肩，又拍一下："是！"

中午，我们一起到沿海的一条街上吃饭，马尾首先看见一辆抢眼的跑车远远驰来。他指指车，对我说，牛气！风骚！

然后，我就看到跑车里戴墨镜的女人。

当我偶然看到驾着一辆杏黄色跑车从我身边快速经过的陶艳时，我忽然明白了许多：像陶艳这样美丽得像风景一样的女人，她们的爱也要像风景——浪漫的晚宴、豪华别墅，别墅里风光无限，别墅外无限风光。一如风景画般的豪宅、名车，就是她们向往的生活。

是的，错不在陶艳，错在我自己。一个没有房没有车的人，如何能成为风景里的风景？她一点也没错，我不是一直也幻想着能给她这一切吗？

我对自己说，我要有钱！有钱！！！

## 3

衣冠楚楚的陈向前，终于赢得美人归。吊儿郎当的萧一灯，也一改往日的"盲流"习惯，以全新的姿态步入新的岗位工作。

龙腾公司最终被谢加豪吞并。

最初，纪雨润找蓝理达想和他谈合作，如果当时蓝理达愿意收购公司，那么龙腾有救，纪雨润也会有个新的开始。蓝理达遇到大事，喜欢找个人商量。这个人当然不可能是老婆纪毓佳，当然也不可能是他圈子里一大堆的狐朋狗友。他有两个他认为十分体己的朋友，一个是陈向前，一个是谢加豪。生意上的事，应该找好朋友谢加豪商量。谢加豪十分谨慎地说：蓝兄，小心驶得万年船，你是你，老婆是老婆，老婆的哥哥是老婆的哥哥，他们公司里的财务状况，你究竟了解多少？

这以后，关于龙腾许多不利的情况，就传到蓝理达的耳中。再次面对纪雨润，他就显出推三阻四的神情。蓝理达并不知道，谢加豪公司的财务部里，半年前就有一位从龙腾公司财务经理位置上辞职过来的主管。龙腾的最大债主，其实就是鹭华。鹭华集团的总经理曹开放后来对我说：吞并龙腾，是董事长早就布好的棋。

谢加豪吞并龙腾以后，辞掉了龙腾其他员工，只留下我和蓝骄，进入了鹭岛最高级的写字楼，一同在鹭华集团总部的企管部工作。

这时，谢雨微也越来越频繁地进入我的生活。这个我来鹭岛第一个遇见的小丫头也在日月的悄然更替中，蝶变成美丽的精灵。她的个子又高了，显然已经成长为一个成熟的少女。

我想，海滩之夜，她一定吓坏了，她一定是担心我再做出什么让她不放心的事来，于是她常常不定时地到我的住处看看。后来，她送了我一个新传呼机。她说：我功课紧张，以后空闲少，我没见到你的每个晚上，你都要跟我传呼联系！我说：这是干什么呀？她说：现在，你又是我的"男朋友"嘛！你当然要向我汇报行踪。我说：胡说八道！谁是你男朋友啊？她就笑：你怎么就忘了？当年，你在书店卖书，就是我男朋友嘛！"大眼睛"可是后来的！

整个冬季的夜晚，我们都要互相发一段信息，说些快乐的事和好玩的笑话，然后互道晚安。而在夜晚月光下的独酌中，在我和陶艳分手后那段暗自神伤的日子里，雨微的确给我不少安慰与快乐。我时时会想到当年她所说的那一句话：你是我男朋友嘛！

与陶艳分手已经数月，我开始以疯狂的态度努力工作，人也变得越来越沉默。工作时间之外，我不是在办公室加班，就是回到房间看书和喝

酒。我希望，鹭华公司能给我好运，能让我找到原来的自信，今后面对任何人时都不会缩手缩脚。

谢加豪如愿以偿地合并了龙腾，对纪雨润说："蓝总不要你的烂账公司，难道还不要你这个大舅子？"

蓝理达后来知道了整件事情。他进入谢加豪的办公室怒气冲冲地说：谢加豪，你可真不够朋友！

谢加豪风度翩翩地拿出洋酒和雪茄请他：蓝兄，这是什么话？商场如战场，生意场上，我们历来都是一码归一码的。难道说，我公司里的财务主管，应该告诉你我们公司的财务秘密吗？难道说私下里，我谢加豪不是你蓝兄很好的朋友吗？你的侄儿蓝骄，在我集团公司的企划部，月薪三千八，靠他现在的能力，可能吗？昨天和陈局见面，我还说很久没见你了，还说找个时间我们好好聚一下，今晚怎么样？皇都夜总会，我请客！

蓝理达啐了一口：呸！算你狠！

## 三、疏影暗香

### 1

据说陶艳结婚那天搞得特别隆重。

那天，似乎是个好日子。因为我的办公桌，也从十七楼企划部移到了十八楼一八一二。我，成为鹭华公司总经理办公室主任助理。蓝骄对此羡慕又嫉妒，他说：一灯兄，你这可是"塞翁失马，焉知非福"啦！他也不想想，他能进来，是因为蓝理达的那一张脸。而我能升职，绝不是因为陶艳。

没有陶艳的冬天有些凄冷单调，一八一二办公室里的夜灯，成了我几个月来的唯一伴侣。这个伴侣带给我很多的好处，我在这样的灯光下加班工作，学习读书，并把散落在我内心深处的东西一一找出来检视。我需要有一种崭新的力量让我机械般的身体重新注入活力，定位生活与理想。偶尔，在看书之余，我会想到大学时代，我会想到庄伟先、李聪，想到曹朔望，我还会想到吴百田、田七七他们，我给他们写信。是的，我写信给他们，在这个快节奏的物质化时代。

谢加豪也常常在夜色阑珊时待在十八楼一八〇一里面。他那样一个浑身闪着各种光环的人，却在夜幕来临时拉上厚厚的绒布帘躲入一八〇一里，一待就是大半夜。没人知道他在里面做什么。但他走出门，却可以看见一八一二的灯光。所以，我在他看来，应该是个上进努力的年轻人。虽然我坐在办公桌前，并不是总在加班工作。

有时候，他会点着雪茄烟，踱步到一八一二。我一听到脚步声，就会快速收拾好自己的事，并在桌子上摊出公司的文件，或是有关于企业管理方面的书籍，这种装作努力、装作勤奋的方法，我不知道在鹭华是否有效，是否能逃过谢加豪狐狸一般的眼睛。用着公司的设备写信和看自己的书总是不好，这一点我和许多人都明确知道。

按说蓝骄应该也知道。但从社会职务上讲，蓝骄已经是鹭岛诗词曲赋研究会的副会长，他常常把这个头衔挂在嘴边，对同事展示自己的骄傲。为证明这一点，他还会在某个夜里诗兴大发，用公司的打印纸、打印机打出自己的诗，站在公司悠长的廊道里摇摆着身体吟诵自己的诗歌：

**咖啡馆之歌**

**街头**

多了许多咖啡馆

So go、Maliana、Siyun，还有 Siben

都与麦卡勒斯无关

阳光从树的指头缝里撒落

斑驳了咖啡椅和椅子里的长发短发

咖啡杯就那样摆在桌上

慢慢溢出虚度的时光

如光线散乱

如雨过天晴

难以诉说,难以雕刻

没有忧伤的捕手

咖啡如丝绸

香浓缓落在喉

感觉到少年时眷恋不舍的目光

人面、桃花,春暖、秋黄

星辰依然在深蓝上缀起

只是我

已经很少抬起头

"蓝骄!你鬼叫个虾米!没看见我在加班吗……"

"蓝骄!!!"

常常,在他朗诵到摇头晃脑自我陶醉时,就会被不同的声音粗暴打断!我估计那时他会有点愤怒——因为愤怒才出诗人。但他似乎没有愤怒,只有落荒而逃后的各种喃喃自语的牢骚。尽管每逢公司活动,办公室主任老吴总要他写几首诗来让漂亮姑娘朗诵。但对公司来讲,华丽的诗歌曲赋,其实只是偶尔会用到的一件礼服。

蓝骄当然不会这么认为,他觉得自己如果生在唐朝,就是杜牧,生在宋代,就是柳永,对,是许多红粉围着转的柳永。所以他除了在幽深的廊道里吟诗外,也常常给公司里的红颜们,送出自己满是爱心的诗。但鹭华公司里的小美女,一定不是从唐宋时期轮回转世过来的。她们爱吃、爱穿、爱人民币,她们当然也很有品位地爱诗意。诗意和诗不同,诗,还不

如凤凰树下咖啡桌上一杯卡布奇诺有诗意。在鹭岛的下午或夜晚，只要坐在美丽的筼筜湖畔，不论是阳光明媚的日子，还是小雨霏霏的夜晚，一杯香浓温暖的咖啡，加上提拉米苏等精美西点，就有了诗意有了文艺味。

因此，蓝骄的诗，就成了小美女们的笑谈。而笑谈传入企划部领导耳中，再变成话对蓝骄讲出来，就不那么让蓝骄顺耳。他比我来得早，也有点特殊关系，但就我所知，他每个月底的奖金都没我多。蓝骄后来有些郁闷，也有些巴结地找我，他希望新任的助理能帮帮忙，今后有能力时把他调动到别的部门工作。

当然，谢加豪来一八一二并不是视察我的工作，他不谈任何与公司有关的事情。我们只是聊天，谈他的儿女，谈生活和其他。我已经不是谢雨微的家庭教师，我们主要谈他的儿子。谢加豪说：资本的力量，将会以前所未有的速度影响中国。早晚，谢雨亭会回到他的身边，成为鹭华公司的舵手。谢雨亭是我的朋友，虽然他声称和谢加豪断绝了父子关系，但血总浓于水。聊谢雨亭，我明白，我将是双方的传声筒。

谢雨亭则认为他老爸做白日梦。他是极速健将运动馆的高级教练，感觉自己的拳头很有力量。但，人都会老去，老去了，怎么办？我问他。他站在红色沙袋前，很有节奏地晃动身体摆动双拳：你别咸吃萝卜淡操心。你现在只是个小助理，你好好干，一直当到老总，做我老爸的心腹。等你财大气粗腰里硬时，我老了就靠你养！

父子的对话由我筛选过滤，传递给对方。谢加豪对儿子总有一种信心。他认为谢雨亭吃的苦头还不够多，他认为多让谢雨亭过过饿肚子的生活，才会明白一些道理。

这样的情况断断续续持续了两个月。直到有一天，公司突然出了新规定：没有明确的加班任务，员工一律准时下班，不得逗留。

原来，有心人发现，萧一灯留在公司，老板也总会进入一八一二。于是，我的上司，主任大人吴光和，也在离我不远的独立办公室内顶着夜灯伏案忙碌。于是，更多的办公室夜里灯火通明。

谢加豪点点头：俯瞰灯火千万，恍然我在孤舟。这些灯，都是给我看啊！

我马上回家，就是加班，也不在办公桌前。回家，在黑夜里我感觉到光明，也深深明白：阳光下也有黑暗。如果用眼并用心，就会发现，鹭华公司里的员工，主要可分为三种人：一种人优秀能干如总经理曹开放。第二种人的父母在别的地方能干优秀，他们给公司带来主要的价值和财富。第三种人则给第一种人制造麻烦，给第二种人提供诱饵，并使一切维持一种奇怪的平衡。

谢加豪是我的老板，下属怎么可以或者可能和老板是朋友呢？我又怎么能和老主任吴光和争宠呢？

我一面努力补充管理学的知识，把有限时间投入到无限的工作中，一面与曹开放、蓝骄这些不同的人保持良好关系，团结广大的同事为战友。除了谢加豪需要，我从不进一八〇一。

显然，一段时间以后，谢加豪或是曹开放，更愿意带着我和他们一起出入各种场所。老主任的眼皮已经不太会抬，嘴皮也不像以前该开时开、该关时关，肚皮里除了黄汤还是黄汤。

谢加豪说：这老家伙，真是老了！

这句话说出不久，我的办公桌再次换了地方。

## 2

五月初的一个中午后，我坐在吴光和曾经坐过的宽大柔软的沙发里，看着办公桌后那幅"居高声自远"书法，想：这好像是《唐诗三百首》里的第一首诗，是唐代大书法家虞世南的《蝉》："居高声自远，非是藉秋风。"

那么现在，什么是我的秋风呢？我心想，这应该是吴光和喜欢的横幅。我怎么没注意到这一点？中国人，都喜欢中庸之道，我应该换一幅"厚德载物"来挂！明天，就叫蓝骄帮我把此事搞定。我转过身，望着窗外对面的山林，这是一个城市的白天里唯一宁静的时候。人们在各个水泥屋中，躲避着升温的土地，享受难得的午后憩息。阳光懒洋洋扑落下来，四下静静的，只有知了在树丛中长鸣不歇。厚德载物的大地啊，忍辱负重的大地，我应该像你一样！

办公桌上的电话在此时不合时宜地响起来。我看看手表，才刚到两点。

"萧主任吗？"

"我是，请问你哪里？"

"我是您的客户，怎么您就忘了？"

我手握电话，感觉这声音有点熟悉，又不很明晰。一个女客户？会是谁呢？我的大脑快速检索了一番，这是我升为总经理办公室主任之后形成的习惯。每次见了客人收到名片，我都会在当天晚上拿着名片念两遍名字并回忆一下名片上那个人的音容笑貌，这让我不胜厌烦却又不得不做。但我想不起这位客户。

"不好意思，请问你贵姓？"

哈哈哈！电话那头传来谢雨微毫不掩饰的大笑声。

"臭丫头！你就这样要你的老师啊！"

"生气啦？我刚从遥远的西藏回来，你也不问我好不好，那么小气！"

"没有啊！给资本家打工真不容易，大小姐，你不知道我这一段，都快被你老爸榨干了！"

电话里又是一阵哈哈大笑，说："真可怜哦！这样，晚上我请客，给你好好补补。"

"今天晚上吗？你是不是又没和家里说你回来了？"

"呀呀！你跟着我老爸，变聪明啦！别和他说呀！晚上一起在福香苑幽兰轩包厢小聚！六点半准时哦。"

"丫头，你哥去吗？还有谁？"

"有美女！你别问才神秘啊！一定来！拜拜！"

放下电话，我心里涌起一股似水般的情怀。

是啊，都好几个月没见到她了。她又会有什么样的变化？从心底里说，我还真是有些想她！

自从我和陶艳分手，那句"你是我男朋友嘛"又会从她的口中冒出。偶尔，在电话里讲起什么，她也会这样来上一句。她约我出来吃饭或聚会，我说忙，不要吧！她会再一次强调：喂，你现在可是我唯一的男朋友哇！你不陪我，怎么行！

这句话，最初我只当是玩笑。因此，在她拉着我的手时，我从心底认定她只是个小丫头，并没有别的想法。但随着时间的推移，雨微的个子又高了，身体各部分的变化也越来越明显。她不再像以前，老远见到我，就小跑着过来拉我的手，嘻嘻哈哈又说又笑。我们一起拉着手走路的次数也越来越少，渐渐地没有了。

后来，在她父亲举办的聚会上再见面，我发现，她对我友好地微笑，却没有了原来的那一份随意和自在。同时，当我们都有点变得陌生和不自在时，我感觉到，这个我在鹭岛认识的第一个女孩，也悄悄获取了我一部分的心。

给她电话的次数越来越少了，虽然很想听听她的声音，很想问问她怎么样，但每次拿着电话，我总是拨不出那一串心里念过无数次的号码。为什么会这样？我喜欢她还是爱上她了？我问自己。对于我曾经的学生、我现在老板的女儿，我能怎么做？我该怎么做呢？

我早已不是她的家教老师。作为谢加豪手下的职员，我拼命干活，开始只是赌气于陶艳。后来，我希望自己也能像谢加豪那般成功、那般可以登堂入室。白天，我在中国大地上飞来飞去、跑东跑西，谈业务做生意。夜晚，不是在酒店里请客，就是在KTV里陪唱。我和谢雨亭见面的次数

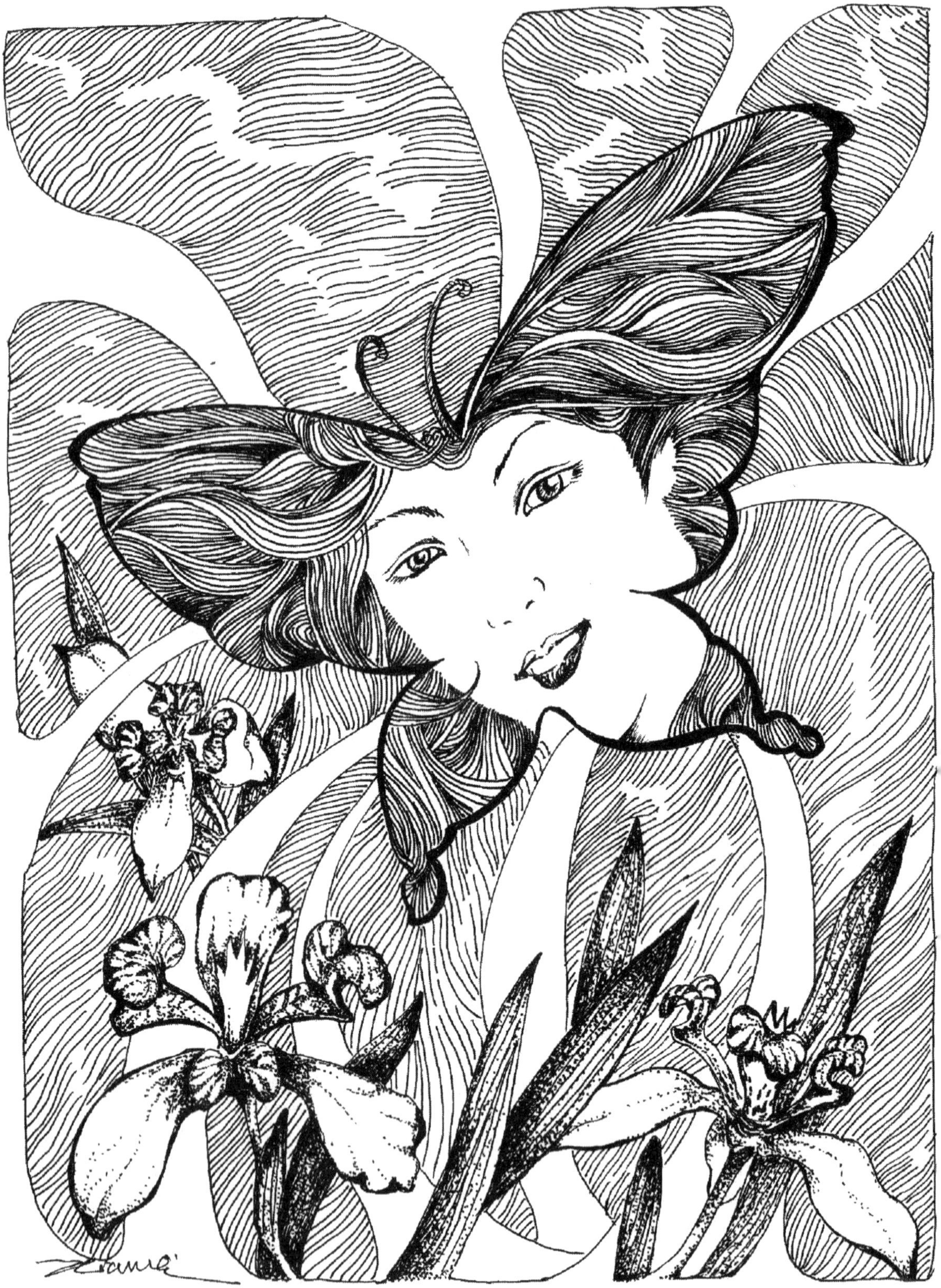

都少得可怜，更别说和马尾等其他朋友喝酒。我已经成为总经理办公室主任，学会开车并配有一辆桑塔纳，我离成功人士的标准越来越近！

谢加豪，还有我的直接上司总经理曹开放，在不同的时间和地点，都关心过我的个人问题，曹开放还特意请我去他家吃过几次饭，目的当然是相亲。可我没有兴趣。

在繁忙的同时，我的心里，确实会有一丝雨微的影子。每次和她在一起，我都会被她那种只有少女才特有的青春气息打动，我也许真的喜欢上她了。不论什么场所，只要她在，我的双眼总会被一对飞鸟精灵牵引，不自觉地落在我要找的身影上。每次见面后分别，我的心里也总有一点惆怅，总希望，能一直在她身旁一直看到她的容颜。

我浮想不断，直到被桌上红色电话的铃声惊醒。

## 3

"小萧？怎么搞的，半天都没接电话？你出去了吗？"

"没有，我……"

"到三号会议室，开个临时碰头会议。"

谢加豪的电话，使我暂停了胡思乱想。

谢加豪曾对我说，小萧，我让你来办公室做主任，一定要记住：你不但是总经理的主任，更是我的主任。你的眼睛里要有很多的人！毛主席说，"与天斗其乐无穷，与地斗其乐无穷，与人斗其乐无穷"。这里面的关键就在最后一句。吴光和老眼昏花了，你的眼睛，一定要像孙悟空的火眼金睛！

于是，我跟着他和总经理曹开放，运用我的眼皮、嘴皮、手皮、肚皮、脚皮——这五皮是曹开放教我的，为鹭华公司带来利润，为自己赚来金钱。

我冲进卫生间，快速洗了一把脸，看着镜子里的人说："你！萧一灯，

别胡思乱想！大班桌在向你靠近，加油！"

会议一开就开到六点半。

会议室里烟雾缭绕，董事长、执行董事、老总、副总、主任，生产部、采购部、外贸部、销售部、财务部，每个人脸上都是疲惫与兴奋的结合体。这里坐着的人，大多有很辉煌也很传奇的经历，虽然这些公司高层人士内部斗争复杂，但谢加豪总是他们最高的领袖，总能把他们安排得服服帖帖。

虽然在会议中我把传呼机调为振动，快到六点时，我的传呼机里还是连续收到三条短信。我偷空跑出会议室回复：在开会啊！后来，更多的短信进入传呼机，我再次跑出会议室回复：好好！你们先开始，我一定到！

七点钟，谢加豪结束了会议，看看一桌下属："怎么样？这一段大家都辛苦，我请大家一起吃个饭。都来！我请你们喝酒！"

被我叫来当会议纪要员的蓝骄观察一下谢加豪的脸色，马上举手说："老板！KTV一下吧！好久没听你唱《爱拼才会赢》啦！"

"哈哈，好你个蓝骄！KTV！我们就到福香苑！先吃后唱。"

我走到他面前："老板……"

"怎么啦？刚才，我就发现你在不停地看你的传呼机了，有事？有事也要吃饭嘛！"

"什么事都逃不过董事长的眼睛啊！小萧，你干私活哦！"老主任吴光和拍拍我，他去了后勤部养老并继续居高声自远，但对我总有一股酸涩的感觉。

"没有，我刚谈了个女朋友……"我不理他，双眼看着谢加豪说。

"噢？那一起来啊！革命也要传宗接代。"谢加豪微笑着，四下看看。几个声音马上附和过来。

"谢谢董事长！不过才刚谈，也不巧，刚好约在今晚吃饭，你看，都等急了，一直给我的传呼机发信息呢。"

谢加豪大笑，拍拍我的肩："这次，我相信你会找到个好的！你去你去！我们鹭华的准媳妇，到时候可要领进鹭华亮亮相啊，哈哈哈……"

幽兰轩的包间不大，圆餐桌四下放着四把欧式扶手椅。墙上挂着仿郎世宁的古画，优雅高贵。谢雨微坐在对面的椅子里，一个人微笑着看我。

"呀！才来啊，被我爸爸吓坏了吧？放心，他们在牡丹亭那边，不会过来的。"她给我倒一杯茶，微笑着说。

"他们呢？怎么都迟到？"我在她对面坐下来。

"谁啊？"她笑着，支了一只手在下巴上，看我。

"你哥，不是说，还有美女……"

"美女，你就知道美女。美女有什么好？你的那个大眼睛美女，不也跟着钱权跑了……"

"雨微！"

"好好好，我不说啦……"

"那你哥呢？"

"我可没说叫我哥，他还不是和我嫂子浪漫，哪有空来吃饭？美女嘛，呵呵，你好好看看，我难道不是吗？"她把支着的手轻轻往前一移，挑起食指，指着自己的鼻尖。

我的心怦然而动。她的脚轻轻踢了我一下："我美吧？瞧瞧，都看得发呆了！饿了吧？"

我拉回思绪，点点头："好，点菜吧。"

"早都点好了。"

她按下桌上的服务器，服务小妹应声而进。

"怎么样，你和李经理说了吗？不要告诉我老爸我在这儿。"

"谢小姐放心。请问上菜吗？"

谢雨微抬眼看我，我摆摆手，叫服务小妹直接上菜。在菜上来之前，幽兰轩里如空谷幽兰一般，没有声音，只有淡淡的香气。这种香气我熟悉又陌生，我好像看得到它们如透明的轻烟，从谢雨微遥远又咫尺的身体里缓缓散出。它们，如柔软的刀锋，切断了我的语言神经。它们也似乎让雨微保持了沉默。

四菜一汤涵盖了山海园林，热气腾腾诱人眼鼻和脾胃。我们开了瓶四季美人酒，为即将入腹的鱼肉感恩，为美好的此时祝福。好几个月没见了，几杯酒是融化沉默的良药，让我们缩短时间的距离，开始无所不谈，也不时回忆过去。我笑她当年吃冰淇淋满嘴白胡须的样子，她则笑我和"大眼睛"分别后，醉得连嘴在哪里都找不到，躺在木瓜树下吐自己一身却全然不知的丑态。她说：

"憨湘云醉卧芍药茵，傻一灯吐趴猪栏圈——一个美，一个丑；一个香，一个臭！"

海滩那一晚，因为酒，记忆在我脑海中一片空白。

醒来时已是第二天下午，我头痛欲裂，只穿着一条内裤，覆盖着厚厚的被子躺在床上。我不知道我如何告别海滩如何会最终躺在我的小院子里睡去，更不知以后的情况。一切后来的影像都来自谢雨亭后来的诉说。他说他在令人难以忍受的黏稠物里找到我的钥匙，他说他和妹妹费了九牛二虎之力才把我拖进房间，他说真是难为了他妹妹，用绳子在脸上围绑着两圈毛巾，时不时干呕一两声，还坚持帮我清理身上，帮我清洗衣服，帮我洗刷地板，连臭袜旧鞋都洗刷干净……

想起往事，我沉默良久，忽然举起酒杯："雨微，那一次，真要谢谢你。"

她看了看我，忽然脸上浮出红晕，把头扭了扭说："谢我什么？该谢你的'大眼睛'，她抛了你，你才会趴在猪栏圈！"

我愣了一愣，在半空中的手就把那一杯玫瑰红变成雕塑。

她感觉到雕塑的存在，马上拿起杯子和我碰了一下说："哎呀，我不是那个意思哦！干杯、干杯！"

喝了酒，她放下杯子，又说："还说哦！你不知道，那一次可真把我们吓坏了！到处找都找不到你，我哥嘴里一直说，这傻瓜不会真跳海了吧！这傻瓜不会真跳海了吧！你说你傻不？"

我笑笑："真不好意思啊……当时，我在海滩上，好像是看到那个人跳海了，但似乎又没有，什么都记不得了。"

"傻瓜，那天要是没有别人跳下去，你会跳吗？"

"我？……我才不会。我要好好活着。"

"就是，要活得更开心！"

也许，这就是命运。因为一个人抢在前面跳下去死了，阻止了我内心里那种坠入海洋深处的冲动。许多后来发生的事，更是改变了我的生命轨迹。

剩菜已经撤掉，换了甜汤水果。

"这一段，你还好吗？"

"嗯，不错。你呢？"

"我？当然好。"她看着我回答，忽然又笑，"对了！我谈了个朋友，你要不要看看。"

"男朋友？"

"不然还能是女的吗？我爸爸非常喜欢的一个男孩。我这有照片，你看看。"

照片里的男孩站在埃菲尔铁塔前，摆着流行的姿势。

"怎么样？你说话呀！"

"嗯，还成吧。"

她一把抢过照片，微皱了眉头，看着我说："你这是什么话啊！什么叫还成？这可是司马部长的公子，在英国三年了。"

"哦！很帅！"

"当然啦！我觉得吧，他可比你帅多喽！耶耶，你瞧你，怎么啦？哦，

哦！我知道啦！"她身体灵巧得如一只猎豹，一下蹲到我旁边，低声说：

"哥，你是不是喜欢我？"

她双眼里透出两束亮晶晶的流光，在晕黄的灯下特别柔媚动人。此时，我眼前浮现出多年前我们在火车站初识的那一幕：唇线分明的嘴，直挺的鼻梁，略高的眉骨下是一对明亮的双眸，那么熟悉的眼睛！可我早忘了我在哪里见过这双眼睛……

我突然站起身，把她抱在怀里。

"你……终于抱紧我了……"她的眼中滑出两颗珍珠一样的泪滴，喃喃自语，"我就知道！我就知道！抱紧我，抱紧我……"

时光好像等待这一时刻很多年，并在此时停驻了。我们紧抱着一动不动。互相静听对方的心，它们步调一致，它们激昂有力。她的双臂似快速生长的藤蔓，向上攀行并环上了我的脖子，她微微踮起脚，身子向上一纵，嘴唇柔软而又准确地对在我的嘴上。

我的心被那双柔媚的眼波划动，在她吻上我的那一刻，我犹豫不决，心底里有一种犯罪般的感觉。但她的舌尖跃动着冲入我的口中时，我胸间流动起一股强大的电流。我的手紧揽住了她的后腰，毫不迟疑地热吻着她，回应她给我的那一种酣畅淋漓的甜美感觉。四下里再次涌出沁人心脾的香气……

## 4

夜已经越来越酣了。

我叫了辆出租车，抱着醉意浓浓的雨微进到车里，叫司机开向云鹤别墅。车子掉头转了一个弯，离开灯火辉煌的酒店。

"停车、停车！我要吐了！"

出租车停在路边。我跳下车，忙把她搀扶下来。她张开嘴吐了几口，摆着手叫的士先走，自己便坐在了路边。我掏出纸巾给她轻擦着嘴角：

"你看你看，干什么喝那么多？现在难受了吧？"

她却用那双雾气泅泅的大眼睛看着我哧哧哧地笑，说："高兴呀！我们以后就在一起了！"

"胡说，怎么就在一起了！"

她连续拍打我的胳膊："你都吻了我，怎么能不在一起？"

"你才几岁啊？"我皱着眉头说，"等你到我这个年纪，我就是个老头子了。你和老头子在一起？"

她撇嘴："什么老头子嘛！吃饭时还是哥嘞！哪就一下变成老头子！你吻了我，不认账吗？"

我说："我认我认，你看，你喝醉了吧？"

她挥手："没有！我现在清醒呢，我都记得，但走不动喽……"

我说："好好，我再去叫车。"

她皱起眉头："我不坐车啦！会吐！"

"那怎么办？"

"你背我！"

就这样，在午夜的街道上，我背着她慢慢前行。走出两里路，我忽然感到我的脖子上勾着的双手动了一动，同时，一张热热的小嘴在我的脖子上快速亲吻了一下。我侧过头，看到她闭着双眼，脑袋侧伏在我肩上，像什么事也没发生过一样，只是嘴角微微地上翘着。我说："雨微，雨微。"她却仍闭着眼，一声不吭。我暗自笑了一下，一边走一边说，"好啊，你装睡！看我到了前面的水池，不把你丢进去！"

我听到她好像笑了一下，便又说："把你丢进去！"

"你才舍不得！"

"我怎么舍不得？到了就丢水里啦。"

"舍不得就舍不得，我知道。那个'大眼睛'虽然长得很漂亮，可是眼光没我好哈！她喜欢花花绿绿，花花绿绿的东西很多啊，自然界的不是更美？我就不一样喽……"

"嗯嗯！你一个小孩子啰唆什么呀！好吧，反正你醒了，下来吧！"我直起身。

"不下、不下，我醉着呢！"

我把她放下来，看了看手表，已经十点半了。"怎么样？快十二点了，我打个车送你回家吧？"

"不，才不！哎！你看你看，前面的山坡后，不就是你住的猪圈吗？我要到你的窝里看看，我不回家，我就在你那里睡！"

"我那里乱七八糟的，也只有一间房一张床，没你大小姐的位置。"

"一张床又怎么样？呵呵，反正我在床上睡，你呢，我就管不着了。"

"不行。"我摇头拒绝，"虽然你爸爸不知道你回来了，但我也要送你回家。"

她睁着微微迷离的眼睛吐一口气："唉——我醉了，回去会被骂的！你不管我，我就离家出走！"

"装醉吧？"我歪了头看她。

她咯咯咯地笑，双手摸摸自己的脸，嘟哝说："嘢！脸都好烫，肯定还是醉了——我到你家里醒醒酒，你不是会做醒酒汤？"

"唉！哪有你这样的女孩子！"

"我本来就独一无二嘛！"

"能自己走不？能自己走我就带你去我家坐坐。"

她马上扭起脖子："不能耶——能的话，才不叫你背。我真的醉了呢。"

"好！喝完汤就送你回去！"

谢雨微的脸再次贴在我的耳朵和脖子之间，她好像有些得意，似乎又在微笑。说真的，她呼出的热气让我有些瘙痒，也有些心猿意马。我用力把她尽量向上背在肩上，以便她的脸能离我的耳鬓远点。我一边走，一边

哼唱出一首优美的曲子来转移我的心猿意马。

在这样一个沉沉的夜晚，轻哼着这样一首老歌，歌曲的旋律似乎就从黑暗中如水一般流出来。旋律低沉而忧伤，充盈着敏感的诗意，如北方大地上的秋风，掠过苍茫的山林和空旷的田野，飞渡海峡，直接来到我们两个紧密身形的上空，久久在月色里徘徊。我不知道我为什么会在此时轻轻哼唱出这一首歌而不是我会哼唱的其他任何一首歌曲：

"Are you going to Scarborough Fair……Parsley, sage, rosemary and thyme……"①

歌声在月光中一直延续到我所住的石屋门外。而这一路上，我听不到雨微的任何声音，我只是感觉到她静静地伏在我背上，如一只轻灵的小鸟。当我把她放下转过身来时，在月光下，我看到她眼中早就滑下两行亮亮的泪痕。

"怎么了？"

"真美啊！我也不知道为什么，听着就哭了。"

"傻丫头！"我打开院子门，"快进来——还醉吗？"

"当然，醉了才容易流泪啊！你给我煮汤，不许赖掉。"她用手抹着泪痕，进门扶住木瓜树，"这歌可真好听。哥，你翻译个中文版给我，我唱给你听吧。"

"中文哦，好像有啊，有个叫张明敏的唱过《毕业生》。歌词我忘了，以后我给你找找。"

我打开吊在院墙上的灯，晕黄的光马上铺满了院子。木瓜树的剪影落在院墙上，似乎多了两个木瓜。也许是夜风的暗袭，雨微脸上的红色已经退却，她扶着树干，摇晃着身子说："不要！我又不知道张明敏是谁！我想要你写的，你写个古文版的吧。"

---

① 奥斯卡获奖影片《毕业生》的插曲《斯卡堡集市》。（编者注）

"古文版?"我快步走到屋檐下,打开房门,"来,进屋躺躺。"

"对呀,就是那种:对酒当歌,人生几何?就是那种:何以解忧……关关雎鸠……"她打了个嗝,然后哇的一声,吐。

木瓜树下,又一次堆满了肥料。

我把她抱进屋子放在床上,马上进入厨房。等我煮好了汤端出来,却发现她已经歪躺在床上睡着了。我将汤放在桌上,给她脱了鞋子,把被子盖在她身上,反身去清理小院。

什么事都是如此,欠人家的,总是要还的。等我完成一切,洗完澡穿上睡袍,已经十二点半了。床边酒气四溢,雨微的脸上沁出细汗。我用毛巾帮她擦好脸,熄了灯,靠着墙,闭眼坐在她的身边。雨微今夜的种种表现,是在向我传递一种信息。接吻和抚摸,并非有着实质性的变化,她希望激情的出现,也希望激情之后,我们能有一个幸福的未来。是的,我真的喜欢上她了!可细细想来,我们又是多么的不可能!她的家庭环境和她的年龄,和我都相距甚远……我知道我已经在社会上混了多年。我西装革履出入各种高楼大厦,也在灯红酒绿之地潇洒豪放。可她,才是个高二年级的学生,我怕伤害到她。并且,我就像陶艳说的,到现在,还是连一扇朝北的窗都不属于自己……那么,我该如何选择?

黎明前,林中的鸟开始鸣叫。也有一些飞落到院子里,对着紧闭的窗户歌唱。

这个时候,一具娇柔的身体伏到我的身上,两只灵巧的手慢慢脱去我的睡衣。同时,她的嘴唇就像冰凉的果冻,细腻滑爽中发出淡淡的香气,紧密地吻在我的嘴上。再一次长久地尽情相吻之后,她已经把自己全部交给了我来摆布。当她完全如一条美人鱼,平躺在床上赤裸在我面前时,那种如水般流动的暗香再次奔涌出来,充满了整个房间。

她一直紧闭着眼睛。因紧张而绷紧身体,因娇羞而用力搂住我的身躯。诱人的香气让我迷醉,她的乳头淡粉而小巧,她的臀部结实而有力,我知

道，无论是平滑坚韧的小腹还是小巧坚挺的乳房，无一不闪烁着少女特有的美好光芒。这种美好在一瞬间令我犹豫，也有些不安，好像一尊完美无瑕的美玉，让人不忍触摸。雨微，一定是个处女，那么，我该停下来，还是要继续？但这犹豫和不安，与她那充满青春气息的身体在我怀中所产生的激荡相比，显得软弱无力、轻盈无比。是的，我的身体也热切起来，我轻柔地吻着她的唇、她的脸颊、她的颈项，并抚摸着她光滑的肌肤，使她渐渐释放、渐渐燃烧，渐渐向我开放心中的花朵。

在那一瞬间，雨微似乎要窒息过去，她的双手插入我的头发，紧闭上眼睛，从胸中发出一声痛楚的惊叫。这一声，使我的心一下子失落了。我看到她因一种痛苦而蹙紧的细眉、紧闭的眼皮、颤抖不止的睫毛以及从眼角迸出的泪珠，不敢动一下。我紧紧抱住她，慢慢地、小心翼翼地亲吻着她的脸，吻她的鼻子、柔软的唇及抖动的眼皮上闪动的泪花。

"没事，来吧，哥，你放心，这是我的决定。"

许久之后，她低低地说，无比坚决地用手紧搂住我的身体……

我们经过好长时间才平静下来，当天色渐明，我的心底浮起一丝愧疚，她则躺在被子中一声不发。不久，我听到轻微的啜泣。我爬起身，忙把她拥在怀里慰抚。她的泪水慢慢滑落着："哥，我从今天起，就和以前不一样了……"

我知道，我将永远忘不了那一刻她的神情，紧闭的双眼，微微颤动的身子，用力抓着我，细长的脖子向上抬起，把美丽小巧的下巴直对着天窗上的天空，从腹腔深处发出一声极为凄楚悱恻的声音。这是我所见过的画面中最凄美动人的一幕。

雨微，就在我内心对一切都感到疲惫、感到孤独和寒冷的时候，把自己奉献给了我。

你放心，这是我的决定。她说。

## 四、午夜来客

### 1

六月，凤凰花第一次开放的时候，蓝骄很神秘地给我一张小巧精美的请柬。一个叫"水玲珑"的女诗人，准备了一场诗人们的小型烧烤聚会。鹭岛气候宜人，风景优美，非常适合女诗人生活。据二〇一二年一个叫老皮的长发留须诗人编辑的一本书介绍，福建女诗人中，鹭岛就有很多位。

一九九七年，正当凤凰花绚丽多姿地绽放诗情的时候，在鹭岛的男性诗人们，都有些艰辛地生活着。在贫困的岁月里，人们可以把诗歌当成对美好生活的向往，但在人人视钱如命的时代，如果把诗当成生命的全部，生活就必然窘迫。据说到了二〇一二年，情况有所好转，男诗人们更多的，是已经开了一个小店面，在夜色阑珊时，一盘海瓜子、一盘杂鱼酱油水或者炒花蛤、海蛎煎、炸鳗鱼苗，几个人聚一起，把破碎的诗作拿来下酒。

因为我的文字的帮助，蓝骄加入了鹭岛作协，并因他自己的努力，成了诗歌曲赋协会的副会长。他在公司没有知音，除了和我偶尔谈谈美好的事外，就向外释放，认识了越来越处于城市边缘的一帮诗人。尽管，这里曾经出了舒婷这样的名诗人，可蓝骄有点失望地告诉我，舒婷几乎不参加鹭岛诗人们的聚会。

我不写诗已经很多年了，所以不想去。但蓝骄说，你看你看，整天对着公司文件，你没发现你的脸也变得有点像个文件？再者说，你都当副总了，还是工作啊工作。工作又不是生活的全部，也许女诗人中，会给你的生活带来一个新的闪光点。

其实，我已经有了新的闪光点，只不过，我把这个光点隐藏在心里不

告诉任何人；这个光点，现在在日本游古都游富士山。我想起谢雨微去日本前还交代：别懒惰哦！别忘了《鹭岛之恋》的歌词！

好，去听听新诗，喝点啤酒，或许，也会带给我写歌词的灵感与光点！

聚会男多女少。听说，有一部分漂亮女生，更热衷去听在同一夜晚舒婷的先生主讲的诗歌讲座。于是注定了这样一个夜晚，没有女诗人给我带来新的光点，只有沙漠给我带来一个新麻烦。

很久不见的沙漠在那天傍晚穿得光鲜亮丽。他的头发全部向上竖起，而且染成黑黄相间。喝了一瓶啤酒后，他大步上了舞台，一气朗诵了自己的五首诗作。被老皮赶下中心舞台后，两眼四溜，就溜见了我。沙漠从蓝骄口中知道我在鹭华公司新任了副总，就忘了烧烤、啤酒、诗人和诗，拉住我，建议我马上到他家坐坐。

我也想走，但他家我不想去。可蓝骄忽然想起沙漠借了他一本《乳房的历史》没还，那是蓝骄心爱的藏书之一。蓝骄自己又和一个参加诗会的女诗人"三角梅"，玩暧昧游戏不能自拔。他先是向我道歉，说有好几个有才华又有闪光点的女诗人没来，而且他是副会长，也不好离开，然后郑重许诺，下次有机会一定让我认识有才华有闪光点的女诗人。他递给我一塑料袋烤鸡翅，一面托我向沙漠取书，一面送我们离开聚会现场。

我从五点半参加聚会，到出来时才刚一个小时。我知道今天是农历十六，晚上的月光一定很好，我很想回到我的石头院里举杯邀明月，并决定在月光下完成《鹭岛之恋》的歌词。但小气的沙漠拿出诗人的热情，在路边店买了两瓶啤酒两个肉夹馍，又打了个的士，直接把我带到他家楼下。

我们进入电梯直达八楼，沙漠有些得意地掏出一串钥匙，开了两扇防盗门后，把钥匙放在门厅的柜台上，微笑着请我进去："看！标准的两房一厅，七十二平方米，才四百块一个月。我找了两个月，才找到这么好的房子！"

房子在鹭岛繁华的地段，离我上班的公司也近。从八层高的窗户里向外看，夜色中能看到金榜山被红红绿绿的景观灯打扮成丛林老妖。客厅里摆一对咖啡色沙发，墙上挂一幅油画《美女出浴图》，美女细腰丰乳，臀部高翘，很有点情色的味道。下面深褐色茶几上除了一套小巧的茶具，还放着一瓶花。房间整洁干净，有一股女人特有的气息，我有点狐疑，看看沙漠："几年不见，你怎么像变了个人？"

沙漠有点尴尬地笑笑："我变了吗？没有吧？我还是那个喜欢在夜晚脱得赤条条写诗的沙漠。那是我伤痛之后的升华，是我灵感的源泉。今天，我这个外表是不是有点像个歌星？我在'欢乐人间'做艺术总监嘛，所以这也正常啊！但是昨天，我已经辞职了。我想我还是搞诗歌，中国曾经是诗的国度，那么辉煌！那么灿烂！现在，许多人写的诗里都有钱味。"

他脸上显出古怪的表情，请我坐在沙发里，把两瓶酒打开，与我碰杯："干杯！为诗歌过去的伟大辉煌。干杯！为将来诗歌的伟大复兴。"

这小子有些神叨叨的。我只喝酒吃肉夹馍，他则就着酒把那一塑料袋已经凉了的烤鸡翅全吃完，打一个饱嗝嘟哝："舒服不过躺着，好吃不过饺子……唉，没饺子的夜晚，鸡翅也不错。"

我看着他说："吃饱啦？吃饱了就把书给我吧，蓝骄的书《乳房的历史》，还有，你已经借了半年没还给我的《雪国》和《个人的体验》。"

沙漠愣了一愣，十分艰难地咽了两口唾沫，然后努努嘴："老哥，不好意思，我已经把所有的书打包寄到北京去了。"

"寄北京？寄北京干什么？"

"老哥你想，我一直在搞诗歌。搞诗歌，你说不上北京行吗？明天的机票我都订好了。今晚我为啥朗诵五首我的诗作？这是我在鹭岛的最后一次诗会。我去北京找贝子盖和老唐，老唐还给我来了信，要办个《海中央》杂志，我去当执行主编。这是我向往的生活。"

他一面说，一面找出个本子，翻开他的新诗《失落的优雅》给我看：

第三部 凤凰

夏至

蝉，不知羞耻地叫

滴滴答，汗雨落地

浓荫处翻滚起墨绿的气息

吊瓜树漾开鬼魅之花

伴池中一朵孤云

云，高傲如昔，在天游荡

光却失去了旧日的足巷


伞花下，慵懒的肌体

咔嚓咔嚓，被小巧机器摄去姣妍

印在石壁上，影像

重叠了百年前的风景

她们如三角梅的笑靥

似黄蝉软枝

她们不知道

当夜来风晚

一切都被星星洗刷干净


残垣老墙上

我裸着

风涤荡我的身躯

静待内心漫漫丰润和寓言

攀爬是我的强项

但我在火热中

拒绝向日攀缘

*在子夜悄然开放*

*那时，她们都已老去*

*她们都成暗淡的歌*

"好好，你要做伟大的诗人。可就算是这样，你也不应该把我们的书也寄到北京，我的书上，可还有签名。"

"对对对，我错啦——我总是这么糊涂。我去北京后，给你寄回来，我向我妈妈保证！"他神情严肃地举起四根指头。

我把最后一口酒喝完，站起身："你也别保证啦。我要回家了，祝你明天一路平安！"

"别急别急，你先看看我的房子——"他拉住我的胳膊，带着我把两间卧室和厨房卫浴全览了一遍，回到客厅讲出了他的想法：他明天下午飞北京，却没时间处理房子的转租问题。这房子押一付三，至少还有两个月又十五天才到期，那就是三四一十二，另十五天只加两百，总共付了一千四百元却没人再居住。他建议我给他一千四百元，不掏中介费，这房子就归我啦！

我想了想说："这面积是我的房子的八倍，但好像我用不着。而且，贵啊！"

他笑眯眯地把我推在沙发里："什么用不着？怎么样？这沙发舒服吧？你那里的破椅子，坐上去都硌屁股！"

"舒服是舒服，一个月贵了快三百块。"我摸摸沙发光洁柔软的皮面，当然，我现在也租得起它。

"你呀你！什么观念？现在你好歹也是个副总了。一个副总，高级白领啊，还住九平方米的石头房？陶艳为什么离开你？杨骚怎么有小美女？漂亮女孩，哪个不需要温暖的港湾啊！两百八买个温暖舒适，还有爱，还不值？"

这句话在刺痛我的同时，也打动了我。除了陶艳，谢加豪不是也曾这

样看我吗？是的，过不了多久，谢雨微就会旅行回来，我正好给她一个惊喜！我马上同意转租到这里。押一付三？没问题！不就是一千六百块钱吗？何况他还减了两百。兄弟，这样吧，明天，明天上午给你钱，一个子都不少！现在，我可没这么多现金。

沙漠看一下腕上的手表，递给我一支烟，又从茶几下面摸出个漂亮烟灰缸："老哥，这个烟缸也送你啦！我明天下午就飞北京，上午还有事忙，你救救急，我现在没钱，没钱到北京怎么混啊！这样，现在才七点多，晚上我请客吃夜宵，待会我和你就去楼下的中介签约，然后一起去银行的自动提款机，你一刷你的卡，钱不就来了。"

在我记忆中，从我认识沙漠起，他就没请过客。当时没注意，以后，我就记住了这一点：一个从没请过客的人忽然要请你吃饭，你一定要在心里问问为什么。

我和他在中介处办好转租手续，又取了钱给他，看看时间还不到九点。我抬眼看天，月亮果然很明亮，我说请客就算了，我想回家写点东西。他则很坚持地去打了几个电话，约马尾和雨亭蓝骄及蓝骄带的女诗人"三角梅"，十点整会合到"烧鸡婆"吃夜宵。

那天晚上，说是沙漠请客，我和马尾也一直坚持：就让这小子请一次吧！但谢雨亭听说他明天离开鹭岛，最后还是抢着买了单，他一直说，沙漠，我们给你送行！那天，他只带了一百块钱，剩下五十八块，由我这个被他一口一个"副总"的人垫付。

## 2

我搬进了"豪华"的新居，邀请谢雨亭和马尾、蓝骄来吃饭喝酒。谢雨亭说忙，蓝骄也说忙，我知道，他们的忙都是一个理由。蓝骄肯定和那个叫"三角梅"的女诗人黏糊上了，从他在办公室对我吟出的肉麻诗句，我知道他们爬了五老峰，他在五老峰顶吟诗，并在岩石上划出一道亮亮的瀑布。我还知道他在情人谷里变成一只蜜蜂,蜇了盛开的三角梅两次。

　　这个忙,如果情有可原,那谢雨亭呢?谢雨亭自从我升职到主任,看我的眼神就似乎和以往不一样,当然,在他老子的公司里,我现在又升职了!尽管公司里有五位副总,我排名最后,但怎么看似乎我也衣冠楚楚了。他还是当年小炒店里喝啤酒的拳击手。这,难道也会成为我们做好朋友的障碍吗?

　　只有马尾,乐呵呵地拎着一瓶劣质红酒来了。尽管许久不见,他对我的起伏变化毫无感觉,他依然和我勾肩搭背,依然和我胡侃乱喝。要么是他看穿了我这个人,要么说明他今后定然成为一个天才加白痴。我很不喜欢马尾的手指在我的新家里东摸西摸,我曾经问他为什么不把手洗干净?他哈哈大笑,说我是个白痴。他说一个伟大的农民,必然手糙如泥,才能种出金黄的麦穗;他说一个伟大的画家,手指怎么可能像个千金小姐一样干净?于是,我只有同意他的观点,任凭伟大画家的手指,在我新家里浏览一切。

　　马尾参观之后,羡慕得不得了。他想在此借宿一晚,被我马上拒绝!因为他的眼睛一直对客厅的白墙保持特有的兴趣。于是,他把那幅《美女出浴图》批判了一番又一番,他建议挂上他的杰作——《谎言》。我说,这画看着都像是杨骚的遗作?你是画家,你看是不?马尾摇头:你什么眼神?杨骚画艺术,才不画色情。我一听,马上同意了这一建议,第二天就把《美女出浴图》拿到油画村,换了五百块钱。然后我请马尾吃饭喝酒,八十块搞定,让没有人能看懂的《谎言》,代替那个狐媚与色情的裸女,立在沙发的后面。

　　星期六的晚上,我写完工作报告,算算谢雨微还有多少天会回鹭岛之后,洗了个热水澡,躺在床上看余华的《活着》。是啊,活着,多好……窗外下起了哩哩啦啦的小雨,我在雨声中慢慢阖上了眼睛,昏黄的灯光马上就消失了。

黑暗中我看不到自己，一头老牛慢慢从黑暗中走来。"活着……"老牛张开自己厚厚的嘴唇，低声说，"我们几千年来就是这样活着，供你们吃、供你们穿，死了，皮还被你们剥……"老牛的眼中濡湿濡湿，一滴亮亮的泪珠滚出来。接着，无数的老牛从黑暗中走来，它们都低着头，一步一哼：

"活着……哞……"

"哞……活着……"

光线慢慢地从远方过来，我翻了个身，看到几只肥硕的老鼠在窸窸窣窣地交谈。老牛们见了老鼠，全成了一堆泥塑。老鼠就在一堆堆泥塑的牛身上打洞。我站起身，一只老鼠从洞里探出头，转动圆溜溜的眼睛看我。沙漠！老鼠叫了一声，融入沙漠，一片干燥的沙漠，间或有一两块牛的枯骨。一辆车冲过来，呼叫着碾过黄色的沙漠。一辆又一辆的车呼叫而过……沙漠、沙漠……

我大汗淋漓，起身，睁眼。晕黄的灯光很宁静，宁静的夜雨声中，我听到外面的大门在"砰砰"地响。

一个声音尖叫：沙漠——

## 3

开门。

一个女孩冲进来："你是谁！沙漠呢！沙漠！沙漠……"

她把我从睡梦中叫醒，并直接走进我的房间。在她经过我身边的时候，我闻到了浓浓的香水味。

"你等等！"我狠狠挠了挠头，并揉搓一下脸，使自己清醒过来，"我说，你！你谁啊！"

"你管我！你是谁？沙漠呢？"她推开我，提着包直奔卧室，"沙漠！快起来，我饿啦！"

我关上大门，快速跟上她："沙漠走了五天啦！他去北京了，不住这！"

"狗屁！"女孩很粗俗地骂了一句，"你谁啊？他叫你看房子？这狗东西！他人呢？"女孩年纪应该不大，但浓妆艳抹的，又染了一头鸟巢般的黄发，根本看不出她本来的模样。

我不太喜欢这个不速之客。走到茶几边，倒杯水给自己喝了，又点上烟，快速想了一想，决定先礼后兵："丫头！别找了，他不在。你出来坐，也别急别骂，也许，我们有点误会。我找个东西给你看看。"

女孩一屁股坐在沙发上："老娘火大着呢！看什么？你谁啊？"

"我叫萧一灯，五天前，成为这间屋子的主人。你等等，我拿合同给你看。"

我走进另一个房间，这里被我很好地规划成了我的书房，靠墙一面整齐立着八个高大的书柜，里面堆满了八千册图书。靠窗的桌子下面，有两个矮柜子，放文件与我的私人物品。旁边，是一个折叠沙发床。我移开沙发床——这床是马尾买的，这小子很希望搬来和我同住。把柜子搬出来，我翻出那一份转租协议。

"找到了？给我看看！"她很快伸出手，抹着鲜艳口红的嘴上，竟然还叼着我放在茶几上的香烟。

我想了想，说："你不会看完一激动，把它给撕了吧？"

女孩挑挑眼皮，眼睛扫我一遍，哈哈一笑："你太小看我了！我不撕。你这花睡衣可真难看！"

睡衣是雨微给我买的，印满了蜡笔小新的图案，很舒服。经过温馨如和陶艳，我知道，女人一旦受了刺激，一张纸变成碎片简直是小菜一碟。我做了个手势，请她坐好，建议我读她听。我先把合同签下的姓名、手印和中介公证章给她看了看，接着，坐在沙发里，一字一句把合同读完。我连沙漠的本名和身份证号都读了出来，然后，看着她说："你看，就是这

样，沙漠把房子转租给我。他去北京了。"

女孩大怒："吴卫毛！你个杂种！大骗子——小××！"

沙漠本姓吴，兄弟三个，大哥吴卫东二哥吴卫泽。保卫毛泽东，是沙漠父母那代人的愿望，老三沙漠出生，就叫吴卫毛。但毛泽东还是在吴卫毛五岁时挥手走了。这样，吴卫毛长大，就觉得这名字不好听，卫东、卫泽也罢了，卫毛，不清楚是卫嘛个毛？于是他就自己起名叫：沙漠。后来大家都叫他沙漠，本名渐渐被人遗忘。我听了"吴卫毛"三个字还愣愣，听到"小××"三个字，就忍不住"哧"了一声。

女孩瞪我一眼，接着骂。我赶忙把租约收进我的睡衣口袋，并站起身，把客厅里开着的窗户关上。点了一支烟说："嗯嗯，你这么大嗓子，他听不到，别人以为你骂我呢。你是他女朋友？他怎么没跟我说呢？这小子忒不是东西了！"

"给我！"

"什么？"

"烟！"

女孩说着，一把抢过我手上的烟，狠狠吸了两口之后，如机关枪一般爆出一串又一串粗话，目标是沙漠和沙漠没招谁惹谁的妈。

"算了、算了，我说，他在北京，千里之外。"

"怎么算！我，我现在饿了！"

"那你去吃夜宵啊！楼下好多小吃店，方便得很。"我马上做了个请的手势。

"我没钱，钱都打到那个王八蛋卡上了！"

"好好！我给你、我给你，五十块，够不？深更半夜的，你别骂了，这狗东西在北京睡大觉，你骂他也听不到！"我拿出五十块钱，轻轻放在桌上。

女孩看着钱，半天不吭声。接着，我听到一声细细的像是从梦境里发

297

出的幽叹，看见肩膀一动一动的，她开始无声地哭泣。我走进厨房，快速烧了水，给她冲了碗泡面，端出来放在桌前。

"来，先别哭，不是饿了吗，吃点面吧。"

女孩头顶着波浪般的黄发，脸上流下两道红黑的油彩，像是丛林里伪装的战士。只不过这战士还在一抖一抖地哭泣。

"他……骗走了我所有的……呜呜……积蓄……"

"不哭、不哭……还好……你看，只是钱没了，你人好好的……"

我这么一说，她竟大哭起来，我没想到，我的花睡衣，因为我这句话，成了她的手绢。

已经三点了！她吃了面，也喝完我给她倒的一杯红酒，去洗手间"哗哗"，"哗哗哗"，半天。可怜巴巴地出来："怎么办？我住哪里呢？他把我的毛巾牙刷都拿走了……"

当她洗净脸上的脂粉，我发现，她还是个很年轻的姑娘。毛巾牙刷，估计还有其他东西，早被沙漠扔了。我把烟掐灭，摆摆手说："好啦，好啦！毛巾我倒是有的，今晚我留你一夜，明天你另找房子。对了，你叫什么？"

这个叫庄玲玲的女孩就这样睡进了我的房间。

马尾那张沙发床，终于派上用场。我，这房子的主人，在凌晨四点钟，把自己的身体，移入书房移到沙发床上。我要声明，我并不是为了怜香惜玉，而是因为我的所有财富都在这间房中。对于一个我刚知道名字但根本不认识的女孩，我当然要看护好我的东西。我躺在床上，狠狠地把沙漠无辜的妈妈问候了一声，重入梦乡。

## 4

第二天，我睁开眼，发现四下里一片宁静。

夜雨早就停了，拉开窗帘，看到阳光下被雨水洗涤的翠绿的树。我打开反锁的房门进入客厅，见卧室门还关着，上洗手间洗漱完毕，看看扔在桶里的花睡衣，摇着头走出来。沙漠这狗东西！下次见面要再打他一次！烧好水，泡上茶，才发现墙上的时钟已经显示十二点半了。我走到卧室门前一推，门，竟然没有反锁，透过半开的门，看到光亮亮白花花的一具肉体。我吓了一跳，马上关上门，轻手轻脚返回客厅。坐在沙发上想：我看错了吗？她什么也没穿？我的大脑回忆我双眼所见：脚、腿、腰——中间还有一撮黑褐的毛！真的！我确信我没有眼花也没有错觉。那个叫庄玲玲的女孩，蹬掉了我的花被单，赤裸裸四仰八叉地躺在我的床上！

我的天！她和沙漠有同样的爱好吗？怎么办？过一两天，谢雨微要回来了！但我现在该怎么办才好？我怎样才能让这样一个喜欢裸睡的女孩今晚不再睡在我的床上？

一点钟了，这个一丝不挂的毛丫头似乎依然在屋里酣眠，全然不顾屋外干坐着的我。我站起身，大步走到门前敲门："喂，喂喂！起床啦！起床啦——我要出门吃饭！"

"嗯——嗯——听到了，别叫了。"

出乎我所料，门很快打开，她光身赤脚，在胸前围着我的浴巾，一手摆弄着头发，半歪着脖子："你要出门就出门呗！叫我起来干什么。"

"我和你很熟吗？我出门，你卷了我的东西跑了，我怎么办？"

"谁会卷你的破东西！谁会卷你的破东西！你有什么东西啊！"

"你现在就卷着我的浴巾！"

"你！你！我给你！"她忽然伸手解开浴巾，一把向我丢过来。这根本是我想象不到的事。我接住浴巾，慌忙挡在眼前：

"别流氓啊——"

"哈哈哈哈……瞧你那样儿！"咣当一声响，她又进了房间。

我捧着浴巾，里面散发出牛乳的气息。此时我真想不出，沙漠和她，完全两个世界，怎么会在一起好几个月？几分钟后，她穿着无袖短衫和牛仔短裤出来，手里夹着一只摩尔女士香烟："嗯嗯，你还挺正人君子嘛！本来我是想拐你的钱来着，不过，你比那鸟毛强多了。知道吗，我，庄玲玲，只要一个月，就有上万的收入。怎么样，有没有兴趣和我一起住这里？"

我哭笑不得，放下浴巾说："是，是，你有钱。可现在这房子是我的。你有钱就找别的地方住，不行就住酒店！"

庄玲玲皱皱眉："你没听我说啊！我现在没钱！钱都被吴卫毛骗走了！"

"哦！你有很多钱吗？有多少钱被他骗走了？"

"你不信是不是？"她向空气中吐了两个漂亮的烟圈，咧嘴微微一笑，"知道你不信，知道他为什么急急忙忙把房子转给你不？这狗东西！知道我要回来了，就干这种下三烂的事！四万八！"

"四万八？那么多？"我忍不住从沙发里跳起来，"这小子！那么，赶快报警吧⋯⋯"

"哼哼，你倒是好心！"庄玲玲手夹着香烟，在我对面的沙发里坐下，跷起了二郎腿，把一只瘦长的脚在我眼前摇啊摇。"算啦，周瑜打黄盖，愿打愿挨吧。就算老娘眼瞎了一次！喂，你叫什么？我忘了，不好意思啊。"

"我姓萧，风萧萧的萧！庄玲玲，是吧？你真那么有钱？让我不敢相信。"

她呵呵呵地笑："你看不出吗？不瞒你说，老娘都在夜总会里混四五年了，还没点钱？"

庄玲玲十六岁就跟着表姐在深圳、东莞的夜场混，十八岁，她跟着一个老男人来鹭岛。老男人资产上亿，但上亿资产后来也和庄玲玲无关。两年后，她再次成为"欢乐人间"里很红的模特女郎。她说"欢乐人间"，肯定你一次也没去过，如果去过，就会看见她。她确信这一点，也为我没去过"欢乐人间"遗憾。男人嘛，应该去"欢乐人间"见见世面，那样的男人，才会成功。我不以为然，我想我不去那个听说纸醉金迷的地方，我也会活得很好。沙漠不就在"欢乐人间"做什么总监吗？他看起来可是很不成功，不但骗了她的钱，还跑路了！

沙漠？屁个总监！他骗人啊！这狗东西！不过在一间总统套房里当小弟。装出一副纯情的样子，写诗吟诗，骗财骗色！下三烂！还是谢总眼光毒，一眼就把他看穿！我还不信！谢总说，这小子骗财骗色，早晚横死他乡……桌上的烟缸里丢满了烟头，庄玲玲滔滔不绝，向我讲"欢乐人间"里奇特而又类似于传奇的故事，并间或把沙漠，也就是吴卫毛，用不堪入耳的粗话骂上一骂。

眼前的女孩让我想起了曾小雪。曾小雪和她的工作性质一样，但曾小雪怎么看都不像一个三陪女郎。

沙漠这家伙，毛病真不少，有偷窥癖，为此吃我一顿老拳；爱睡别人的女人，为此挨揍还裸奔；后来喜欢赤裸，当人体模特吧，又和艺校女学生搞不清！现在这样骗人家财色，就算是风月夜场里的女孩，也真是很不应该！

在我已经清楚了庄玲玲是谁，以及庄玲玲和沙漠游戏般的同居故事后，我决定请她一起吃个午饭，并提醒她应该考虑好今晚的床在哪里。她挑起眼角，让浓郁的香气向我逼近，很妩媚地冲我一笑："萧哥，你孤男我寡女，晚上一张床也不浪费，我就暂住这一个月，免费为你服务好不？"

"不好！"我马上说，"你在'欢乐人间'一定有很多姐妹啊！我原来认识的一个朋友就是这样。再者说，我可是为了我女朋友，才租这么贵的房子的，她就要回来了。"

她哈哈哈地大笑："别紧张！知道你是正人君子。不过，有没有真感情就说不准啦。男人嘛，我比你了解。好啦，你放心，我今晚就搬走！我肚子饿了，请我吃饭去吧。"

## 5

"番鸭婆"排档曾经是我吃饭的据点之一。周日的中午,"番鸭婆"有些清静,三十多张桌子上静立着一筒筒一次性卫生筷,再次等待夜幕降临时一双双欲望的手将它们拿起舞动。虽然已是午后一点多了,昨晚彻夜的喧闹,使得老板娘的脸上依然带着倦色。"小萧,好久不见你了,听说你进了鹭华,那可是效益很好的公司!发财了吧?"老板娘的嘴对我说,双眼却看庄玲玲。"老板娘,哪里发财也没你赚钱多啊!她,沙漠的女朋友。"老板娘的热情浮上了脸:"哦哦!我说呢!有点眼熟。你们吃什么?""姜母鸭、杂鱼酱油水、白灼虾,再来一盘青菜。"庄玲玲问都不问我,马上说,"老板娘,可要快点啊。我饿了。"

我要了两瓶啤酒,给她倒上一杯:"你和沙漠以前也来这里吃饭?"

庄玲玲瞥一眼回到柜台里坐着吃花生的老板娘,撇着嘴摇头。什么嘛,你看不出来,刚才那老婆子在观察我!我这包包,LV,我这衣服,杰西卡!你有那么多书?你是博士吗?听过没有:穷教师、傻博士!你该去看看"欢乐人间"……对你有好处……对了!你在鹭华公司?呵呵,那我可和你有点渊源……什么渊源?这可是秘密……庄玲玲和我东拉西扯,她说,这里她根本看不上。她怎么会到这里来?沙漠和她在一起时,都是吃她的喝她的,他们去大酒店、西餐厅,喝咖啡红酒,这里不过是低档的大排档嘛!要环境没环境要气氛没气氛。看起来,她比陶艳还要懂得鹭岛的朝歌夜弦。她滔滔不绝,我耐心倾听。但她越是兴致勃勃,我越发觉得索然无味:我听到了她词汇下面的空虚与渺茫。沙漠,骗了她那么多钱,只一天,她似乎就忘了!她好像什么都不在乎,这样的女孩,今后该怎么办呢?也许是我杞人忧天,我们并不熟,我管她这么多干什么呢?饭后,我们就各奔前程啦。

等我结完账,她已经蹬着她的金色高跟鞋,"嘚、嘚、嘚、嘚"地在

大街上行走。

"喂喂！你，去哪里？"

"呵呵，你请我吃饭，有点咸，我请你喝杯咖啡，怎么样？"

她扭过身子，我这才发现，她的腰身柔软纤细，那件她说的名牌衣服，很适宜地凸显出她的美丽身段。

"喝咖啡？你不是没钱？"

"聪明啊！我请客你买单呗，哎，你大男人，可不要那么小气！"

"我下午还有事，都三点多了，我建议你给你的姐妹朋友打个电话，先把自己安顿好！"

"好吧，我给我姐妹打几个电话，你等等。"她四下望望，奔向一个报刊亭。

我点上一支烟，看着她翠绿的背影在亭子下来回转动，想象夜色来临时，"欢乐人间"里的情景。乌鸦，不知为什么，我的眼前全是乌鸦，在炫目的阳光下，张开魔幻的翅膀，飞舞欢歌。

一点绿影从报刊亭"嘚嘚嘚"向我移来。

"怎么样啊！"

"没问题！我们走吧！"她向我招手。

"去哪里？你找你的姐妹，我办我的事去。我们这就拜拜！祝你今后好运！"

"耶嗨！你这么不愿和我在一起啊？小心我在大街上撒泼……"

"你撒吧，关我屁事，拜拜！"

"萧一灯！你个骗财骗色的臭流氓……"身后传来高分贝的叫声！街上不多的行人马上驻足，并把他们的眼睛聚焦到我身上。

"我衾！"我转过身，快步到她面前，"你想怎样啊？"

她一把抓住我的手："萧哥，小点声，好不？"

"你想怎样啊，我也请你吃饭了，你也说要走了……"

"你瞧，别人都在看我们，他们可不想知道我们是谁，他们只想看热闹。也许，还有人想趁着热闹吃我豆腐，想把痒痒的拳头拿出来敲敲你！

303

别瞪眼，你搂着我，和我一起走，就没热闹，没热闹就没人再看啦。"

这女人可真可恶！

"你很讨厌我吧？别摇头，骨子里你就看不起我，我知道。哼哼，你们男人总是假模假样。"

"好，说吧，我们去哪里？"

"当然回家！"

"回家？"

她站住脚，呵呵地笑："别紧张，房子里还有我的东西！我说话算话，拿走我的东西，就走啦，你就是想我，也见不到我！"

"什么东西？"

"我的画！《美女出浴图》。"

画！我就知道！沙漠这个小气猫，怎么会留一幅可以换钱的画给我。我告诉她，画被沙漠拿走了，客厅里现在挂的，不是那幅裸女了。

她想了想，点点头："好像是啊，我都没注意。"

她忽然有些脸红，告诉我沙漠这家伙真可恶，要跑就跑了吧，还拿走她的裸体肖像天天看！

我惊奇地瞪大眼睛：那个画上的女人会是她！

庄玲玲掐腰摆了个姿势："怎么？不像吗？当年我花了五百块钱，特意请一个叫杨骚的画家画的。"

画，还真是杨骚画的。杨骚为了一个他不认识的夜总会女郎死了，却因为一幅他画的画，被记在另一个女郎的心中。早知这样，我就不会卖了它。

在庄玲玲准备和我拜拜的时候，不知为什么，我有些犹豫的同时去了银行，取出一千块钱准备给她。她看了一眼钱，又瞄了瞄我，呵呵笑着说，萧一灯，我是记住你了！钱我不要，请我喝个告别咖啡吧！

庄玲玲虽然有点思维跳跃，但是个很爽快的女孩。喝完咖啡，她说她睡过很多的男人，只有沙漠，她让他白睡了半年，不但白睡，还让他骗光

了她所有的积蓄。对此，她没有悲伤，只有厌恶。她说她在昨晚就打算从此以后，骗光她身边所有的男人——这当然包括我。但是，因为我，她改了这个主意。因为还没有一个男人，在她穷到没钱的时候，没有目的地给她钱。她怎么知道我没有目的？她说，她脱得光光的，也没锁门，白白牺牲一下这么娇美的身体，仅仅是被我白览了一览，多可惜，是吧？

她一面对我说，一面把双手放在两肋下，缓缓地向上托了一下饱满的双胸。

我这才明白，当我中午推开房门的时候，她早就醒了，早在等待我的反应。其实我并非高尚如圣人，我只是觉得我是个人，在当时那种情况下，应该做人该做的事。而我给她钱，第一是因为我卖了杨骚的画，第二，我觉得沙漠非常过分，非常过分的人很多，但不幸我认识沙漠。如果因为这样，给庄玲玲带来一点点想法的改变，我还是很高兴的，毕竟，让她相信好的东西还是存在的。

她追问我对她有没有动过一点点念头，我盯着她说，妹妹，不是你不漂亮，也不是因为我有女朋友。当时，真是一点点也没有。其实，你不浓妆艳抹，还是很美的。

那么以后呢？

以后也不会。

鬼才相信哈！

庄玲玲一文不名，就这样消失在夜色中。她对我说：我比你了解生活。她的眼中确实没有畏惧，也没有昨晚的愤怒和悲伤。她真比我了解生活？

## 五、花开花落

1

"歌词写好了吗？"

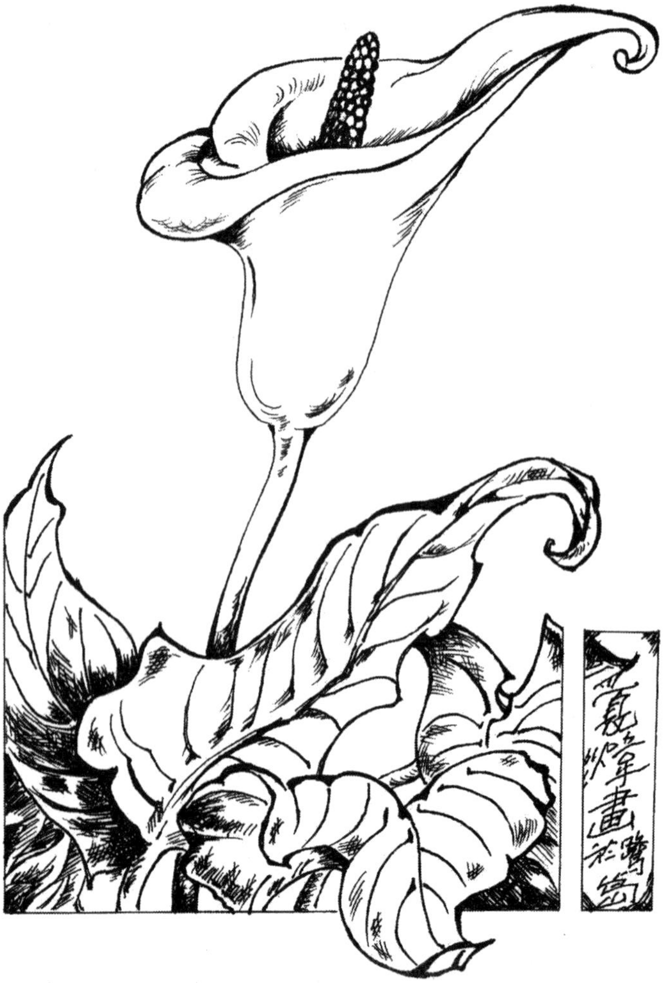

这是谢雨微回来后问我的第一句话。我告诉她我写好了，而且搬了家，有一个温馨的地方让她住。

"快把歌词拿给我看呀！"

见了面我们拥抱、长时间相吻。之后，她从我怀里跳出来，伸手说。对于沙漠住过的这套房子，她没有过多的称赞。她说，她还是喜欢那个有院子的九平方米的房子。因为，那里可以听到风的歌唱，因为，那里可以在静寂中看太阳升起。我说，那里太简陋了，连个沙发都没有。她就笑：只要有你在，有没有沙发有什么关系？那一刻我心中涌出一种感动，我紧紧把她抱起来，只想让两个身躯融成一体。

晚上，我们一起做饭吃饭，一起喝了她从日本带回来的清酒。之后，熄了灯，点上蜡烛，在晕黄的烛光中，静静地听她唱我为她写的那首《鹭岛之恋》：

*南国鹭岛，尔可曾至*

*凤凰花开，兰芳香芷*

*寄语书信，慰我之思*

*曾有佳人，与我相识*

*……*

雨微在我的房子里待了三夜三天。白天，她系上一条洒满野花和翠叶的新围裙，像个新婚后的新娘，在家中整理卫生，洗洗涮涮，并为下班回来的我准备好一桌可口的饭菜。

闲下来时，她就捧一本书，坐在沙发里看。三天里，她贪婪地读完了《伤心咖啡馆之歌》《心是孤独的猎手》和《婚礼的成员》。她被麦卡勒斯书中那些令人刻骨铭心的，充满悲喜、苦涩、任性乃至高贵的人类情感中所体现的人性感动，在吃饭的时候一直和我说个不停。雨微还那么年轻，相信在每个个体的心里，都有一块地方，柔软而温暖。因为如此，我们还活着；因为如此，我们还知道我们的心里，有情有爱。"爱情是发生在两个人之间的一种共同经验。爱与被爱，我永远选择爱。"——她马上就把书中得到的转换在我们身上。

夜晚，我们做爱、相眠，相眠、做爱。连日来，我们的激情就像夏日里的太阳，滚烫，火热。我们无私地把自己奉献给对方，也同时索取到美妙无比的爱的欢乐。

但是当她在我的臂弯里甜美睡去的时候，我听着她那轻微安详的呼吸，感受着她青春躯体有规律的起伏，却常常难以入眠。

那一夜，那一声凄楚悱恻的惊叫，那几朵在我被单上洒下的殷红花瓣，还有那后来如丝如雨的哭泣，都是她在心中毁灭掉一个过去的瞬间长大。如破茧化蝶，她已经不再是那个青涩的紧紧包裹着花瓣未曾开放的花苞，那坚挺如桃的乳房，也在她惊奇而调皮的语调里为我长大，变得丰满而富有弹性。从缠绵害羞的呢喃，到热情的奔放，雨微的身体和内心，都因为我而激情变化。我早到了成家的年龄，而她还那么年轻。激情之后的岁月，我们该如何燃烧？我认同曹朔望老师所说的，今后中国人的生活方式，包括两性关系，也很有可能越来越西方化。可传统的文化确确实实还影响着我，尽管这影响的力量在渐渐变小。一个人，特别是一个男人，必须对生活负责。同时，我又对此有一种更深的疑惑：从温馨如到陶艳，我都没有成功，这是否都是我的问题？相对比西方的爱情，我们是否多了更多干扰的因素？我是否有能力，给看上去家庭条件更好，却也更为单纯的谢雨微一个美好未来？何况我们到现在，还只能秘密地来往和接触？许多想法，也许是对自己没有信心，也是无法敢做敢当的一种表现。从古至今，所有的文字都意在表现男子汉的雄壮坚强，而这文字下面，也许正隐藏了男人的虚弱。

第三天黄昏时分，谢雨微依依不舍地离开了房间。我站在客厅，心里空荡。摸出一支烟点上，不自禁地走上阳台。斜阳照在高楼间，车辆奔驰所发出的鸣响汇聚起来，引起一种共振，再次显示出城市特有的浮躁与嘈

杂。而远方的天空则总是那么远、那么静。不一会儿，我看见雨微出了大楼，停一停，迈步横穿过马路，鲜红的裙子一飘一飘向前快速移动。看着她越走越远，不知为什么，我心里特别希望她能回头看看阳台，看看阳台上的我。就在此时，仿佛心灵感应一般，她停住了前行的脚步，慢慢转过身，转过头，抬起了脸……

阳光下，我看到那道目光直射过来，向我这边寻找并固定。然后，我看到她那张脸笑了。我挥着手，也朝着她微笑。那一刻，阳光一下子温暖地填满我空荡的胸膛。

我放声朝她大喊，让她注意马路注意车流，她也朝我喊着什么，我知道我们彼此都听不清对方的声音——这声音相对于城市制造出的噪音实在太细微了。但这一点关系也没有。我知道，当我们停止互喊，当她回过身迈开腿继续前行时，一定相信我继续用我的目光默默送她，直到那一点朱红融入暮色。

## 2

鹭岛的凤凰花一年开两季。

对于鹭岛大学来说，关于凤凰花，一直流传着这样的话：凤凰花开，六九两季，一送旧人去，一迎新人来。无论依依不舍的道别还是青春激荡的初见，如火海一般燃烧盛开的凤凰花都是美好岁月的见证。

当凤凰花在大街上再次吐出绚丽的红花时，我看到三五成群的年轻人在树下欢快地相聚、合影。当年，我和陶艳不也曾如此被那艳红如血的花朵迷醉？回想起来，那似乎已经是很遥远的事了。我重新收获了一份爱情，希望不论花开花落，我都能和雨微把这份爱，一年一年传递下去。

就在这个时候，陶艳家出事了。

蓝骄是第一个告诉我这个消息的人。接着，传来更多人出事的消息。出事的原因复杂但结果简单：陈向前，结党营私、贪污受贿、腐化堕落。

坊间流传的结果大致和官方步调一致，可关注重点显然不同。老百姓的嘴和耳朵在传在听的，是活色生香并令人感到稀奇的事：这家伙睡了一百〇八个女人，亲自做了一百〇八个阴毛书签！那些书签，分别取名叫：及时雨、玉麒麟……白日鼠！众所周知，由于"白日鼠"擅长做迷药。

自然，陈向前出问题，就不是一个人的问题。那些日子，连谢加豪都谨慎而紧张，好在从国家定义上，他已经不是中国公民，足不出户在别墅里待了一个月后，便前往瑞士休假。陈向前早就闻风而逃，显然，在逃跑时没带走陶艳，也没带走"一百〇八将"。"一百〇八将"的故事便流传坊间。当然，坊间传说陈向前逃到了泰国，还是带走了"玉麒麟"的母亲。有些人见过"玉麒麟"的母亲，说那女人美得一塌糊涂。大家都知道"玉麒麟"啥模样，可"美得一塌糊涂"的女人啥样？人们就对"玉麒麟"的母亲十分感兴趣。两个月以后的报纸图片新闻：陈向前和其情妇在我国西南某地被捕。看了报纸的人都失望——这女人也一般啊！也许，他带走的不是"玉麒麟"的妈而是"及时雨"的娘吧！

半年后，陈向前等人被判死刑。大结局时，媒体疯子般聚焦此事。电视台则以总结性的画面体现几个判了刑的人感言，有人说，懊悔呀懊悔，有人说对不起这对不起那……到陈向前，他只说了一句话："我被一个婊子害了。"

这是陈向前石破天惊的临终遗言。

要不是这一事件，我与陶艳在鹭岛，早就是不再相交的两条线。

在陈向前逃走的第一个月，我接到一个电话。我答应电话里的人，下午五点，准时把自己安放在"私语"咖啡馆一角。

咖啡馆昏暗，有意营造出一种暧昧的幽暗气氛。我已经抽了三支烟，陶艳还没来。咖啡没有加糖，香气也一般。没人注意我与我手中已经微凉的液体。与茶的淡雅相比，咖啡要浓郁热烈得多，但不知为什么，在中国许多茶馆里，人声嘈杂，咖啡馆里，却都是窃窃私语的幽灵在活动。

一个暗影在我眼前晃了一下,坐在对面。

"对不起,我来迟了。"

在我记忆中,她从来不对我说这三个字。我抬起眼看她,估计是长久的睡眠不足,尽管化了淡妆,努力显出神采的眼睛深处还是透露出疲惫和厌倦。她不再是那个热烈而妩媚的陶艳了。

"没什么,我等你已经等习惯了。"我说。

她笑一下:"他跑了,我竟然什么都不知道。"

我说:"别这样想,陶艳,有些事什么都不知道,总比知道好。"

"嗯嗯,分局的刘局也这么说。但他把我当什么?我在他眼里,好像和她们一样。也许,还不及她们。"

"你别难过。"

陶艳看看我:"我难过什么?我只是没有钱,也没工作。"

"你瘦了一点,这个时候,更要好好休息。你想喝点什么?"我递上菜单。

"喝点酒吧!"她从口袋里掏出一包烟,点上一支,"唔,我现在也吸烟,一年了吧。"

四下里都显得沉默,我也不知道该说什么,陶艳说这里的君度酒要比咖啡好喝,于是酒就一直从杯子中移入她的口中。陶艳的手指在桌子上来回移动着,她只喝酒,几乎不吃东西。终于,她说:"你不想和我说什么吗?"

"你现在怎么样?"

"不好。你看,都写在我脸上,不好。"

"你现在做什么?有什么打算?"

"做什么?我不知道。一年来,我养狗养鱼养花养鸟,吃遍了鹭岛所有酒店,什么也不做。我以为,我从此就在我想要的生活里一直到老。"

陶艳说,又拿出一支烟,跷起二郎腿点上。

"上午去了检察院。王处私下和我说，房子是受贿的，要查封。里面属于我买的东西，叫我赶快卖了换钱或搬走。也许，后天就贴封条了。萧一灯，现在没人肯帮我。我没钱，真没钱了。"

"不会这样吧？你！"

"资产全部冻结了，连我卡里的一分钱也不能动！所有的朋友都闪了。我想，就是抓到他人，也没有退还的可能，他贪了那么多。没我的，什么都不是我的。"

她给我讲陈向前的事，脸上没有气愤只有失望。

"没关系，天无绝人之路。"我掏出一个信封，递给她，"这是五千元，你先拿去用。以后有困难，给我电话。"

"谢谢，只有你还肯见我！他们都闪人了。"她快速把钱放进自己的皮包，看我的目光中满是感激。

"别这样说。他们不了解你，也怕有麻烦。"我给她又倒了一杯酒。在来的时候，我的想法也并不高尚：如今的我，也是拜陶艳所赐，终于在各个高档酒店都有了登堂入室的资格。我，萧一灯，也衣冠楚楚，可以向有求于我的她，大大方方地拿出五千元钱。但现在，看她这个样子，我反而有些不安。陶艳，曾经是多么高傲的公主！而今后，我又该是什么样子呢？那五千元钱里，又有多少不是灰色的收入？前些天，谢雨微还对我说，哥，你总是忙啊忙，我都看不到你的笑脸了！是啊，我真心的笑容，都去了哪里？

我胡思乱想，把我跟着谢加豪夜夜笙歌时的流莺飞燕都快速想了一遍，也同时在脑中浏览那些生意伙伴。人在江湖……当我看见光着身子的庄玲玲给谢加豪按摩时，我听到谢加豪微微尴尬的声音。人在江湖，多么好的一句托词！我记得我说，老板，我什么都没看见。谢加豪对我睁着眼睛说瞎话十分满意。可我却恰恰什么都看见了而且印象深刻，"欢乐人间"，庄玲玲，我怎么会忘记？

"我感觉，你现在还不错。"她喝了不少酒，脸上微红，潮湿的眼睛有点迷人。

"也不会，我还没有你说的那一张豪华的大班桌。"我说。

她咧咧嘴："其实我错了，自己不喜欢的东西，别人勉强不来。有件事……嗯，算啦，都过去了。"

我点头，看着她："是，今后，你要自己保重。"

她的眼睛红了一圈。

我马上说："时间，可以解决一切。"

她去了洗手间。很久不出来。我的身体有些麻木，我想离开这个地方，又不能动。时间相对停止，往往在我希望它快快划过的时候。

吃完饭，太阳已经和月亮交换了岗位。我们走出咖啡馆，我再次体察到她的消沉与孤独。咖啡馆外面的大街，入夜后是浓妆艳抹的歌女。我早就习惯了这眉飞色舞的夜色。

"你要去哪里？"

"我现在浑身酸痛。"她捋了捋额前的细发。

"你这是累的，回家早点休息。什么也别想。"

"你开车了吗？我没车了。"陶艳问，又笑了一下，"什么都不属于我了。"

"别这样说，我一无所有时，还知道明天属于我。"

她低下头，又抬起来："对不起。一灯，你就是好在这一点，什么都不怕。"

我看了看她："也不是这样的。这样吧，我送你，车是公司的，你住在哪里？"

# 3

房子在水边上，院子里的草已经显得荒芜。从阳台可以看到月亮在水中沐浴。这房子，是一个外贸公司的老总送给陈向前的礼物。陈向前就和陶艳在此筑起新的爱巢。虽然有些家具似乎已经搬走，但进入了房间，我仍然能感觉到这里往日的富贵气息。我一直以为陈向前娶了陶艳，就是我的敌人。但现在我进入这个房间，发现我并没有想象的那么恨他。

"这个房子就要被罚没了。"陶艳随便把背包扔在沙发上，看看我说，"下周，我会搬到其他地方。"陶艳说，楼下的地下室被陈向前改造成一个很私密的小会所，里面有美酒窖，有棋牌桌，有很好的音响很舒服的沙发。在这个房子里，曾经风光的陈向前和他的老朋友们喝酒、打牌，谈生意讲官场聊女人。他们从不谈理想，从不读书。这不是陶艳的领地。陶艳的领地在二楼。

她说："你不上来看看吗？"

我有些犹豫不决，看了看手腕上的表。

"我还是走吧。"

"上来喝杯咖啡再走吧，也许，以后你再也喝不到我泡的咖啡了。"她的身体停在楼梯口，转着身子看着我。

我从她的眼中看见了留恋和乞求。

二楼，是陶艳的会客厅，有一间主卧一个客房，被两个相连的起居室分隔两边。陶艳请我坐在沙发上，进屋换了一身衣服，一手夹着烟，一手拎着半瓶马爹利出来："我现在一喝咖啡，就睡不着觉，我们还是喝点酒吧。"

"我等一下还要开车。要不，我还是回去了。"

"多少喝一点吧。"她快速取来两个水晶杯，倒上酒，递给我一杯，"这些天我每晚都喝一点，也算是借酒消愁吧。来，喝一下。"

她一边说一边紧挨着我坐下。

"你别盯着我看。"

她笑了一下："不看，不看……我真是鬼迷心窍了！"

陶艳自顾自地喝着酒，一面笑一笑，向我诉说，也是向寂寞诉说自己的不幸。

陈向前人里人外看上去都是那么气质潇洒、受人尊敬，他幽默、风趣，有一种领导特有的气度，也有一份企业家的慷慨。他请她看戏、看歌剧，听曲、听音乐会，他给她衣服鞋帽，他给她美酒佳肴。他送了她非常喜欢的名表，他还让她去学驾驶，在她领到驾照的那一天，一辆黄色的跑车，就交到了她的手里。他，给了我给不了她的梦想生活。

白天，他衣冠楚楚风度翩翩，带着美丽迷人、高贵优雅的她出入各种聚会觥筹交错。他们是官场里为数不多的恩爱伴侣、模范夫妻，可是，当陶艳身体的武装完全被男人解除后，夜晚，男人就完全变成另一个样子。他成了一只变态的狗，跪在她的双膝前，脱了她的鞋子，鼻子在她的脚上嗅，嗅到她浑身发毛，嗅到她想吐。

她骂他：你是狗啊！但他毫不在乎，嗯嗯嗯地说，是哦，从今以后，我就是你的"狗"，狗还会舔嘞！

陈向前就这样，每个晚上都像狗一样舔她的脚，舔得如醉如痴。他不让她洗脚，他说他舔的更干净！他真就是条狗！她讨厌这种游戏，又没办法逃离，有时就用脚踹他。心中反反复复涌出一个字：狗、狗、狗！

但她心里更明白：现在，本质上，她才是他的宠物。他给她拴上璀璨的项链，给她套上华贵的衣衫，把她关进跑车关进洋房，用琼浆玉液供着她。有一段时间，陶艳为了避免这一场景的出现，叫好朋友纪毓佳来家里陪她睡。那时，陈向前看她的眼神，就是一条幽怨而无语的狗的眼神。后来，陈向前又升职了，陈向前越来越忙，也很少回家，但回来的晚上，他还是偶尔会舔一舔她。

这让我想到"一百〇八将"，三百六十五天，他要是对每只脚都亲密接触，也真是有时间有精力有干劲！

陈向前曾应谢加豪之邀，到鹭华公司视察和指导工作。当然，谢加豪

善解人意地让总经理曹开放和蓝骄陪同接待。但在视察后给公司中层干部做《廉洁清正，报效祖国》的报告时，我大大方方坐在第一排聆听。我发现台上的陈向前，果然是个优秀干部，他思维清楚，口齿伶俐，政治成熟，一身正气。那个台上的人和陶艳告诉我的人真会是同一个人？是的，他们是同一人，同一个身体却精神分裂。

我没有学过心理学，也绝想不到陈向前还会有像狗一样的行为。这个衣冠楚楚风度翩翩的男人，在阳光下的谈吐总是机智幽默，开会发言做报告，也是那样的张弛有度。他朝气蓬勃、前途远大。我无法知道，他这样一个冉冉上升的政府官员这种变态心理的根源。

报纸报道，说他长期思想腐化堕落，私生活糜烂不堪，忘记了党的教育培养和为人民服务的宗旨。不知报纸这样解读，是否能解决我心中的疑惑。

陶艳说，这狗东西！后来对此失去了兴致，长期在外忙工作不回家，回家也是在书房呼呼大睡。我还以为他正常了，他太忙了！我真傻！没想到他外面竟然有那么多只脚！

"那都是坊间传闻，不能当真。"我还是安慰她说。

她摇头叹息着，身子一歪，靠在我肩上。

"我醉了吧？"她的脸红润润的，潮湿的双眼显出一种迷人的醉意。

"别再喝了。"我犹豫一下，想慢慢扶正她的身体。

"一灯，我知道，你的心里已经没有我的席位了。"

"没有……"我的心里涌起一种特殊的怜悯，我搂住她，我知道她的绝望和渴望。

"你，留下来吗？"她的眼睛里飘出湿润的气息。

"不，我得走了。"

"我知道，我对你来说，已不再是原来的我了。"她点上一支烟，吐出两个烟圈，自嘲地一笑，"我现在很贱吧？"

"不！你别这样说。我走了，明天一早我还有个会，有可能会后，就和谢加豪去西安……"

站在门口，我回头看看她说："陶艳，其实，你也改变了我。"

那天之后，一个在我生命里曾经最重要的人，再也没有出现在我的视线里。

## 六、最后晚餐

### 1

人是奇怪的动物，一旦有秘密总是憋得难受。

我和雨微商讨过多次，准备辞职并向谢加豪说明我们的关系，但她不同意。我们都知道，按照谢加豪的意思，她不参加明年高考，直接到英国去读预科留学。如果真是这样，谢雨微希望最好等到她从英国留学回来，再慢慢向自己的哥哥、向林红，最后向她父亲透露我们的关系。

这样，我每次见到谢家的人，总感觉心里做错了什么，我开始寡言，并避免和谢氏父子相见。

连续的几场雨后，天已经凉了。当冷风穿过林木吹过街头时，雨微和我见面的次数也有些减少。一方面，因为年底我的工作繁忙，另一方面，谢加豪帮她找了个外籍家教，在课余时间强化她英语的听说读写能力。但每次见面，她的手都会更加不停地握紧我的手，即便遇见我们相熟的人也不愿松开。同时，我感觉到，她常常会目不转睛地长时间注视我。似乎总有什么说不完的话要对我说。

据说，市里司马部长的儿子，那个叫司马立方的男孩，马上就要从英国毕业了。在最后一个寒假来临时，他回到了鹭岛。

当然，作为政府官员的儿子从国外回来，为他接风洗尘的，不仅仅是

他的父母。有消息传司马部长又要升迁,同事,朋友,商场上的老板、经理们,就表现出对司马立方如对自己儿子一般的亲切。当然也少不了许多热心的月老和媒婆。

司马立方是司马立方,部长倒是个很明白的人。自从陈向前出事以来,他低调行事、深居简出已经很久了,想不到儿子回来,竟然引起那么多人的注意。他对现代资讯的发达有些恼怒,任何事情似乎都无法不令人关注。他严格筛选并婉拒了大部分以儿子回国为借口的摆宴请客,有些推不掉的老友,便由老婆带儿子去,自己躲在家里喝地瓜稀饭。

谢加豪对于想当司马立方另一个"爹"或"娘"的人嗤之以鼻,同样,他也对希望成为红娘、月老的人冷嘲热讽。司马家,当然会有一个门当户对的老丈人,这个老丈人,只能应该是他。自从陈向前把他介绍给司马部长,他就和部长一起洗过温泉泡过澡,"挖过战壕磨过枪"。那时,部长还只是个副区长。他们的友谊随着副区长到部长的足迹,越来越深。他们各自的儿女,也都渐渐长大。原本,他计划等司马家喧闹的日子过去了,再去部长家喝茶。想不到部长的电话却先来了。

部长说:"老谢,立方这孩子回来有一阵了你知道吧?天天被朋友、同学拉出去吃饭,这样下去怎么得了?我看,让他到你公司实习吧。"谢加豪马上应允下来。但部长马上又说,"你不是在香港有分公司?让他去那里,去一线,就住在你们香港公司的员工宿舍,我想这样,也好让孩子锻炼一下自我安排工作与生活的能力。"

谢加豪不由得赞叹部长的沉稳与周全。他怎么没想到这一点?于是,他也打算让谢雨微一起去香港。

可是谢雨微说,她早就答应了要从日本回来的曾婉清,寒假时和姚卉卉三个人一起去苏州看寒山寺看名满天下的园林。如果谢雨微真的去了英国读书,那么她们三个少年时的伙伴,也许这个寒假以后就远隔三地了!

有什么比友谊更重要呢?

谢加豪在外应酬夜不归宿时，不也这么说过？自己的女儿，从初中起就学会了他这句话，并年年在假期外出旅行。这样，谢加豪只好把心中的郁闷之火再次向着林红发。下半年，云鹤别墅的主人们都额外增添了一些不为外人所知的杂事，它们也搅乱了每个当事人的心情。

谢加豪和林红的矛盾越来越深，也更经常夜不归宿，就我所知，自从他认识庄玲玲后，有时他会去找庄玲玲寻一点安慰。对林红来讲，早就习惯了夜不归宿的谢加豪。这样，反而给了她一种自由、一种清净。豪华富贵的云鹤别墅，没有了往昔的温度，也显得清冷寂寞。每个家庭烦恼的根源不同，表现出来的不和谐也千差万别。

谢雨微明显感觉自己的家没有以前温馨。她经常会跑到我那里，一待就待到深夜。她说，父亲不像以前那么爱笑，林姨似乎也有了许多心事，他们开始经常为一些琐碎的事吵架。他们都对她说一句相似的话：乖，你看你都长大了，要懂事。

她对我说，哥，好像真被你说中了：长大，就意味着失去。

她的双眼依然明亮清澈，只是比过去多了一份沉默。

## 2

时光似乎越来越急迫，人们也渐渐变得匆忙。

谢雨亭所在的健身馆，不知什么原因倒闭了。原来的三层楼，变成了一个桑拿会所。他失业，一如我当初一样。他和柳云计划好的婚期，一直到柳云登上飞往欧洲的航班，也仍无限期地拖延着。

在他苦闷难熬的时候，向我有些艰难地表示出了自己的困难。对在鹭岛第一个帮助我的朋友，我一直心存感激。他真和我不一样，我没钱时，直接向他开口借，甚至向同样没钱的朋友们张口。这么多年我才发现，他很少，或者根本不想说出或者做出借的举动。我给了他一万块钱。要知道，对于大多数单身男人来讲，存钱是一件很不容易的事。这一万块钱，是我考虑将来买房子的本钱。这次借钱之后，我就很少再看见他的影踪。

平安夜那天。林红给我打来一个电话，邀我下午到他们家泡茶，并和他们一家人吃晚饭。说是一家人，却仍然没有谢雨亭的踪影。按照谢加豪的说法，谢雨亭根本就是柳家的儿子啦！

谢雨亭没回家，但林红多了一个干女儿——曾婉清。曾婉清的父亲在中资驻日机构工作，母亲，则是鹭岛一家艺术团里的二级演员。在曾婉清要上高中的年纪，就被父母送去日本留学。我想，也许现在对中国的父母来讲，高中留学国外还是少数家庭的选择。但不久的将来，会有越来越多的父母，将他们的孩子送往国外。把希望送到国外，这肯定是我们这个文明古国教育上的悲哀。

林红一见到我，就笑着对谢加豪抱怨："好久不见啦！你看看，自从那次你在家里训小萧，小萧就再也不来我们家了！"

谢加豪看着我哈哈一笑，解释说："看看，看看！又怪我了！可不是这样的，小萧要是像你这样想，他还能是我的最年轻的副总？我有多少员工？别人怎么知道小萧和我们原来的关系？他这是怕给家里、怕给我添额外的麻烦！对不对？"

他们一面说，一面请我进客厅。

谢雨微正和一位漂亮女孩看相册，听见父亲的话，放下相册拉起女孩插嘴说："老爸说得多好听！给人升官，加薪不？加薪才实在！萧一灯，我的好朋友曾婉清，你还记得不？"

我说："哦！金庸迷啊，不说都快认不出了，像小龙女一样越来越漂亮啦！"

曾婉清脸一红，看着我说："你也越来越帅了……"

谢雨微就用手捣着她的腰："什么呀，他一直就那个样。"

林红推着雨微："又乱讲话啦！这么大了还不懂事，快去给客人倒茶！"

谢雨微吐吐舌头："他也算客人啊？才不！我带婉清看芙蓉花。"说着便拉着曾婉清往院子里去了。

谢加豪就摇着头："唉，真是宠坏了。林红，丫头这样怎么行呢？以后要好好管教啊！"

对于谢雨微，谢加豪知道，他一定要把女儿送到国外去读书。但读完之后会怎样？也许就再也回不到他的身边，他已经给女儿早早规划好了将来。没有女儿在家的时候，家里总是冷清而沉闷的。他曾想过和林红要一个孩子，但那已经是很久之前的事了。在"欢乐人间"，当我知道他是庄玲玲的老客人时，之前还不能明白的一些事，便完全明白了。

爱，当然是芬芳的鲜花与甜蜜的烛光；爱，也是梁山伯与祝英台凄婉化蝶后的刹那永恒；爱，自然也是洗洗涮涮与缝缝补补里的相互支持与岁月的见证。岁月的残酷在于，凡尘里，鲜花和烛光是如此短暂，刹那的永恒也总是以悲剧落幕，平常人的爱，必须是年年岁岁对着同一张脸看了又看。这，对于有如此多诱惑与选择的谢加豪来说，是多么难的事！

林红，对我一如过去般热情，我们在楼上的露台里喝着养生的普洱茶，吃着精美的茶点。她一直说，好久不见，我显得比过去白也胖了。我说成天坐办公室，都是这样。谢加豪则在一边微笑吸烟。这个聪明的女人，也许永远不知道，他面前的一个男人，曾经把她和陶艳，放到了赌盘之上。而另一个男人，曾经是赌盘上的棋子。谢加豪老谋深算，他一边提升我的职位，一边悄悄给了我个不小的红包，这当然是冲着我的嘴来的。我当然紧闭双唇，什么也不说。什么也不说，就包括林红去鹭岛大学读EMBA（高级管理人员工商管理硕士）时，和一位风度翩翩的男士一起吃饭。谢加豪是老谋深算的，但他不知道我这个局外人，已经看到了他们幸福表面下的裂缝。当然，他更不知道，我和谢雨微之间的秘密关系。

谢家的新阿姨，向林红表示晚宴的鱼肉蔬菜已经备好了。谢加豪也挽了挽衣袖，表示要做林红的二厨。他们很亲密地走下楼梯，一起进入一楼宽大的厨房。前两天，我还听雨微讲，他们又吵了架。也许，不论对错，一起进厨房，是修补关系的一个最好方法。

这一家人其实对我都不错，似乎也把我当成他们远房的一个亲戚。可是我和谢雨微私下发展的秘密关系，令我感到在将来很难面对他们。

虽然，现在的我在公司里处于冉冉上升的大好势头，而我已经不得不开始考虑我将在何时辞职。我希望我辞职的那天能告诉谢加豪，我爱上了他的女儿，我准备自己创业，并给我未来的新娘以幸福。

我和雨微就此事谈过几次，雨微每次都会笑着说，干什么呀你，是不是怕我飞了啊？我回答她说，是啊！等你出国读完大学回来，我都两鬓斑白啦。她就会一把抱住我：别怕，我的心在你手里呢！

我默然无语。爱，能顶住时光的流转吗？爱，能扛得住重洋阻隔吗？另外，我也不会是谢加豪的女婿人选。谢加豪的想法很实际也很美好：老朋友亲上加亲，谢雨微今后嫁给司马立方，一官一商，在这个时代是多么好的组合！而且，门当户对，也是中国早有的传统。如果真是这样，对我来说，这给我和雨微在一起的梦想，又增添了困难。

她皱着眉头，显出很不高兴的样子说：我才不管别人！你是担心我不爱你了呢，还是担心什么？我可是什么都给你啦！你不能不娶我哦！

雨微很年轻，和我当年一样，什么都不会怕。那么，我究竟怕什么呢？不管是温馨如还是陶艳，最后都没和我走到一起。我发现，爱情在现实的生活中越来越像童话世界那样遥远。我什么都担心！最担心的就是时间。我总感觉我们爱的时间是不对的，在不对的时间里发生的事，今后会有什么样的困难与结果？

太阳把西方的天空烧得辉煌，远山在落日的余晖下依然那么美丽。谢家别墅的露台，依然气派大方。下面院子里的木芙蓉，在这个季节开出数十朵美丽的大花。旁边的木花架下，谢雨微正和她的密友曾婉清窃窃私语。看着她青春的身影，我心中有一丝淡淡的惆怅。我不知道，这个家将

来会给她带来什么,也不知道,我和她会有什么样的未来。

谢雨微忽然感觉到什么。她抬起头,见我在看她们,微微冲我一笑,那笑脸在落日的霞光里,美如云端的天使。

## 3

晚宴很丰盛,林红基本上是饭桌上的主持人。她一面关心我的个人问题,一面颇有些兴趣地向曾婉清了解在国外的留学情况。很显然,谢雨微也对曾婉清在日本生活的一切都非常感兴趣。她时不时会在曾婉清讲话的空隙,插入一些问题。后来,林红说:"你这孩子,国外,你不也去过好多国家?尤其是日本,你最爱那里的温泉!"

谢雨微说:"那不一样,旅游和学习生活,怎么能一样呢?"

谢加豪就哈哈大笑:"古人说,女大不中留。十八岁时,我们就送你出去!不送你走,你会把家里变成花果山水帘洞!"

谢雨微端起一杯酒,瞟我一眼说:"我要去剑桥,到时候你们一起来看我!"

晚餐在华丽的水晶灯下显得那么和谐与融洽,没人会想到餐后的茶叙,是另外一个结局。

鹭岛这地方不产茶,却有茶城的美誉。不产茶,又有好茶喝,则得益于鹭岛特殊的地理位置和区位优势。它与金门相对,位于福建东南沿海。而福建其他地方皆产茶,尤其是乌龙茶的故乡,有大红袍、铁观音、佛手、奇兰,还有闽北水仙、武夷水仙、永春水仙、诏安八仙、建瓯乌龙等名茶。

林红是红酒和咖啡的爱好者。谢加豪当然也喝酒,但他似乎和我一样,对中国茶情有独钟。按喝茶的年月算,他绝对是个老茶迷了。他有一九六〇年的老班章,也有二十年的陈茶铁观音和大红袍。晚餐之后,在一张两米长的花梨木茶桌前,他拿出的茶,是有"晚甘喉"美誉,产于武夷

"三坑两涧"的老枞水仙。按谢加豪的介绍，此茶出自武夷山慧苑岩，香高味醇、气味谦和、岩韵明显，为正岩极品。

"什么是岩韵？"林红端来一个漆器锦盒，里面摆着四样精美的茶点心。原来不太喝茶的她，这一段也开始品茶。下午时分我们喝的，就是她冲泡的谷花普洱。

谢加豪点上雪茄烟："呵呵，提到岩茶，喝茶的人必讲'岩韵'。岩韵，是岩茶审评中的专业术语，它可以说是名词，也是个形容词。这是中国人特有的说话特点。因而在不同人眼里，岩韵有不同的解读。岩茶嘛，有'岩骨花香'——丹霞地貌，'三坑两涧'，茶枞生烂石，表现出武夷岩茶非岩不韵的特点。这是茶与自然方面的独特关系，呵呵，这是其一，其二嘛……哦，水开了，我这个茶博士要泡茶啦。"

红豆杉雕花大茶盘上，早就摆好了无锡名家朱可心的鱼化龙紫砂壶，还有景德镇青花茶海和四只如玉汝窑杯。谢加豪收住言辞，将武夷岩茶入壶，"孟臣沐霖""悬壶高冲"，手法娴熟得像个茶道师傅，他自己似乎也沉静在此时的享受中。也许，酒场上多年的推杯换盏早就让他厌倦疲惫，生意场上历次的明争暗斗也消耗了他太多的精力，唯有这茶，才是属于他的自在世界。

谢雨微伸手拿了两块花生酥，分一个给曾婉清，看着我说："老爸就是这样，什么都爱卖关子，显得他知识渊博！萧哥，你直说，还有什么是岩韵？快！"

我看了看谢加豪："这个，我也说不太清楚。"

"唔，你说你说……你可是我的茶友。对了，婉清在日本，有没有接触茶道？"谢加豪笑眯眯的，端起青花茶海，将琥珀色的茶汤一一轻点，四只汝窑杯，似月夜玉兰盛开，盛满了香浓的茶汤，又分别由竹制茶托送到我们几个面前。谢加豪自己，用的则是一只黑色的九分茶盏。据一本书里介绍说，这是北宋时期鼎鼎有名的"油滴"建盏。

"嗯，这茶好醇！"我品一口茶说，"刚才老板说其一，我不知道其二是不是这样：岩茶不卑不亢，大美不言，蕴含了中国文化应有的精神与本质。"

"和合纯雅，是吗？"一直不怎么说话的曾婉清插言。

"也是吧。乾隆皇帝有诗说'就中武夷品最佳，气味清和兼骨鲠'。这'骨鲠'二字，应该是一种精神品质吧。铁骨铮铮兼具幽谷兰风，这应该算岩韵的另一个注解。其他的，我就说不上什么了。"

"原来都爱讲大道理啊！你还知道'和合纯雅'？婉清你在日本学茶道？"谢雨微吃着花生酥，一口把杯子里的茶喝完说。

林红也笑了："哦！乖乖，怪不得你们那么喜欢茶，原来是靠茶来显示自己有学问啊！以后我也学学。"

"哈哈哈，小萧你看，三口为品，嘴一多，就是喝茶逗乐了。"谢加豪又为我们添茶。这时，阿姨走过来对他说："谢先生，找您的电话，在书房，红色机……"

他马上向我招手："小萧，你来泡一下。我去接个电话。"

谢雨微皱一下眉头，脚就在桌子底下轻踢了我一下。我不知道这是什么意思，抬眼看她。她转向林红说："又是那个'司马昭'吧？尽搅乱别人的好心情！"

林红说："小孩子别瞎猜。婉清，你讲讲日本茶道……"

谢加豪接完电话后，微笑着回来，拍了拍曾婉清，心情很好地说："呵呵，日本茶道高雅，英国红茶贵气。我要再去英国了，林红，估计就在春节以后，和他们一起。微微，喜欢什么好东西，要我回来时带给你呀？对了，你司马伯伯还说，立方在香港给你买了一身很漂亮的衣服，过几天回来带给你。"

谢雨微撇一下嘴："谁稀罕！你让他送给金发碧眼的洋妞吧，我才不要。一个破电话，像一粒老鼠屎，扰乱人家好心情。"

325

"这孩子，你怎么说话呢？"谢加豪收敛了笑容。

"我就知道，爸爸去英国，一定会和那个司马立方一起去！什么司马立方，司马纨绔还差不多！爸爸，你根本不知道，他一回国，就在乱七八糟的地方鬼混，还有一打乱七八糟的女孩子。我才不要这个小流氓的东西，谁知道干净不干净。"她扬起脸，盯着父亲的双眼。

我感觉到屋里的气氛一下变得尴尬和凝重，却不知道此时应该马上说什么。我知道，那个叫司马立方的男孩每次回国，都会很张扬地给雨微带东西，不是卡地亚，就是香奈儿。她一眼就看出他是个花花公子。为此，她还和曾婉清一起去跟踪取证，在夜总会，在酒吧KTV，她们都看到了司马立方和不同的小妖精搂搂抱抱亲密无间。她曾伏在我怀里说，这个小流氓，哪里能和哥哥你比？

其实，作为鹭华公司的副总，我怎么可能没去过乌鸦和流莺飞舞的地方呢？早在当助理的时候，我就是个公司里的称职"五陪"了。当然，我不喜欢那里，也知道那里绝对不是我的世界。

林红看看谢加豪的脸色，轻拍一下雨微的肩膀："你这丫头，当着客人的面又胡说八道！你看看婉清，就比你懂事多了，快向爸爸道歉！"

曾婉清有些紧张，一直悄悄拉雨微的衣袖。雨微却毫不理会："我才不道歉，我说的都是事实！我看见了！"

谢加豪慢慢起身，用力咳了一声："你认为，你爸爸的眼睛瞎了吗！"

"人的眼睛都有看不到的地方！"

也许因为我和曾婉清在场，谢加豪的脸色非常难看。

因为人不是神，人的眼睛都有看不到的地方——这句话是我曾对雨微说的，我马上插言："雨微，别这样和爸爸说话。"

"这是事实！他就是花花公子。"她站起身，向父亲也向大家滔滔不绝地诉说我听过和没听过的故事，并拉曾婉清作证。

谢加豪说："小孩子闹着玩，我年轻时也这样过，多接触社会，了解社会，以后才清楚自己该怎么做！那些地方，你萧哥哥也去过，他是花花公子吗？再说，你们怎么知道的？你们自己不是也去了夜总会？我真把你宠坏了，那地方你们不该去！永远不该去！……"

他渐渐抬高了声音，严厉地训斥谢雨微。

"凭什么我们不该去？凭什么你们就该去！你就可以去！是呀，你就可以去！要不，你怎么会抛弃妈妈……"

"胡说八道！"谢加豪大怒，大怒之后，大家都听到一声脆响。

雨微的脸上，马上显出红色的手印。这丫头还真是拧啊！她咬着嘴唇，不叫不哭也不动，定定地看着谢加豪，并把头昂起。我心里颤痛，忙起身挡在她前面。

"走开！"她愤怒地把我一推，仍看着谢加豪，"有本事你打，你再打！打死我！"

"死丫头！"

"你干什么呀！"林红推着谢加豪，马上搂住雨微，责怪男人打孩子，一面叫曾婉清帮忙拉着雨微，一起搂着她上楼，把她送入自己的房间。

茶叙演变成战争，这是谁都没想到的事。但等林红从房间出来，战火又在他们夫妻两人之间渐渐展开。林红一出门便埋怨谢加豪出手太重，把孩子打坏了。男人则开始责怪女人太宠女儿，女人于是讲到后妈的难当和辛苦。他们的声音由低变高起了争执，由争执又变为争吵。

我想，也许这次晚宴叫我来，他们每个人从心里都希望能恢复一下往昔其乐融融的气氛和感觉，但绝没有想到是这样一个结果。

我摆着两只手劝阻，并端了茶水请他们喝茶。这时，他们似乎才发现还有我的存在。谢加豪退后两步，连喝了两杯茶，点上雪茄后，又对着林红厉声强调，从今以后，不许林红私下再给谢雨微钱，不许谢雨微再独自外出旅游，晚上九点以后，不许谢雨微再出谢家大门。他说了许多不许，林红一声不吭。到他讲完，林红朝我笑一笑，低声说声对不起，冲着谢加

豪丢下一句"你的女儿你自己管好了"之后，头也不回地上楼，"咣"的一声，也把自己锁进房间。

女性都"咣、咣咣"地回到屋子里，把谢加豪和我晾在宽敞的厅堂。

"老板……时间不早，我，先回去了。"我向他道别。

他坐进沙发，伸手抹了一把脸，又指指酒柜："小萧，让你见笑了！也不知怎么搞的，今年我们家里不吵几回似乎就不正常。嗯，你把那瓶轩尼诗拿来，先陪我坐一会儿……"

谢加豪有谢加豪的想法，从省城的朋友那里，他听说司马部长就要升职了。在这块土地上，不当红顶商人胡雪岩，也要有个红顶做朋友啊。陈向前原本前途远大，也是结下深厚感情的朋友，可就是这个陈向前，年轻的时候接触新生事物太少了！如果在三十岁前就看惯了秋月春风，百毒不侵，又何至于命丧黄泉？

鹭华家大业大，这艘轮船在商海里航行，总有成网的渔猎，也总有各种风浪，要保得这艘大船在海上永久地乘风破浪，里里外外都需要他精心布局。

"就是司马部长真升职了，我想，如果雨微不愿意，也不必这样做。做不好，反而坏了和部长一直良好的关系。"我说。

"唉，这个我知道……其实，我感觉那孩子不错。剑桥留学生，眼界也不一样。结婚前花心点也没什么，你说是不是？总比什么都不懂好。"

我看着他说："老板，看样子雨微真不喜欢他家的公子。你怎么不和她沟通一下想法？"

"沟通什么？这丫头，就是被宠坏了。哎，我真不明白她脑袋里整天想什么！"他似乎想起什么，慢慢转过头，"小萧，也许，你说会不会是……"

"什么？"

他看着我说："也许，她自己有男朋友了。"

## 七、冬海

1

司马立方从香港鹭华公司实习回来的时候，谢雨微和曾婉清她们已经在苏州待了三天。三天后，谢雨微独自一人，悄悄回福建，跑到了东山岛的海滨。

这是她早就想好的计划。她和我约定，我在第二天请假之后，下午到达东山和她一起看海。谢雨微在海滨一家旅馆订好房间先过了一夜。第二天下午我到的时候，她已经在总台留了条子去了海边。

东山位于鹭岛和汕头之间，东濒台湾海峡，胜景众多。其中最有名的自然景观便是有"天下第一奇石"之称的风动石。出了旅馆，我有些疲惫的身体被海风和阳光重新鼓动起精神。可以说，东山岛是被一牙新月般美丽的海湾所环绕的，这里几乎没有高楼，独具海滨优美闲散的风光。海以自然美丽著称，天蓝海阔，沙白水净，岸边绿林葱茏，沙滩宽广细软。一些游客三五成群，带着相机和帽子，显出和当地居民不同的模样，带来微笑，也带来吵闹。

虽然已经是冬季，阳光却还明媚温暖，无疑，有着大片沙滩的海滨胜地，在每一个黄昏都是美丽诱人的。

大海正在退潮，宽广的沙滩上人并不很多。海面上，有人在玩帆船，也有一个电动的滑翔伞在飞。沙滩远处，和海很近的地方，有人在呼喊着一个名字。

我向着有人的地方行进，也想呼喊雨微的名字。可我还是看不到她的身影。如果，她就此在这一片海滩上消失，我该怎么办？这个沙滩非常广阔绵长，在我几次接近人群去辨认雨微的时候，我发现我看到的都是另一个陌生的面孔。我有些焦急,也莫名地涌出一股担心。我的焦急使我在海滩上小步地奔跑起来,一些细细的沙,流入我的鞋中。

我脱了鞋,并不像其他看海的游人一样去海水中嬉戏。我拎起鞋子,在沙上奔走,有点可笑,有点怪。

海浪轻微叹息着,离沙滩越来越远。

终于,我背对着海停下脚,站立着,看看天空,看看绿林后的房子,决定回旅馆等她。

曾经我以为,就是在千万拥挤的人群中,我也能一眼找到雨微。但在这个辽阔空旷的海滩上,人并不多,可我却看不到她的身影。我有些沮丧地低着头,一直走到用石条堆起的堤上,用水冲脚,擦干,穿好鞋抬起头。雨微就站在我的面前。我马上站起来把她抱住,就像丢失的宝贝突然回到我手里的那种感觉一样。

"哎呀呀!你干什么呀!我都喘不过气了。"

"我在海滩上找来找去,怎么也找不到你!"

谢雨微就笑,她说她都看见了。她告诉我她在海边碰见一对旅游的老人家问路,所说的酒店又恰好在我们住的旅馆隔壁,她就带他们过去,顺便看看我来没来。她回到旅店前台一问,服务生就告诉她我也到了,于是她再回到海边,在这海堤上看到了我。

"那对老人家,头发都白了,可都穿着亮丽的衣服,他们手牵着手走,绝不分开。笑得特别慈祥,特别开心快乐。哥啊,我们以后也要这样一辈子!你要答应我!"她抓住我的手。

"好,我答应你!"

"可是,我爸就要送我去英国读书了,怎么办?"

"那么我辞职到英国去陪你读书。"

"真的吗?你真这么想?"

"我本来就失去很多了,又有什么?我已经攒了三万多块钱,我只是不想失去你。等你爸爸从欧洲回来，我就递出辞职信，然后陪你一起去，好不好？"

"真的吗？真的吗？"她一下子跳到我身上，搂着我的脖子，在我脸上用力亲了一下。

"快下来啦，你看别人都在看……"

"哪有别人啊！再说，我才不管别人！"

"嗯嗯，乖，听我说呀……"我把她放下来，理理她的头发，"我是很想去，但细细想，不可能……"

"讨厌！你真讨厌！"

"不是呀，你听我说，我是在考虑辞职了，但怎么跟你去呢？吃什么喝什么做什么？很难哦！再说，你想你爸要你去英国，我知道一切他都会安排好。他在英国也有许多朋友，要是他知道我和你一起去，他还不找人打断我的腿啊！"

"哎哟！这么怕我爸呀？胆小鬼，说，那以后我们怎么办？"

"不是怕，是要准备好面对将来。"我说，"你爸爸的心思你也清楚……你这样一走，有什么方法能永远让我们在一起？"

她甩甩头发，转过脸来凝视我说：

"你放心，我们总会在一起的！"

## 2

第二天，天蒙蒙亮的时候，我们在藏青色的天幕下，爬上了山岩顶端。

日出之前，空气中薄薄地弥漫着带着海的气息的岚雾，似在传统国画上抹上了一层带有滤色镜般的调子。满眼幽黛的山谷之上，是灰白的大海。海涛的回响，一波一波从半空中传来，岩石下的海岸则显得一片静寂。而海的那一边，与天连成一片。空气湿极了，因而更显出此处的幽静。

昨晚气象报道是晴转阴，夜晨轻雾，十摄氏度至十八摄氏度。此时，若在北国，还是风雪的隆冬。但这里一年四季都绿树成荫，没有一点寒冬的感觉。如果转阴，是否能看到日出呢？

我有些担心，但雨微却不在乎。她把带来的塑料布铺在地上，又放上浴巾，便坐在岩石上静静等待。

远方，海天交会处，出现一层鱼肚白，接着转为淡淡的红色。我有些兴奋，忍不住说起话来。

"嘘！别说话。你看，马上就是最美的时刻！"

雨微盘腿坐在地上，直视着远方。

忽然地一跳，太阳，浴在大海上。

马上，东方的天也烧红了。

太阳精神饱满地伸着腰，再用力一蹦，涌出了大海！

海面上原本青色的薄雾，也随着日光的来临马上消散。我们身后，远处的林木，黛青色的山峦，便显出一点金色的温柔和娇媚。

太阳升得更高了。万物都在它吐露的光芒下恢复原有的色彩。它是精巧的漆匠，把雨微的面庞也涂上美丽的金黄。她依旧静静地坐着，晨风拂掠着她的发梢，从侧面看去，她的鼻梁上有一层淡淡的光膜，而金黄的阳光则在她的背上画出一条朦胧且优美的曲线。

"一起看海，多美啊！"

她站起身，把双手亲密地环绕在我的腰间。

当太阳完全升到大海之上的时候，我跟在她后面下了岩石，在比如茵的草地还要柔软的沙滩上漫步。也有不多晨起的人来到海滩。雨微在海沙上面写写画画。一会儿，她兴奋起来，脱了鞋子，赤着脚三跳两蹦地奔向海浪，而黄褐色的沙滩上，则清清楚楚地印着那一双脚掌的美丽痕迹。我久久注视着她的身影：那在海浪边的呼喊玩耍，那被涨潮突袭的一声尖

叫，那被海风吹拂飘散的长发和修长结实的小腿，那调皮的回眸一笑，以及在白色运动服下那个青春涌动的身体，无不让我心随她去。

这个冬季的假期，是谢雨微在中国的最后一个假期。

## 3

一九九八年新春刚过，谢加豪带着一帮人去欧洲考察。

说是考察，但我了解到这次他去英国，主要是为谢雨微去读书做最后的安排。他已经为雨微办好了一切出国前手续。让我没想到的是，在谢加豪离开鹭岛一周后，林红就参加了鹭岛大学EMBA的一个精英考察加强班。他们是去新加坡和加拿大，为期一个月。

对此我感觉很不正常。我想，几个月来我看见的裂缝越来越大了！因为，她并没有对谢加豪谈及此事，而谢雨微有可能马上就会出国。这个时候，她却要离开鹭岛？林红似乎对以后的什么事都不清楚也不关心。她只是在出发的前一天，对谢雨微说："林姨明天也随学校的班级去新加坡交流。林姨觉得，留你一个人在家没问题是不是？你已经长大了。"

雨微按捺住欣喜，用力地点头："是的，我都十八岁了。就是哥哥也不在鹭岛，都没关系！何况还有阿姨在！"

她马上把这一消息发送给我。她还年轻，从不担心和过问谢加豪和林红的任何问题，就像她内心希望，父母也不要担心和过问她自己的事一样。

我的心却没有那么轻松。

谢加豪对我，可以用连升三级来形容。也许这是我的运气，可是在同事们的眼中，我看到了羡慕和嫉妒，也看到了巴结和谄媚。眼红下圈套是人类的通病，谄媚溜须也是人的常态，我心里明白，虽然我可以坐在现在的位置并完成位置赋予我应有的工作任务，但公司里还有很多的老资格和职场老手可以胜任这一职位。那么，谢雨亭是我好朋友这一因素，就会浮现在我面前。是的，我的工资已经比他挣得多了，我有了一辆桑塔纳车，

333

他还没有。这样的对比关系,我想在谢加豪眼里,一定如一粒子弹,射入谢雨亭心中。

谢雨亭嘴上不说什么,可是自从我当上副总,他对我的态度也渐渐有点冷淡有点疏远。但我想我应该常去看他,不管怎么样,他是我的朋友;不管怎么样,我想在中国,老子打了江山,希望坐江山的,绝对是自己的儿子。

林红刚走,谢加豪就给办公室主任陈小明发来传真。按照谢加豪的日程安排,十天之后,就是陈小明陪同谢雨微去英国的日期。

我和谢雨微在第二天一早都知道:九天之后,她就会去英国,为留学上预科做准备。我们在电话中都感觉到一种分别前的奇怪心情在身体里滋长。此时,我们各自想着属于我们两个人的九天私密时光。

每天傍晚,她都在花园里等我,我们走出院门,在被鲜花和植物装扮的山路上漫步。我们出了别墅,在鹭岛的大街小巷游走。

我们去吃烧烤,或是川菜、湘菜,或者本地的小吃花生汤、沙茶面。

我们在筼筜湖畔喝黄昏的咖啡,或是去酒吧街喝午夜的美酒,还有就是去疯狂地蹦迪。

这九天的黄昏和夜晚,我们如疯子一般,逛遍了鹭岛大街小巷的夜场。

午夜里,我们对望,什么也不说;我们拥抱缠绵,什么也不说;我们相吻,什么也不说;我们做爱,我们流泪,最后还是什么也没说。

## 八、新年

### 1

雨微去英国的那一天,我一个人在大海边,对着远方暗灰色的波涛大

声呼叫，但仍填不满心里被掏空的那种感觉。

这时，我才明白多年以前，庄伟先内心深处所埋藏的东西。尽管我们的城市越来越拥挤，我们在超市、在影院、在商场、在电梯、在地铁都不可避免地和另一个人进行无意识的肢体接触，但我们的心却越来越孤独。我们拥挤，却彼此感情疏远，只定位于自己所扮的角色。这时，一对恋人、情侣，赤身裸体地在一个相对私密领地，必然不存在任何地位、任何社会角色的不同，他们以最直接最原始与最纯粹最干净的方式来迎向对方。

我想，伟先的孤独，在于他太早就把这一切看清：随着物质文明快速助长起来的是所有一切都可以"物化"和计量，以至于我们内心里人性渐渐丧失，导致精神家园的溃败。但对于庄伟先来说，在他内心深处，却时时否定这一现象。他于是沉溺于和女孩子上床，而内心深处的动机并非仅仅是做爱。男女之间的性爱如同一道无底深渊，又深又黑，满是泥潭，而他之所以愿意陷在其中，是因为那条道中一直散放着幽幽的火光，那些火光放射异彩流动着，引着他陷下去，有一种自觉溺亡一般的心悸。而过后，一切似乎死亡了，才感觉到自己的存在。

我明白了这一点，不禁为远在新西兰的他感到悲惋。而我和雨微，能不能永远拥有这份孤独又纯粹的爱呢？

这个时候，新闻说，我们的火箭将美国的卫星送入太空了，为什么是我们的火箭他们的卫星？

美国人说，"苹果"又回来了！"苹果"，在伊甸园里很诱人，但它也是把我们逐出伊甸园的蛇果，将来，会带给我们什么？

俄国人说，三十六岁的基里延科成为俄罗斯第一副总理暨代理总理。三十六岁啊！我三十六岁时会怎样？一个三十六岁的总理会不会昙花一现？

高尔基认为，一个人有信仰或是没有信仰，这是他自己的事。每个人都有自由为了信仰和无信仰，为了爱情和智慧，付出自己的一切。我有没有信仰呢？

这一段日子，每天早晨或晚上，我都会看一下新闻，一边吃饭一边胡思乱想几个自己无法解答的问题。

谢加豪安排好女儿的一切，就匆忙从英国返回。他在英国听到消息，说是澳门特别行政区筹备委员会已经在北京宣告成立。他一面召集董事和公司中高层开会，一面决定在珠海成立鹭华分公司。

这次会议之后，他私下和我谈了两次。我知道他的意思，我也婉转表明了我的想法。尽管我不想离开鹭岛，前去珠海打前站的也是总经理曹开放和办公室主任陈小明。可到凤凰花初开的时候，我还是被任命为珠海分公司的总经理。

我整理好行李，找到很久不见的马尾，一起吃了饭，在花开的路口和他道别。他拉着我在花树下合了影，说：兄弟，你不过是被派驻出去，早晚还要回来。可我马尾，却真准备走了。

去找吴百田、田七七、沙漠？还是四海为家呢？他自己也不清楚。那时我的心里有些伤感。初到鹭岛所认识的许多朋友，都离开这里杳无音信。

我带着蓝骄和销售部的王凯等八个年轻人，告别鹭岛、告别初开的花朵，一起去了珠海。

## 2

一九九八年七月，中国大陆普降大雨。我刚到珠海不久，长江就气势滔天地爆发了大洪水。洪水一泻千里，几乎所有经过的流域都泛滥成灾。我第一时间给父母汇去了我积攒的三万块钱，又急急忙忙让姐姐、姐夫接父母到北京住一段。这是我这个不孝的儿子在工作多年后，第三次给父母寄钱。其实，自从我离开家在外闯荡，他们一直担心与牵挂着我。尤其令他们不安的是，我都快三十了，还没找到个女朋友。我在电话里请他们放心，我说我已经有了女朋友，估计再过两年，我们就会结婚。

这次长江的洪水肆虐了整个夏季，造成数千人死亡。事后，有人说是天灾，也有人说是人祸，是我们这些不孝的子孙乱砍滥伐、围湖造田，不懂得尊重自然规律所受的惩罚。

长江的洪水，也唤起了我对父母的挂念。从此以后，我每周都会给家里打电话。我希望我事业成功之后，能接父母过来，和雨微一起，为他们颐养天年。

这一年的整个夏季，我的电话费高得惊人。我不停地和公司通话，和父母通话，我还在闲暇时和远在异国他乡的雨微通长途电话。夜里，我常常失眠，并一个人喝酒。偶尔，在午夜里会传来雨微的声音。听到雨微的声音，我会愈发思念她。沙漠，那个爱上裸奔的家伙，曾对我说，寂寞是一种苦刑。

我的新工作不但是脑力的，还是体力的，这使我更加爱上酒。蓝骄也喜欢喝点酒，并回忆一些他认为的美好的事。但他看我每餐必饮，而且见我杯不离手，便开始劝说，萧总你这样喝下去，不用一年，肝就会被酒精蒸熟了。这小子完全是一张乌鸦嘴。王凯买法国世界杯的足球彩票，只要下注蓝骄看好的球队，必定赔钱，准确率达百分百。而我在那一段日子，也常感觉疲惫不堪。面对新市场新工作，我每天坐在电脑前都会咬着牙说，为了房子车子票子，为了父母，为了雨微，你必须加油啊，萧一灯！

加油的结果，是一个月以后，我病倒在医院。这之前，我前后给谢加豪发出两封信，我打了休假报告，希望公司调办公室主任陈小明来接替我。这两封信有如石沉大海。好在蓝骄和王凯还能顶得起来。他们一文一武，帮我维持着公司的正常运转。半个月之后，我从医院出来，得知陈小明并没有来珠海。我感觉总公司肯定出了一些问题。但光有感觉没用的，我才从医院出来，人瘦了一圈，精神也没有完全恢复，哪里还有心情管总

公司？我想我现在连当初想跑到英国见雨微的那点冲动都没有了。

我回到办公室，发现公司给我的消息，全来自一个新秘书。这个秘书是个女性，这违反了谢加豪一贯招男秘书的原则。听说谢加豪管她叫"阿莫"，蓝骄便给她起了个外号："阿莫西林"。总公司的来信说，如果和当地规划部门谈不拢新开发区的项目，干脆带几个人去海口看看，考察兼休息。我让办公室的小张把这封信打印出来，请我手下的几个人开会讨论。

蓝骄说："我看了这信就知道，是老板的那位阿莫西林写的，她不是海口人吗？海口，海口有什么意义？老板也是，精明一世，怎么会听她的。"

王凯马上说："蓝骄，你也要体谅老板，老板又不是和尚。"

"老板是不是和尚你怎么知道？"

"肯定不是和尚。"

"对哦，老板不是和尚，所以发烧时需要阿莫西林！"

果然，林红和谢加豪闹离婚，比印度核试验、克林顿访华还要受公司员工关注。我敲了敲桌子："混蛋！没事干啊？这是开会的样子吗？一人拿一个方案，针对开发区的项目，看看最快什么时间有眉目。三天之内给我，拿不出的走人！"

两个人看看我，如兔子般溜出我的办公室。

这天晚上，我一直工作到午夜一点半。煮好一碗鸡蛋泡面，我打开了电脑，给远方的雨微发了封电邮：

臭丫头，好想你。

## 3

洪水刚刚退去，年底转瞬就来了。

此时，蓝骄玩命写诗，并赠给新认识的各类妹妹，最后一句都一样：
当明天我若不在，请把心放在阳光里……

此时，王凯则每晚泡吧，对着美酒和旋转射灯下的直发卷发长发短发金发红发尽情摇摆……

此时，人们开始传说，人类将迎来最后一个圣诞节、最后一个元旦、最后一个春节了！

因为到一九九九年的七月，"世界末日"就会来临！这个预言，据说始于一个叫诺查丹玛斯的法国人，后来又有个日本人煞有介事地用两百八十台电脑运算印证。于是，年底的都市里到处显现一片"末日"的繁华热闹，圣诞狂欢、新年狂欢、末日狂欢……一些人挤进人海，一些人挤出人海，如波如浪的人群，似集体狂舞的金枪鱼群，在繁华的都市里挥霍消费那些叫激情、爱情、金钱和财富的所有代表物质。

那个时候，谢雨微正一个人在英国。

她给我打来电话，诉说自己的孤独和忧伤。才过了大半年，她似乎又成熟许多。她说她结交了一个从洛杉矶来的华裔女生，已经三十岁了，正在攻读神学博士。神学，对谢雨微来讲，既深奥又不可测。一个黄皮肤黑眼睛的人，竟然会是一个神学博士？

她说有一天夜里，她梦到一只七彩的大鸟，她爬上鸟背，希望这只大鸟能载着她一直向我飞来。她从窗子里飞出去，飞越高山、飞越丛林、飞过波浪滔天的海洋……却找不到我的踪影。醒来以后，她把枕头都哭湿了。

她说从那天夜里她开始折叠千纸鹤。一天夜里折一只，红的、白的、黄的、绿的、蓝的。她说她已经折了一百八十六只了，她说她要折一千只！过不久，我就会收到她的第一只千纸鹤。

因为谢加豪和林红离了婚，新年来临前，他就早早做了安排与准备，离开那栋毫无烟火的别墅，一人去欧洲陪女儿过节。于是在这次电话之后，我和谢雨微的信息往来，就没有以前那么频繁与方便了。

新年将至，我休假回到鹭岛。

我给姐姐、姐夫去了电话，第一次接了父母来鹭岛游玩。母亲一出机场接机大厅就东张西望。等看到我孤零零一个人，马上皱起眉头："她呢？"

"谁呀？"

母亲拍拍我的肩："你总是这么糊涂，从小就是！不是说明年买房后年结婚吗？我和你爸本来不打算过来——小蛋蛋才两岁，你姐你姐夫都忙，哎，还不是要看看那个姑娘？你怎么搞的呦！说要结婚啦，媳妇还没领回去让我们看看，人家李建民的媳妇，那个……老萧，她叫什么来着……"母亲的头发已经花白，她明显老了，但唠叨起来估计会没完没了。于是我插言打断了她的话。我说：我的女朋友出差啦，到英国去了。要不然一定会来接老人家的，人家还说啦，要我好好地带你们玩！花光我们孝敬你们的钱！她做什么的？经理，当然是经理。在一家很大的酒店。大学，大学在英国读的，酒店管理。

我胡说八道东拉西扯，一路把两位老人乐呵呵地领到我的住处。晚上，我收到了雨微的来信，打开信，一只红色的千纸鹤落在我的手中。纸鹤的两个翅膀上有秀丽工整的小字，左边：哥哥，右边：微微。我把纸鹤挂在阳台上，看它随着微风翻舞。母亲见了说，你们两个，真是一对小孩子。特别是你，都快三十岁了，还玩这东西。

鹭岛的景点一年四季都有许多游客，唯独春节前后会显得有些冷清。随着信息时代的来临，都市里的春节总和传统意义上的春节相距甚远。春节，说起来是中国自农耕时代以来最重要的传统佳节，而对于像鹭岛这样的半移民现代都市来讲，就是一个长假。为了一个"回家过年"，一多半的人口离开鹭岛，带着红包、带着礼物、带着春运中的种种麻烦和疲累回家去继续麻烦与疲累。推而广之，中国大多数都市的春节，毫无创意地就剩下一餐晚饭与央视"春晚"。同时，吃什么都不香，也使得除夕夜围炉的传统意义消亡。

当我陪着父母看春晚与包饺子时，母亲开始继续唠叨："唉，这里连个鞭炮响都听不见……哪像过年？微微也是的，春节也出差？酒店是外国人开的又怎么样？外国人，也要尊重我们中国的传统啊！灯，你还记得小时候吗？你爷爷奶奶，大伯二叔三叔，姑姑姑父加上你们一帮小朋友，一家人开三桌吃饺子！"

"老妈，时代总是向前走的，姐夫当年还想回家乡教书，要是真回去了，他哪里有现在的宝马车开。"

"是，你们总有理！有理也不能春节还出差。微微什么时候回来？我们多包点饺子，给她留着！还有，你不要抽那么多烟！抽烟有什么好？你爸就不抽，你姐夫也不抽，你怎么又抽烟又喝酒……"

就这样，我守着无聊的电视机，包着饺子，有一搭没一搭，听老妈说东道西，度过了一九九八年的除夕之夜。

## 4

春节游人稀少，反而便于我带着父母慢慢游玩。

我带着他们游鼓浪屿，父亲说，嗯，这地方美，不知以后怎么样。我带着他们游鹭岛大学，父亲说，嗯，这学校美，这么美的学校学生们会好好读书吗？我带着他们看嘉庚鳌园，父亲又发表意见：嘉庚先生真值得敬佩！不知今后还会不会出现这样的人物……他总是对今后抱有忧虑，总感觉现代人丢了一些精神。

母亲的关注点与他明显不同，好吃好看好喝，鹭岛美丽迷人，气候也不错，宜居！就是——

灯，你的女朋友出差多久了？什么时候回来？整个春节都不会回来吗？

灯，我想了想，北方也冷，我和你爸干脆等到春天——等她出差回来，给她包一顿饺子吃！

我的天！

我给雨微发消息：天啊！他们不想回去了，他们说一定等你回来吃一顿老妈包的饺子再走。

雨微回消息说：你忘了我西安人吗？饺子我喜欢啊！包好了你寄来啊……呵呵，你完了！谁叫你一开始胡说八道的？知道胡说八道的下场了吧。笨蛋！就不会先找个女孩子冒名顶替一下！

我回复说：冒名顶替顶成真的咋办？

她说：哼哼，有本事你就假戏真做呀！量你也不敢！

于是，我想来想去，想到庄玲玲。

庄玲玲在"欢乐人间"和谢加豪亲密交流后，终于两相情愿地成了谢加豪的一只金丝雀。她听完前因后果，哈哈大笑。她说你看多有意思！和老子在一起的人吃香的喝辣的，和女儿在一起的人茶饭不思！萧一灯啊萧一灯，你为什么不学我潇洒一点？

我说：庄玲玲，我们能一样吗？

她看着我笑：怎么不一样？不都是偷偷摸摸吗？是，我快乐几年，是有可能没什么结果，你痛苦几年，也未必就有结果。那么该选择快乐还是痛苦呢？有选择就有失去，我庄玲玲明白！

她不但爽快地答应了我的要求，还给了我一张照片。我给母亲看了庄玲玲的照片。我说，瞧，就是这个姑娘，二十四岁，身高一米六二。在一家好大的酒店当经理，过两天马上就回来了。母亲看了照片非常高兴，她把冰箱塞满了饺子，同意和我的女朋友在外面吃一次饭后，坐飞机回家。

大年初八的早上，庄玲玲把自己装扮成金领丽人，一身的高级灰，脚上一双油光尖头皮靴，拎着大包小包的礼物，再次走进她曾是主人的房间。

这家伙真是个好演员！不到一刻钟，就把我老妈哄得心花怒放。我们一起出门先去喝早茶，然后又去鹭岛大酒楼吃午饭，她一路都小心而热情地挽着我老妈的手，就像一对母女般亲密无间。我不禁遥想到远在英国的雨微，雨微那么调皮又那么年轻，如果她和我母亲在一起，又会是什么情景？

吃饭的时候，我看见老爸的脸上也现出了笑容。后来，他一本正经，小声对我说："孩子，你们在一起睡了吧？唉，现代的年轻人啊！你别摇头，我一看她对你的亲密样就知道。我告诉你，你一个男子汉，可要负起责任来！"

我向上帝保证，虽然庄玲玲和我，曾同在一室待了一夜，但我绝对没有和她同过一张床。

我的父母似乎十分满意眼前这个女孩，在我去洗手间的时候，我老妈甚至还拿出一个老坑玉镯，唠唠叨叨，一定要让庄玲玲戴上。

第二天，我们直奔机场。把老人送进候机楼安检后，我再次对庄玲玲表示感谢，我说回市区请她喝下午茶。

庄玲玲把头扬一扬："哟！瞧你这人啊，老人一走就这么疏远我。"

"没有啊！"

"哪里没有？刚才老人安检时，你还拉着我的手咧——现在呢？演戏也不要演一半嘛！为了你，我都更名改姓了！现在可是连机场还没出。"

我无可奈何地笑："那你说要怎么样？"

"这样一下！"她笑嘻嘻地挽住我的手臂，"男未婚女未嫁，你的宝贝又在那么遥远的地方，让我体验一下幸福的感觉嘛。"

"想老公想疯了吧？赶快找人嫁啊！"

"你以为我没有吗？男朋友一大把！喂，你说说，你觉得我这个准儿媳妇演得怎样？"

"不怎么样！紧张得我浑身是汗。还 looking for death 呢，哪国英文啊！"

"你不是说我从牛津回来的吗？当然是英国啦！就 looking for death！

怎么样?"

"好好好，I 服了 You！"

"哈哈哈哈，那当然，我庄玲玲是谁啊？萧一灯，其实你妈妈真的很喜欢我哦！她把你们家的传家宝都给我了。"

我马上停住脚步："什么传家宝？"

庄玲玲得意地一笑，捋起衣袖一扬手腕："瞧，你妈妈的婆婆留下来的东西，还不是传家宝？"

"呀，还真是的！老太太什么时候给你的？"

"你说，摘不摘下来？"

"在你腕上呢，你喜欢就戴呗。"

"耶——你就是这样狡猾！"她瞅着我笑。

"真的，我妈不就是给你的吗！"

"狗屁！你家的传家宝啊！"她取下手镯，笑嘻嘻地说，"所以说嘛，我和你妈妈都一队了你都不知道，看起来我真是个好媳妇哦。喏，传家宝你可要收好了，否则我赔不起啊！"

我收了玉镯放入包中："这次真的谢谢你啊，晚上一起吃饭？"

她嘻嘻嘻地笑："下午喝个咖啡还行，晚上就算啦，一帮姐妹聚会呢。萧一灯，其实我挺喜欢你的。如果，下次你再借我当你女朋友，可要小心一借到底噢！"

## 5

把老人送回老家的第三天，我飞回珠海。

北方的大地也许刚刚披上嫩绿的青衣，珠海却都可以穿 T 恤短衫了。这个时候，我收到了从遥远英伦传来的电话。在电话里的谢雨微掩饰不住激动，兴奋地说就要有机会见面了！

开始，她在电话里一直大声地吻我，不停地说好高兴、好高兴啊！她

说她的思念似水，已经溢满了她租的公寓，实在是想得快发疯了！她说还要感谢"世界末日"的传言，老爸硬是叫她休学半年回家。她马上就要回国了！在英国的每天晚上，她都继续折叠一只千纸鹤，每只鹤上都有编号，也都有我和她的名字。现在，一共有三百一十二只纸鹤了！

她说这些纸鹤她都带回来！她要把它们一只一只都挂在我的房子里。她说到一千只时，不管我做得怎么样，我都要跑到英国，和她在最美的教堂结婚。最后，她在电话里哭了，哇哇地哭，一直说，哥，我一回去，我们就私奔吧，我们浪迹天涯……

我知道自从谢加豪离婚之后，他以往的慈父形象完全改变，他把女儿的不听话与固执全部归罪于林红，为此还特意在英国找朋友做谢雨微的监护人。我知道，她给我说过，司马立方的父母已经去了三次英国，谢加豪也非常看好司马立方。我还知道，我们的思念就像快要烧干的铁锅。

我感觉得到她的孤独和艰难。可我们怎么去浪迹天涯？我曾经梦想过我背着吉他和温馨如浪迹天涯，我也同样梦幻我会揣着人民币和陶艳浪迹天涯。现在，我不能让这个深爱我的天使受苦，我应该买个温暖的爱巢，光明正大地把她娶回我的家，让她做我永远的爱人。

我在电话里劝慰着她。我告诉她我计划今年买房。

"真的？你真准备买房子啦？"电话那一边，传来她惊喜的声音。

"是啊，再过一个月，我就会回鹭岛了。一来我打算和你老爸谈谈，我一定要回鹭岛！我也考虑好了辞职。二来，就是回去也看看房，钱不多，但估计做到今年年底应该可以考虑买啦。"

"嗯，好啊好啊！我们要买个朝着大海的房子。哥，不要很大，真的。小小的，温暖。每天早上，我们一起看海。"

"好，每天早上，我们一起看海。"

这是雨微回国之前，我们最后一次通话。

## 九、飓风

### 1

　　细雨连绵，在鹭岛已经下了近两周。

　　出了机场，我和蓝骄交代几句明天一早的工作，接着一路回到我久违的住处。阳台上那只红色的纸鹤上落满了一层细细的粉尘，在阴霾的天幕里有些孤单有些无精打采。看见纸鹤，我的心中涌出一种难以言说的情绪。打扫了卫生，洗完澡，泡好茶，我坐在窗前打开电脑。邮箱里依然没有雨微的邮件。

　　窗外的雨把一切都笼罩在寂静中，我的心也一如外面阴暗的天色。前天，谢加豪的新秘书魏莫莫给我来电，让我马上回鹭岛开会，说是有重大的人事调整。人事调整，并不是这个季度应有的常态。同时，自从雨微回国，我就再没有收到她的任何消息了！

　　我已经不是当初来到鹭岛时那个一无所惧的少年。

　　想起这几个月来，不论是要计划早该结束的事，还是要准备新开始的旅程，因为不能预知的结果而不敢开始，因为不能果敢地决定而不愿了结，所有的事情加在一起，都是一场接一场的心理考验。然而，我知道，所有的一切，该来临时终究会来。

　　我开始在电脑前写辞职信，这是一封专门为谢加豪准备的信件。也许，马上，这封信就会摆在一八〇一的办公桌上。

　　第二天的天空依然阴沉，雨却停了。我很早赶到公司。我已经改了习惯，早晨六点半，就坐在公司里，一边吃早餐，一边开了电脑看新闻。早餐之后，我关闭网页，给自己冲好一杯咖啡，开始整理案头杂物，并关注公司各类报表和发展动态。

我发现近几天所有从一八〇一出来的文件，都没有原来谢加豪的印章，取而代之的是一个椭圆形的，印有总经理办公室的蓝色印章。印章旁边，签着我根本看不懂的英文名字。这个人是谁，我不知道。我想肯定不是我熟知的总经理曹开放，也不可能是其他几位副总突然升职。曹开放很有才能，他跟着谢加豪在一起打拼多年，是谢加豪最信任的猛将之一，却突然消失了？果然有重大的人事调整了！但我怎么一点消息也不知道？我连打了两个喷嚏，咖啡杯里的褐色液体，就在桌上溅出星星点点的图案。

这是个不好的预兆吧？我打开文件包，取出辞职信看看，管他呢！我已经决定任凭风吹浪打，胜似闲庭信步了！

九点半时，魏莫莫给我打来电话，自从谢加豪和林红离婚，他就把秘书由男换女，而且常常更新。魏莫莫声如燕语，说是董事长请我到一八〇一，一个人。我思索片刻，准备好资料，同时把那一封辞职信夹在文件夹中，进入一八〇一。

大班桌后面是孤零零的黑色真皮靠背椅。桌上堆着文件和书籍，一个巨大的保温杯立在桌台上，旁边的烟缸里放着半支雪茄。谢加豪自己，则坐在对面昏暗的起居室的沙发里。房间很大而且没有开灯，光线从左侧的玻璃窗外斜斜地漫进来，却被一排高大的红木书柜遮挡，因此，他的脸隐在灰暗之中，变成一个模糊的轮廓。公司上下都知道他和林红离婚了。在我们公司，坏消息总是比好消息传播得迅速快捷，并在传播中逐渐丰满生动。而我手中一堆文件里，还夹着我用信封封好的一封辞职信。

"你来了……"

他坐在那里一动不动，只把低低的声音传过来。

我犹豫一下，放慢步子向他走过去，我不知道这个时候他忽然叫我来一八〇一的原因。

"董事长，我……"

他抬起一只手捂在脸上，很慢很慢搓着脸和双眼，然后指指对面：

"坐，一灯，我们今天不谈工作，讲讲别的。"

珠海的事不谈？近一个亿的项目不谈？谈别的？谈什么？我的大脑飞速运转：该不会……我的心忽然急速跳动，如果面包落地总是有奶油的那一面朝下，我将如何应对？我把资料放在茶桌上，伸手掏烟。

"呵呵，你也抽中华了……"他挥了挥手，拿起身边的雪茄盒，"我的习惯是雪茄。"

空气里混合着烟草的味道，他支起一只腿，缓缓吐出一口烟："香烟，该是我们不离不弃的朋友，你说是吗？"

我说，老板，珠海的项目，现在已进入关键时期，我们总结归纳了八点意见和建议，我准备在下周一的例会上一一列出问题和建议。另外，这一段我也有些疲惫，我希望能重新考虑在珠海公司的人选。他笑了笑，摇着头说我没听他刚才讲的话，他看着我说：一灯，你紧张什么？做生意总是会有困难的。这不像是你平时的样子。你有心事吗？没有？没休息好？嗯嗯，我们好像有好几个月没见了，你看，我老了，头上又添了许多白发。好像你也瘦了一点。他一个人说了一些没头没尾的话，停顿片刻，眼睛注视着我：

"你就不想和我说说其他的事？"

## 2

其他的事！

我们四目相对。我看到他的双眼，他的眼里带着疑问，也带着一丝潜在的愤怒。

很好，该来的在这个时候来了。我恍然明白，虽然我一直希望做完珠海的业务再结束一切，但这一次，时间赶在我的前面了。我定下心神，慢慢地告诉他，我准备辞职。是的，我原本计划珠海的工作告一段落后辞职，但它是个充满泥沙令人难熬的工程，它已经让我的个人计划延后了三

个月。我从资料夹里取出辞职信，轻轻放在他的面前。我说："对不起，老板，我要离开鹭华了，这是我的辞职信。因为，我爱上了谢雨微。"

我把这件事讲出来，心里立刻感觉到了轻松。

"好，很好！"他把雪茄丢进茶桶里，站起身，把手指着我狠狠点了两下："你们噢！一个一个都背着我！你！你想得可真美！你有什么资格？就你也想娶我女儿？没门！"

一贯风度翩翩的谢加豪在我面前表现出与平日里完全不同的神情，他像受伤的野兽，又似发狂的孤魂，他手舞足蹈来回踱步，他讲什么我一句也没听清。我明白他的感触，他的好朋友一个被枪毙，一个出卖了他；他的第二任老婆在今年年初和他分手；他的儿子至今还没有和他和解……现在，他的下属又和他的宝贝女儿混到了一起！

这一切对于他来说，只有两个字：背叛。

此时，我没有了当初的不安和惶恐。我站起身，镇定地慢慢告诉他说，自从进了公司，我从头到尾，都全心全意为鹭华工作，我也没有做过对不起公司和他个人的任何一件事。但是，如果说我和谢雨微在恋爱的问题上，他认为是我对他的一种背叛，或者说，是我想觊觎他什么东西的话，那么我可以坦荡地告诉他，是他想错了。

至于我凭什么？当然是凭爱和心，凭我已经学会和懂得什么是珍惜和宽容，凭我已经明白，爱不单单只是鲜花烛光浪漫大餐与华丽衣衫豪华名表，凭我已经明白，爱还包含锅碗瓢盆、磕磕绊绊、柴米油盐、洗洗涮涮，凭我知道，爱就是爱！

我爱雨微和雨微爱我，是我们两个人情感的结合。爱情本身就是这样，任何人都有爱的资格和爱的权利与勇气。我希望他明白，我根本不想图他的一切，我也绝不会要他的任何财产，我已经决定离开鹭华。至于爱，我想，那完全是我的自由。

我第一次，也是最后一次，和自己的老板谢加豪一口气说那么多话。

当我讲完最后一句，我工工整整地把辞职信放在他的办公桌上，向他深鞠一躬，感谢他在这几年给我的照顾和工作指导。之后，我转身离开了一八〇一。

蓝骄十分关注我的行动。我刚回到自己的办公室，他马上敲开我的门，来到办公桌前，一面给我倒水递烟，一面笑眯眯询问有没有带回最高指示。

我拍了拍他的肩膀，有些语重心长地对他说："兄弟，看一个人时，如果你从他的脸上看不出什么表情，那么你必须好好去眼科医院看看眼睛。"

他似乎才感觉到事情严重，有点惴惴不安。

我笑一笑："蓝骄啊蓝骄，你慌什么？如果我走了，换一个头家来，你一定要把眼睛擦亮些。"

我整理好文案，把我准备汇报的工作一一交代给他，嘱咐他一定要记牢记熟，告诉他说，有可能周一的例会，由他去参加汇报。他惊慌无措，我把他按在沙发里说，你不用问什么事，也千万不要在以后去传播什么，那样对你没好处。我辞职了，明天就不再坐在那张椅子后面。还有就是你自己，在一个公司里谋职，当个诗人基本不可能。你不是去瞄准这个位置，就是好好按照这个位置上的人的想法工作。记住，要眼疾手快！要多学多想！记住，诗，对于绝大多数公司和公司的职员，都是没用的东西。

其实他并不算我的朋友。我在鹭华没有一个朋友。我对他唠唠叨叨讲了一番长言，我希望这个在珠海和我一起喝酒的人，今后能过得好一点。

我给雨微打电话，可是她的手机关机。我想，也许她的手机早就被谢加豪没收了。我抓了车子钥匙，准备出门。

还没有走到门口，就见谢雨亭推门进来，身后跟着蓝骄。

"怎么？要出门吗？"他看着我说。

"是，有些私事要马上处理。雨亭，真是想不到会在这里见到你！"多

年来，我从没看到过他打领带穿西装。虽然穿着西装对他来说感觉有点严肃有点拘谨，但他穿着这一身高档西装，就显得很像个成功人士。

他回身看看蓝骄："你出去。"

蓝骄小心翼翼地看看我，又瞧一下他，闷声退出去把门关好。

谢雨亭环顾四周，笑了一笑。他说想不到老头子对我还真不错。他说他知道我回来了，尽管我没有给他电话。他一边说一边坐进靠窗摆着的沙发里，并把领带向下拉松。这期间我一声不吭，给他冲了一杯速溶咖啡，斜坐在他的侧面沙发里静静看他。

"怎么样？兄弟，自从你进了鹭华，好像老头子对你一直不错。"

我笑了一下："你们都对我不错啊。你穿西装了。"

"是，没办法。这些天，老头子经常拉着我长谈，他像个孤家寡人，高处不胜寒……我想了想，他说的一些话，也很有道理。兄弟，我已经答应了他，出任鹭华公司董事兼总经理。"

"恭喜！"我笑一笑，马上明白魏莫莫给我电话招我回来的意义，我想公司文件上那个类似"Steven"的签名就是他："当时我一直劝你来你还不来！现在，你来了，我却要走了。"

"要走？为什么要走！我们一起把鹭华做成中国一流的企业！知道吗，你的知音曹开放已经去了香港鹭华当董事长，他一直向老头子推荐你！"

我摇摇头："我要辞职，你知道原因的。"

他瞪起眼睛："萧一灯，你别想其他的事！"

"我什么都不想，我只想和你妹妹在一起。我估计，这件事你也知道了。我要出去办点事，我们以后再谈吧。"

"很好。"他说，他的眼睛在笑容里微微发颤，"你现在就是找遍鹭岛，也不知道我妹妹在哪里。"

我看着他："这么说，你家老头子和你才知道她在哪？"

他挥了挥手："你的反应很快，就像个拳击手。来，你先坐下。是，

351

我不瞒你，我妹妹从英国一回来，就被我父亲锁起来了。不，也不能说是锁，应该是看管起来，你放心，自己的女儿嘛，老头子一直对她很好。当然，话说回来，其实也是你不小心，不好意思，我是说你根本没有注意，那个叫蓝骄的家伙早从你的电脑里了解到你和我妹妹的关系了。"

我一听到这句话，马上从沙发上跳了起来，我想如果我没有把蓝骄的脸砸成一只大饼，我就不姓萧。

谢雨亭更为快速地拦住了我："你先冷静一下！我告诉你这些，自然还有后话。来，坐，其实你现在走出去和两个小时后再走，没有实际意义的区别。老朋友，抽上一支烟，听我说好不好？"

他给我点上烟，微微笑了一下：其实人本身就是这样，在利益面前，几乎没人可以抵挡诱惑。你看，你在鹭华里面，不也是这样？从企划文案，到助理到主任到副总，一路向上令人羡慕。反过来，要是从副总到主任到助理再到文案，估计就没有一个人受得了。你想过你的老主任受得了吗？你想过蓝骄受得了吗？当我在的健身馆倒闭，你资助我一万元钱时，你想过我的感受吗？是，我也曾帮过你，但那不一样。老头子明察秋毫，所以才能一手撑起鹭华。其实，实话说，老头子对你还是不薄的，当然，你也很有才干。我现在深深明白，他绝不会用碌碌无为之人，他好像也一直希望我回到公司，你做我的好帮手好搭档。

我再次抬眼看着他，我真是想不到，今天的谢雨亭竟然有那么好的口才！我点点头。那么，今天我要直接面对的不是谢加豪，而是谢雨亭这个说客。

他笑了一下：我是不是说客你自己可以判断，可我想告诉你一件事，我来鹭岛十二年了，现在才明白，我根本不是老头子的对手。我的口才好吗？我们谢家人的口才一直不错。只不过当年我觉得说话没有用，我希望用我的实力证明自己。萧一灯，如果我讲出来我工作的那一家健身馆，不到一年，幕后的老板就成了老头子，你吃惊吗？倒闭也是他一手安排的，你吃惊吗？是，事实就是的！他让我陷入困境，他说他不怕我恨他，因为我是他儿子。他就是要我看看，什么是资本，什么是真正的成就。他说将来，就算我把鹭华卖个精光，他也不会有一丝反对。但如今，我想卖鹭华吗，这不可能，是吗？

我掐灭香烟，感到谢加豪真是个老谋深算、城府极深的老狐狸。是的，他的密友陈向前判了死刑，他没有事；他的生意伙伴蓝理达背叛他，蓝理达落得个出卖朋友的臭名；林红要离婚，净身出户的是林红；准备和他决裂到底的儿子，一开始就落入他早就精心安排好的锦囊。那么我呢？我深吸一口气，想想我对蓝骄苦口婆心的那一番话，感觉自己真是有点好笑。我摇了摇头，去他的！不管你们怎么样，我还是按照我自己的心去行事吧！

我的脸上微微泛出一丝笑，我对谢雨亭慢慢地说："你父亲做事，还真是苦心孤诣啊！"

"他一贯如此。"谢雨亭淡淡地说。

怎么样？我们一起吃个饭？你回来了我也要为你接个风。谢雨亭站起身，他告诉我，如果我能重新考虑我和谢雨微的关系，谢加豪会派我去香港，当香港公司的执行总裁。只要不再提他的女儿，他就当一切没发生过。这是谢加豪的意思——而谢雨亭，当然也希望我们能像过去，或者比过去更亲密，朋友加同事，一起把事业做到辉煌。

我能重新考虑我和雨微的关系吗？我脸上浮出一丝微笑。我告诉谢雨亭，一个小时前，我已经递出了辞职信。我既然拿出了信，就不会收回。

## 3

离开鹭华公司，却依然没有雨微的消息。几天来，我的心里像是装着个炭炉。一大早，我驱车前往滨湖路一家咖啡馆，林红说她有半个小时时间，在这间名叫"偶遇"的咖啡馆里。

她穿着一件深褐的呢子风衣，一见面她就说，这个事情恐怕不好办。她已经和谢加豪离婚了，怎么说她都不再是谢家的一员。和陶艳不同，陶艳的婚姻失败完全摧垮了陶艳的心智，而林红的离婚没有在她脸上划上任何伤痕，她反而显得有些轻松。她给了我一个电话，她说也许曾婉清可以帮我一点忙。分别时她提醒我，也许除了女儿，或者连女儿也不算，谢加豪不爱任何一个人。

鹭岛本地人，喜欢老市区，也喜欢不张扬的奢华。曾婉清的家，在老市区一栋外表十分平庸内部却豪华的大厦顶层。与林红分别，我飞速赶到大厦楼下，像蚂蚁看树一般扬起头，眯着眼向高处望，我根本看不到云天里的楼顶。

我等了半个小时，才看见曾婉清和一个年轻的男孩子从楼里出来。她挥着手冲我打个招呼，男孩子看我一眼，马上抓住她那只手，并把她拦腰抱住，很亲密地吻了一下，放开，说两句话，又看我一眼，才转身离开。曾婉清原地理了理头发，这才向我走来。

"男朋友啊。"

"算是吧。"

她染着黄色的头发，左耳朵上打了三个耳洞，带着镶有红、蓝、黄三个假宝石的装饰耳环。和之前我见到的那个女孩判若两人。

"还好吧，你。"

她笑了一下："你问我这个？我以为你一来就问我微微在哪里！"她从随身背的包里取出香烟点上，告诉我说，刚开始知道谢雨微和我的事，她还以为是雨微一时冲动，她没想过这会是真的，不过她后来明白了，爱，就是这样说不清楚。但这次谢雨微回来，是把事闹大了。

是的，谢雨微一回来，就被谢加豪没收了一切可以联系外界的通信工具，并安排进岛外的一处偏僻别墅里，特意安排了九个人照顾也是监视她的起居生活。这期间，谢加豪还特意邀请了司马立方、曾婉清等一帮年轻

人在山庄里给她举办欢迎宴会。闹大了是因为在宴会上，谢雨微当众宣布非萧一灯不嫁，而且还掀翻了一张桌子。

这使得司马立方丢了面子，也分外难堪。他对谢加豪说，伯伯，虽然我非常喜欢微微，但我爸爸曾说，强拧的瓜不甜。我看算了吧！他摆着手招呼大家走了。但出了山庄，他就带着所有的年轻人开着车直奔"金钻"夜总会。他说大家尽情狂欢，一切费用他买单！在狂舞豪饮中，司马立方高举着酒瓶对大家宣布：他才不会就这么算了！他要把那个小婊子当马骑，骑一百次，一千次！玩腻了就扔掉！他明天就叫自己的老爸去提亲！

曾婉清在叙述中表达出对那个浪荡公子的不满和愤怒，但我的关注点全在雨微身上。当然，我也无法想象这样一个宴会后谢加豪的恼怒与尴尬。从婉清的口中，我知道雨微从此处于更严格的看管之中。

根据曾婉清给我的地址，我在岛外的水库边上看到了几栋别墅，但我根本不能进入它们占据的领地。走大门是要有电子密码锁的，翻墙，有电击的危险和红外报警，而且隔着墙老远就能听到凶猛的犬吠。除了被里面住的主人邀请，那里，分明是个壁垒森严的城堡。

## 4

一九九九年的鹭岛，商品房才刚刚起步不久，买一套三居室，大概也才二十多万。可在当年，我的存款离这个数字还十分遥远。

我离开鹭华公司，自己注册了一家仓储货架设备公司。给鹭岛两家有名的国企做下游的延伸产品，并向泉州和汕头开拓业务。为了省钱，我也离开了两室一厅，重新搬到木瓜树下的小房子里栖身。

正式离开鹭华那天，我对谢加豪说："我会在今年年底，买下一套属于谢雨微的房子。"

谢加豪哈哈大笑："你能挣多少？一百万？一千万？对我来说，都是沧海一粟。谢雨微，早晚会嫁给司马市长的公子。就像谢雨亭，我的儿

子，早晚会是鹭华的接班人。"

我记得我当时的回答是:"好像'世界末日'马上就快到了。在世界末日来临的时候，我估计，别说是副市长，就是美国总统，也和普通人没什么分别。"

这句话倒真是刺到了他的心里，使他呆若木鸡——一九九九年春节以后，更多的人都在谣传诺查丹玛斯的预言并有点惶惶不可终日。有人烧香，有人剃度，有人花天酒地，有人散尽家财。还有人在坑蒙拐骗一笔巨款之后，跑路失踪。各种谣传接连不断，末日恐慌慢慢升温，在六月份逐步达到空前绝后的程度。

谢加豪自己则和一个叫吴明明的人，跑到江西的龙虎山，捐了五十万给真武大帝祈求保佑。我感觉，他那种行为有点类似临时抱佛脚。世界广阔无边，通往圣地之路也许也有很多条，但如果没有一颗宁静纯正的心，我们怎么会到达灵性的顶峰？

以我有限的知识认为：从古至今，有关世界末日的传说总是有鼻子有眼，加上玄秘的论据，在一起够写一本比砖头还厚的《末日集结大全》。据说，预言了法国大革命和希特勒出现的预言家诺查丹玛斯在预言中说："一九九九之年，七月之上，恐怖的大王从天而降……"

那本《诸世纪》，在我看来应该属于一本晦涩的诗集。我不知道人类发展到今天，还会有这样的恐慌出现，也不知道今后，是否还会有另外的"世界末日"来临？但我一直认为，太阳总会在第二天升起，不是在天上，就是在心中。

末日谣传的种子，播入了谢加豪的心。他不但给真武帝烧香，还让雨微休学半年，回到中国和自己一起过"世界末日"。这对我来说算是一个好消息。因为雨微不回国，我们就根本没有见面的机会。尽管在同一个城市，我们也似乎没机会相见。

一开始，我注册的公司业务还不错。渐渐地，我遇到一些来自市场以

外的麻烦。我不知道我的判断是否准确，但汕头和泉州地区的客户似乎渐渐地都知道了谢加豪和我的关系，他们如果知道他，那么我后续的生意就不那么好做。最明显的就是汕头的魏总，一个做钢卷和堆场的老板，原本和我已经签订了一份意向书，准备在扩建厂房的同时，向我的公司采购一批次二十几万的业务。结果，在他开着奔驰车来鹭岛的第三天晚上，请我喝酒并终止了意向。

他说，小萧，真不好意思，我不知道你和谢加豪，有这样一档事！

王凯也辞了职和我一同创业，尽管他是销售这一行里颇为有名的人物，可我们预计，我们的公司，必须到更远的地方开拓市场。我和王凯商量，七月以后，王凯去福州、福鼎和苍南开拓那里的市场，并顺路理清泉州地区的客户关系。我则下行汕头、深圳，拓展新的客源。

但都九月末了，我们的销售还没有明显增长，而且对比其他公司还下滑。别人业务增长，我们独独下滑，我非常沮丧并自责，这都是因为我和谢加豪的关系。难道要盘掉公司吗？

盘掉公司？这一定是个亏本买卖。不但是王凯，连我的财务人员也这么看。王凯说："萧哥，忍一忍，最多两年，要是快的话一年，我估计我们就会收回成本！这个行业，你不是分析给我看过吗？至少可以做十年赚钱买卖。"

我说："这都怪我，要么，我退出来吧，对你，对大家都好。"

王凯生气地说："萧哥，你这是什么话？难道我是蓝骄那样的人吗？我就不信，谢加豪能一手遮了我们头顶这片天！"

他的这番话，给了我温暖和动力。雨微，等我！不管有多难，我一定要和你在一起！

## 5

七月，"恐怖大王"没有从天而降。有人又说八月"九星连珠"，九月

"星撞地球"。但所有的"世界末日"都成传说。在十月，美丽的鹭岛却遭受了很大的灾难。

十月初，鹭岛先下了一场奇怪的大雨，之后遭受了我所见到的最大最厉害的一次台风。

在台风来临前一天的深夜，我失眠了。我听到风在相思树和马尾松林里快速穿行，怒吼着抽打它们，让它们不断发出痛苦的声音，雨声，时而急切嘈杂时而凄厉哀鸣……

我的公司进行到艰难时刻时，我接到一个电话。

汕头的魏总，几天前来了电话，他说他新扩建的厂房已经投入使用，他希望我们能继续合作，所有的仓库货架和配套属具，均由我们公司提供。我知道魏总和谢加豪的关系，我在电话里讲出这一点，并提出几个月前的事。魏总笑着说，小萧，生意归生意，朋友归朋友。前一段我没有用你们的货架，那不是已经做了面子给谢加豪看？再说了，你们产品质量好，服务态度好，价格合理，保修包换，我为什么不和你合作？你来，我就和你签合同。

我马上去了汕头，并连夜带回所有资料和王凯仔细测算预估，这一单如果包括设计和安装，全部拿下来，利润不会少于七万。这是个大好的消息！这一次，要我亲自过去勘察设计和洽谈安装，等工程结束，怎么说也要二十多天。

然而，暴雨，阻止了我的行程。我的心里十分焦虑。再过三个月就年底了，我个人要考虑的房子，还看不到一扇窗户。是的，如果没有去年的长江洪水，我还有三万块钱。但现在，公司在投入、在运作，账目里的流动资金都不太够，又怎么能够有多余的钱来考虑房子？我找出自己所有的存折和信用卡，整理合并之后，发现个人存款有一万三千多可用。这样，在这一单业务完成后我拿到钱，再提出些业务利润，买个两居室的首付应该够了。这样，我对雨微的未来，就先有个交代。

可是，这雨会什么时候停呢？雨声中我躺在床上辗转反侧，思绪在昏暗的房间里跳跃旋转。

咣咣咣——嗯？风雨中，我屋外的小院门开了。我不是用木棍插着吗？

"哥——你在这里面吗？在里面吗——！"

雨微！怎么是她！我从床上跳起来，开灯开门。

夜雨中，一个浑身透湿的身影直接向我扑来："哥，果然在这里哇……"

"雨微！"我先是惊异后是狂喜！多久没见了啊！我冲出去把她紧紧抱起来，快速返回房间。

她穿着一身奇怪的卫衣裤，湿透的衣裤上沾满泥沙，冰冷的湿衣服使她身体颤抖，小脸和嘴唇都冻得发白冰凉，眼中却流着欣喜的泪水，扑在我怀里，连续地对我吻啊亲啊，一边不停地说："我就知道你在这里！我就知道你会回到这里……"

她似乎有千言万语要对我诉说，此时却一直重复着那一句话。我再次把她抱在怀里，一边用脚后跟用力把门关上，一边把她抱进卫生间："好好，好，来，快脱了衣服，洗个热水澡，小心感冒。"

"哥，要不我们一起洗吧，你看你也淋湿了……"她踢掉了透湿的鞋子，拉住我的手臂。

"你先洗吧，要热一点的水啊，我去给你煮个姜茶喝。"我把她的鞋子拎出卫生间，"脏衣服就丢在那个盆里，你这一身是什么衣服呀？怪怪的。"

"医院里的病号服。"

"嗯？医院的衣服？什么医院？好好，你先洗，洗好叫我，给你准备衣服。"

等她洗完澡，我已经给她煮好了姜茶水，并在她喝完之后，端出一份

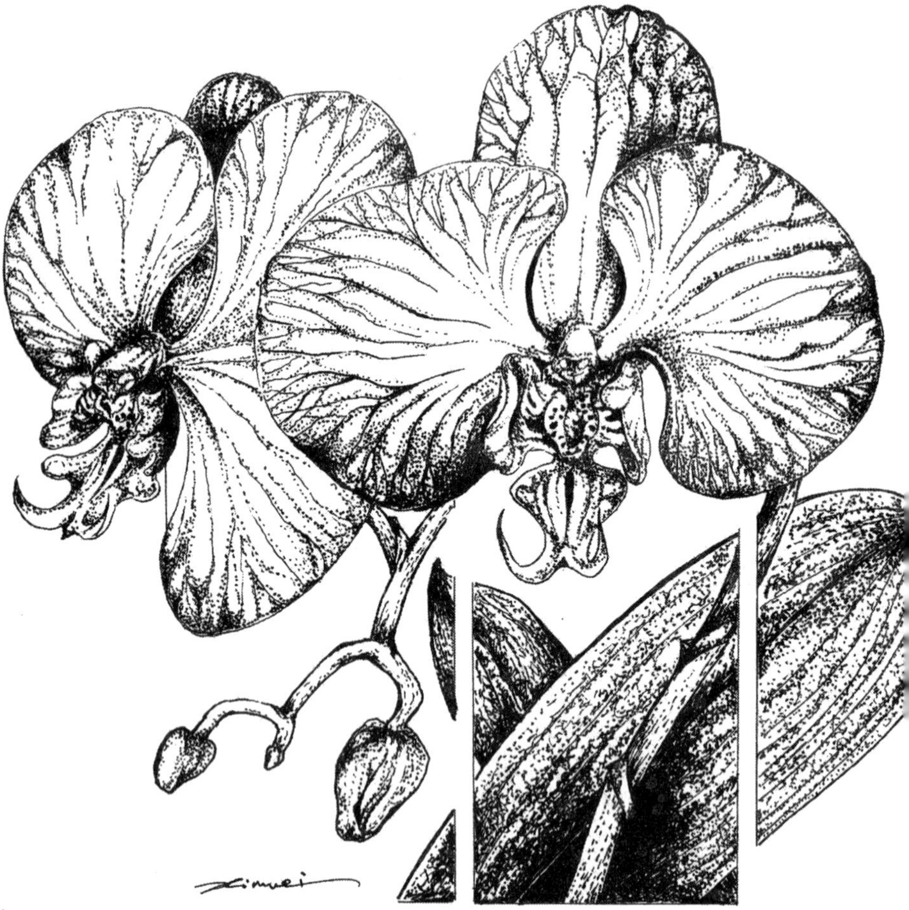

她爱吃的热气腾腾的香菇肉酱面。虽然我的心里激动无比，虽然我的脑袋里有无数的问题，但我强忍住要说话的迫切心情，一面笑看她狼吞虎咽地吃东西，一面找出拖把拖着满屋的泥水。

她穿着我的白色浴衣，围着松软的毯子盘腿坐在床上，大口大口吃面，也同样笑着看我忙碌。我们在笑容里对望，有一种不言而喻的幸福。

"嗯！好香啊！真好吃，哥你真好——"她扬起颀长的脖颈，把碗底的汤一气倒进嘴中，舔着舌头说。

"真好顶什么用哦！有钱就不让你吃泡面啦。"

"又胡说八道啦，过来——"她向我招手。

"干什么呀，我先拖一下地，然后洗你的臭鞋子，看看，全是泥……"

"先过来嘛！"

"哎呀！你看你，还以为你长多大了，看看，又回到十六岁啦！"我笑了笑，放下拖把走到床边。不想她忽然从床上跳起来，一下子扑跳到我怀里。

"怎么啦。"我连忙抱住她。

"抱，抱紧！"她紧紧搂住我的脖子，把脑袋搭在我的肩上。

这一刻有多久呢？我闭上眼睛，感觉着她的呼吸，感觉着她的心跳，感觉到她身上散发出少女特有的体温和青春气息。我闭着眼，却看到她内心的起伏澎湃，看到她乌黑的眼睛里滚出一颗颗滚烫的泪珠……

"哥……"

"嗯，我在。微微，这么大的雨，你连把伞都没有带。你是怎么跑出来的？怎么又穿着医院的衣服？知道吗，我找过林红找过曾婉清，也去过岛外那个地方，连续好多天，我根本就进不去。我想，我都要见不到你了！你是从哪里跑出来的？"

"要不是这雨，我差点就见不到你了。"她长长地叹了口气，移过头望着我轻声说。

"世界末日"给谢加豪开了个玩笑。

如果不是听说"十四号"台风来临,谢加豪就会订下机票,带着雨微和司马一家人去瑞士休假。谢加豪对她说,你不是想在教堂订婚吗?好,我们就去瑞士的教堂!我要亲手办好这件事!让你彻底和姓萧的小子断了念头!

谢雨微完全继承了谢加豪的性格,她割破手指,在墙上写了三个字:别做梦!

她能想出的唯一办法是绝食,这使谢加豪毫无办法。几天后,她被送进了市里最好的医院。她在医院装得老老实实,终于在暴雨初来的夜晚,找机会逃了出来……

大雨!要不是这雨,我现在应该在汕头!

大雨!要不是这雨,我就难再见雨微!

我们在狂暴的风雨声中再次相吻……

"哥,明天我们就离开鹭岛吧。"

"别怕,有我呢!只要我在,谁也抢不走你。"我吻去她脸上晶莹的泪珠,轻轻拍着她的后背。

风雨在暗夜里呜咽号叫,我们相互拥抱着,躺在床上,躺在漆黑的暗夜之中。风把外面的马尾松吹起来了,也让相思树更紧密地缠绕摇摆。像是对着精美的瓷器,我们在流动的声音里慢慢地滑动双手,相互爱抚,使对方的激情如炉火被点燃,夜雨吞没了她微弱的声音,也吞没了我的身体。

## 6

第二天一早,满天乌云压城风雨不止。我根据老鹭岛人传授的经验,上街买水买食品买蜡烛买手电,同时,给雨微买了一身新衣裙一身运动套装和一双运动鞋。当我带着大包小包急忙忙往回赶时,天空呈现出一种科幻电影里才有的红铜色。风推搡着道路两旁的树，就像个大力士在摇动一个瘦弱无比的孩子。路上少有的行人都被压迫得弯下腰，那种逼仄使所有的人都行色匆匆。

然而此时，天际间忽然一亮，"哐"的一声巨响，接着从天空中落下无数的"桃花雨"，雨滴似殷红的精灵，密密麻麻从天际翻腾着纷纷落下。这是千年不遇的奇观，本来空旷的街上没有几个行人，此时大家都呼叫着出门，指着天空。大部分人啧啧称奇，惊叹不已，也有些人希望落下来的不是桃花雨而是片片飞舞的人民币。这里面最容易满足的是孩子和一些少女，他们不再看天，他们在神奇的桃花雨里笑闹穿行，似乎他们的脸上身上和手里都是娇嫩的桃花瓣……

这绝不是伊甸园，和天上掉馅饼一样不正常！我拎着东西急速飞奔向小屋。已经出了院门的雨微向我招手："快看天上……"

"快进屋！"

我呼叫着，同时在眼角看见一道红色闪电。马上，天空乌黑一片！白的、青的以及红色的闪电撕裂天幕划出快速刺眼的线条直落大海。当人们听到轰隆隆炸雷般的爆响之时，密集的雨似机关枪子弹，嗖嗖嗖嗖、啪啪啪啪……一粒粒射在人身上，疼痛万分，人们大呼小叫四散奔逃。红色、白色、青色的闪电纷纷出现，炸响随后而至，急速旋转的飓风怒吼着将暴虐的雨更猛烈地泼射下来，砰砰、乒乓——大玻璃碎了，有些人流了血，哐哐、咣当——大广告牌倒了，压到了一个人。狂怒的风如巨大的魔鬼张牙舞爪，挟带着暴怒的雨吼叫着横冲直撞，道路上连根拔起的树干似妖魔飞舞，几辆小奥拓汽车，也跟着怪叫着连连翻起跟头，雨水飞泻，雷声滚滚，一道道闪电，似要将这个城市劈裂、劈沉，飓风则扭动双臂，决心将它搬移到太平洋中。停课停产停运输！停电停水停航道！

十四号台风真来了！

狂风怒啸拔树起，暴雨倾盆水淹城……鹭岛的地面马上变成了激荡的河流，更多的广告牌在怪异闪电中被狂暴的风雨粗暴摇落下来，四散飞舞，许多小车四轮朝天，在污浊的激流里和折断的树木一起飘荡。台风以每秒三十多米的速度，肆意践踏着这座美丽的城市。

我和雨微躲进房中，感觉天翻地覆，树飞石翻，一片昏暗。

山冈上，暴雨在风力下如怒马踏地，群象奔腾，转瞬变为奔腾的洪流翻滚下来。门外小院的铁门，颤抖两下，马上就被暴怒的风猛烈推开，院子里立刻滚入泥沙和枯枝败叶，并涌起了水花。水花翻腾上涌，顷刻间淹没了院中的两盆花，一个破水桶则欢快地摇动着冲进院子，在积水上面旋转跳舞。

"哎呀！院子被淹了……"雨微叫。

我马上抓起一根铁棍，开房门跳出去，蹚着污水快步到门边，用身体顶着院子的铁门，把它关上并插上铁棍。随后，我又抓着门后的铁铲，去用力铲捅砖墙一角那两个猫洞大小的排水口，它一定是被流水冲下来的杂物枯枝堵住了！

雨微打开门，想撑伞出来，但红雨伞马上被风夺走，如一朵小花飞入空中。一个炸雷轰响，她不由得惊叫了一声。

"你别出来！"我听到她的惊呼，大叫着阻止，一面伸手捞起一大堆枯草缠藤甩向墙外。水已经淹没我的小腿，木瓜树突然歪斜下来，差点砸到我的屁股。终于通开一个孔洞，水流在洞口涌起欢腾的水花，争先恐后向洞外奔流，但一个似乎不管什么用，更多的水从山坡上飞泻下来，小院子里依然积满了三十公分的污水泥流。

我浑身湿凉，脱下衣服准备捅另一个洞口，在狂风的呼啸声中，我听见雨微尖利的怪叫和大声呼喊："啊！快回来！树来啦——"

一株巨大的树干，连根带枝从坡上拖泥带水直冲下来。我飞快地从水里跳起，再跳起，用力弹跳进房屋。回头，就见那树干似巨大的长矛，发出吼声飞跃过坡前的矮墙，直接撞向我刚才狂捅不停的那面砖墙。一声巨

响，墙裂水蹦，大树冠带着残乱的枝条留在院中。泥水溅了我满脸满身。

我们排水拖地，我们锁上房门，我们在门缝堵上毛巾，封上胶条。才松了一口气。

我浑身透湿冰冷，把衣服脱了个精光，在厕所里一边跳来跳去，一边用桶里储存的水，把自己擦洗干净。

"快哦，给我毯子。冷啊！"我吃了两片姜，一个小辣椒，缩着身子跳出洗手间。她早准备了一条松软的大浴巾，把我缠裹在里面后，又说："停电没热水，张嘴，吃两块巧克力！"

巧克力浓醇香滑，让我想起了她的舌头，此时，尽管外面依然狂风肆虐暴雨不止，我却突然涌起要紧紧抱住她的念头。我的目光肯定传送出了感应的信息。她看我一眼，又一眼，忽然脸色绯红，低声说："你等等哦……"

她去了洗手间洗澡。之后，如大雨天里的精灵，赤着身子悄无声息地钻进毛毯，轻轻伏在我的胸前。我们的手都如流水，来回抚摸着对方的身体。我们甜蜜地接吻，在呼呼呜呜的狂风声中，我们亲密无间地缠绵，在噼里啪啦的暴雨声中，外面天昏地暗，我们激情澎湃，我们做爱，不再管屋外风雨滔天。

她把头侧伏在我胸前，一只手指轻划着我的身体说："哥，刚才好吓人，你差点就没命了。"

"才不会，我要照顾你一辈子。"我轻轻刮了一下她的鼻子。

这次台风正面登陆鹭岛，恣意袭击达六个小时，暴雨则下了两天两夜。据后来鹭岛电视台报道，台风最大风力已达十五级。鹭岛海堤决口三十处，全市百分之九十五的户外广告牌被摧毁，两百多间房屋倒塌，七万多株树木被折断或被连根拔起，经济损失高达十九亿元！但我不知道，有多少人在这次台风中意外身亡。

新的世纪马上就要来了，在谢雨微的眼中，这次台风就是一个世纪末的告白。

## 十、飘逝

### 1

台风一走，鹭岛天空，回复了原有的天青颜色。

远方的太阳努力透过沉厚的云层，把一束束光芒传向大地。大海和天空一样，被光线洗刷得一片澄清。

小屋后面，整座后山上的马尾松和相思树，都乖巧宁静地低下了头。院子里满是泥泞，巨大的树干还横躺在里面，一只鸟飞了过来，落在上面，频转着头，东看西瞧，间或响亮鸣叫。

我蹲在门前，吸烟，感觉身体里有一种轻松后的疲惫。

身后传来脚步声。雨微出现在门口时，鸟儿又鸣叫了一声，婉转，响亮，接着振起翅膀，穿过倒塌了一半的院墙，飞向山林之中。

"哥，面煮好了，来吃吧。"

她站在我身后，看一看天空说。

山林里，鸟鸣不断，浓绿的树丛静谧无声。

我们一个坐在床上，一个在对面的椅子里，各自捧着一碗香菇肉酱汤面，边吃边计划今后。雨一停，谢加豪就会派人四处找她。所以谢雨微希望我们吃完饭，收拾了东西马上一起走。去哪里，她都听我安排。

我有些犹豫，公司正在关键时期，而我还必须带着货架设备和工程队去汕头，那可是三十万的业务！那里面还包含着我迫切希望拿到的购房款。只要完成这一单作业，拿到提成，我就可以抬头挺胸地去售楼处，付掉首付，买下一处我和她的温馨居所。

雨微说："哥，没房子有什么关系？只要我们在一起！我们先走吧，我相信到哪里我们都可以住，我们就这样私奔，从此浪迹天涯。"

我看着她笑了，眼中有些湿湿的东西。

是的，浪迹天涯，这曾经是我很早以前的梦想。那时，我希望带着自己的爱人到处流浪，走遍山村、走遍都市，看遍世界各地……许多年了，不论是温馨如还是陶艳，没有一个和我说一起浪迹天涯。在她们看来，那是多么梦幻、多么幼稚、多么不切实际和可笑的事啊。如今，这个才十九岁的女孩，却那么坚决！但是，我已经二十九岁了，我怎么能就这样两手空空带她去流浪？

我抓住她的双手："微微，我答应过我自己，也想证明给你父亲看，我能照顾好你。"

她嫣然一笑："那当然！我们走他一两年，证明给他们看！"

"好！过两天我去汕头，做完最后一笔业务拿到钱，我就和你一起浪迹天涯！"

谢雨微摇摇头。如果我还要坚持去汕头完成这最后三十万的业务，不一起马上离开鹭岛，她担心，她非常有可能会被谢加豪找到。如果她真的被谢加豪带走，那么，我们就很难再见了。她决定一吃完饭，就马上坐长途车离开这里。她说她打算到福州找个国外回来的朋友，在那里寄住几天。然后就去西安，看看自己多年没见的母亲。等她在西安安排好后，就给我消息。

我马上估计一下汕头的业务进度和公司的其他事宜，和她约定：三十天后，我直接飞西安，在西安城内最有名的大雁塔底下和她见面。

我们匆匆收拾好行李，我给了她手头上全部的八百多块钱，又取出一张卡，这里面有我最大一笔存款：八千元。我把它交给她：密码是你的生日，记住，有什么事一定给我电话！

"你放心！我都十九岁了。"

站在院子外的小山冈上，雨微笑一笑，对一直啰唆着的我说。

我沉默片刻，双手捧着她的脸，在她的额头上轻轻吻了一下："好，你走吧……到福州，晚上十点，记住一定要给我电话。"

"知道啦！你呀，别担心，要记住三十天后，一定到大雁塔下找我哦！"

她踮起脚在我脸上亲一下，又笑一笑，挥手，转身朝坡下走去。

看着她孤单的背影，看着她肩膀上的如丝黑发，我忍不住轻呼：

"微微……"

她停住脚步，转身看看，忽然迈开脚步，猛地跑过来抱紧我，又狠狠地在我的胸口捶两下，抬起双眼看着我说："你放心！不管你上天入地，就是被压在五指山下，我也会找到你，跟你在一起！永远！"

天空中更多的云彩，像是被无形的手推到了两边，温暖的光束，就从九万里的高空上斜射下来，地面上仍然是雨后湿漉漉的痕迹。

雨微背着包包，就这样在光束里慢慢离我远去。她那鹅黄色的衣裙，随着阵阵微风悄然荡起，似一朵轻云，又如一只彩蝶，翩翩飞舞，在我眼前飘动着慢慢不见。

## 2

下午，我找来房东和公司几个员工，一起清理掉被台风吹到院中的树干，打扫并整理院子。房东看看院墙，挠着头说等天气完全好了，他找人重新来砌。说完就叼着香烟，从泥地里套上拖鞋摇摇晃晃地走了。几个员工洗洗手，也马上向我道别回公司加班。我交代他们，晚上和王凯都别走，等我忙完过去请大家喝酒。

我准备到了晚上，和王凯好好商谈一下。做完这一单生意，我决定就拿钱退出股份，到西安见到雨微后，再一起去西南生活。回到房间，我把该洗的洗，该扔的扔，一切都收拾干净了，烧一壶水来泡茶。

茶是庄玲玲带来的白牙奇兰。据说她从谢加豪身上撸下了不少钱，还

有了一辆"甲壳虫"汽车。她告诉我说,她找了个真正的男朋友,准备回家乡成亲!茶为媒,这一款让她喜结良缘的好茶,就送给我,祝愿我也能早日修得正果。

茶入口,回忆就穿越时光而来。让我想起七年前那个蝉鸣不止的夏天,田七七第一次教会我泡闽南的工夫茶;让我想起后来我和马尾在这院子里画画、泡茶;想起沙漠裸着身体,在我的小院子里赋诗、喝茶;想起不喝茶只喝酒的吴百田;想起吴百田的老婆李春影,把一泡铁观音泡了几十遍……

如今,他们都在哪里呢?我今后居留的那个地方,又会在哪里?

鹭岛啊鹭岛,这个我生活了七年的城市,也许一个月后,我们就分别了!

院门外,似乎传来了几个人的脚步声。我坐起来仔细听去,仿佛有一个人说:把那身衣服取下来,再看看那个大筐里有什么。

谢雨亭吗?我立刻放下茶杯跳下床,从窗户向外一探,忙奔进厨房抓起一把菜刀,深吸一口气,直接走到门边。

下午的残颓院落里,左中右散开站着三个年轻男人。三个人身后不远处,一个人左手支着自己的下巴,右手拎着那一双洗刷干净的阿迪达斯运动鞋,蹲在石条子上。

"你来了。"我说。

"是,我妹的鞋吧?"谢雨亭说。

他抖了抖鞋子,随手把它们扔在地上,起身跳下石条,走到三人前面停住脚,看看我手里的刀,脸上浮出一丝笑:"怎么?准备和我们拼命吗?"

我也笑了一下:"院子冲垮了,我以为进来贼了。"

他双手抱胸:"萧一灯,别玩小孩子的游戏了。我妹妹在里面吗?"

"没有。"

"让我进去看看。"

我横起身，把持刀的手在脸上蹭蹭："凭什么？"

他身后的一个人，便去取了放在院墙边的一把铁锹过来："师父……"

谢雨亭挥手给了他一个巴掌："你干什么？你知道他是谁吗？他是我的兄弟。"

他转过脸，看着我又说："瞧，鞋子，还有晾衣架上的衣服，一灯，你不会说都是你自己的吧？我早就应该想到她会跑你这里来！怎么样？兄弟，让我进去，我们谈谈？"

"她不在。"

"不在？那也好，我们两个谈谈？"

"好，只要来喝茶我都欢迎。"

谢雨亭交代三个和他学习拳击的年轻人等在外面，自己一个人走进屋来。

"我这里一厨一厕，一个房间，除非雨微会隐身。"我走到桌边，把刀放在桌面上，用左手压住，端起茶壶倒茶，"你喝茶吗？"

他笑了一下，站在离我两米远的厨房门边直视着我："茶桌上搁把刀，这茶不好喝。我们都知道她来过你这里。"

我看着他："是，我不否认。台风来前的那个晚上就来了。"

"那么，她现在在哪里？"

"她很自由，去哪里为什么一定要告诉我？"

"你！"

"雨亭，我们曾是好兄弟，这么多年，我没做过对不起你的任何事。我已经离开鹭华，也不欠公司任何东西，你干什么要逼我？"

"那是我妹妹！"

"也是我爱人。"

"你混蛋！她才多大？"

"十九，具有中华人民共和国选举与被选举权，也具有自己选择爱的权利。"

"你！"他恼怒起来，一只手指着我的脸，"你不觉得你骗了我妹妹吗？她才十九岁。"

我看着他，右手握住刀柄，从左手底下慢慢取出刀来，在左臂上一划："没有。我从头到尾都没有骗过她，我们是真心相爱。"

刀锋冰冷，一股火辣的疼痛穿透我的肌肤，血珠欢快地迸发出来，快速融汇在一起，在我的手臂上恣意流淌。

"你这是想为自己的行为做个歉意的表示吗？"谢雨亭握紧拳头，向前迈了一步。

"不是。"

我把刀丢在地上，站直身，举起手臂迎着他的目光："我这样做，只是想告诉我自己，也告诉你们，我爱她，她也爱我。我决心今生今世守护她。"

"混蛋！"

他非常迅速而且凶狠地给了我一拳。

我被击倒在床上，满脸胀痛酸辣，马上有东西从鼻子里流了出来。我伸手抹了抹，从床上撑起身体，笑一下："不愧当过拳击教练！不管怎么讲，曾经有一段时间，我心里都会觉得自己错。但现在不会了。我真的爱你妹妹！我只希望在不远的将来，她能成为我的妻子。我只希望今后所有的日子，她的身边都能有我在呵护。"

"你气死我了！"他一拳砸在桌上，又把桌面上的一切都扫到地上。

我再次抹掉从鼻子里流出来的血，看着他说："别摔东西。你尽管来揍我！"

"你是欠揍！"

他骂一句，冲过来迅猛地给了我几拳。我再次被他击倒在地，胸口和

腹部燃烧起剧烈的疼痛。这就是拳击手啊！还没等我完全爬起来，他移步侧身，一把扭住了我的上衣。

"抬起头！你这个混蛋！你不知道她有男朋友了吗？"

我吐一口血水，抬起脸直视着他："司马立方是个什么东西，你没听你妹妹说吗！"

他拧起眉头："这我不管，我只要把我妹妹带回家。医院的衣服在你这里，她的鞋子也在你这里，告诉我，我妹妹去哪里了？"

我看着他，脸上浮出笑。

"混蛋！你笑什么？"

我呵呵笑着："谢雨亭啊谢雨亭，你会管什么？能管什么？你又知道什么？了解什么？在你妹妹心中，只有一个男朋友，那就是我。你想我会说什么呢？你今天就是把我打伤打残，打废掉，我也没一句话可说。"

一个人影在门口晃了一下。

"师父，老爷子电话，叫你听……"

谢雨亭丢开我，走到门边接过年轻人手里的手机："你盯着他！"

我抬起头，冲这个小心警惕的年轻人笑一笑："兄弟，爱一个人，有错吗？"

他抿了抿嘴，说："我听我师父的。"

我坐到床上，看看满地的瓷器碎片，笑起来："也许，到年底，我就是你师父的妹夫了。"

谢雨亭再次走进房间，年轻人一声不吭退到屋外。

"老头子叫你听电话。"

他把手机递给我。

"萧一灯，雨亭和我说了，雨微在你那里待了两个晚上。我老了，也累了，多年来，想的就是给他们兄妹一个美好的未来。原本，一个在我身边，另一个不在。现在，不在的回来了，在的那一个又走了。这件事，我

不怪你。我已经答应了司马市长的提亲,他们两个年纪也相当,司马立方留学回来,也会到我的公司工作……小萧啊,我不想再多说什么,你是个人才,也有能力和志气,但你和我女儿,我绝对不会同意。我还是当初那句话:天涯何处无芳草?你开个价吧。"

"谢董事长,呵呵,您认为您女儿值多少钱?"

他在电话里沉默许久,吐出一句:"一百万怎么样?"

我阖上手机盖,把它交还给谢雨亭。

他看看我说:"怎么样?"

如果,我当年有这个一百万,温馨如会离开我么?如果,我来鹭岛后有这个一百万,陶艳会和我分手吗?我轻轻地摇了摇头。

你们去找雨微吧!只要她让我离开她,我什么都不要,就会永远离开你们的视线。

## 3

谢雨微似乎没有直接去福州。国外那段日子,使她成熟了许多。泉州、漳州,甚至杭州,都有她用公用电话打给谢加豪父子的电话。而在每个晚上十点,我也会准时接到她的电话。

第一个晚上,我鼻青脸肿地坐在公司,等到了她的第一个电话。当电话响起时,我看看来电显示,电话区号来自0597,这不是福州的号码。但时间是我和她约定的时间。怎么回事呢?在我拿起电话机的那一刻,我感觉到电话另一端,绝对是雨微。

"微微,是你吧?我知道是你,怎么不说话?没有事吧?"

"我没事。你方便吗?他们没找你麻烦?"她开了口。

"找了,你哥,在他接了你父亲的电话后,走了。也没怎么样,你没有到福州?怎么回事?"

"下午,我就给我爸爸打了个电话,在泉州打的。我想,他们既然找我，肯定会去找你，我怕你被他们抓住呢！"

"噢，你想多了。怎么先跑泉州去了？"

"傻瓜！这样他们就不知道我在哪里了，也不会再找你。"停一停，电话里又说，"我爸说，给了你五十万，你答应离开我喽！呵呵。"

"喔，一下子缩水这么多？"

"嗯？那他给你多少啊？"

"一百万，我嫌太少了。"

"哎呀——哟——哟！那你还想要多少啊？"她笑了。

"你是谁哦？千金不换喽。"

"嗯嗯，这还差不多！想我了吧？"

"想，你现在在哪里？龙岩？一个人吗？住哪里？安全不？"

"酒店喽，反正你给了我八千块钱嘛！"

我们通了一个多小时电话。她说几天后她想去汕头，在那里我们也许还能见面。我担心谢家父子会悄悄派人跟踪我，我想还是按原来的计划，三十天后我飞西安。西安就西安吧。谢雨微告诉我，她母亲是很高兴她去的，但她父亲，也早把电话打到了西安。为了安全起见，她已经给自己安排了一条谁也想不到的路线，然后和我一起走。她建议我明天就去买个手机，她说只要安全，每晚固定时间，她都给我电话。她给我约定了一些暗号，说是万一有情况时使用。比如，讲很好很好，就是出了问题，讲很安全很安全，就是被控制了。她还把鹭岛叫"二人世界"，把汕头叫"三十万元"，把西安、北京、南京、杭州、上海、深圳这些也许她要经过的地方叫：大唐、明清、民国、越都、洋行、钱多。这个臭丫头，在哪里学来这些呢？

三天后，我带着工程队来到了汕头。我和王凯已经商量好，做完这笔业务，我先从老魏那里提五万现金救急，之后，按计划慢慢退出百分之三十的股份，留下百分之三十，全部交给他来经营管理。王凯见我脸上还红

肿瘀青，建议我留在鹭岛休息，由他带队前往。但潮汕地区本来就归我负责，老魏也希望在这次业务中和我进一步沟通以后的合作计划。所以，我决定还是亲自带队由"二人世界"到"三十万元"。

工程进展顺利，老魏也十分热情。连日来，谢雨微已经在"越都"寻访了白蛇与许仙，还差一点被父亲安排的"法海"抓到！之后她去"明清"看了雍正乾隆的宝贝，并隐于"民国"的大街小巷。

工程，终于顺利完成了，老魏和我都十分高兴，他约我和留下来收尾的几个员工一起在汕头有名的海鲜楼"食指老饕"吃饭。老魏开了两瓶人头马，拍着自己的胸脯："萧老弟，你这个兄弟我是认定了！放心，明天一早，我就让财务开一张转账支票，把工程剩余的十二万尾款转给你公司！来，先喝一杯！"

我按住酒杯对他说，因为急需用现钱，希望他明天能先提五万现金给我，剩下的七万元仍然开支票。他看我两眼，皱着眉头：你不会是赌博欠钱了吧？我摇头：这么多天，我在魏总眼里像个赌徒吗？有事救急。老魏哈哈大笑：没问题没问题！我们干了这杯酒！

汕头这个地方，早晨大街清冷，午夜灯火辉煌。大部分人的早晨从中午开始。吃完第一场酒，老魏硬拽上我去卡拉OK。

晚上十点，我在老魏苍老的歌声中，接到了雨微的电话。听到卡拉OK里的喧闹狼嚎，她马上调侃我今夜就"花天酒地"去了，说我很有可能乐不思蜀。

我和老魏打了招呼后，跑出歌厅，在楼外闪烁的霓虹灯下对她说：今夜乐不思蜀，后天重回唐朝。她呵呵呵地笑，然后告诉我一个意想不到的惊喜：根据她从曾婉清那里收到的情报，谢加豪今晚八点多，乘着飞机从"二人世界"去"大唐"了！而她，在"大唐"待了十天后，则悄悄从"大唐"回到了"二人世界"！我有些惊喜，难道说，我不用在三天后飞"大唐"去看"小鸟阁"啦？

375

她说："我想你了。我一天都不想等。而且，我也要回一趟云鹤别墅，把我给你的礼物拿出来！"

我说："那多危险？不要去了！你就是我最重要的礼物。"

她说："你放心，我早想好办法了。"

她和我详细约定了几个在鹭岛见面的方案，然后在电话里吻别。

回到包厢，老魏给我满了一杯酒。他说我这一出去，就是一个小时，小妹们很不满意我的三首歌都被他唱了。他说他很喜欢听张学友的《吻别》，他说明天我就回鹭岛了，特意点了《吻别》献给我，让我和他《吻别》。包厢里，他叫来的两个小妹就端起酒来起哄拍手。吻别？我想象着和雨微在一起后的各种场景，也许，我们会真的离开沿海一带，去西南部开始新的生活。

午夜一点，我点了一首《张三的歌》。当我躺在旅馆的床上时，我的大脑里满是乐曲的旋律。

我要带你到处去飞翔

走遍世界各地去观赏

……

虽然没有华厦美衣裳

但是心里充满着希望

……

第二天上午九点半，老魏开车来请我去喝早茶。他把车钥匙给了自己的儿子小魏，交代小魏去银行直接提二十万现钱出来。我以为老魏昨晚喝糊涂了，我告诉他就是给我全部的余款也不过十二万。

老魏叹口气，就把头来摇。

老魏说，自己事业不错，又有一儿一女，在别人看来是多幸福美满的家庭！儿子很听话争气，就是十七岁的小女儿被娇惯坏了，和一帮小太子小太妹混在一起，偷鸡摸狗喝酒滋事不说，还赌博借高利贷！一下欠了八

万块。这叫什么？女债父还！老魏就不明白，这赌博有什么好？可中国人就那么爱赌！看我第一天来汕头时脸上的伤痕，他还以为，我也是赌博被人揍了。

我正安慰着老魏，老魏的电话里就传来惊人的消息。

钱被抢了！小魏提着钱出了银行，刚走到车前打开车门，就被人砸倒在地。那个装着二十万现金的袋子就没了！报警、送医、笔录……忙到下午五点多，从小魏住的医院出来，收到警方推测是熟人作案的消息。这时，老魏，才想起自己的女儿。但老魏女儿早就不知跑到了什么地方。

我没拿到钱，心里焦急万分。老魏说，要不你再留一天？我明天一早，一定想办法给你钱。这样，今晚我就回不到鹭岛了。我忙给雨微的传呼机发了一条消息。但直到晚上十点，我也没等到雨微的电话。

## 4

第二天一早，我拿到钱，急火火坐了大巴车赶回鹭岛。前天晚上，雨微曾和我约定，如果我昨天晚上没有按约准时在鹭岛金榜山的紫竹林寺出现，那么今天下午五点，她就会在白鹭洲的白鹭女神雕像前等我。我给她发了许多消息，却连一个电话也没收到。会不会出了什么意外？我的心如烈火在焚烧，恨不得自己马上生出双翅，飞回鹭岛。

下了车，我走到路旁一个石墩子上坐下，抽了两支烟，理清一下大脑里凌乱的思路，给王凯打了四十分钟电话。我决定，不再回我的住处，房子里的一切东西均托付给王凯暂时移到公司，公司里其他事项，也全部交代给他处理。然后我去吃了些东西，把自己的身体安放在一家足浴馆里的沙发床上。

下午四点半，我背着包来到白鹭洲。

一年前的雨中，在雨微要去英国的时候，她在这里对我说，我就像风一样自由。

我是风吗？不，我对她说，我是山，我应该是她的山。

今天的黄昏很温暖，太阳还在西方的天空中尽情挥洒着它无私的阳光，霞光里的高楼看起来也不似以往冷冰无情。白鹭洲湖面水波不兴，间或有洁白的鹭鸟轻盈地划过宁静的湖面。水域中央公园内的白鹭女神雕像，娴静地跪坐在巨岩上梳理着长发，似乎也在等待着心上人的到来。

我抬头看看天空的云彩，云彩里有一张甜美的笑脸。那是雨微的笑脸吗？我的耳朵里回响起她的声音：每天早上，我们一起看海！远方的夕阳也在微笑，一起看海！我的心中涌起对未来的美好希望。

五点了，我四下观察着广场上不多的游人。远处一株大榕树后面，出现一个熟悉的身影。

谢雨亭！我的心沉了一下，拎起背包，把它背在肩上，迎着他走了过去。是的，如果和他打架，我肯定会输。但我怕什么呢？我要见雨微！

谢雨亭戴着墨镜，手里拎着一个黄褐色的旅行包，他默默地走到我面前三五米远停住脚步，把包放在地上，抬起头看看我，叹口气，转身就走。

"你站住！雨微呢？"我大声说。

他慢慢转过身，摘掉墨镜："我们再也见不到她了……"

他的双眼红肿，眼眶里含着的泪水一下子奔涌出来。我马上冲过去抓住他疯狂地摇动："你说什么！你说什么！"

雨微走了！

她去了另一个世界。

谢加豪怎么会不了解自己的女儿呢？他确实订了去西安的机票，也给前妻打了电话，还有意无意放出这一消息。但他根本没有登机，他在家中发现了女儿的秘密。他知道，自己的女儿，一定会回来取走自己的东西。

当谢雨微在午夜过后潜入黑暗一片的云鹤别墅时，谢加豪早就布好了猎人的网。雨微在自己的房中找出这个黄褐色的包时，房门外面已经灯火通明。情急之下，她砸碎窗户从二楼跳窗而逃，她拼尽全力跑出别墅、跑出花园、跑上大街。拐过两条巷子，后面紧紧追赶的谢雨亭，就看见一道亮亮的车灯光束中，妹妹的身体如一只单薄的鹭鸟飞了出去……旅行包冲向了半空，在夜晚的路灯下，散落出如精灵一般翻飞舞动的千纸鹤。

这，是雨微在这个世界上，最后留给我的东西。

我扑在草地上打开包，里面红的、白的，黄的、蓝的，全是千纸鹤，每一只鹤的双翅上，都有我们的名字。

我的眼睛不住地抖动，所有的疼痛从心中涌起，它们翻滚着，像江水一样冲出了我的双眼，奔流。

太阳落山了。温暖的云光渐渐散开，云天里微笑的面容也渐渐地淡了、远了、消失了。

微微，我知道，我再也看不见你的笑容，听不到你那优美的歌声了……

*南国鹭岛，尔可曾至*
*凤凰花开，兰芳香芷*
*寄语鸿雁，慰我之思*
*彼美佳人，永怀勿逝*
*……*

## 十一、牧羊

### 1

今天，"朝来夕去"没有开门。

阳光透过半挑起的竹帘，如流动的音乐，洒落在我的T恤衫上。吊挂在木梁上的几百只千纸鹤，在光影里纷纷起舞。

我静如泥塑，看纸鹤飞舞。默算人一生能有几个四十年。

纳西老人和庆福说，他屋后山坡上那一株古茶树，已经活了三百年。画家马尾说，他屋里收藏的一只越窑青釉茶盏，已经存在了一千三百年。古时候那些烧盏、种树的人，能活几个四十年？他们走了，没留下一个姓名，一点记载。他们把他们的生命延续在树上、延续在碗里，默默地给我们留下温暖，我们总当他们不存在。

我站起身，走到小木柜旁，取出马尾留给我的那瓶路易十三。这瓶酒，我每年要喝三次，至今还没喝完。取出三只酒杯，给它们各倒了一点酒，杯子里有一层淡淡的金黄，我举起杯，对着两张空椅子，轻声说一句：干杯！

琥珀一般的酒，缓缓滑入我的胸膛。四十岁了！时间一晃而过，不知道此时，马尾在哪里流荡。他所说的行动，如今是怎么样的结果。如果雨微还活着，也是成熟的大姑娘了。那么，她又该是什么样子呢？

我不知道。

无论是醒是梦，她在眼前的时候，依然是那个十几岁的长发少女。

*南国鹭岛，尔可曾至*
*凤凰花开，兰芳香芷*
*寄语书信，慰我之思*
*曾有佳人，与我相识*

*葳蕤蕙土，念我归时*
*凤凰花开，兰芳香芷*
*凄凄白鹭，皎皎羽丝*
*曾有佳人，与我相知*

*星移斗转，春水秋石*

>凤凰花开，兰芳香芷
>云海茫茫，苍苍流逝
>彼美佳人，与我相思

>南国鹭岛，尔可曾至
>凤凰花开，兰芳香芷
>寄语鸿雁，慰我之思
>彼美佳人，永怀勿逝

多年前的那个下午，我把照着《斯卡堡集市》旋律填好的《鹭岛之恋》交给雨微时，记得她轻叹着气，眨动着亮丽的眼睛说：好美！我唱给你听好不好？

那个晃着乌黑秀发、轻声哼唱的女孩永远走了。虽然她的样子距我越来越远，可我心中的那一份隐伤，却无法随风而逝。

我出生在阴历十一月十七日子时，历书上说，我的本命四柱极佳，身具商业能力与领导才能。但我没成为资本家，也不是领导干部。现在，我偏居西南一隅，没有手机，没有电脑，每天晚上，写些不成记忆的碎片，几乎完全脱离往昔的朋友……

人生就是这样，往往一个小小的意外，就可把与众不同的设计和幻想全部打乱。

## 2

中午的时候，我出了门，一个人有些奢侈地吃了一份宣良烤鸭、一份糯米血肠，一份过桥米线，算给自己过完了生日。

天穹里，默默落下丝丝小雨。我在雨中溜达到"春水东流"，向老板和庆福讨了水烟，坐在街边石亭内，就着如丝如弦的雨，把水烟吸起。

古城的宁静，总是与它的名气成反比。周庄、凤凰、同里、宏村、乌

镇……莫不如此，更不必说那杭州、西安、北京、上海。二〇一〇年的边陲小镇也是如此，随着游人越来越多，我总感觉，遥远海滨那座城市，在我面前漂浮，微笑的大海，在向我招手。

也许，我也要再次远行了。

我们一起看海。

雨微曾这样说。

和老板头顶着花帽子走过来，问我这水烟可吸得来？我笑着把烟筒递给他，自认为吸这大竹筒子的技术绝对不及马尾。和庆福把一双眼微眯了，看着四周的游人说，他想马尾。他认为马尾是该留下的人，可马尾走了。他说，等到游人越来越多的时候，也许萧一灯你也要走。游人找不到自己的心，就来扰别人的心啊！

纳西老人微笑的脸上似乎闪过一点惆怅。

我说如果我真走了，就把"朝来夕去"和"高海拔山庄"的钥匙都交给他。

"人都走了，要房子干什么？"

"我会回来看你的。"

"马尾当时也这么说。两年多了吧，他在哪里？你都不知道吧？"

"我会回来的。"我说。

老人摇摇头，被时光雕刻过的脸上又露出天真的笑容。他说，是啊！你们都该走，总不能现在就养老吧？该出去，还是要出去啊！你看那些人，一拨又一拨地来，不也一拨又一拨地去嘛！心没有定，眼睛看到的一切景，都会遗忘！老人说完，耐心地教授我吸水烟的技巧，之后，笑眯眯回到自己的店中。我吸着烟，双眼游于四周，看到一片花花世界，一片朦朦胧胧，看到了一千八百四十年以来的风景……

"萧一灯？唔，是你吗？"

一位女士犹豫着，迈步朝我走来。

我放下竹烟筒，抬起眼。她忙摘掉了墨镜："我，林红呀。"

摘下墨镜的林红，双眼依然妩媚动人。但美丽和青春一样残酷，时光毫不留情地把她推入不惑之年后，在她的脸上留下岁月痕迹。

"唔！你好！我刚才……"刚才，我确实没认出她。也想不到多年之后，会再见到她。

"没什么，我老了嘛。你好像一点没变！"她摆摆手。

林红是众多游客里的一位。对于我，她似乎有许多的问题。她说，已经在对面观察我五分钟了。她说，她原本以为，坐在亭子里逍遥的这个人，是当地土著。而当她确定是我后，又犹豫是否要和我打招呼。她把她的担心讲了出来："一灯，你还恨我们吗？"

我摇头。我恨吗？没有，我只有思念。

她看着我，有些迟疑，有些犹豫，后来，她还是以征求的口气说："我有三小时自由活动时间。我们，找个地方坐坐？"

"好啊。我在这里也算是地主了，想去哪？"

"由你定吧。"

我把水烟筒还给和庆福，将她领到了"高海拔山庄"。

"高海拔"曾是马尾的领地。

马尾走后，我把"高原马山庄"改成了咖啡餐饮屋并取名"高海拔山庄"，叫和庆福的侄女和娜丽来当总经理，自己则是代替马尾的甩手东家。我给了娜丽一张银行卡，并对她说，在她经营期间，我对"高海拔"的一切不闻不问。卡里有五万元人民币，每年下来，如果有钱赚，你分一半利润到这卡里；如果这五万亏完了，就把大门一关，钥匙交还我完事。娜丽经营了两年，卡里的钱成了二十八万。她曾跑到"朝来夕去"问我要不要将这些钱取走。我说这个得等马尾回来决定。

我们都预计马尾不会回来。

所以银行卡还是由娜丽保管。

当我带着林红来到"高海拔",我看到娜丽的眼中有一丝疑惑。因为,我总是一个人来,一个人泡一壶来自闽南的铁观音茶,抽支烟,发发呆,最后喝两瓶小青岛,离开。但娜丽眼中那点疑惑,马上被热情而真诚的笑所代替。

"今天要喝点什么?也要吃点什么吧?朋友来了,总不会又是你的铁观音?"

"嗯,要喝点酒吗?"我看着林红。

"我不喝。"

我说:"放心,这里也有进口红酒,新世界的、法国的,都有。"

"不喝了,"林红笑笑,指着单子说,"来壶玫瑰茶。"

"好,我来两瓶小青岛。"

娜丽填好了单子,又自作主张说了两个甜点,冲我们笑一下,将身体移回到柜台里面。

林红看看娜丽,向我询问:"老板娘和你很熟?"

"是。好朋友。"我明白她的意思,马上说。

窗外的雨微微地下着,雨滴如轻扬飞舞的素手,连续不断地敲打在竹制窗檐上,如琵琶私语。

多年前,雨中的白鹭洲,一只孤寂的白鹭如雕像般独立在水中央,任凭雨水冲刷一身洁白的羽毛。雨,也同样把我和雨微淋得透湿。

"天长地久有时尽,此恨绵绵无绝期……我终于明白那一种感觉了!"雨微说。

她那时明白的感觉是什么?

我没有问,只听她后来轻声哼起了《鹭岛之恋》。

我在她身后站立着,不时提醒她这样淋下去,第二天就会生病。她回头冲我笑一下说,这点雨,你怕?我无奈地摇头。

"爸爸说,不用再在鹭岛大学读书了。明年,他送我去英国读书,哥,你说我去不去？"

"去，为什么不去？"

"那我们怎么办？"

"我攒钱，买房，买个大房子，等你喽。"

她看看我，鼓着嘴长长吐了一口气。

"哥，你说你是草还是风？"

"我？草吧，一株野草。"

"唉……"

"唉什么？"

"我看，你是风。风是抓不住的。"

"不，我是山，你的山。"

"不，你就该像风一样自由。"

那天，她的泪和雨融在一起，双眼红肿。

我紧紧抱住她，我是风吗？我是风吗？

我应是她的山。

雨，把我们浇得透湿。

……

"想什么呢？"

"噢，《长恨歌》，还有琵琶曲。"

我看看林红，窗外，雨越下越大。

"这雨怎么这么突然？"林红看看窗外。

"对这个月份来说，在这里是常有的事。"我揉了揉眼睛，掩饰刚才的失态。

她搅动一下玫瑰茶，笑一笑："我们这个团还要去玉龙雪山，你去过没？"

"去过。"我点上烟，倒了一杯啤酒，慢慢地告诉她我这些年去的城市、到过的地方。

"我们这次不期而遇,也是缘分,你对于我们,什么都不想问?"林红喝了口茶,抬眼看我。

"嗯,我想,你们应该都挺好。"我笑笑,问她:"雨亭好吗?"

"挺好的,他人在香港,柳云则在法国。他们有儿子了,出生时八斤七!"

"这么大,真好!"

"你呢?"

"什么?"

"你结婚了吗?"

"没有。"

"唔。"她低下头,低声说,"有打算吗?"

我笑一笑:"一个人也挺好。你呢?"

她想起什么,打开包,从钱夹里取出一张小照片给我看。上面的男人是个教授,旁边的女儿挽着林红的手,是英国剑桥的博士。她有点不好意思:"我总是拿别人的孩子当自己的。"

我说:"很幸福,祝福你!"

她笑一笑:"如果一直不结婚,人生也许不完整……"

我说:"是。"

"希望你有机会回鹭岛,给我电话。"她收好照片,又递给我一张名片。

"好的。"

林红笑了一下,伸出手拍拍我的手:"我们迟早都要离开这个世界。"

我点头,我知道。

我知道,我们都无法去谈那个我们熟悉的躯体。因为躯体的消亡,在鹭岛,在那个不足两平方米的地面,没有一丝痕迹存在。我知道,我心底

要返回鹭岛的愿望也越来越强烈，我不应该让雨微一个人留在那里，孤独，清冷。我们应该一起看海，一起看太阳……

下午五时，雨停了，林红也与我道别。她说我如果回了鹭岛，一定给她电话。

一定。我说。

我依然坐在窗前。娜丽默默坐了过来："一灯，你又发呆了。"

"没有。"

"有就是有啊！你为什么总发呆呢？你们汉人都爱这样！一脸忧愁。"

"是吗？那你们纳西人呢？"

"我们？我们爱笑。"

## 3

回到住所，我在浴缸里泡了近一个小时。

生命之水又带给我记忆的碎片。

什么是柔软？柔软比刀锋还锋利……

思念，这是雨微给我留下的唯一礼物。这份礼物如此之重，令我常常无法安眠。谢雨亭结婚了，有了一个八斤七的孩子。他的将来也就有了吧？林红也有了新家庭，该有美好的将来吧？

"我们一起看海。"——这是雨微的愿望。

是啊，那蔚蓝的大海，阔别这么多年，如今，你是否依然如故？

电话突兀地响起，把我从梦中惊醒。我从浴缸中出来，穿上浴衣走到桌前，看来电显示，是一个我不知道的区号。我决定不接电话。越来越多的东西骚扰着我们，包括莫名电话。拿起酒瓶，给自己添了一些酒，默默呷一口。我看一眼电话机，想，该拆了它吗？

我见不到雨微了，没有电话，没有照片，没有一切。除了挂在梁上的纸鹤，她，离我越来越远……她的死对于旁人来说，没有任何意义。对我

呢？每天，我都从中午醒来，映入眼中的那一幅图，永远是晨曦中雨微的剪影，她那么干净，那么美丽……

马尾也走了两年了。

两年前我问他：马尾，你要去哪？

马尾说：不知道，我闭着眼睛，跟着心走吧。还有，你，我的朋友，记住，你爱什么呢？一个记忆！人啊，不能总活在梦里。

我取出我写的那些东西，齐齐堆高的纸张已经有两厘米厚了。也许，它们对我有非凡的意义，但对于别人呢？它们的存在，等同于不存在？忽然之间，我明白，我永远写不好自己的记忆。我找来一个瓷盆，放在桌上，点起一根火柴，静静看着温暖跳跃的火苗在桌上飞舞。

马尾活得真实，如梦般真实。

我呢？上天给了我一个重重的惩罚。

我知道它们——神和爱——曾经在她身上合二为一，如果时间能倒流，如果能重新再来，我不会要那个三十万，我不会期待那徒有其表的房子，我应该在风暴一过去，就带着她出走，带着她看海，带她浪迹天涯。

重回鹭岛！明天吧！我心中暗念，白鹭、大海、凤凰花、鼓浪屿，明天，我就回去看你们！

电话铃再一次固执地响起，09240？不管是什么地方，这也许是个重要的电话。

我拿起话筒，电话那一边传来异常热情的问候声："生日快乐！兄弟！"

"哇！以为你死啦！知道嘛，我明天就要离开这里，走啦！你回来也见不到我了。"我激动得跳起来。

"呜啦哩唏咯唏——还知道我是谁啊！嘿嘿，我么，要死可难，因为你没死哦！你要走啦？去哪里？"

"回鹭岛。"

"噢？想开了？我说，你先别回鹭岛，曹朔望，你老师，你知道的，找了我两年，邀我和你去北京。"

"北京我不去……"

"先别说不，我们云游四方，周游世界，好不好？好！好就从北京开始！明天，我就来接你！要等我哦！"

"马尾，这几年，你都在哪里云游啊？"

"想我，是不？呵呵呵，我嘛，一直在青藏高原。"

"青藏高原？做什么？写生画画吗？"

"牧羊。"他说。

蓝天之下，银色山上。

他牧群羊。

二〇一五年三月五日<br>（于厦门瑞景公园）

## 图书在版编目（CIP）数据

那些花儿/夏炜著. —厦门：鹭江出版社，2015.8
ISBN 978-7-5459-0936-4

Ⅰ.①那… Ⅱ.①夏… Ⅲ.①长篇小说—中国—当代 Ⅳ.①I247.5

中国版本图书馆 CIP 数据核字(2015)第 190211 号

NAXIE HUAER

**那些花儿**

夏炜　著

| 出版发行： | 海峡出版发行集团 | | |
|---|---|---|---|
| | 鹭江出版社 | | |
| 地　　址： | 厦门市湖明路 22 号 | 邮政编码： | 361004 |
| 印　　刷： | 福建新华印刷有限责任公司 | | |
| 地　　址： | 福州市福新中路 42 号 | 邮政编码： | 350011 |
| 开　　本： | 787mm×1092mm　1/16 | | |
| 插　　页： | 2 | | |
| 印　　张： | 24.75 | | |
| 字　　数： | 324 千字 | | |
| 版　　次： | 2015 年 8 月第 1 版　2015 年 8 月第 1 次印刷 | | |
| 印　　数： | 1-10,500 | | |
| 书　　号： | ISBN 978-7-5459-0936-4 | | |
| 定　　价： | 42.00 元 | | |

**如有发现印装质量问题请寄承印厂调换**